Hans-Peter Vertacnik

ULTIMO

Hans-Peter Vertacnik

ULTIMO

Zoffs zweiter Fall

KRIMI IM GMEINER-VERLAG

Wir machen's spannend

Bibliografische Information
der Deutschen Bibliothek
Die Deutsche Bibliothek verzeichnet diese
Publikation in der Deutschen Nationalbibliografie;
detaillierte bibliografische Daten sind im Internet
über http://dnb.ddb.de abrufbar.

Personen und Handlung sind frei erfunden.
Ähnlichkeiten mit lebenden oder toten Personen
sind rein zufällig und nicht beabsichtigt.

Besuchen Sie uns im Internet:
www.gmeiner-verlag.de

Im Ehnried 5, 88605 Meßkirch
Telefon 07575/2095-0
info@gmeiner-verlag.de

1. Auflage 2008

Lektorat: Claudia Senghaas, Kirchardt
Umschlaggestaltung: U.O.R.G. Lutz Eberle, Stuttgart
unter Verwendung eines Fotos von Pixelio.de
Gesetzt aus der 10,3/13,3 Punkt GV Garamond
Druck: Fuldaer Verlagsanstalt, Fulda
Printed in Germany
ISBN 978-3-89977-784-0

Ultimo

Der aus dem Italienischen stammende Begriff steht für ›abschließend‹, ›als Letztes‹, ›endgültig‹.

Schulden wurden stets zu ultimo eingetrieben.

Seit Jahrhunderten versteht man unter diesem Wort also jenen Tag, an dem man zur Kasse gebeten wird. Den Zeitpunkt der Abrechnung.

Der Autor

Vorwort

Österreich ist eine demokratische Republik, bestehend aus den neun Bundesländern Wien, Burgenland, Niederösterreich, Oberösterreich, Steiermark, Kärnten, Salzburg, Tirol und Vorarlberg.

Hauptstadt des Bundeslandes Salzburg ist die Stadt Salzburg, die, im Herzen der Alpenrepublik gelegen, als Mozarts Geburtsstadt und als Festspielstadt weltweite Berühmtheit genießt.

Der Stadtregierung steht ein Bürgermeister vor. In diesem Roman übt diese Funktion ein ›Oberbürgermeister‹ aus, der in Wirklichkeit nicht existiert.

Der Autor

1

Unser Leben besteht, wie die aus dem Gegensätzlichen gefügte Harmonie der Welt, aus ungleichen Tönen, schönen und rauen, hohen und tiefen, sanften und schweren. Was wäre der Musiker, der nur die einen liebte? Er muss mit allen spielen und alle mischen, so wie wir das Gute und das Üble, das beides unserem Leben wesenseigen innewohnt.«

(Michel de Montaigne, ›Über die Harmonie‹, Essais, Buch III)

Das Anwesen befand sich auf einer sanft abfallenden Landzunge zwischen der verkehrsarmen Regionalstraße, einem breiten Laubwaldgürtel, etwas Buschland und dem See. Landseitig war es durch einen zwei Meter hohen Maschendrahtzaun geschützt, und gleich nach dem Zaun war das Gelände nur noch mit niedrig geschnittenem Gras bewachsen und bei Tageslicht gut zu überblicken.

Die Straße kam in einer sanften Rechtskurve von Norden her, und der Asphalt war erst im Vorjahr neu aufgetragen worden. Die Zufahrt erfolgte durch ein mit Kameras und Alarmanlage gesichertes Tor und mündete in einen befestigten Platz mit niedrigen Garagen und einem hässlichen Geräteschuppen. Dahinter ging es links über einen Kiesweg zum nordwestlich gelegenen Bungalow des Verwalters.

Das Haupthaus mit dem Schwimmbecken an der dem See abgewandten Seite stand ein gutes Stück weiter südlich zum See. Es war niedrig, hatte einen quadratischen Grundriss, einen hüfthohen Sockel aus behauenem Granit und darüber weiß gekalktes, feinkörniges Mauerwerk. In der großen Wohnhalle, der Küche, dem Schlafzimmer und den vier Fremdenzimmern war es im Sommer angenehm kühl, und wenn man von der granitbelegten Terrasse auf den See blickte, glaubte man sich in Italien, und die schneebedeckten Berge standen weit südwestlich. Außer an besonders klaren Tagen ahnte man sie mehr, als man sie sah.

Der Badeplatz neben dem Anlegesteg war etwa 20 Meter breit, gegen Norden zu ein wenig steinig, zur Seeseite hin aber doch sandig, und man konnte diesen eigenartig weißen Sand auch noch im Wasser sehen, das an dieser Stelle grün und glasklar war. Das Ufer war seicht und der Grund des Sees fiel eine Weile lang nicht besonders steil ab. Erst nach 50 Metern wurde das Wasser ziemlich plötzlich sehr blau und sehr tief.

Gegen halb vier glänzten die Fluten pechschwarz. Der abnehmende Mond hatte sich hinter die Wolken verzogen und der Wind blies landeinwärts. Zwar tauchte der auf einem Garagendach montierte Scheinwerfer das massive Eingangstor und ein gutes Stück Straße noch in gleißendes Licht, aber dafür verlor sich der Rest des Geländes völlig in der Finsternis.

Der Angriff erfolgte weit nordöstlich aus einem halb verdorrten Ginsterbusch heraus, mit einer über einen Aluminiumpfeiler geworfenen Strickleiter über den Zaun, und die schwarz gekleidete, maskierte Gestalt mit dem schwarzen Alpinrucksack am Rücken benötigte maximal eine Minute dazu, um die Absperrung zu überwinden. Die Annäherung an den Schuppen hingegen erfolgte langsam, mit großer Vorsicht und unter Berücksichtigung der Windrichtung. Der schwarze Schäferrüde hatte seinen Schlafplatz auf der dem Wasser zugewandten Seite und lag zusammengerollt unter dem Fenster. Immerhin erwachte er noch aus seinem Schlummer und knurrte sogar, blieb aber ohne jeden Argwohn. Die ihm durch die offene Eingangstür zugeworfene Knackwurst fraß er still, mit der bei solchen Tieren üblichen Gier. Keine zwei Minuten später war der Köter tot.

Ein Käuzchen schrie. Vom See her roch es nach nassem Holz und Brackwasser. Sicherheitshalber wartete der Eindringling noch eine Weile, bevor er den Schuppen betrat, seinen Rucksack abstellte, den Kadaver aufhob, ihn über den Rasen zum Swimmingpool schleppte und an der breiten Römertreppe vorsichtig ins Wasser gleiten ließ. Anschließend huschte die Gestalt leichtfüßig zurück, holte den Rucksack und trug ihn bis dicht ans Haupthaus. Jeder der beiden Benzinkanister im Rucksack fasste fünf Liter. Das Schlafzimmerfenster war gekippt, und der Stutzen des Tankbehälters passte exakt in den breiten Spalt, durch den der Raum belüftet wurde. Das leise Plätschern, mit dem der Kraftstoff ins Zimmer rann, hatte etwas Leichtes, Spielerisches. Es klang, als befülle man ein Wasserglas.

Was für ein leiser, angenehmer Laut, überlegte die maskierte Gestalt und lächelte.

»Hannes?«, meldete sich zaghaft eine Mädchenstimme aus dem dunklen Raum. Sekunden später hustete jemand, und irgendetwas raschelte.

»Hallo?«

Das Leeren des zweiten Kanisters glich dem Geprassel heftigen Regens.

»Hannes?«, flüsterte die junge Frau. »So hör doch.«

»Was ist denn?«

»Hast du Benzin im Haus?«

»Wie kommst du denn darauf?«

»Es stinkt danach. Hier im Zimmer.«

»Drück deine Freundin zur Seite und küss mich.«

»Ich hab Angst. Da stimmt etwas nicht.«

»Was soll schon sein?«

»Da ist jemand. Draußen. Vor dem Fenster.«

»Vergiss es. Schlaf weiter.«

Ein unsicheres Räuspern noch. Dann flog ein brennendes Streichholz ins Zimmer.

Was für ein ruhiger, heller Morgen. In Jeans und weißem Sommerhemd lenkte Peter Zoff das amerikanische Cabriolet den sanft abfallenden Hügel hinab. An beiden Straßenrändern parkten Autos. Die Sonne schien, aber ein lauer Westwind machte die Hitze erträglich. »People say we got it made, don't they know we're so afraid? Isolation«, brummte John Lennon, und Zoff drehte das Autoradio lauter und sang mit, als das Klavier wieder einsetzte. »We're afraid to be alone, everybody got to have a home, Isolation. Just a boy and a little girl, trying to change the whole wide world. Isolation. The world is just a little town, everybody's trying to put us down. Isolation.«

Nach der sanften Rechtskurve fiel die Straße steiler ab, wurde breiter und schnurgerade, und die Einfamilienhäuser und Villen links und rechts hatten gepflegte Vorgärten, in denen noch Blumen blühten. Gleich nach der Stelle, wo das Gelände flach und die Besiedlung dichter wurde, kam ihm ein dunkler Alfa Romeo entgegen, fuhr vorbei, hielt an und wendete. Zoff beobachtete das Fahrmanöver durch den Rückspiegel. Der neue Sekretär des Innenministers saß am Steuer. Pechstein trug ein helles Sommersakko, und der Generaldirektor für die öffentliche Sicherheit im schwarzen Anzug rechts neben ihm schien irgendwie aufgeregt zu sein, denn er schüttelte den Kopf und drohte Zoff mit der geballten Faust. Der Alfa folgte ihm.

»Was haben die denn in dieser Gegend zu suchen?«, fragte sich Zoff, beschleunigte das Cabrio und registrierte missmutig, wie eine leichte Übelkeit in ihm aufstieg. Kein Wunder, dass ihm kotzübel wurde, wenn ihn diese Leute jetzt sogar schon in seiner Freizeit belästigten. Da erregte eine schlanke junge Frau am Gehsteig seine Aufmerksamkeit. Sie trug ein hautenges rotes Kleid und las anscheinend etwas von einer Plakatwand ab, denn sie kehrte ihm den Rücken zu. »Marlene?« Sie reagierte nicht.

Aufgeregt stellte Zoff den Wagen ein paar Meter weiter in einer Parklücke ab und stieg aus. »Marlene? Wo bist du?« Weg. Keine Spur mehr von ihr. Verzweifelt lief er den Gehsteig auf und ab, suchend, rufend. Da blies ihm der Wind einen Zettel vor die Beine. Eine Nachricht? Aufgeregt bückte er sich und hob das zerknüllte Blatt vom Boden auf.

»Mit Wirkung vom 15. September 2007 wird Oberstleutnant Peter Zoff vom Landeskriminalamt

Graz für die Dauer von drei Monaten dem Bundesministerium für Inneres dienstzugeteilt«, las er laut. »Der Genannte hat sich am Montag, dem 17. September, um 8.00 Uhr im Büro für Interne Angelegenheiten zur Dienstleistung zu melden. Rückreisetag zur Stammdienststelle nach Graz ist der 14. Dezember 2007. Gezeichnet: Schiefersteiner, Generaldirektor für die öffentliche Sicherheit.«

Ein kurzer Blick über die Schulter. Pechstein und Schiefersteiner standen keine 30 Meter hinter ihm am Gehsteig. »Da ist er!«, schrie der Ministersekretär und deutete auf Zoff. »Der Mann pariert nicht. Er überschreitet alle Grenzen.«

Einer plötzlichen Eingebung folgend, überquerte Zoff die Straße, schlängelte sich zwischen abgestellten Autos hindurch, eilte über einen Parkplatz, querte eine schmale Parkanlage und rannte endlich los.

»Marlene?« Mit rasselndem Atem lief er an einer monumentalen Kirche vorbei, bog rechts ab und hetzte die Straße hinunter, wo er keine 200 Meter weiter undeutlich die schlanke Silhouette einer Frau entdeckte.

»Marlene?«, schrie er, »Marlene!« Keine Antwort. »Warte doch! Warte!« Die Frau ging einfach weiter. Wieso? Das konnte er nicht verstehen. Zoff lief, so schnell er konnte.

»Hallo«, rief er schon ganz außer Atem. »Marlene! Warte doch.«

Schon war sie an der nächsten Kreuzung und bog links ab. Keine Minute später war auch Zoff vor Ort, drehte den Kopf nach links und rechts und konnte niemanden mehr entdecken.

»Marlene«, schrie er völlig außer sich, »Marlene!« Ein dumpfes Krachen weckte ihn. Erschrocken riss er die Augen auf und stemmte sich hoch. Der plötzlich aufkommende Wind hatte die angelehnten Fensterflügel an der Schmalseite seiner Kammer unsanft aufgestoßen. Schlaftrunken schlug Zoff die Decke zurück, wälzte sich aus dem ungemütlichen Stahlrohrbett und schlurfte ans Fenster. War das eine miese Absteige, die man ihm da zugewiesen hatte. Mürrisch starrte er auf die dunkle, menschenleere Hahngasse im neunten Wiener Gemeindebezirk. Der Wind nahm an Stärke zu, und es roch nach Regen. Leise fluchend schloss der Oberstleutnant das Fenster und warf einen Blick auf die grün leuchtenden Zeiger und Ziffern des am schweren Esstisch aufgestellten Reiseweckers, ehe er wieder ins Bett kroch. Es war Freitag, der 14. Oktober, 3.50 Uhr.

»So ein beschissener Tag!«

Der Oberbürgermeister von Salzburg straffte seinen drahtigen Körper. In seinen blonden, in die Stirn gekämmten Haaren und dem gepflegten Oberlippenbart zeigte sich noch keine graue Strähne, und wären da nicht die vielen kleinen Falten um die Augen, würde niemand vermuten, dass der Mann schon 46 Jahre alt war. Als Hannes Rieder an diesem Freitagmorgen nach etwa halbstündiger Fahrt auf die Autobahn auffuhr, roch er nach Schweiß und Rauch und sah alles in allem ziemlich mitgenommen aus.

»Pack«, zischte er. »Stupides Gesindel! Ruiniert die Partei und fackelt mir auch noch das Sommerhaus ab. Glücklicherweise bin ich wenigstens die beiden

Mädchen noch losgeworden, bevor die Polizei antanzte.«

Das Erste, was Rieder auffiel, als er sich wieder auf die Fahrbahn konzentrierte, war diese blutrote Verfärbung der Sonne am Horizont. Obwohl es gerade erst 7.30 Uhr geworden war, stand sie schon ziemlich hoch am Himmel. Beinahe sechs Wochen hindurch haben wir nach kühlen und windigen Nächten tagsüber dieses ungewöhnlich warme Herbstwetter, überlegte er. Deshalb wimmelt es auch immer noch so vor Touristen. Gott sei Dank. Ohne diese Leute wären wir längst pleite. Nachdenklich griff er ins Handschuhfach, setzte seine Sonnenbrille auf, legte eine CD in den Player und wechselte auf die Überholspur. In Gesellschaft hörte er klassische Musik. Mozart und so. Ein Politiker seines Kalibers konnte es sich nicht leisten, Zweifel an der persönlichen Kulturkompetenz aufkommen zu lassen. Wenn er allein war, spielte er Black Sabbath.

Die Sonne zauberte helle Flecken auf den Asphalt. Fast so, als wäre es immer noch Sommer. Gegen 7.45 Uhr tauchte der Politiker in die Außenbezirke der Landeshauptstadt ein. Der Stadtrand hatte sich verändert. Viele der neuen Bauten reichten jetzt bis dicht an die Autobahn. Betriebe aller Art, Banken und Großkaufhäuser drängten sich dicht an dicht. Aus der weltoffenen Kulturstadt wurde immer mehr ein internationaler Wirtschaftsstandort, und das war nicht zuletzt ihm zu verdanken. Mürrisch schaltete Rieder einen Gang tiefer, als ihn das Läuten des Telefons aus seinen Gedanken riss.

»Was ist denn?«, fragte er verdrossen.

»Ich wollte bloß wissen, ob du in Ordnung bist«, meldete sich Paul Freiher, Rieders Bundesparteisekretär.

»So einigermaßen. In 20 Minuten bin ich im Rathaus«, erwiderte der Oberbürgermeister kurz angebunden, bremste, wechselte auf die rechte Spur und fuhr von der Autobahn ab. Die Straßen wurden eng und der Verkehr extrem dicht.

»Hat die Polizei schon etwas herausgefunden?«, wollte Freiher wissen.

»Bettina faselte etwas von einem herrenlosen Boot am anderen Seeufer.«

»Betty? Ausgezeichnet. Gut, dass sie persönlich zu dir rausgefahren ist.«

»Natürlich kümmert sie sich um die Sache. Schließlich hat sie mir viel zu verdanken.«

»Du ihr aber doch auch, oder?«, grinste Freiher. »Die muss toll sein im Bett.«

»Sie bemüht sich.«

»Irgendwie reizt sie mich ganz ungemein.«

»Ich brauche Betty noch. Derzeit ganz besonders.«

»Und wenn sie es gern mit mir treiben würde?«

»Du bist nicht ihr Typ.«

»Das geilt mich ja so auf.«

»Ich hab sie zur Stellvertreterin des Landeskriminaldirektors gemacht. Damit hat sie einen gewissen Wert für uns. Du hast doch genug andere für deine Spielchen.«

»Ich bin eifersüchtig auf diese Frau, weißt du?«

»Du spinnst ja. Bettina trägt mir zu, was in der Polizei läuft, und ich hab meinen Spaß mit ihr. Ist doch genial, oder?«

»Kann man wohl sagen. Susi ist übrigens ziemlich merkwürdig, seit ich sie mir genommen hab.«

»Keine Bange. Die will Abgeordnete werden. Solange wir sie mit der Aussicht auf ein Nationalratsmandat bei Laune halten, schweigt sie und tut, was man ihr sagt. Das beweist doch, wie blöd diese Weiber sind.«

»Und deine Frau?«

»Ist mit ihren Pferden voll ausgelastet. Ab und zu schlafe ich natürlich mit ihr.«

»Ich werde wohl nie begreifen, wie du das alles unter Dach und Fach bringst. Aber das jüngere der beiden Mädchen, diese Nicole, hat etwas abgekriegt. Brandwunden an den Beinen. Sie liegt im Krankenhaus. Willst du sie besuchen?«

»Bist du wahnsinnig? Was soll ich am Krankenbett einer 16-Jährigen? Erfinde eine gute Story für die Eltern, bring einen Blumenstrauß vorbei und stopf ihr den Mund mit Geld.«

»Wird gemacht.«

»Und das andere Mädel?«

»Ist ausbezahlt. Wie schwer sind die Schäden am Haus?«

»Totalschaden, sozusagen.«

»Oh Gott. Du mochtest das Haus?«

»Und ob ich es mochte. Wenn ich an die tollen Feste denke, die wir dort gefeiert haben, könnte ich schreien vor Wut. Aber das ist nicht das Schlimmste.«

»Du meinst Hasso?«

»Ja. Das trifft mich härter als das Haus.«

»Ist er verbrannt?«

»Er trieb im Swimmingpool.«

»Dann ist er also ertrunken?«

»Keine Ahnung. Jedenfalls ist mir das Becken damit verleidet. Bis ans Ende meiner Tage.«

»Und das bei deiner Vorliebe fürs Schwimmen. Der Hund hat dir viel bedeutet.«

»Alles, Paul. Alles. Hasso war ein Geburtstagsgeschenk meines Vaters. Sein letztes.«

»Natürlich. Und du hast der Polizei den Brief gezeigt?«

»Ich hab ihn Betty gegeben. Sie lässt mir eine Kopie davon zukommen.«

»Aha. Ich frage mich, wer hinter dieser Sache stecken könnte. Spitzer?«

»Wer sonst? Dieser niederösterreichische Möchtegern mit seiner Horde großkotziger Kröten. Aber es reicht jetzt. Wir werden eine Gegenstrategie entwickeln.«

»Und wann?«

»8.45 Uhr in meinem Büro. Pünktlich.«

»8.45 Uhr. Jawohl. Bis später.«

»Servus.«

An der Salzach stockte der Verkehr, denn durch die Verkehrsampeln kamen die Fahrzeuge immer wieder zum Stillstand. Bald stand Wagen an Wagen. Verärgert hupte Rieder, scherte aus der Kolonne aus, überholte acht Autos und bog links in eine unscheinbare Seitenstraße ein, die in einem weiten Rechtsbogen wieder zurück zum Fluss führte. Schon von Weitem konnte er erkennen, dass das Chaos an der Kreuzung vor der Brücke dieses Mal nicht so groß war wie sonst am Morgen. Wieselflink huschte er aus der schmalen Einbahn- auf die Hauptstraße und zwängte sich in die aufgelockerte Kolonne, die in langsamer Fahrt den Fluss überquerte. Am anderen Ufer bog er nach links auf den Rudolfskai und passierte dabei jene Stelle, an der Bauarbeiter vor drei Jahren den Rumpf dieser Studentin gefunden hatten, die von ihrem Geliebten, einem Nigerianer, in Stücke gesägt und in gelben Müllsäcken entsorgt worden war. Wochen später war ihr Kopf in der Steiermark aufgetaucht und die Beine in Italien. Die Arme des Mädchens hatte man bis heute nicht entdeckt.

»Seit März hat es heuer in Salzburg schon keinen Mord mehr gegeben«, grübelte Rieder und rümpfte die Nase. »Auch sonst kein glamouröses Verbrechen, das ich politisch ausschlachten hätte können. Dabei wäre das gerade jetzt so wichtig. Als Unterstützung gegen Spitzer und seine Trabanten.«

Ein Mercedes hupte, und der Fahrer winkte. »Idiot!«, zischte der Oberbürgermeister und Parteivorsitzende, zeigte sein Zahnpastalächeln und grüßte freundlich zurück. Um 10.00 Uhr kommt diese Wirtschaftsdelegation aus Libyen, überlegte er dabei missmutig. Mittagessen im Casino. Später mit dem Hubschrauber ab nach Wien. Um 15.00 Uhr der Termin beim Kanzler, um 18.00 Uhr weiter nach Graz, anschließend die Rede im neuen Kunsthaus und um 20.30 Uhr das Treffen mit Vertrauensleuten in Gleisdorf. Ach zum Teufel, dachte Hannes Rieder, ich hätte meine Kritiker vernichten sollen, als sie noch nicht so zahlreich waren. Späte Einsicht. Viel zu spät. Jetzt heißt es, eine Abspaltung von Spitzer in Kauf zu nehmen. Aber Spitzer und seine Anhänger werden schon noch sehen, wie weit sie ohne mich kommen.

An der nächsten Kreuzung hielt sich Rieder links, nahm Black Sabbath aus dem CD-Player, legte eine CD von Mozart ein und schaltete die Musikanlage ab. In langsamer Fahrt fuhr er den Kai entlang und konnte bereits die Türme des Schlosses Mirabell erkennen, als eine Gruppe von Touristen, ohne auf den Verkehr zu achten, die Fahrbahn überquerte. Fluchend stieg Rieder aufs Bremspedal, und der weiße BMW kam mit quietschenden Reifen zum Stillstand. Eine hübsche Blondine huschte ebenfalls über die Straße, stutzte, ging zurück zu Rieders Wagen und klopfte an die Seitenscheibe.

»Na, so was. Der Herr Oberbürgermeister. Guten Morgen. Lassen Sie Ihr Auto jetzt gelb umlackieren?«, lächelte sie und warf dem Politiker einen verheißungsvollen Blick zu, während Rieder die Seitenscheibe nach unten gleiten ließ.

»Was für eine brillante Idee«, erwiderte er lässig. »Wenn Ihnen Gelb als neue Farbe für meine Partei sympathisch ist und Sie mir Ihre Unterstützung bei der nächsten Wahl zusagen, bekommt meine Werkstätte den Lackierauftrag.«

»Den können Sie auf der Stelle erteilen«, lachte die junge Dame. »Selbstverständlich wähle ich Sie. Egal mit welcher Farbe Ihre Partei wirbt.«

»Tatsächlich? Wie schön«, antwortete Rieder geschmeichelt, griff in sein Sakko und überreichte seiner Verehrerin eine Visitenkarte, während die Ampel auf Grün sprang. »Falls ich Ihnen einmal helfen kann, rufen Sie mich doch einfach an. Sie ahnen ja gar nicht, wie sehr mich Ihre Worte freuen. Könnten doch alle die Dinge so sehen wie Sie.«

Zum selben Zeitpunkt stand in Wien der Grazer Oberstleutnant Peter Zoff am Fenster des kleinen, stickigen Büros in der dritten Etage des Polizeizentrums Lichtenwerder Platz, das man ihm vor vier Wochen zugewiesen hatte, putzte seine runde Nickelbrille und setzte sie seufzend wieder auf. Ein prüfender Blick ins Fensterglas. Das brünette Haar, das ihm in die Stirn fiel, die etwas zu große Nase und die grauen Augen, die distanziert und spöttisch in die Welt guckten, ergaben ein interessantes Gesicht, das ihn jünger erscheinen ließ, als er tatsächlich war. Noch hatten Zoffs Dünnhäutigkeit und sein zunehmender Zynismus keine sichtbaren Spuren hinterlassen.

»Schwarze Hosen, schwarzes Hemd und schwarzes Sakko. Schlecht drauf heute?«, flachste der 51-jährige Chefinspektor Martin Forstinger, mit dem sich Zoff das Zimmer teilte.

»Scheint so«, brummte Zoff und schloss das Fenster. Schlagartig reduzierte sich der Verkehrslärm auf ein dumpfes Rauschen. »Ich hasse diese Stadt«, murmelte er finster, drehte sich um, betrachtete die alten Möbel, zog gereizt die Augenbrauen hoch und seufzte. Irgendwie stank es hier. Aber wonach?

»Mach dir nicht ins Hemd«, grinste Forstinger, strich das zerknitterte weiße Langarmshirt um die Brust herum glatt und rieb sich mit der Linken die stoppelbärtige Wange. Glatzköpfig, mit schwarzem Bartansatz und zwei breiten Goldketten um den Hals hätte er ebenso gut als Mafioso durchgehen können wie als Kriminalist. »Ob du Wien magst oder nicht, interessiert hier keinen. Willst du Kaffee?«

»Her damit«, knurrte Zoff, zog sein Sakko aus, warf es auf den Schreibtisch, setzte sich und schloss einen Moment lang die Augen. Er langte in seine Hosentasche, zog eine Medikamentenschachtel hervor, entnahm ihr eine Tablette und schluckte sie.

»Schmerzen?« Müde kratzte sich Forstinger am Kopf, gähnte und schob eine gefüllte Kaffeetasse über die Breitseite der beiden zusammengestellten Pulte.

»Es geht«, seufzte Zoff, nahm die Tasse vorsichtig entgegen und trank. Der Kaffee war heiß und sehr stark. Schlecht für den Magen. Ganz schlecht, aber er schiss drauf.

Dem Büro für Interne Angelegenheiten, dem Zoff während der nächsten Wochen unfreiwillig angehörte, stand das gesamte dritte Stockwerk des neuen Polizeizentrums zur Verfügung, wobei derzeit allerdings einige Kanzleien urlaubsbedingt leer standen. Ab der vierten Etage gehörte das Gebäude dem Bundeskriminalamt, und in den unteren Teilen des Komplexes hatte sich das Einsatzkommando Wien breitgemacht. Die hätten schon eine eigene Kanzlei für mich auftreiben können, wenn sie gewollt hätten, ärgerte sich Zoff. Die haben genug davon, diese Mistkäfer. Stattdessen darf ich mir eine etwas zu groß geratene Besenkammer mit einem Kollegen teilen. Arschlöcher.

»Woran denkst du?«, wollte Forstinger wissen.

»An uns zwei natürlich. Ich freue mich so über deine Gesellschaft. Wie kamen diese Idioten denn auf die Idee, in einem fast neuen Gebäude uraltes Mobiliar zu verwenden?«

»Sparmaßnahmen.«

»Was heißt hier Sparmaßnahmen?«

»Die hatten keine Kohle mehr, verstehst du?«

»Schwachköpfe.«

»Kann man wohl sagen. Aber vergiss es. Wir haben Freitag, und um 15.00 Uhr ist Schluss hier. Dann geht es ab nach Hause.«

»Von mir aus«, meinte Zoff lakonisch, tat reichlich Milch in die schwarze Brühe, rührte um, kostete noch einmal vorsichtig, trank und dachte dabei an seine Verabredung mit Marlene. Der Kaffee schmeckte immer noch bitter und nach einer Spur Salz.

»Nicht einmal ordentlichen Kaffee gibt es hier«, maulte Zoff, schob angewidert die Tasse zurück, starrte eine Weile auf seinen Schreibtisch und brach mit Forstinger eine Diskussion über die bevorstehenden Bundesligaspiele vom Zaun. Forstinger war ›Rapidanhänger‹, und Zoff drückte ›Sturm Graz‹ die Daumen. Die Wahrscheinlichkeit, dass sie sich früher oder später gegenseitig den Schädel einschlagen würden, war damit relativ hoch. Gegen 9.00 Uhr klingelte das Telefon. Korner wollte ihn sehen.

»Sieh mal einer an«, murmelte Zoff müde und erhob sich. Er hatte seinen vorläufigen Vorgesetzten nicht mehr zu Gesicht bekommen, seit der ihn Mitte September in Empfang genommen und an Forstinger weitergereicht hatte.

»Du musst zum Chef?«

»So ist es.«

»Wieso denn?«

»Bin ich Hellseher?«

»Ach leck mich doch.«

»Du mich auch.« Ich hab noch keine Ahnung, auf welche Art und Weise ich meine Affäre mit Marlene beenden soll, überlegte Zoff, während er die Tür hinter sich ins Schloss fallen ließ. Die Luft im schmalen, durch ein einzelnes Fenster notdürftig mit Tageslicht versorgten Gang war ziemlich abgestanden, und an der Decke zeigten sich schwarze Flecken.

»Schimmel«, stellte Zoff angewidert fest. »Na super. Dabei ist das Gebäude noch keine zwei Jahre alt.« Lustlos trottete er am Aufzug und an den Toiletten vorbei, passierte das Büro des Journaldienstes und klopfte an Korners Tür.

»Herein!«

»Guten Morgen.«

»Hallo. Nehmen Sie Platz, Herr Oberstleutnant«, meinte der schlanke, knapp 35-jährige Brigadier lässig, deutete auf den Sessel gegenüber und leckte sich mit der dicken Unterlippe über seine schmale Oberlippe. Der Chef des Büros für Interne Angelegenheiten war hochgewachsen, hatte sehr helles Haar und ziemlich viele Sommersprossen um die Nase. Zur hellen Hose trug er ein elegantes dunkles Sakko und ein hellblaues Hemd mit offenem Kragen. »Kaffee?«

»Wenn er gut ist«, meinte Zoff gleichgültig und sah zu, wie Korner zwei Tassen befüllte.

»Der *ist* gut. Schon eingelebt?«

»Einigermaßen.«

»Fein. Wissen Sie, ich habe etwas gegen Zwang«, stellte der junge Brigadier leise fest, reichte Zoff eine der beiden Tassen, schob ihm Milch und Zucker zu und kniff die braunen Augen zusammen. »Sie vielleicht auch. Spätestens, seit Sie unfreiwillig bei mir gelandet sind.«

»Das kann man so sagen.«

»Reden wir ganz offen. Die zeitlich begrenzte Strafversetzung kränkt Sie. Verständlicherweise. Allerdings kann ich nichts für Ihre Probleme. Stimmen Sie mir da zu? Ja? Das wäre doch schon einmal eine ganz akzeptable Basis für unsere kurzfristige Zusammenarbeit.«

»Ich hab nichts gegen Sie.«

»Das freut mich. Tatsächlich. Ich brauche Sie nämlich. Als Leiter des Morddezernates des Landeskriminalamtes Graz haben Sie kriminalistische Erfahrung. Etwas, was den meisten meiner Mitarbeiter teilweise oder sogar zur Gänze fehlt.«

»Das verstehe ich aber nicht. Allgemein heißt es doch, Ihre Truppe sei geradezu ein Muster an Kompetenz«, erwiderte Zoff grinsend.

»Die Damen und Herren meiner Einheit wurden nach politischen Gesichtspunkten ausgewählt. Nicht nach ihren Fähigkeiten und auch nicht nach meinen Wünschen. Das wissen Sie doch, oder?«

»Ich dachte es mir.«

»Weshalb reizen Sie mich? Könnten Sie das ab sofort unterlassen? Ja? Man hat mich vor Ihnen gewarnt, Zoff. Mehr noch, man hat mir nahegelegt, jeglichen persönlichen Kontakt mit Ihnen zu meiden. Im Grunde dürfte ich kein Wort mit Ihnen wechseln. Geben Sie ihm Ihr miesestes Zimmer als Büro, hat man mir befohlen, und sorgen Sie dafür, dass er es bis Jahresende nicht verlässt. Ignorieren Sie diesen Zoff. Stellen Sie ihn kalt. Völlig.«

»Und warum tun Sie Schiefersteiner dann nicht diesen Gefallen? Nur zu. Der kann mich mal!«

»Wieso Schiefersteiner? Der Herr Generaldirektor für die öffentliche Sicherheit hat Ihre Zuteilung verfügt, ansonsten aber noch kein Wort über Sie verloren. Nein, nein. Ich hatte einen Anruf aus dem Ministerbüro.«

»Vom neuen Ministersekretär, diesem Herrn Pechstein?«

»Erraten.«

»Was ist eigentlich aus Puchheim geworden?«

»Seinem Vorgänger? Generaldirektor einer Versicherung. Das ging ganz schnell. Herr Pechstein mag Sie aber offenbar auch nicht und der Mann ist gefährlich. Danken Sie Gott dafür, dass ich keiner bin, der grundlos einen Kollegen schikaniert. So etwas liegt mir nicht.«

»Das wird Ihrer Karriere aber nicht förderlich sein.«

»Machen Sie sich keine Sorgen um meine Karriere«, unterbrach ihn Korner und nahm einen Schluck Kaffee. »Ich bin jünger als Sie und schon Brigadier. Mein Vater ist Bundesparteisekretär in Niederösterreich und gehört zum inneren Kreis der Konservativen. Pechstein weiß das und hält sich danach. Aber zurück zu Ihnen. Die Zeit bis zum Jahresende wird lang ohne Beschäftigung. Es sei denn, Sie wollen sich hier erholen. Dann können Sie wochenlang lesen und fernsehen. Solange Sie die Dienstzeit einhalten, ist alles kein Problem.«

»Ich arbeite ganz gern.«

»Das trifft sich gut. Ich hätte da nämlich einen Auftrag für Sie. Einen etwas delikaten Auftrag.«

»Delikat? In welcher Hinsicht?«

»In politischer Hinsicht. Es geht um den Kommandanten einer steirischen Grenzpolizeiinspektion, den wir verdächtigen.«

»Korruption?«

»Ja. Ich denke, er lässt sich von serbischen Schmugglern schmieren.«

»Und wo ist die Schwierigkeit bei diesem Fall?«

»Der Mann ist ein besonderer Freund des Oberbürgermeisters von Salzburg. Das gibt der Sache politische Brisanz. Außerdem müssen wir dem Kerl seine Schweinereien erst einmal lückenlos nachweisen, und das wird kein Honiglecken. Keine Sache für Anfänger.«

»Wie haben Sie von den Schmiergeldern erfahren?«

»Durch einen anonymen Anruf.«

»Ach Gott. Sie wissen doch, was von Telefongesprächen dieser Art zu halten ist.«

»Dieser spezielle Anruf ist seriös, glaube ich. Offensichtlich kam er von einem Mitarbeiter des Verdächtigen.«

»Wieso anonym?«

»Anscheinend hat der Mann schon versucht, vor Ort etwas zu unternehmen, und ist damit gescheitert. Jedenfalls beschreibt er die Sache sehr detailliert, und ich habe einen Aktenvermerk von dem Gespräch angelegt.«

»Mit welchem Inhalt?«

»Ab und zu reisen serbische Drogenkuriere nachts völlig ungehindert über die steirische Grenze ein. Nach Voranmeldung beim dortigen Dienststellenleiter. Dabei fahren zwei bis drei Wagen dicht hintereinander, also in Kolonnenform. Der Anrufer meinte, auf der Dienststelle gäbe es schon lange keinen Zweifel daran, dass das so läuft, und alle würden sich schwer wundern, dass niemand eingreift.«

»Klingt trotzdem ein wenig nebulos, oder?«

»Nehmen Sie sich jetzt der Sache an, oder nicht?«

»Selbstverständlich. Da kann ich wenigstens wieder eine Zeit lang zu Hause schlafen. Also geben Sie mir ruhig Ihren Aktenvermerk.«

»Meine Sekretärin bringt ihn später bei Ihnen vorbei. Übrigens ist die Zielperson nicht nur Polizeibeamter, sondern auch noch Bürgermeister von Irrach, mit durchaus guten Beziehungen zu Bundes- und Landespolitikern. Deshalb gehe ich davon aus, dass Sie den Fall diskret behandeln.«

»Natürlich. Wie heißt der Mann eigentlich?«

»Brecht. Chefinspektor Benno Brecht.«

Seit Donnerstagabend hatte der 49-jährige Brecht mit dem Bürgermeister von Eberswald in einem Weingut gezecht und mit allen Mitteln versucht, den Kerl unter den Tisch zu trinken. Erfolglos.

Als er, nach Zigarettenrauch und Alkohol stinkend, im Trachtenanzug gegen elf mit einem Karton Weißwein unter dem Arm die Grenzpolizeistation erreichte und sein Büro betrat, gähnte er erst einmal laut, stellte den Wein in den Kleiderkasten, wischte sich den Schweiß von der Stirn, zog sich um und setzte sich müde an den Schreibtisch. Neben dem Computermonitor lag ein Kuvert.

»Werner? Werner!«

»Hier. In meinem Büro. Was ist los?«

»Komm her!«

»Ich eile. Guten Morgen.«

»Servus.«

»Sag einmal, wo warst du denn so lange?«, grinste der knapp 40-jährige, rothaarige und stämmige Kontrollinspektor Kollek unsicher, runzelte die mit Sommersprossen übersäte Stirn und setzte sich.

»Wein holen.« Brecht hatte die Figur eines etwas zu schwer gewordenen Mittelgewichtlers, der aber mit seinen breiten Schultern und seinem leichtfüßigen Gang bei den Damen immer noch gut ankam. Sein Gesicht war braun und faltenlos, zeigte kantige Züge und ein eigenwilliges Kinn. Der Chefinspektor mit dem glänzenden, in die Stirn gekämmten schwarzen Haar war keiner, der Diskussionen liebte. Bei ihm musste alles schnell gehen. Schnell und einfach. »Was ist das da auf meinem Schreibtisch?«

»Mein Urlaubsansuchen.«

»Du willst ausspannen? Wann?«

»Mitte November. Ein Sonderangebot.«

»Und wohin soll es gehen?«

»Kuba. Zwei Wochen.«

»Eine gute Wahl. Es wird dir dort gefallen«, meinte Brecht gleichgültig, nahm das Ansuchen aus dem Kuvert, las es durch und unterzeichnete.

»Die neue Kollegin hat dein Interesse an ihr bemerkt.«

»Die Rothaarige mit dem altdeutschen Namen?«

»Heinrich«, nickte Kollek.

»Was?«

»Ihr Name ist Heinrich. Martina Heinrich.«

»Und sie ist erst 26 und ledig«, grinste Brecht. »Hat sie heute Dienst?«

»Sie ist da.«

»Ausgezeichnet. Sag ihr, sie soll um zwölf bei mir erscheinen.«

»Schon in Unterwäsche?«

»Spar dir deine Anzüglichkeiten. Ich bin nicht in Stimmung.«

»Entschuldige.«

»Ist schon in Ordnung. Ich werde sie zum Mittagessen einladen und mich mit ihr unterhalten.«

»Und sonst?«

»Es ist wieder so weit. Am Mittwoch schiebe ich Nachtdienst, am Donnerstag du. Sie kommen an beiden Tagen so gegen halb drei. Vier Pkws hintereinander, und das Fahrzeug an der Spitze ist immer ein blauer Golf.«

»Ehmann hätte sie das letzte Mal beinahe kontrolliert.«

»Hast du mir erzählt. Deshalb steht der kleine, übermotivierte Arsch ja auch erst wieder freitags an der Spur. Da kann er sich austoben.« Nachdenklich erhob sich Brecht und schlurfte mit hängenden Schultern ans Fenster. »Irgendwie bin ich auf einmal unruhig«, knurrte er dabei.

»Du?«, grinste Kollek. »Nervös? Aber wieso denn? Läuft doch alles hervorragend. Obwohl ich nicht verstehe, dass du das notwendig hast. Bei deinen Verbindungen.«

»Das verdammte Roulette«, bekannte Brecht. »Ich hab jahrelang schon nicht mehr gewonnen. Weißt du, was das heißt? Dabei hat mir Hannes einige lohnende

Jobs angeboten. Alle auswärts. Ich wollte das Haus in Graz nicht aufgeben.«

»Du mit deiner Sentimentalität. Und was hast du jetzt davon?«

»Die Situation hat sich geändert.«

»Du meinst, Fiona hat dich rausgeworfen.«

»Wie das Leben halt so spielt. Irgendwie verstehe ich sie sogar.«

»Ach so? Also los. Wieso wirst du eigentlich nicht Landtagsabgeordneter?«

»Werde ich doch. Im Jänner.«

»Falls die Partei dieses entsetzliche innerbetriebliche Hickhack übersteht.«

»Dem Hannes ist immer noch alles gelungen.«

»Einmal geht jedem etwas daneben.«

»Und wenn schon. Hannes hat genug Geld. Der geht nicht unter.«

»Aber du? Was wird dann aus dir?«

»Diese Frage stellt sich nicht. Wir werden unsere Probleme lösen, und in zwei Jahren sind wir stärker als zuvor. Darauf kannst du wetten, und sobald wir wieder am Drücker sind, fällt auch für dich etwas ab.«

»Du bist mein Freund, Benno. Ob dabei etwas für mich abfällt, oder nicht.«

»Es tut gut, Freunde zu haben, nicht wahr?«

»Ja. Aber trotzdem denke ich die ganze Zeit darüber nach, ob es klug war, von den Serben mehr Geld zu verlangen.«

»Alles wird teurer, mein Lieber. Diese Gauner haben genug Geld, und das werden wir uns holen.«

»Die wollen es sich aber erst noch überlegen.«

»Sollen sie doch. Ohne uns geht nichts. Wir sitzen am längeren Ast.«

»Sicher. Wahrscheinlich mach ich mir unnötig Gedanken.«

»Du sagst es. Sieh zu, dass unsere Leute wieder den einen oder anderen Zigarettenschmuggel aufdecken. Wir brauchen Erfolge, sonst wird das Landespolizeikommando unruhig.«

»In Ordnung. Sehen wir uns noch vor Dienstende?«

»Das kommt auf das Mädchen an. Könnte gut sein, dass ich heute am späten Nachmittag ein wenig Zeitausgleich benötige.«

»Auch gut, Benno. Sieh zu, dass du sie in die Kiste bringst und auf andere Gedanken kommst. Inzwischen schaukle ich den Laden hier. Viel Spaß.«

14.30 Uhr. Im Büro des Landeskriminaldirektors von Salzburg waren die Fenster geschlossen und die Luft war zum Schneiden dick. Hofrat Dr. Friedrich Merck wischte sich den Schweiß von der Stirn, wuchtete mühsam seine 120 Kilogramm hoch, beugte sich über den Tisch und sah seiner attraktiven Stellvertreterin lange in die Augen.

»Ein Brandanschlag auf den Oberbürgermeister von Salzburg hat ganz selbstverständlich eine politische Dimension«, schnaufte er finster und knallte seine massige Faust auf den Tisch. »Neben all dem öffentlichen Interesse, das mit so einer Tat einhergeht, kann niemand ausschließen, dass die Täter aus politischen Gründen gehandelt haben. Wir treten den Fall an das Bundesverfassungsamt ab.«

»Das sehe ich nicht so«, entgegnete Oberst Bettina Wagner kühl, schüttelte ihr kurz geschnittenes schwarzes Haar, legte ihre langen, schlanken Beine übereinander und lehnte sich bequem zurück. Dabei rutschte ihr blauer Rock hoch, und ihr Chef bekam noch mehr Atemnot.

»Mit deinen 32 Jahren hast du zu wenig Erfahrung, Betty«, behauptete Merck, lockerte seine rot-weiß-rot gestreifte Krawatte und entledigte sich seines grauen Sakkos. »Bei der Aufklärung von Straftaten, meine ich.«

»Was hat das mit Erfahrung zu tun? Das ist eine Führungsaufgabe«, erwiderte Mercks Stellvertreterin gelassen. »Auf Pimminger und seine Leute kann ich mich verlassen. Das sind ausgezeichnete Kriminalisten. Die werden den Fall schon lösen. Unter meiner Leitung natürlich, nicht wahr?« Zornig wechselte sie einen Blick mit dem breitschultrigen blonden Major, der ihr gegenüber desinteressiert in seinem Sessel lümmelte, sich ungeniert zwischen den Beinen kratzte und sie dabei herausfordernd ansah. Der Kerl stank, und seine struppige Mähne schrie geradezu nach einer Haarwäsche. »Klar«, grunzte er und zwinkerte ihr zu. »Das machen wir schon.«

»Wir können uns in dieser Sache keinen Misserfolg leisten, Betty«, meinte der Direktor skeptisch.

»Es wird keinen Misserfolg geben. Wir haben eine äußerst Erfolg versprechende Spur, und ich bin sicher, dass wir den Täter fassen. Wir wären geradezu verrückt, wenn wir unter diesen Umständen noch andere zum Zug kommen lassen würden.«

»Du bist ganz sicher?«

»Absolut. Wir zeigen dem Oberbürgermeister, was wir können, führen den Brandstifter seiner gerechten Strafe zu und haben damit, was die Kompetenz unseres Hauses anbelangt, eine hervorragende Visitenkarte abgegeben.«

»Du meinst, du hast dann bei ihm einen Stein im Brett?«

»So könnte man das auch sehen.«

»Na gut«, entschied der Landeskriminaldirektor. »Ich hoffe, du weißt, was du tust. Behaltet euren Fall und klärt ihn. Aber schnell!«

»Das tun wir«, grinste Bettina Wagner, strich ihren Rock glatt und erhob sich. »Brauchst du uns noch?«

»Dein neuer Kurzhaarschnitt sieht keck aus«, schmeichelte ihr Merck. »Nein, ich brauche euch nicht mehr.«

»Also, Kollege Pimminger. Gehen wir.«

Kaum waren sie im Treppenhaus, war es mit Wagners Freundlichkeit vorbei. »Ich erwarte Sie in meinem Büro. Unverzüglich«, zischte sie und eilte über die Stufen nach unten. Pimminger grinste bloß und folgte ihr.

»Was fällt Ihnen eigentlich ein?«, fauchte sie später, als sie einander in ihrer Kanzlei gegenübersaßen.

»Wie meinen?«

»Sie haben unser wertvolles Beweisstück in aller Herrgottsfrühe persönlich nach Innsbruck gebracht. In die Gerichtsmedizin. Die Fahrbereitschaft behauptet, Sie seien vor einer Stunde zurückgekehrt. Wie schaffen Sie es, sich zwischen 13.30 Uhr und 14.30 Uhr so zu besaufen? Und wie Sie aussehen. Haben Sie diesen Anzug von der Müllhalde geklaut?«

»Immer langsam, meine Liebe«, brummte Pimminger und betrachtete ihre Beine. »Ich hab zwei Gläser Bier getrunken. Höchstens.«

»Sie riechen, als hätten Sie in einem Fass geschlafen.«

»Irgend so ein Idiot hat mir sein Bier über die Hosen geleert. In der Kantine. Schließlich musste ich ja auch etwas essen, nach siebenstündiger Dienstreise. Außerdem hat mich meine Freundin gestern an die Luft gesetzt. Nicht dass Sie das etwas anginge, aber die Sache hat mich ziemlich aus dem Gleichgewicht gebracht.«

»Na gut. Aber reißen Sie sich zusammen. Sie hatten bisher keinen schlechten Ruf im Hause.«

»Und was hat mir das gebracht? Gar nichts. Wissen Sie, ich bin jetzt lange genug bei diesem Haufen. Da hat man keine Illusionen mehr.«

»Verstehe. Ich hab den Job, auf den Sie immer scharf waren. Verständlich, dass Sie deshalb sauer sind.«

»Dafür kann ich mir nichts kaufen. Ich bin 49 und hab plötzlich keine Perspektiven mehr. Das ist nicht lustig. Aber lassen wir das. Ich mach meine Arbeit, und irgendwann einmal heilt die Zeit alle Wunden.«

»Ich hoffe es für uns beide, Herr Major«, seufzte sie. »Ich hab nichts gegen Sie, und es wird Zeit, dass wir uns auf die gemeinsame Aufgabe besinnen. Wir haben einen gefährlichen Brandstifter auszuforschen und festzunehmen. Das sind wir dem Herrn Oberbürgermeister schuldig.«

»Sie vielleicht.«

»Wie bitte?«

»Ein Scherz. Nein, nein. Ich hab einen Beruf und

den nehme ich ernst«, erwiderte der Major. »Keine Frage. Aber jetzt würde ich mich gern um eine neue Unterkunft kümmern. Schließlich will ich heute Nacht ja nicht unter einer Brücke schlafen.«

18.00 Uhr, Reichenau an der Rax. Zoffs junge Geliebte überfiel ihn schon an der Eingangstür und verbiss sich in seine Lippen, als wolle sie ihn auffressen. »Wir fahren ins Theater an der Wien. Zu ›Elisabeth‹. Wir sitzen in der ersten Reihe«, keuchte sie, als sie seinen Mund gerade wieder einmal freigab.

»Wieso kaufst du Musicalkarten, ohne das mit mir abzusprechen?«, protestierte Zoff unsicher und ließ die Schultern hängen. Er fühlte sich gar nicht gut.

»Ich wollte dich überraschen«, verteidigte sich Marlene hilflos. »Du sagtest doch, dass du dir das Stück ansehen willst, und ich hab Himmel und Hölle in Bewegung gesetzt, um die Tickets zu kriegen. Sie waren ziemlich teuer.«

»Geh bitte allein hin, Marlene«, meinte Zoff finster. »Ich muss nach Hause.«

»Du machst Witze«, brauste sie auf. »Ist das dein Ernst? Ruf doch an. Du hast in Wien zu tun. Dringend. Dienstlich.«

»Ich kann nicht.«

»Was heißt, du kannst nicht? Den Telefonhörer in die Hand nehmen und daheim anrufen, kann doch nicht so schwierig sein.«

»Ich will nicht.«

»Du willst nicht«, wiederholte sie verstört und wurde bleich. »Was heißt das jetzt?«

»Das heißt, dass ich nach Graz muss.«

»Zu ihr. Du willst zu ihr. Oh Gott. Du liebst mich nicht mehr. Du magst mich nicht mehr. Wieso denn? Was hab ich dir getan? Warum bist du auf einmal so böse zu mir? Sag, was los ist, bitte.«

»Du verstehst mich nicht, Kleines. Nina hat mir ein Versprechen abgenommen«, argumentierte er hilflos.

»Ein Versprechen? Was heißt das? Was für ein Versprechen?«

»Ein Versprechen uns beide betreffend. Ich hätte doch schon wochenlang reden müssen mit dir.«

»Reden müssen.« Da verstand sie. »Sag nichts«, flüsterte sie hastig, und ihre Augen füllten sich mit Tränen. »Schweig still. Bitte.«

»Es nützt doch nichts. Ich habe auf den richtigen Zeitpunkt gewartet. Verstehst du nicht? Ich wollte es dir die ganze Zeit über sagen, und es ging nicht. Aber ich glaube, jetzt ist der Augenblick gekommen.«

»Nein«, sagte Marlene mit Nachdruck und schüttelte ihre langen blonden Locken. »Nein. Das ist nicht der richtige Zeitpunkt. Du hast vor, mir das Herz zu brechen, Peter Zoff, nicht wahr? Aber nicht heute, bitte. Lass das sein.«

»Es geht nicht mehr, Marlene. Es tut mir leid, aber es geht nicht mehr.«

»Und warum sollte es nicht gehen? Ich habe dich nie zu etwas gedrängt. Ich war immer froh, während du bei mir warst. Ich habe deiner Frau nichts weggenommen. Sie hat doch alles. Sie hat dich. Was verliert sie schon, wenn du hie und da zu mir schleichst. Was ist denn so böse dran, dass du mich heimlich glücklich machst? Nachts, wo alle schlafen und niemand etwas ahnt.«

»Aber du hast doch die ganze Zeit über schon gespürt, dass ich nicht mehr weiterkann. Du hast es erkannt und du hast es auch verstanden. Wir hatten ein wenig Glück auf Zeit, und die Zeit ist abgelaufen. Jetzt müssen wir uns trennen.«

»Ich will nicht. Ich kann nicht. Du bist alles, was ich hab. Meine erste, einzige und ganz große Liebe. Weißt du nicht, wie sinnlos alles ist, wenn du nicht bei mir bist? Ich kann das nicht fassen. Was soll ich mit einem Leben ohne dich? Willst du mich zugrunde richten? Willst du das?«

»Aber Marlene. Versteh doch ...«

»Nein. Ich verstehe nicht. Ich weiß bloß, dass du mir das Schlimmste antun willst, das du mir antun kannst. Warum?«

»Weil ich es tun muss. Du bist erst 24 und wunderschön. Du findest einen anderen. Jemanden, der dich nicht bloß verstohlen liebt. Einen, der dich heiratet und mit dir viele Kinder hat.«

»Still. Ich will das nicht hören. Kein Wort davon. Weißt du, irgendwie denke ich in letzter Zeit oft an meine Kindheit. Da träumte ich mir Gesichter und Stimmen. Nina hat doch schwarzes Haar, und sie trägt es halblang, oder? Und diese außergewöhnlich großen, blauen Augen und ihre hochgestellten Backenknochen. Ich bin dieser Frau noch nie begegnet und könnte sie trotzdem zeichnen. Auf der Stelle.«

»Unsinn. Lass Nina aus dem Spiel, Marlene. Du hast gewusst, dass ich sie nicht verlasse.«

»Gar nichts hab ich gewusst. Deine Frau hat dir

nicht gegeben, was ich dir gebe, Peter. Sonst wären wir nicht schon ein Jahr lang zusammen.«

»Du und Nina, ihr seid verschieden wie Tag und Nacht, und ich hab dir nie etwas versprochen.«

»Nicht?«

»Nein, nie.«

»Und deine Hände an meinem Körper? Die waren doch ein Versprechen, und dein Kopf an meiner Brust und dein Zittern in der Nacht, während du böse Träume hattest.«

»Hör auf damit. Ich bitte dich.«

»Oder ging es dir wirklich nur ums Bett?«

»Du weißt genau, dass ich dich liebe.«

»Also doch. Du liebst mich, und Liebe ist ein Versprechen. Dein Stöhnen, während du mich nimmst, ist ein Versprechen und mein Seufzen unter dir und jedes stille Lächeln, wenn wir aneinander denken. Willst du das leugnen? Willst du es wegwischen, austilgen, vergessen?«

»Wieso machst du es mir so schwer?«, wand sich Zoff verzweifelt.

»*Dir?* Du stößt mir ein Messer in die Brust und fragst mich, wieso ich es *dir* schwer mache? Wieso packen wir nicht einfach unsere Koffer und verschwinden von hier? Wir fliehen. Irgendwohin.«

»Unmöglich.«

»Warum sollte das unmöglich sein?«

»Wegen meines Jobs und wegen meiner Familie, Marlene.«

»Dein Job? Polizisten braucht man überall auf der Welt. Und die süße Familie? Deine Tochter ist beinahe erwachsen und hat andere Sorgen als dich. Und deine

Frau? Wenn du mich heiratest, schläfst du nie mehr mit einer anderen, darauf kannst du Gift nehmen. Sobald du eine andere nämlich auch nur ansiehst, mache ich dich in meinem Bett so fertig, dass dir eine Woche lang die Knie zittern.«

»Ich muss gehen, Marlene.«

»Geh nicht, Peter. Du weißt nicht, was du mir antust.«

»Verzeih mir.« Zoffs Abgang war nichts als eine Flucht, wortlos, kopflos und ohne einen Funken Hoffnung. Die Reifen des blauen BMW drehten durch, als er aus der Einfahrt schoss, und eine Welle von Übelkeit überschwemmte ihn, während er durch Reichenau in Richtung Süden jagte. Ein beißender Schmerz im Magen. Wie eine Welle flutete er durch seine Eingeweide, verdickte und verklumpte sich und legte sich zwischen Bauchraum und Brustkorb. Würgend schaffte Zoff es noch bis an den Rand der Stadt Gloggnitz, ehe er an einer Bushaltestelle anhielt und mit bleichem Gesicht aus dem Fahrzeug taumelte.

»Du bist ein Arschloch, Zoff«, stöhnte er bitter, wischte sich mit dem Handrücken den Schweiß von der Stirn, nahm die Brille ab und hielt sich mit der linken Hand an der Haltestellentafel fest. »Einer, der jede bloß unglücklich macht.« Dann drehte es ihm den Magen um.

Samstags zeigt sich die Stadt Salzburg von ihrer hektischen Seite. Lädt auch noch der Oberbürgermeister mitten in der Innenstadt zu einem Stammtisch ein, ist das Verkehrschaos vorprogrammiert.

»Die Leute wollen mehr Polizisten auf der Straße

sehen, Bettina«, knurrte Rieder in Jeans, gelbem Hemd und blauem Blazer nach Ende der Podiumsdiskussion und nippte an einem Glas Bier.

»Die Bundesregierung fährt einen beinharten Sparkurs«, flüsterte die stellvertretende Landeskriminaldirektorin im eng geschnittenen grauen Kostüm, schüttelte ihr schwarzes Haar, legte die Beine übereinander und drückte verstohlen Rieders Hand. »Das Budget platzt aus allen Nähten.«

»Uninteressant. Ich hasse es, wenn meine Gäste im Stau stecken und sich verspäten«, zischte der Oberbürgermeister. »Berichte das bitte deinem feinen Herrn Landespolizeikommandanten.«

»Den interessiert nur noch sein bevorstehender Ruhestand. Außerdem mag er dich nicht.«

»Wen kratzt das? Wir Liberalen sind in der Regierungskoalition. Als Bundesparteiobmann entscheide ich, ob es in diesem Lande weiterhin eine bürgerliche Mehrheit gibt, oder nicht. Gerade unserer konservativ eingefärbten Polizeiführung müsste das doch ein besonderes Anliegen sein, oder?«

»Aber ja. Deshalb bemühen wir uns ja so um dich. Die Polizei kommt dir ganz weit entgegen, Hannes«, lächelte Bettina, beugte sich nach vorn und gewährte dem Oberbürgermeister einen tiefen Einblick in den Ausschnitt ihrer weißen Bluse.

»Ja, du. Du schon. Willst du immer noch Landespolizeichefin werden?«

»Das ist mein sehnlichster Wunsch.«

»Verzeihung.«

»Was ist denn?«

»Der Herr Bundeskanzler ersucht um deinen Rückruf, Hannes«, murmelte Rieders Sekretärin, die völlig unbemerkt an den Oberbürgermeister herangetreten war. Eine schlanke junge Frau mit ebenmäßigen Gesichtszügen, auf deren dichtem, honigfarbenem Haar, welches sie zu zwei Zöpfen zusammengebunden trug, sich das Sonnenlicht brach, das durch die hohen Fenster in den Saal drang.

»Erinnere mich später noch einmal daran, Susanne«, bat sie der Oberbürgermeister gedankenverloren und starrte auf ihren anmutigen Busen. »Ordne meine Unterlagen und geh schon einmal voraus ins Büro. Ich komm in einer Stunde nach.«

»Alles klar«, entgegnete die junge Frau seufzend, schob den etwas zu kurzen schwarzen Rock nach unten, warf Bettina Wagner einen bösen Blick zu und verschwand.

»Die Besetzung dieser Planstelle ist eine strategische Frage«, meinte Rieder und wandte sich wieder seiner weiblichen Begleitung zu. »Deshalb werden wir die Sache mit Paul bereden. Bei passender Gelegenheit.«

»Was du immer mit deinem Paul hast. Der Mann ist so widerlich.«

»Er ist mein Kamerad.«

»Und Benno?«

»Der ist mein allerbester Freund. Von Kindheit an. Was sagst du übrigens zu seiner neuen Flamme?«

»Zu dieser Frau Heinrich? Sehr jung.«

»Wir werden alle täglich älter. Sie ist ein aparter Typ. Benno hat Geschmack.«

»Tatsächlich?«

»Darauf kannst du wetten.«

»Hallo Hannes. Du kennst Frau Heinrich?«, lächelte Benno Brecht, der sich den beiden inzwischen genähert hatte.

»Du hast mir die Dame schon am frühen Morgen vorgestellt. Ich bin entzückt.«

»Der Kaiser von Salzburg, mein Engel«, flüsterte Brecht. »Sag schön Guten Tag.«

»Ich freue mich, Sie kennenzulernen, Herr Oberbürgermeister.«

»Die Freude ist ganz auf meiner Seite. Das ist Bettina Wagner. Die stellvertretende Leiterin des Landeskriminalamtes.«

»Guten Morgen, Frau Oberst. Martina Heinrich.«

»Ich weiß.«

»Schlecht gelaunt?«, grinste Brecht, gab Martina Heinrich einen Wink, und sie setzten sich.

»Aber bitte. Nimm doch Platz«, höhnte Bettina Wagner.

»Tolle Veranstaltung, Hannes. Danke für die Einladung.«

»Du hast den weiten Weg nicht gescheut, mein Alter. Das freut mich.«

»Mich auch«, meinte Wagner spitz. »Und mit so charmanter Begleitung.«

»Nicht wahr«, grinste Brecht. »Martina ist jung, nicht allzu ehrgeizig und ganz unheimlich anschmiegsam. Sie begeistert mich.«

»Das sieht man.«

»Ist etwas nicht in Ordnung, Betty?«, wunderte sich der Oberbürgermeister.

»Ach was. Weiber«, warf Brecht ein. »Wen kümmert es? Aber du bist immer noch ein wahrer Tribun. Durch und durch.«

»Manche Fragen der Leute waren ein wenig naiv.«

»Meinst du diese Anfrage Bettina betreffend?«

»Ich verstehe nicht.«

»Eine Dame fragte doch, wie man so jung Polizeioberst wird.«

»Tatsächlich? Hab ich gar nicht mitbekommen.«

»Nicht mitbekommen. Das ist gut«, prustete Brecht.

»Was soll das, Benno?«, unterbrach ihn Bettina Wagner gefährlich leise. »Hör auf damit. Auf der Stelle. Sonst passiert was.«

»Ach. Da fürchte ich mich aber.«

»Was bildest du dir ein?«

»Ich? Ich bilde mir gar nichts ein. Du bildest dir etwas ein, meine Liebe. Du wärst nicht so hoch aufgestiegen ohne mich. Denk dran.«

»Moment mal«, unterbrach Rieder. »Ich hab das für Bettina gerichtet und nicht du.«

»Richtig. Aber ohne mich hättest du sie gar nicht kennengelernt.«

»Stimmt. Gut pariert. Alle Achtung.«

»Halt den Mund, Benno. Ich liebe ihn.«

»Du liebst ihn? Hannes? Dass ich nicht lache. Du liebst bloß dich. Du schläfst dich nach oben, Betty. Planmäßig.«

»Sei still und verschwinde. Pack dein Flittchen und hau ab, hörst du?«

»Flittchen? Wer ist hier ein Flittchen?«, zischte Brecht. »Erst schläfst du mit mir und profitierst von meinen Bekanntschaften und anschließend spielst du dich auf? Zur moralischen Instanz? Das ist doch wohl nicht dein Ernst, meine Liebe.«

»Ihr hattet was miteinander?« Der Oberbürgermeister räusperte sich. »Das wusste ich nicht. Wieso hat mir das noch keiner gesagt?«

»Du bist ein Schwein, Benno«, murmelte die stellvertretende Landeskriminaldirektorin voller Hass, erhob sich und sah Brecht tief in die Augen. »Das wirst du mir büßen.«

Sonntag gegen 8.00 Uhr begann sich der Himmel einzutrüben. Ein scharfer, böiger Wind kam aus Norden, und Zoff zog den Zipp seiner Laufjacke ein Stück weiter nach oben.

»Und wann beginnen deine Erhebungen?«, fragte Nina, schüttelte ihr glänzendes blauschwarzes Haar und schenkte ihm ein kleines Lächeln.

Diese kleine Lachfalte um deinen linken Mundwinkel fasziniert mich immer noch, kam es Zoff in den Sinn und er grinste. »Übermorgen«, schnaufte er, nahm die ersten steilen Stufen zum Grazer Schlossberg vor Nina und hetzte die Treppe nach oben.

»Warte doch«, keuchte sie verzweifelt und versetzte ihm einen Klaps auf den Hintern.

Tatsächlich verringerte Zoff ein wenig das Tempo, und er fühlte sich einfach fabelhaft, bis sie zehn Minuten später mit rasselndem Atem nebeneinander auf der Aussichtsplattform standen. Da traf ihn ein verirrter Sonnenstrahl direkt auf der Nase, erinnerte ihn an Marlene, und er wurde traurig.

»Was hast du denn?«, fragte Nina besorgt. »Du bist auf einmal so bleich.«

»Keine Ahnung. Hat nichts zu bedeuten«, meinte er kurz angebunden und betrachtete die Dächer der

Stadt, aber sie griff nach seiner Hand und drückte sie ganz fest.

»Wir müssen den Rückweg nicht laufen«, meinte sie fürsorglich. »Wenn wir gemütlich gehen, sind wir auch so gegen neun zu Hause. Da ist Julia wahrscheinlich gerade mit dem Frühstück fertig.«

»Ich finde das unheimlich lieb von ihr«, murmelte Zoff. »Die Eltern zum Joggen zu schicken und sich inzwischen um das Frühstück zu kümmern, wäre mir in ihrem Alter nicht eingefallen. So kreativ war ich nie.«

»Ach, lass doch. Natürlich hat sie das von dir. Du schreibst Gedichte, bist sensibel, romantisch und impulsiv. Ein typischer Luftmensch eben.«

»Das wirfst du mir seit Jahren vor.«

»Ab und zu stört es mich. Keine Ahnung, warum. Aber im Augenblick gefällt es mir.« Sie küsste ihn und streichelte seine Wangen, und er schloss die Augen und hielt ganz still.

»Gegensätze ziehen sich an, sagt man«, meinte er später.

»Ist doch so, oder?«

»Manchmal. Dann sehne ich mich wieder nach einer Romantikerin. Nach einem süßen Mädel, mit dem man sich wegträumen kann. Aber du lebst bloß im Hier und im Jetzt. Du bist Realistin, ein Erdemensch.«

»Ich bin 36 Jahre alt und kein junges Ding mehr. Aber ich bin dein Halt, Peter. Dein Hafen. Ohne mich wärst du längst aufgeflogen. Ab in die Wolken. Es ist nicht gut, wenn ein Kriminalbeamter zu oft träumt.«

»Ich denke nicht, dass ich in meinem Job was verpenne«, unterbrach er sie mit rauer Stimme.

»Das sagt ja keiner. Aber du hast zwei Gesichter. Einerseits bist du ein Träumer, andererseits ein verlässlicher Ehemann und Partner. Einer, auf den ich zählen kann. Die Klammer dazwischen ist deine Konsequenz. Du träumst zwar trotz meiner Einwände ziemlich stur vor dich hin, aber du stellst dich auch allen Problemen. Du gibst nie auf. Nicht einmal bei mir.«

»Ich träume davon, dass du einmal deine Zurückhaltung aufgibst, Nina. So wie eben erst. Ich weiß nicht, warum, aber ich stoße mir an deiner Schale den Schädel wund. Seit Jahren schon.«

»Weiß ich doch. Aber mach weiter. Schlag ein Loch in die Schale. Irgendwann bringst du meinen Eispanzer zum Schmelzen. Ich bin ganz sicher, du erlöst mich.«

»Ach Nina.« Zärtlich nahm Zoff seine Frau in den Arm, küsste sie, drückte sie so, dass sie seine zunehmende Erregung spüren konnte, und verbuchte traurig ihre Erstarrung.

»Lass uns weiterlaufen«, lächelte sie bang und fuhr ihm verlegen durchs Haar. »Langsam wird mir kalt.«

»Eigenartig«, wunderte sich Zoff und gab sie frei. »Ich spüre den Wind fast gar nicht. Aber wenn du nach Hause willst, hab ich nichts dagegen.«

Während Zoff und seine Frau Hand in Hand vorbei am Standbild des steinernen Löwen zum Grazer Wahrzeichen, dem Uhrturm, trabten, klingelte in einer Villa am Stadtrand von Wien das Telefon.

»Hallo? Berg spricht.«

»Wer sonst?«, knurrte der Anrufer grußlos. »Wieso

läuft die Zusammenlegung der beiden Geheimdienste so schleppend?«

»Weil der Innenminister alles tut, um die Sache zum Scheitern zu bringen. Er intrigiert, droht und tobt. Dieser machtgeile Choleriker. Nur gut, dass der Kanzler hinter mir steht.«

»Dann nützen Sie diese Stärke.«

»Die grundsätzlichen Weichen sind gestellt. Jetzt stecke ich in der Detailarbeit, und die ist schwierig.«

»Das war zu erwarten. Also geben Sie Gas. Schaffen Sie Fakten. Vor allem holen Sie endlich jene Leute, die ich an den Schalthebeln des neuen Dienstes sehen will.«

»Selbstverständlich. Sie werden zufrieden sein.«

»Die Situation in Salzburg macht mir Sorgen. Die Sozialisten suchen Kontakt zu Rieder und er scheint sie zu ermuntern. Sein Verhältnis zum Kanzler wird dagegen ständig schlechter.«

»Leider. Wenn Rieder die Seiten wechselt, kommen die Roten ans Ruder. Und wir können einpacken.«

»Das darf nicht passieren. Der Mann muss wissen, worum es geht. Rasch.«

»Sein Sommerhaus ist abgebrannt.«

»Ist bekannt. Anscheinend bringt er gerade jede Menge Leute gegen sich auf.« Bloß ist es mit dem Abbrennen eines Hauses nicht getan, sofern er mit den Roten paktiert.«

»Also Endlösung?«

»Abwarten. Aber früher oder später könnte uns nichts anderes übrig bleiben. Bringen Sie Ihre Leute sicherheitshalber schon einmal in Stellung. Wir müssen wachsam sein.«

Montag, 10.05 Uhr. In Brechts Büro stand das Fenster weit offen, und er schloss es, ehe er sich an den Schreibtisch setzte. Vor dem Computermonitor lag ein Kuvert.

»Werner? Werner!«

»Ja?«

»Wo bist du?«

»In meinem Büro. Was ist denn?«

»Komm her!«

»Ich eile! Guten Morgen.«

»Servus.«

»Sag einmal, wo warst du denn so lange?«

»Kann dir doch egal sein. Was ist das da auf meinem Schreibtisch?«

»Ein Brief. Hat ein Bosnier für dich abgegeben. Bei der Ausreise«, meinte der unrasierte, nach Schweiß stinkende Kontrollinspektor und grinste.

»Ein Bosnier? Für mich? Eigenartig. Mal sehen.«

Das Kuvert war gelb und ziemlich abgegriffen und es hatte einen Fettfleck auf der Rückseite.

»Die Schrift ist mir jedenfalls unbekannt«, grübelte Brecht gedankenverloren, während er seinen Namen vom Briefumschlag ablas. Er riss ungeduldig das Kuvert auf, kippte es und beutelte ein zusammengelegtes Blatt Papier auf die Tischplatte. Kopfschüttelnd nahm er es hoch und faltete es auf.

»Es ist ungewiss, wo uns der Tod erwartet. Erwarten wir ihn überall«, las er laut.

»Was?«, lachte Werner Kollek überrascht. »Lies das bitte noch einmal.«

»Es ist ungewiss, wo uns der Tod erwartet. Erwarten wir ihn überall«, wiederholte der Grenzpolizeikommandant.

»Was für ein kluger Spruch«, grinste Brechts Stellvertreter zynisch. »Ist das handgeschrieben?«

»Ach wo. Ein Ausdruck. Sieht aus wie Times New Roman.«

»Ein Scherz. Nicht besonders lustig, aber ein Scherz.«

»Vielleicht«, erwiderte Brecht leise. »Vielleicht aber auch nicht. Was hast du mir da erzählt? Wer hat das abgegeben?«

»Ein Unbekannter. Ehmann hat den Brief übernommen.«

»Ausgerechnet Ehmann?«

»Genau«, nickte Kollek.

»Von wem hat er den Umschlag?«

»Von irgendeinem Typen, der ausreiste. Er saß in einem bosnischen Fahrzeug, soviel ich weiß.«

»Und das Kennzeichen?«

»Keine Ahnung. Wenn wir Glück haben, hat es Ehmann notiert.«

»Fragen wir ihn doch. Er soll um 12.00 Uhr bei mir erscheinen. Pünktlich.«

»12.00 Uhr. In Ordnung.«

»Jedenfalls ist dieser Brief eigenartig, oder?«

»Das kann man wohl sagen. Die Serben schreiben so etwas nicht.«

»Wie wäre es mit österreichischen oder deutschen Konkurrenten?«

»Kann ich mir nicht vorstellen. Und ein politischer Hintergrund?«

»Unsinn. Am ehesten wohl doch das Schreiben

eines Verrückten. Ich werde es nicht überbewerten.«

Nachdenklich faltete Brecht den Zettel zusammen, steckte ihn ins Kuvert zurück und legte den Brief in die oberste Schreibtischlade. »Jetzt kümmere ich mich erst einmal um ein Frühstück«, verkündete er dabei.

»Ich schicke einen Beamten zum Bäcker, sofern du willst«, gähnte Kollek.

»Nein, nein, nicht nötig. Aber dieser Brief ist wirklich seltsam«, sinnierte der Grenzpolizeikommandant. »Was denn, wenn das ein literarischer Text ist?«

»Glaubst du?«

»Na ja. Könnte doch sein, oder?«

»Möglich ist alles.«

»Aber natürlich«, seufzte Brecht versonnen und legte seine Stirn in Falten. »Ja, ich denke, ich habe den Nagel auf den Kopf getroffen. Das ist ein literarischer Text.«

»Klingt aber nicht unbedingt nach einem Gegenwartsdichter.«

»Eher nach einem Klassiker. Goethe vielleicht. Ich werde es rauskriegen.«

»Du kriegst alles raus.«

»Klar doch. Alles eine Frage der Zeit. Weißt du was? Wir fahren ins Dorf und trinken dort einen Capuccino. Du bist eingeladen.«

»Danke. Ich hab die Nacht durchgesoffen und bin für jede Tasse Kaffee dankbar.«

»Na bestens. Wir treffen uns in fünf Minuten beim Dienstwagen. Du fährst.«

Währenddessen stand in Wien der neue Kanzleileiter des Innenministers mit schuldbewusster Miene vor seinem Chef. »Was sagen Sie? Was sagen Sie zu diesem Menschen, Pechstein?« Die Stimme des Innenministers war hoch und dünn.

»Was soll ich dazu sagen?«

»Was soll ich dazu sagen«, äffte der Minister seinen Sekretär nach, spannte die Muskeln unter seinem schneeweißen Hemd, stemmte sich hoch, schüttelte das rabenschwarze Haar und schob sein ausgeprägtes Kinn vor. »Ihre Meinung, Pechstein. Ihre ehrliche Meinung. Was sonst? Frei von der Leber weg. Sagen Sie ruhig, was Sie von Rieder halten.«

»Ein schwieriger Mensch, wenn ich das so sagen darf.«

»Ich weiß ja, dass Sie ihn nicht mögen«, grinste der 50-jährige Spitzenpolitiker heimtückisch und warf das ihm vorgelegte Fax achtlos auf einen Aktenstapel. »Ja, der Herr Oberbürgermeister von Salzburg ist ein ausgemachtes Arschloch. Und ein richtig feiges Arschloch dazu, wie sich jetzt gerade herausstellt.«

»Dieser Herr Freiher hat bereits das zweite Mal angerufen«, nuschelte der Sekretär in grauem Anzug und roter Krawatte hilflos und lächelte linkisch. »Er verlangt sofortige Unterstützung.«

»Ach so.« Boshaft blinzelte der Ressortleiter seinem Sekretär zu, umrundete seinen Schreibtisch und kam näher. »Natürlich. Er verlangt. Hören Sie zu, Pechstein. Dieser Herr Freiher kann gar nichts verlangen. Der kann mich maximal ersuchen. Mich freundlich bitten. Schließlich hat *er* ein Problem, nicht ich, oder?«

»Freiher beharrt darauf, sein Oberbürgermeister brauche Hilfe. Dringende Hilfe.«

»Und da kommt er zu mir. Genau zu jenem Minister, den sein sauberer Bundesparteiobmann seit Jahren bekämpft. Bis aufs Messer bekämpft, Pechstein. Das ist die Wahrheit. Rieder und ich hassen einander. Gerade wegen dieser unseligen Koalition zwischen unseren Parteien. Ich war dagegen, und Rieder zahlt mir das heim, so oft er kann. Mit Wonne! Und jetzt soll ich ihn schützen?«

»Immerhin hat man Rieders Sommerhaus niedergebrannt und seinen Hund umgebracht. Und dazu dieses merkwürdige Schreiben. Was denn, wenn ihn jemand persönlich angreift? Dieses Hilfeansuchen abzulehnen, könnte gefährlich werden.«

»Gefährlich? Ja. Fragt sich bloß, für wen. Für mich? Glauben Sie das wirklich?« Der Minister lachte. »Nein, Pechstein. Nein, nein. Natürlich werde ich das Ersuchen ablehnen. Wer will mich daran hindern? Niemand.«

»Und wenn er die Medien mobilisiert?«

»Wie denn? In diesem Land schreibt niemand etwas, das gegen mich gerichtet ist. Zumindest nicht öffentlich.«

»Und das Fernsehen?«

»Dort sitzen meine verlässlichsten Freunde.«

»Er könnte es im Ausland versuchen.«

»In welchem Ausland?«

»In Deutschland vielleicht.«

»Seit wann interessiert die Preußen, was wir Österreicher treiben? Lachhaft. Nein, nein, da sehe ich überhaupt kein Problem.«

»Dann kann wohl tatsächlich nichts passieren.«

»Bingo. Gar nichts. Somit drücken Sie unserem lieben Herrn Freiher mein aufrichtiges Bedauern aus, Pechstein. Aber bloß telefonisch. Die sollen für ihren Herrn Oberbürgermeister private Personenschützer anheuern, wenn er sich bedroht fühlt. Von mir kriegt er nichts.«

»Wir weisen auf die Beispielsfolgen hin und auf die angespannte Budgetlage, richtig?«

»Richtig, Pechstein. Sagen Sie dem Mann, es sei keine konkrete Gefährdungslage erkennbar.«

»Jawohl, Herr Minister.«

»Was ist mit der Personalliste für unseren neuen Geheimdienst?«

»Ist bereits fertig. Sie müssen die Akte nur noch mit ihrer Unterschrift versehen. Ich bringe sie dann persönlich ins Kanzleramt.«

»Recht so, Pechstein. Recht so. Und überlegen Sie sich jemanden, der unsere Personalabteilung übernimmt. Dort will ich frisches Blut.«

»Es gäbe da einen wirklich fähigen Kollegen. Einen jungen Bezirksinspektor aus Niederösterreich. Daneben Bezirksparteisekretär. Attraktiv, redegewandt und aus gutem Hause.«

»Klingt gut, Pechstein. Klingt sehr gut. Obwohl wir dort eigentlich einen Juristen bräuchten.«

»Kollege Wöhry hat sich aber doch immer mit so viel Herzblut für die Partei engagiert. Von Kindesbeinen an. Ich könnte keinen verlässlicheren Kollegen empfehlen. Aber falls ein Juristenstudium tatsächlich mehr zählt als Loyalität, muss ich das zur Kenntnis nehmen.«

»Mein Gott, Pechstein«, brummte der Minister väterlich und verdrehte theatralisch die Augen. »Wieso denn immer gleich so beleidigt? Das war keine Spitze gegen den Mann. Wirklich nicht. Besorgen Sie mir die nötigsten Unterlagen über Ihren Freund und stellen Sie ihn mir bei Gelegenheit vor. Das mit dem fehlenden Studium kriegen wir hin. Wenn mir der Kerl zusagt, bekommt er den Job. Mit oder ohne Studium. Und jetzt raus mit Ihnen. Ich habe zu arbeiten!«

Während Pechstein in Wien das Büro des Innenministers verließ, fuhren Oberstleutnant Peter Zoff und Chefinspektor Martin Forstinger 20 Kilometer südlich von Graz auf der Autobahn in Richtung Grenze.

»Hast du mit den Kollegen der Zollfahndung gesprochen?«, fragte Zoff, schloss die Akte, in der er die längste Zeit über geblättert hatte, und legte sie auf die Rücksitzbank.

»Natürlich. Die Kollegen erwarten uns in Voggau. Im Gasthof Wimmer, gleich neben der Volksschule. Deine Idee haben sie übrigens sofort begeistert aufgegriffen.«

»Fein. Ein Team der Telekom, das eine Reparatur am Sendemast der Station durchführt, fällt garantiert nicht auf. Ich hoffe nur, dass die Qualität der Minikameras uns keinen Strich durch die Rechnung macht.«

»Sie haben uns das Beste versprochen, das sie auftreiben können. Vom Mast aus gesehen liegt die ganze Anlage wie auf dem Präsentierteller, und die Einreisespuren sind taghell erleuchtet. Da müssten wir die Fahrzeuge, die sie unkontrolliert durchfahren lassen, problemlos identifizieren.«

»Ausgezeichnet. Falls die Zugriffsgruppe auch noch

optimal mitspielt und die verdächtigen Fahrzeuge erst kurz vor der nächsten Abfahrt anhält, ist alles in Butter. So kriegt auf der Grenzpolizeistation niemand etwas mit.«

»Und du ziehst die Sache eine Woche lang durch?«

»Was bleibt uns anderes übrig? Die Karten sind verteilt. Die Zollfahndung stellt den Übertragungswagen und das Anhaltepersonal und wir leiten den Einsatz. Heute Nacht bleibe ich an der Grenze, morgen du, am Mittwoch bin wieder ich dran und so weiter. Übrigens hat Brecht am Mittwoch Nachtdienst. Da ist die Chance, dass irgendeine Sauerei passiert, am größten.«

»Und warum beschränken wir uns nicht von vornherein nur auf Mittwoch?«

»Er steckt mit den Schmugglern unter einer Decke, heißt es. Aber er muss diesen Leuten ja nicht gleich persönlich den Schlagbaum öffnen.«

»Du meinst, Brecht könnte auch bloß dafür sorgen, dass seine Mitarbeiter alle Augen zudrücken?«

»Möglich ist alles. Jedenfalls werden wir zunächst einmal Tag und Nacht filmen.«

»Und wenn diese zwei bis drei serbischen Fahrzeuge hintereinander tatsächlich auftauchen?«

»Dann dokumentieren wir, wie sie ohne jegliche Kontrolle durchfahren, und die Zollfahnder schnappen sie im Hinterland.«

»In Ordnung. Übrigens sollten wir uns in Irrach ein wenig umhören. Schließlich ist Brecht dort Bürgermeister, und es wäre interessant zu erfahren, was die Bevölkerung so von ihm hält.«

»Natürlich ermitteln wir auch in Irrach. Brecht besitzt dort ein Haus. In Graz ebenso.«

»Verdient man so gut als Bürgermeister?«

»Kann ich mir nicht vorstellen. Dieses Irrach ist ein kleines Nest, da kriegt der Bürgermeister nicht allzu viel. Sonst wäre Brecht ja wohl hauptberuflich Politiker und nicht Polizist, oder?«

»Stimmt. Aber er ist ein ganz enger Freund von Hannes Rieder. Findest du es da nicht eigenartig, dass der noch nicht im Nationalrat sitzt?«

»Das ist tatsächlich seltsam. Er macht nicht die große Politik, sondern bäckt ganz kleine Brötchen. Dazu noch seine Scheidung. Wie kann sich so jemand zwei Häuser leisten? Vielleicht ist er ja wirklich bestechlich.«

»Oder er hat einige bezahlte Parteiämter, von denen wir nichts wissen.«

»Möglich. Brecht und Rieder haben am Grazer Petrinum maturiert. So etwas verbindet. Rieder wird seinen Spezi nicht hängen lassen.«

»Anzunehmen.«

»Immerhin ernannte er Brecht zu seinem Finanzreferenten, nachdem er seinerzeit am Parteitag von Wiener Neustadt zum Parteichef der Liberalen gewählt wurde. Das ist jetzt etwa zehn Jahre her.«

»Wie lief das? Brecht war doch damals schon Polizeibeamter.«

»Er saß in der Logistikabteilung des Landesgendarmeriekommandos und ließ sich karenzieren. Nach etwa drei Jahren schied er als Finanzreferent aus und bat um Aufhebung der Karenz. Da übertrug man ihm von heute auf morgen das Kommando über die Grenzpolizeistation Irrach, und Brecht wurde Bürgermeister. Mit über 80 Prozent der Wählerstimmen.«

»Respekt. Seit wann lebt der da?«

»Immer schon. Er ist in Irrach geboren.«

»Ach so. Und auf welcher Seite steht er bei der Auseinandersetzung zwischen den Niederösterreichern unter Spitzer und Rieder?«

»Der setzt weiter auf Rieder. Jede Wette.«

»Aufgrund ihrer Streitereien haben die Liberalen ausgesprochen miese Umfragewerte. Die werden die nächste Wahl politisch nicht überleben.«

»Abwarten. Der Herr Oberbürgermeister ist ein erfahrener Mann. Aber reden wir weiter von Brecht. Wieso legte unser spezieller Freund eine interessante, gut bezahlte und vor allem ausbaufähige Funktion bei den Liberalen nieder und wurde wieder Polizist, frage ich mich?«

»Möglicherweise familiäre Gründe. Gesundheitliche Probleme. Überdruss.«

»Möglich. Aber nicht sehr wahrscheinlich. Jedenfalls würde ich die Gründe für diesen Ausstieg aus der großen Politik gern einmal von ihm erläutert bekommen«, meinte Zoff nachdenklich, holte sich noch einmal die Akte von der Rücksitzbank und schlug sie auf. »Irgendwie hab ich das Gefühl, das würde uns gewaltig weiterhelfen.«

Mittlerweile tagte in Salzburg der innere Kreis der Salzburger Liberalen.

»Wir müssen den Menschen unsere neuen Parteifarben nachdrücklich ins Bewusstsein bringen«, meinte der Oberbürgermeister und warf einen finsteren Blick in die Runde.

»Selbstverständlich«, murmelten seine 20 engsten

Vertrauten im Chor und ließen ihn nicht aus den Augen.

»Wobei es aber schon noch schönere Farben gegeben hätte als dieses Gelb«, meinte der 31-jährige Pressereferent Alexander Grein nachdenklich, was ihm einen bösen Blick des fünf Jahre älteren Bundesparteisekretärs eintrug. Ratlos schüttelte Grein seine schwarzen Locken, die ihm tief in die Stirn fielen, ergriff eines der vielen gelben Polohemden, die sich vor ihm auf dem dunklen Eichentisch stapelten, roch daran und hielt es hoch. »Was assoziiert man denn mit so einer Farbe?«

»Zitronen«, grinste der knapp 60-jährige Leiter des Bildungshauses und leerte sein Mineralwasser in einem Zug.

»Zitronen?«, seufzte der fesche Pressereferent. »Na, die wären ja wenigstens gesund.«

»Gelb symbolisiert die Sonne«, predigte Paul Freiher verärgert, fuhr sich durch das mit Pomade nach hinten geklatschte blonde Haar und nippte an seinem Rotweinglas. »Gelb ist eine warme, eine kraftvolle Farbe. Das sagt jedenfalls unsere Werbeagentur, und die hat uns immer noch gut beraten. Mit diesem Gelb sind wir der Mittelpunkt der politischen Landschaft. Wir sind die Partei, um die sich alles dreht. Deshalb wünsche ich auch, dass sich alle Funktionäre und Sympathisanten mit Utensilien in dieser Farbe eindecken. Krawatten, Stecktücher, Hemden und so weiter.«

»Du bestehst aber nicht auf gelbe Unterhosen, oder?«, flachste Grein und tauschte seine Rollex gegen eine Uhr mit gelbem Lederband.

»Wenn dementsprechend viele Wählerinnen und Wähler deine Unterwäsche zu Gesicht bekommen und darauf überwiegend positiv reagieren, hab ich nichts dagegen«, konterte Freiher kalt. »Hauptsache, es hilft der guten Sache.«

»Schluss mit diesen Kindereien. Ihr tut genau das, was Paul sagt«, knurrte der Oberbürgermeister, trank sein Glas leer und ließ sich von seiner Sekretärin ein neues bringen.

Totenstille.

»Wie laufen die polizeilichen Erhebungen zum Brandanschlag vom Freitag?«, nahm der Vorsitzende des Seniorenbundes nach nervösem Hüsteln das Gespräch wieder auf. »Wir sind in Sorge um dich, Hannes. Nimm die Sache nicht zu leicht.«

»Ich nehme gar nichts leicht, Willi«, stellte Rieder klar. »Die Polizei arbeitet mit Hochdruck. Bisher allerdings noch ohne Ergebnis. Leider.«

»Wir haben von einem Brief gehört. Von einem Drohbrief.«

»Ein Drohbrief? Na ja. Es handelt sich um ein eher wirres Schreiben, würde ich sagen.«

»Ist der Text geheim, oder dürfen wir ihn hören?«

»Das Original liegt bei der Polizei, aber ich hab eine Kopie. Bisher habe ich den Inhalt des Schreibens nur mit unserem Herrn Bundesparteisekretär erörtert«, überlegte Rieder. »Aber sofern es euch interessiert, lese ich die Nachricht eben vor.« Unwillig griff er in die Innentasche seines blauen Sakkos und zog ein Kuvert hervor, dem er einen Zettel entnahm.

»Dass der Tod uns als letzte Stunde erscheint«, zitierte er laut, »liegt daran, dass wir allzu viel aus uns machen. Wir denken, die ganze Welt litte einigermaßen durch unsere Vernichtung und trüge an unserem Zustande ein Mitleiden.«

»Was?«, murmelte der Seniorenbundobmann. »Das ist alles?«

»Das ist der Brief«, bestätigte der Oberbürgermeister kühl, steckte das Kuvert ein und trank sein zweites Glas leer.

»Willst du noch mehr Wein?«, fragte Susanne Vogt und hielt ihm ein gefülltes Rotweinglas vor die Nase.

Gedankenverloren nahm es der Oberbürgermeister in Empfang. »Ausnahmsweise. Sehr aufmerksam von dir. Danke, Susi«, lächelte er, und sie lächelte zurück.

»Ein eigenartiges Schreiben«, meinte der beleibte Finanzstadtrat.

»Wieso? Was ist daran eigenartig?«, wollte Paul Freiher wissen. »Immerhin ist darin von Vernichtung die Rede. Ganz eindeutig sogar, nicht wahr?«

»Das Wort ›Vernichtung‹ würde gut zu Spitzer passen, denke ich«, überlegte der Finanzstadtrat laut. »Aber sonst scheint es sich hier um einen literarischen Text zu handeln.«

»Oder gar um einen philosophischen Text«, gab der Leiter des Bildungshauses zu bedenken, der früher einmal Direktor eines humanistischen Gymnasiums gewesen war.

»Über Spitzer kann man vieles sagen«, wandte der Bundesparteisekretär ein, »aber dass er ein besonderer Freund literarischer oder philosophischer Texte ist, glaube ich nicht.«

»Texte dieser Art kann man auch schreiben lassen«, konterte der Pressereferent kühl und stellte an seiner neuen Uhr das Datum ein. »Oder man holt sich das Zeug aus dem Internet. Das ist doch kein Problem.«

»Wichtiger als die Frage, wer den Brief geschrieben hat, wäre die Überlegung, was der Brief soll«, meinte der Finanzstadtrat besorgt, griff nach einem der vielen gefüllten Tabletts und schob sich ein Lachsbrötchen in den Mund.

»Bettina meint, eine Gefahr sei nicht auszuschließen«, sinnierte Rieder und nahm einen Schluck Wein. »Deshalb hat Paul für mich im Innenministerium um Personenschutz angesucht. Leider erfolglos.«

»Wie bitte? Der Innenminister hat abgelehnt?«, fragte der Finanzstadtrat entsetzt. »Ja ist der denn völlig verrückt geworden?«

»Im Gegenteil. Der Herr Innenminister ist ein beinharter Rechner«, diagnostizierte der Oberbürgermeister gelassen. »Bloß stimmt seine Rechnung dieses Mal nicht.«

»Welche Rechnung? Was meinst du damit?«

»Der glaubt, Spitzer kann die Partei übernehmen. Der meint, ich sei kein Koalitionspartner mehr. Das wird aber eine Überraschung geben, wenn bekannt wird, dass alle Nationalratsabgeordneten und Minister der Liberalen mir bereits wieder die Treue geschworen haben. Spitzer und seine Leute können gehen. Mit einer Handvoll Mitläufer.«

»Ziehst du die Pressekonferenz vor?«, erkundigte sich Grein.

»Aber wieso denn? Der Freitag ist zur Verbreitung dieser Nachricht doch hervorragend geeignet«, grinste Rieder gelassen. »Am Wochenende wird der Herr Bundeskanzler ganz genau wissen, wer ihm weiterhin seinen Sessel sichert. Ich und nicht dieser feine Herr Spitzer mit seiner Altherrenpartie. Das wird meinen Wert für die Konservativen steigern, und unser feiner Herr Innenminister kann sich warm anziehen.«

»Du bist genial, Hannes«, schmeichelte Paul Freiher bewundernd, wischte sich den Schweiß von der Stirn und versorgte sich ebenfalls mit einem weiteren Glas Rotwein. »Wirklich genial.«

»Ich weiß, Paul«, bestätigte der Oberbürgermeister bescheiden, nahm sein Mobiltelefon aus dem Sakko und tippte bedächtig eine Nummer ein. »Ich weiß.«

23.05 Uhr. Zoff stand neben dem dunklen BMW X5 der Zollfahndung, um etwas frische Luft zu schnappen, als Nina anrief.

»Was läuft so?«, wollte sie wissen.

»Eigentlich gar nichts.«

»Ich lieg im Bett und kann nicht einschlafen. Dein Streit mit Papa beschäftigt mich. Bist du ihm immer noch böse?«

»Wenn er sich künftig aus meinem Berufsleben heraushält, ist alles in Ordnung.«

»Das hat er mir zugesagt. Er wird nie mehr versuchen, dir im Innenministerium behilflich zu sein. Deinen Job als Leiter des Morddezernats im Landeskriminalamt hättest du aber auch ohne ihn bekommen. Da bin ich ganz sicher.«

»Wer weiß. Jedenfalls soll er sich nicht mehr einmischen.«

»Abgemacht.«

»Lass uns von etwas anderem reden. Deine Stimme klingt irgendwie seltsam. Was ist denn?«

»Ich hab entsetzliche Kopfschmerzen, mir ist übel, und ich bin völlig deprimiert. Keine Ahnung, wieso.«

»Morgen um diese Zeit liegen wir miteinander im Bett, ziehen uns die Decke über die Ohren, und ich halte dich. Dann vertreib ich dir deine Depressionen. Ich freue mich darauf.«

»Ich mich auch«, murmelte Nina. »Plötzlich fühle ich mich so einsam ohne dich. Das war früher nicht so.«

»Was macht Julia?«

»Sie lernt für die ersten Klassenarbeiten dieses Schuljahres und lässt dich grüßen.«

»Gib ihr einen Kuss von mir.«

»Wird erledigt. Pass auf dich auf.«

»Du auch. Gute Nacht, Schatz. Schlaf gut.«

Nachdenklich steckte Zoff das Mobiltelefon weg, stieg in den Wagen und heftete seinen Blick auf den Monitor des Navigationssystems, über den die Aufnahmen der am Sendemast der Grenzpolizeistation angebrachten Minikameras eingespielt wurden.

»Die kontrollieren jeden einreisenden Wagen. Konsequent«, berichtete ihm der grauhaarige Abteilungsinspektor Gerald Weiß von der steirischen Zollfahndung und drehte seine Sitzlehne etwas zurück.

»Gut so«, antwortete Zoff zerstreut, steckte eine Magentablette in den Mund und spülte sie mit einem Schluck aus der Mineralwasserflasche hinunter. »Aber vor Mitternacht habe ich nichts anderes erwartet. Wirklich interessant wird es ab 2.00 Uhr früh.«

»Soll ich uns frischen Kaffee bringen lassen?«

»Für mich nicht«, wehrte Zoff ab. »Mein Magen ist angeschlagen.«

»Stress?«, fragte Weiß gleichgültig, trank den Plastikbecher leer und warf ihn achtlos aus dem Fenster. »Ärger und Stress. Das kenne ich.«

Der Verleger will noch 20 Texte für das Buch, grübelte Zoff. 20 Gedichte. Der ist gut. Glaubt der denn, die fallen mir gleich so nebenbei ein? Und das Buch braucht einen Titel. Das Telefon schlug an.

»Hallo!«, meldete sich eine weibliche Stimme.

»Zoff spricht.«

»Ich weiß. Wie geht es dir?«, fragte Marlene zaghaft.

»Ich bin in Ordnung«, meinte er, stieg noch einmal aus und ging ein paar Schritte zur Seite. »Wie immer. Und du?«

»Was glaubst du?«

»Keine Ahnung. Sag es mir.«

»Was willst du hören?«

»Die Wahrheit.«

»Die Wahrheit? Wahr ist, dass du mir ganz schrecklich wehgetan hast.«

»Das tut mir leid. Aber ich hatte wohl keine andere Wahl.«

»Die hat man immer.«

»Ich nicht. Ich wollte dich nicht verletzen, Marlene.«

»Du tust es immer noch.«

»Falls du mich je geliebt hast, vergiss mich.«

»Das kann ich nicht, Peter. Ich würde gerne, aber es geht nicht.«

»Du musst. Hörst du? Du musst! Und ruf nicht mehr an. Ich bitte dich.«

»Nimm mir nicht auch noch das Letzte. Was hab ich dir denn getan? Was vergibst du dir, wenn du ab und zu mit mir redest? Dann höre ich deine Stimme und bin beinahe wieder so etwas wie glücklich. Was wäre so verwerflich daran, ab und zu miteinander zu reden?«

»Dann reden wir eben manchmal miteinander«, lenkte Zoff ein. »Am Telefon.«

»Wirklich? Ich darf dich also anrufen, falls ich nicht mehr ein noch aus weiß?«

»Du darfst mich anrufen, Marlene. Sofern es dich glücklich macht.«

»Das tut es. Wirklich. Danke, Peter. Schlaf gut.«

»Du auch, Marlene. Du auch.« Kopfschüttelnd verstaute Zoff das Telefon in der Außentasche seiner schwarzen Lederjacke und verzeichnete das leichte Zittern seiner Knie und ein Kribbeln, das von seinem Nacken aus über die Schultern nach vorne rollte und ganz langsam über Brust und Bauch in Richtung Becken glitt. »Wenn du wüsstest, wie sehr ich mich nach dir sehne«, flüsterte er, lehnte sich erschöpft gegen die Motorhaube des Geländewagens, und seine Augen heulten stumm den Mond an, der jetzt ziemlich gerade über der Grenze stand. Nachdenklich zog er Schreibblock und Stift aus seiner Jacke, überlegte kurz und schrieb.

»Wir hatten die Tage der Freiheit genossen und waren an alle Grenzen gegangen«, flüsterte er. »Doch dann kam dieser Schmerz von innen heraus, wurde stärker und erwürgte mein Atmen. Es war wegen all dieser Ausweglosigkeit, dass ich dir weglief und so laut schrie, dass kein Mensch mich hören konnte. Seither sind so viele Tage vergangen, und ich habe dieses eigenartige Gefühl des Abgestorbenseins.«

Am Dienstagmorgen wurde es kühl. Wolken zogen auf und kurz nach acht begann es zu nieseln. Weiß döste hinter dem Lenkrad, und Zoff lag auf der Rücksitzbank des Dienstwagens und schlief, als Martin Forstinger an die Seitenscheibe klopfte und ihn weckte. Gegen neun saßen die beiden Kriminalisten in einem gemütlichen kleinen Kaffeehaus in Voggau und widmeten sich einem ausgedehnten Frühstück.

»Fast alle Fahrzeuge mit Kennzeichen von Staaten, die nicht der Europäischen Union angehören, wurden an der Grenze ordnungsgemäß kontrolliert«, fasste Zoff langsam kauend die Ergebnisse des nächtlichen Einsatzes zusammen. »Insgesamt 18 Pkws aus Serbien, Bosnien, Mazedonien oder Albanien passierten die Grenze ohne Kontrolle und wurden von den mobilen Zivilstreifen der Zollfahndung im Hinterland gestoppt. Es waren Familien auf Urlaubsreise und Gastarbeiter auf dem Rückweg nach Deutschland.«

»Kein Schmuggelgut zu finden?«

»Nichts. Aber es war ja erst die erste Nacht.«

»Und du meinst, unsere Aktivitäten sind niemandem aufgefallen?«

»Ich denke, die Beamten an der Grenze haben von unserer Aktion nichts mitgekriegt«, bestätigte Zoff, schob seinen Teller zurück und gähnte.

»Vielleicht ist ja auch gar nichts dran an der Sache«, brummte Forstinger. »Wie das bei anonymen Briefen eben manchmal so ist.«

»Möglich ist alles«, stimmte Zoff zu. »Aber am Ende der Woche wissen wir mehr. Jedenfalls fahren wir jetzt nach Irrach und sehen zu, dass wir das eine oder andere über den Herrn Bürgermeister in Erfahrung bringen. Um spätestens 19.00 Uhr übernimmst du den Einsatz an der Grenze, und ich fahre nach Hause. Das ist das Programm für heute. Hast du Einwände?« Forstinger hatte keine. Also fuhren sie los.

Unterdessen herrschte im Innenministerium wieder einmal dicke Luft.

»Gibt es denn niemanden in diesem Hause, der ihn ruhigstellt?«, stammelte die Referentin für Fremdenrecht und Asylfragen und suchte mit zitternden Händen nach einer Zigarette.

»Den Herrn Minister ruhigstellen?«, zischte Pechstein, fuhr sich über das kurz geschnittene rote Haar und zog den Kopf ein. »Sind Sie verrückt? Diese Wutausbrüche sind Teil seiner Persönlichkeit. Damit werden Sie leben müssen, wenn Sie bei uns arbeiten wollen. Man gewöhnt sich daran.«

»Ich nicht. Ich such mir etwas anderes«, flüsterte die blonde Juristin und hielt sich die Ohren zu. »Auf der Stelle.«

»Unsinn«, kanzelte sie Pechstein ab. »Was wären wir denn ohne ihn? Wir verdanken ihm so viel. Alles.«

»Pechstein!«, brüllte der Minister schon wieder. Sekunden später splitterte Glas. »Pechstein!«

»Gehen Sie besser nicht hinein«, jammerte die

Fremdenreferentin verängstigt. »Was denn, wenn er Sie schlägt?«

»Seien Sie nicht albern«, hüstelte der Ministersekretär nervös und wischte sich mit einem Taschentuch den Schweiß von der Stirn. »Er hat seine Emotionen, aber so weit geht er nicht. Dieser Mann ist so überaus großzügig. Da fallen gelegentliche Wutausbrüche nicht ins Gewicht.«

»Pechstein«, tobte der Minister. »Sie feiger Wurm! Wo verstecken Sie sich schon wieder? Her zu mir! Auf der Stelle!«

»Ich komme«, seufzte der Sekretär gottergeben, atmete tief durch und öffnete entschlossen die Bürotür.

»Herr Minister? Sie haben gerufen?«

»Gerufen? Wollen Sie mich verscheißern, Pechstein? Was erlauben Sie sich, mir dieses Fax kommentarlos auf den Schreibtisch zu knallen und sich davonzustehlen?«

»Mir war nicht klar, dass Sie mich noch benötigen.«

»Wie war das? Was sagen Sie da, Pechstein? Was war Ihnen nicht klar? Wenn Sie mir etwas vorlegen, verlassen Sie mein Büro erst nach meiner ausdrücklichen Erlaubnis. Das wissen Sie doch.«

»Selbstverständlich, Herr Minister.«

»Gar nichts ist mehr selbstverständlich in diesem Hause. Leider. Aber lassen wir das.«

»Entschuldigen Sie bitte. Ich wollte Sie nicht kränken.«

»Ruhig. Haben Sie das Fax gelesen?«

»Es ließ sich nicht vermeiden.«

»Diese Kröte, Pechstein. Diese elende Kröte. Herrgott noch einmal!«

»Sie meinen den Herrn Bundeskanzler?«

»Ich rede von Berg. Von dieser eiskalten Drecksau. Von diesem kleinen miesen Verräter! Sie haben es doch gelesen, Pechstein. Sie haben es gelesen, nicht wahr?«

»Ich habe es gelesen, Herr Minister.«

»Und was sagen Sie dazu? Was sagen Sie, Pechstein? Die lösen mein Bundesverfassungsamt auf, schaffen einen neuen Geheimdienst und verweigern mir die Mitsprache an den dortigen Postenbesetzungen.«

»Das ist mir unverständlich, Herr Minister.«

»Unverständlich? Ein Skandal ist das. Ein Skandal! Die haben die Frechheit, alle von mir vorgeschlagenen Führungsfunktionäre abzulehnen. Somit habe ich dort niemanden, der mein Vertrauen genießt. Keinen Einzigen! Verflucht noch einmal.« Deprimiert stieß er mit der Fußspitze gegen die Reste des am Boden liegenden Laptops.

»Das Gerät ist anscheinend unbrauchbar geworden«, stellte Pechstein hilflos fest, und der Minister nickte.

»Stellen Sie sich vor, Pechstein, dieser Berg, den ich entdeckt, jahrelang behutsam aufgebaut und zu einem der mächtigsten Beamten der Republik gemacht habe, dieser Mensch wendet sich jetzt gegen mich. Ist das denn die Möglichkeit, Pechstein? Ist das denn die Möglichkeit?«

»Ministerialrat Berg war immer loyal, Herr Minister.«

»Das ist er jetzt aber nicht mehr«, brüllte der Minister und warf zwei Aktenordner gegen die Wand.

»Sie haben ihn geschätzt«, murmelte Pechstein mit aschfahlem Gesicht.

»Das war einmal, Pechstein. Das war einmal.«

»Wir haben immer noch das Bundeskriminalamt, Herr Minister«, gab Pechstein zu bedenken. »Da gibt es Männer genug, die für Geheimdienstarbeit taugen und die für Sie durchs Feuer gehen.«

»Das Bundeskriminalamt?«, erkundigte sich der Minister lauernd und leckte mit seiner spitzen Zunge über seine wulstige Unterlippe.

»Das Bundeskriminalamt. Geheimdienstarbeit ist im Grunde doch nichts anderes als eine Sonderform der Kriminalitätsbekämpfung. Damit müssten gute Kriminalisten schon zurande kommen.«

»Heißt das, Sie schlagen vor, so etwas wie einen internen Geheimdienst aufzubauen? So eine Art ›geheime Eingreiftruppe‹, rekrutiert aus Beamten des BKA? Na ja. Warum eigentlich nicht? Gute Idee, Pechstein. Verdammt gute Idee. Dafür werde ich mich erkenntlich zeigen. Keine Frage.«

»Der Leiter des Bundeskriminalamtes ist Ihnen treu ergeben.«

»Und Hauck ist verschwiegen«, knurrte der Minister. »Einer meiner besten Leute. Einer der allerbesten. Ich will ihn sprechen. So schnell wie möglich. Und sorgen Sie dafür, dass man den Abfall hier wegräumt.«

»Natürlich«, fügte sich Pechstein demütig, drehte sich um und ging.

Während sich in Wien der Leiter des Bundeskriminalamtes gegen Mittag beim Minister meldete, saßen in der Steiermark Zoff und Forstinger beim ›Postwirt‹ in Irrach und aßen Schweinsbraten mit Bratkartoffeln und grünem Salat. Schon am Vormittag hatte sich Forstinger im Postamt, am Bahnhof und bei den örtlichen Vereinen herumgetrieben, um sich als angeblicher Journalist nach den Vorzügen des Ortes und den Besonderheiten der Gemeindepolitik zu erkundigen, während sich Zoff bei Gastwirten und Gewerbetreibenden umgehört hatte.

»Wenn es stimmt, was das Postfräulein so erzählt, ist der Herr Bürgermeister sexuell ziemlich aktiv«, grinste Forstinger und nippte an seinem Bier. »Dabei bevorzugt er zwar grundsätzlich schlanke Damen mit dunklem Haar, wird aber ab und zu schon auch einmal bei einer Blondine schwach.«

»Bloß hier in Irrach, oder auch auf seiner Dienststelle?«

»Angeblich gibt es keine Beamtin auf seiner Dienststelle, mit der er nicht schon etwas hatte.«

»Also ist Brecht ein Chef, der sich sehr intensiv um seine Schäfchen kümmert«, murmelte Zoff gedankenverloren. »Mit Hingabe, sozusagen.«

»Das könnte man so sagen. Außerdem hat er nicht nur zwei Häuser, sondern pflegt überhaupt einen auffällig aufwendigen Lebensstil.«

»Was heißt das konkret?«

»Urlaube auf Kuba, in Dubai, Südafrika und Kanada. Häufige Besuche im Casino. Daneben fährt er ein Porsche Cabrio und bezahlt seiner geschiedenen Gattin 1150 Euro Unterhalt im Monat. Für seine beiden kleinen Söhne, die er einmal im Monat sieht.«

»1150 Euro monatlich sind eine ganze Menge Geld«, sinnierte Zoff und warf einen Blick aus dem Fenster. »Sogar für einen Bürgermeister. Unser Wirt hier sagt, Brechts Familie sei aus Irrach weggezogen. In Brechts Bungalow nach Graz, in den Stadtteil Maria Trost.«

»Den Bungalow ist er los. Er hat ihn seiner Frau und den beiden Söhnen überschrieben.«

»Interessant. Ich schlage vor, wir sehen uns hier noch bis 18.00 Uhr um. Diskret natürlich. Unter Umständen erfahren wir noch das eine oder andere Detail«, meinte Zoff leise, trank sein Bier aus und winkte dem Gastwirt.

»Zahlen bitte!«

»Moment. Ich komme gleich.«

Unterdessen überreichte Bürgermeister Benno Brecht im Altersheim von Irrach einer 80-jährigen Jubilarin einen Geschenkskorb, aß in der Küche eine Kleinigkeit und eilte zur Eröffnung der neuen Wohnanlage in den Ortsteil Kreuzfeld. Im selben Augenblick, als Brecht dort aus seinem Wagen stieg, reichten einander Oberbürgermeister Hannes Rieder und der Bundesparteichef der Sozialisten im oberösterreichischen Gmunden die Hand und machten einen Spaziergang. Kurze Zeit später erfuhren die Medien davon, und ein ganzes Heer von Journalisten machte sich auf den Weg.

In Belgrad saßen sich derweil der 60-jährige Ante Selminovic und sein 32-jähriger Sohn Pal in einem Kaffeehaus gegenüber. Die beiden Herren waren in feines Tuch gehüllt und trugen sündteure Uhren. Ein Treffen zweier erfolgreicher Geschäftsleute. Schließlich kontrollierten sie mit ihrer Bande den gesamten serbischen Suchtgifthandel.

»Alles klar?«, grinste der Alte.

»Alles bestens. Die beiden Lieferungen diese Woche gehen nach Köln und nach Hamburg«, berichtete Pal, bestellte einen Martini, lehnte sich bequem zurück, wartete, bis der Kellner das gefüllte Glas vor ihm abstellte, prostete seinem Vater zu und trank. »Die Typen an der Grenze wissen Bescheid?«

»Schon seit Tagen. Alles läuft problemlos. Wie immer. Und ich gebe ihnen mehr Geld.«

»Denkst du, das ist klug?«

»Das Leben wird immer teurer, sagen sie. Und das stimmt. Also kriegen sie, was sie wollen.«

»Ihre Gier widert mich an.«

»Mach dir keine Sorgen. Früher oder später werden wir uns diesbezüglich etwas einfallen lassen. Aber nicht jetzt.«

Mittlerweile verließ in Wien der Direktor des Bundeskriminalamtes wieder das Ministerbüro, und der Innenminister eilte zu einer Besprechung mit dem Vorstandsdirektor eines österreichischen Mobilfunkbetreibers, der ihn gegen 18.30 Uhr im Restaurant Steirereck zum Abendessen einlud.

Gleichzeitig fuhren in der Steiermark Zoff und Forstinger wieder an die Grenze.

»Brechts Frau ist Lehrerin«, berichtete Forstinger. »Und sie ist immer noch beliebt im Ort. Der eine oder andere bedauert sie. Über die Hintergründe der Scheidung wollte mir trotzdem keiner etwas sagen.«

»Wenn sich konkrete Beweise gegen Brecht finden, werden wir mit ihr reden. Vorher nicht.«

»Es ist irrsinnig kalt geworden.«

»Das kann man wohl sagen. Scheißwetter, verdammtes«, knurrte Zoff, kniff die Augen zusammen, drehte am Heizungsregler und gähnte herzhaft. Ich freue mich auf den Abend mit Nina, überlegte er und lehnte sich bequem zurück. Kurze, scharfe Windböen fegten Laub auf die Fahrbahn. In einer halben Stunde würde Forstinger in das Überwachungsfahrzeug der Zollfahndung umsteigen. Dann konnte er sich endlich auf den Heimweg machen. Als sie die Grenze erreichten, grollte Donner auf und es begann, sehr stark zu regnen.

20.05 Uhr. Zoff saß mit Frau und Tochter beim Abendessen, als Chefinspektor Polli anrief.

»Servus, Peter«, lachte Zoffs 54-jähriger Freund und Stellvertreter. »Irgendwie ist das schon komisch. Obwohl ich im Morddezernat alles mindestens genauso gut im Griff hab wie du, vermisst man dich.«

»Was hast du denn gedacht, Bruno?«, brummte Zoff in sein Mobiltelefon. »Mein Charme ist doch unschlagbar.«

»Du sagst es. Seit du weg bist, ist die Laune unseres Herrn Landeskriminaldirektors am Tiefpunkt, und alle im Haus wirken irgendwie angeschlagen.«

»Tatsächlich? Ich bin gerührt. Aber du kannst die Kollegen beruhigen. Ich bin bald wieder da. Überdies führe ich gerade Erhebungen in der Steiermark.«

»Wirklich? Ist ja unglaublich.«

»Aber wahr. Ich bin daheim bei Nina. Wir essen gerade.«

»Und da besuchst du uns nicht?«

»Ich bin demnächst bei dir im Büro.«

»Ruf vorher an, damit ich mich seelisch auf dich einstellen kann.«

»In Ordnung. Und was läuft so bei euch?«

»Nichts Aufregendes. Ein neuer Mordfall in Graz, zwei ungeklärte Todesfälle in Judenburg und Peggau, zwei Beamte zur Ausbildung in Wien, vier Beamte im Urlaub und einer im Krankenstand. Alles in allem sind wir ganz schön unter Druck. Wie immer.«

»Hätte mich ja auch gewundert, wenn es anders wäre. Kriegen wir nächstes Jahr mehr Personal?«

»Definitiv nicht. Ich hab mich bei der Personalabteilung erkundigt. Das Ministerium muss sparen.«

»Ist nicht wahr. Na so was.«

»Was macht dein Magen?«

»Manchmal geht es schon ganz gut. Die Tabletten sind nicht übel.«

»Also hast du Schmerzen. Du ärgerst dich, weil sie dich nach Wien gesteckt haben. Kein Wunder.«

»Ich ärgere mich überhaupt nicht.«

»Natürlich geht dir die Sache auf die Nerven. Jeglicher Ärger ist Gift für dich. Du weißt, was die Ärzte so sagen.«

»Ich weiß genau, was die sagen. Gute Nacht, Bruno.«

»Du willst also nicht über deine Gesundheit reden?«

»Auf gar keinen Fall.«

»Schlaf gut. Und beste Grüße an Nina.«

»Danke. Wir sehen uns.«

Während Peter Zoff in Graz nachdenklich das Mobiltelefon zur Seite legte, klingelte bei Ministerialrat Karl Berg in Wien wieder einmal das Telefon.

»Rieder redet gerade mit den Roten«, meldete sich eine metallische Stimme.

»Ich weiß.«

»Bereiten Sie geeignete Maßnahmen vor.«

»Einen Unfall?«

»Egal. Irgendetwas.«

»Wie dringend ist die Sache?«

»Kann ich nicht sagen. Jedenfalls muss er gestoppt werden, bevor er eine Koalition mit der Opposition vereinbart.«

»Ich habe einen Informanten in seiner unmittelbaren Umgebung. Damit sind unangenehme Überraschungen ausgeschlossen.«

»Bestens. Dann bedarf es ja keiner Schnellschüsse. Bis bald.« Abrupt ertönte das Freizeichen.

Gegen Mitternacht feierte Oberbürgermeister Rieder in einer Salzburger Diskothek, während sich Martin Forstinger an der steirischen Grenze fröstelnd am Beifahrersitz des BMW der Zollfahndung zusammenkauerte und den fünften Becher Kaffee trank.

Um 1.30 Uhr rief Benno Brecht zum zweiten Mal bei Martina Heinrich an, ohne sie zu erreichen. »Wieso hebst du nicht endlich ab, du blödes Miststück?«, knurrte der alkoholisierte Polizist und Bürgermeister ins Telefon, steckte es in sein Sakko, torkelte vom Dorfwirtshaus zum Parkplatz, setzte sich ins Auto und fuhr nach Hause.

In Graz wurde Zoff kurz vor 2.00 Uhr wach, befreite sich aus Ninas Umarmung, schlich vorsichtig ins Arbeitszimmer und machte Licht. Nachdenklich holte er einen alten Notizblock aus der Schreibtischlade, ließ sich in den bequemen Lesesessel fallen und dachte an die Nacht mit Nina.

»Wenn du aus dem Nebel kommst«, lächelte er und schrieb, »und ich aus dem Nebel komme, und deine Hände Halt suchen, und an meinen Händen Halt finden, ist es Zeit, ein wenig innezuhalten, um den Flügelschlag des Glücks auf keinen Fall zu überhören.«

Mittwoch, 6.45 Uhr. Draußen vor den Fenstern prasselte der Regen.

»Es war schön mit dir, gestern Abend«, flüsterte Nina, fuhr Zoff von hinten durchs Haar, küsste ihn am Nacken und knabberte an seinem Ohrläppchen, während Julia in die Küche stürmte und gegenüber Platz nahm.

»Morgen. Na, ihr beiden? Glücklich?«

»Ich denke schon«, murmelte Nina und setzte sich wieder.

»Ich bin auch glücklich. Hallo, Kleines«, grunzte Zoff und legte die Zeitung zur Seite. »Gut geschlafen?«

»Geht so«, gähnte Zoffs Tochter mit vorgehaltener Hand, beugte sich über den Tisch, zog die Teekanne heran und schenkte sich eine Tasse ein. »Übrigens haben wir seit gestern einen neuen Namen für unsere Band.«

»Band? Welche Band?«, fragte Zoff kauend.

»Julia singt in einer Band«, erklärte Nina stolz.

»So? Seit wann?«

»Schon lange.«

»Und warum weiß ich nichts davon?«

»Weil die Polizei immer alles zuletzt erfährt«, grinste Julia und schob sich ein Stück Toast in den Mund.

»Frechdachs.«

»Oder könnte es sein, dass du viel zu selten bei deiner Familie bist?«

»Da ist man noch gar nicht so richtig wach und schon kriegt man eine auf die Mütze«, lamentierte Zoff. »Was man so alles aushalten muss in diesem Hause. Es ist verheerend.«

»Sind wir heute ein wenig wehleidig?«

»Auf gar keinen Fall. Höchstens eine Spur zu sensibel.«

»Jedenfalls singe ich in einer Rock'n-Roll-Band. Und zwar seit Monaten.«

»Super. Und wie heißt die Truppe?«

»Eptomain«, grinste Julia. »Geiler Name, oder?«

»Auf alle Fälle.«

»Gefällt dir also nicht«, registrierte Julia, kniff die Augen zusammen, warf ihrem Vater einen bösen Blick zu und nahm sich noch ein Stück Toast.

»Aber wieso denn? Ein guter Name. Wirklich.«

»Ehrlich? Am übernächsten Samstag geben wir unser erstes Konzert. Ihr seid eingeladen. Du kommst doch, oder?«

»Natürlich kommt er«, versicherte Nina eilig und warf Zoff einen besorgten Blick zu. »Du nimmst dir doch die Zeit?«

»Selbstverständlich«, versprach Zoff im Brustton der Überzeugung und nahm einen Zettel zur Hand. »Wo spielt ihr, und wann beginnt euer Auftritt?«

»Im Fred Sega, Toms Stammlokal. Die Sache steigt um 19.00 Uhr.«

»Also Samstag, 22. Oktober, um 19.00 Uhr«, murmelte Zoff, notierte den Termin und steckte den Zettel in die Brieftasche. »Danke für die Einladung. Ich freue mich. Gibst du mir noch etwas Tee? Dass ich keinen Kaffee trinken soll, nervt mich. Da fehlt mir etwas. Besonders am Morgen.«

»Du Armer«, bedauerte ihn Julia und schenkte aus der Teekanne nach. »Aber was sein muss, muss sein. Schön, dass du wieder da bist.«

»Ich bin auch froh«, meinte Zoff nachdenklich und köpfte sein Ei. Da klingelte sein Handy.

»Zoff. Guten Morgen.«

»Hallo. Du klingst nicht besonders freundlich.«

»Bin ich auch nicht. Was ist denn?«

»Gar nichts. Das ist ja das Blöde. Tote Hose, die ganze Nacht«, murrte Martin Forstinger schläfrig.

»Der Regen war ziemlich stark.«

»Das kann man wohl sagen. Zeitweise dachte ich, es schwemmt uns von der Straße. Wir hatten wenig Verkehr. 47 einreisende Autos, die meisten davon zwischen 22.00 Uhr und Mitternacht. Übrigens wurden ausnahmslos alle Ausländer kontrolliert.«

»Schon an der Grenze? Im strömenden Regen?«

»Das Einreiseterminal ist überdacht.«

»Ach ja. Das hab ich glatt vergessen. In Ordnung.«

»Und was machen wir jetzt? Es regnet noch immer.«

»Die Zollfahnder sollen weiterfilmen.«

»Was hältst du von Stichproben während des Tages?«

»Gar nichts. Tagsüber ist die Grenzstation voll besetzt. Nachts nur mit einem Sechstel des Personalstandes. Aller Logik nach läuft die Sache also während der Nacht, und wir richten unsere Kontrollen danach.«

»Von mir aus. Ich bin jetzt sowieso einfach nur noch müde.«

»Leg dich aufs Ohr. Ich hab noch in Graz zu tun. Gegen 16.00 Uhr bin ich bei dir und löse dich ab.«

»Okay. Bis später.«

»Dein Vater hat schon ein paar Mal angerufen«, murmelte Nina gedankenverloren und leerte ihre Kaffeetasse in einem Zug.

»Mein Gott. Ich hab ihn total vergessen«, meinte Zoff schuldbewusst und schüttelte den Kopf. »Was hältst du davon, wenn wir ihn am Samstag besuchen?«

»Warum nicht? Gute Idee. Da könnten wir vorher bei meinen Eltern in Bruck zu Mittag essen.«

»Von mir aus.«

»Klingt nicht begeistert.«

»Aber warum denn? Wir machen den Besuch. Ich weiß doch, wie sehr dich diese Dinge freuen.«

»Dann ist ja alles bestens«, meinte Nina leise, küsste ihn auf die Wange, stellte ihr Geschirr auf ein Tablett und brachte es zum Geschirrspüler. Schweigend trank Zoff den restlichen Tee aus und half Nina, den Tisch abzuräumen. Auch Julia stellte ihr Geschirr neben die Spüle.

»Sehen wir uns heute Abend?«, erkundigte sich Zoffs Tochter.

»Geht nicht«, antwortete er bedauernd. »Heute schiebe ich Nachtdienst.«

»Und morgen?«

»Wenn alles so läuft wie bisher, bin ich abends wieder zu Hause.«

»Ausgezeichnet. Tom will uns nämlich besuchen. Wird Zeit, dass du meinen Freund kennenlernst.«

»Deinen Freund? Hier bei uns? Was hältst du von einem gemeinsamen Abendessen in einem guten Restaurant?«

»Eine ganze Menge. Er isst gern italienisch.«

»Dann lade ich euch ein. Nicht weit vom Stadion gibt es einen neuen Italiener. Der soll sensationell gut kochen.«

»Spitze«, strahlte Julia. »Mir fällt ein Stein vom Herzen. Ich dachte schon, du reagierst so wie die meisten Väter.«

»Und wie reagieren die?«

»Sie machen jede Menge Stress, sobald sie mitkriegen, dass ihre Töchter geschlechtsreif sind.«

»Wie bitte? Geschlechtsreif? Was soll denn das jetzt wieder heißen?«

»Sie wird erwachsen, Peter«, lächelte Nina, schaltete den Geschirrspüler ein und griff nach ihrem Aktenkoffer. »Und sie neckt dich. Küss mich und bleib ganz cool. Ich muss jetzt ins Büro.«

»Ich muss auch weg. Aber Mama liegt richtig. Ich scherze bloß. Du wirst noch nicht Opa.«

»Nett von dir«, grinste Zoff. »Tschüss, ihr beiden. Bis morgen Abend. Ich bestelle einen Tisch für 19.00 Uhr. Wahrscheinlich ist das früh genug. Falls wir eine Stunde vorher hier wegfahren.«

»Also Treffpunkt 18.00 Uhr zu Hause«, fasste Julia zusammen. »Ich fahre aber mit Tom. Der hat ein eigenes Auto.«

»Und wahrscheinlich jede Menge Schulden«, murmelte Zoff unwillkürlich.

»Was?«

»Nichts. Ich freue mich, dass du endlich mobil bist.«

»Fühlst du dich nicht gut? Du bist so verdächtig verständnisvoll. Aber Mobilität ist ja auch wirklich toll.«

»Tatsächlich«, seufzte Zoff und strich seiner Tochter zum Abschied verlegen durchs Haar. »Ganz toll.«

Gegen 9.00 Uhr überquerte Oberstleutnant Peter Zoff den gepflasterten Innenhof des Landeskriminalamtes Graz, betrat den gläsernen ›Tower‹, fuhr ins oberste Stockwerk und besuchte den steirischen Landeskriminaldirektor. Mit seinem kurzen, graumelierten, zurückgekämmten Haar und seiner randlosen Brille sah man Hofrat Dr. Christoph Hamsun seine 56 Jahre nicht an. ›Big Boss‹, wie er von seinen Kriminalisten genannt wurde, war ein dynamischer, sehr gebildeter Jurist und leitete das LKA Graz mit hohem Sachverstand und Routine. Er mochte Zoff. Deshalb erkundigte er sich auch eingehend nach seinen Arbeitsbedingungen in Wien. Irgendwann stießen Bruno Polli und der Leiter der Personalabteilung dazu, und sie besprachen die angespannte Personalsituation im Morddezernat. Um 10.30 Uhr musste Hofrat Doktor Hamsun zum Grazer Bürgermeister, und Zoff lud Polli noch zu einer Tasse Tee in die Kantine. Gegen 11.30 Uhr verzogen sie sich in Zoffs Büro.

»Schön, dass du da bist«, grinste der Chefinspektor.

»Das scheint euch ja tatsächlich zu freuen.«

»Die Sache mit deiner Strafversetzung versteht keiner.«

»Ich bin negativ aufgefallen und werde öffentlich gemaßregelt. Ein Wink für alle, die den Geist der neuen Polizei nicht begreifen. Aber die können mich mal.«

»Und wie läuft es zwischen dir und Nina?«

»Überraschend gut.«

»Freut mich«, brummte Polli. »Wie behandeln sie dich in Wien?«

»Respektvoll und zuvorkommend. Der Herr Innenminister geht manchmal mit mir essen. Ab und zu schickt er aber auch bloß eine Flasche Wein vorbei.«

»Tatsächlich?«, fragte Polli verdutzt, bis er Zoffs Grinsen registrierte.

»Da grüble ich tagelang darüber nach, wie es dir da unten geht, und du? Du machst dich lustig über mich.«

»Ist doch bloß Fassade, Bruno«, meinte Zoff gerührt, nahm die Brille ab und rieb sich die Augen. »In Wirklichkeit geht es mir verdammt nahe, dass du dich um mich sorgst.«

»Mitte Dezember bist du wieder da«, überlegte Polli. »Das sind noch ungefähr zwei Monate.«

»Die Zeit vergeht wie im Fluge«, log Zoff. »Im Grunde müssen wir uns in ein paar Wochen schon wieder über die Weihnachtsfeier Gedanken machen.«

»Stimmt. Hast du schon eine Idee, wo wir sie abhalten?«

»Keine Ahnung«.

»Lass uns doch wieder einmal im Dezernat feiern statt in einem Restaurant. Hier ist es gemütlich.«

»Findest du? Von mir aus. Erkundige dich aber erst einmal, wie die anderen darüber denken.«

»Wird erledigt. Übrigens hast du nicht oft etwas von dir hören lassen während der letzten Wochen.«

»Ich weiß. Einerseits war ich ein wenig deprimiert, andererseits hatte ich ganz schön viel um die Ohren. Vor allem privat. Das war keine schöne Zeit, Bruno. Wirklich nicht. Aber jetzt ist wieder alles im grünen Bereich.«

»Ehrlich?«

»Ja. Und wir werden öfter als bisher miteinander telefonieren.«

»Freut mich.«

»Und sonst? Was läuft im Landeskriminalamt? Worüber spricht man?«

»Dexls Sekretärin hat was mit dem Fallmann von der Sitte.«

»Nein. Wirklich? Ich glaub es nicht. Die machte doch immer so auf unnahbar.«

»Fallmann hat sie flachgelegt. Das Stinktier hat eine Einsatztaktik, die ist einfach unschlagbar. Alle Damen liegen ihm zu Füßen.«

»Respekt.«

»Aber bei Britta ist er abgeblitzt. Die will bloß dich.«

»Britta? Du spinnst ja. Die könnte ganz andere haben. Was machen eigentlich meine verwaisten Whiskeyvorräte?«, wechselte Zoff das Thema, griff in die Vitrine hinter dem Schreibtisch, öffnete sie und zog eine bauchige Flasche hervor. »Ist ja tatsächlich noch alles da«, grinste er.

»Weil ich vor lauter Stress nicht dazu komme, hier alles leer zu saufen«, antwortete Polli bedauernd. »Verdient hätte ich es mir allemal. Immerhin muss ich die ganze Arbeit machen, während du in Wien eine ruhige Kugel schiebst.«

»Das Leben ist hart«, seufzte Zoff, öffnete die Flasche, griff nach zwei Gläsern und schenkte ein. »Pike Creek. Whiskey aus Kanada«, schmunzelte er dabei. »Wirklich guter Stoff.«

»Du hattest noch nie schlechten«, bestätigte Polli, glättete penibel eine Falte an seiner eleganten dunkelblauen Hose, zu der er ein hellblaues Hemd und ein blaues Sakko mit zartem weißem Muster trug, und hob das Glas. »Auf dich! Die ersten Wochen haben wir überstanden«, strahlte er. »Und jetzt ermittelst du sogar an der Grenze. Dehne den Einsatz aus, solange du kannst.«

»Darauf kannst du wetten«, nickte Zoff. »Ich bleibe in der Steiermark, solange es geht. Prost!« Sie tranken.

»Wunderbar«, murmelte Polli und leckte sich die Lippen. »Der läuft einem durch die Gurgel wie Öl. Essen wir noch zusammen?«

»Gute Idee. Aber nicht in der Kantine.«

»Ich kenne ein gutes griechisches Lokal in der Kirchengasse.«

»Bestens. Ich lade dich ein.«

»Und was machst du nachher?«

»Da schaue ich mir ein Haus an.«

»Du kaufst ein Haus? Das wird Nina aber freuen.«

»Es gibt einen Bungalow, der mich dienstlich interessiert.«

»Ach so. Viel Spaß. Langsam plagt mich der Hunger. Hast du etwas dagegen, wenn wir sofort aufbrechen?«

»Trinken wir noch ein Glas, und dann gehen wir.«

Im selben Augenblick, als Peter Zoff nachschenkte, stiegen am Salzburger Gaisberg zwei Herren in dunklen Anzügen aus zwei noblen Limousinen, reichten einander die Hand und spazierten vom Parkplatz gegenüber der Sendeanlage bis zu jener Stelle, wo die bereits dürr gewordenen Almwiesen gegen Nordwesten zu steil abfielen.

»Was denkt sich euer Herr Oberbürgermeister eigentlich?«, knurrte Ministerialrat Karl Berg gereizt und fuhr sich mit gespreizten Fingern durch das dichte, eisengraue Haar. »Ist der jetzt völlig größenwahnsinnig geworden?«

»Scheint so«, murmelte Alexander Grein heiser, warf einen argwöhnischen Blick über die Schulter und nestelte nervös an seiner gelben Krawatte. »Erst der Krach mit Spitzer und jetzt der Flirt mit den Sozis. Ich frage mich mehr und mehr, ob er noch alle Tassen im Schrank hat.«

»Ahnt er das?«

»Natürlich nicht. Ich will doch meinen Job behalten.«

»Sehr gut«, murmelte Berg versonnen und betrachtete nachdenklich die Dächer von Salzburg. »Sie genießen also nach wie vor sein volles Vertrauen.«

»Mehr noch. Er frisst mir aus der Hand«, lächelte der Pressesprecher, fuhr sich durch die schwarzen Locken und putzte seine Sonnenbrille mit einem Taschentuch, bevor er sie wieder aufsetzte. »Er setzt auf meine Fähigkeiten. Kein Zweifel.«

»Das hilft uns. Sagen Sie mir, wie ehrlich es Rieder mit den Sozialisten meint«, bat Berg nachdenklich und setzte sich in Bewegung. »Kommen Sie. Wir spazieren ein Stück.«

»Was er wirklich plant, weiß keiner«, bekannte der junge Mann bekümmert und bemühte sich redlich, seinen Schritt Bergs Rhythmus anzugleichen. »Aber das ist kein Spiel mehr, das geht tiefer. Die Roten sagen zwar immer noch, sie hätten kein Interesse an den Liberalen, aber das ist Nonsens. Wenn sie jemals wieder an die Macht kommen wollen, brauchen sie Rieder, denn Wahlen werden sie nicht mehr gewinnen. Nicht ohne Presse und Fernsehen.«

»Die Medien bleiben auf unserer Seite. Dafür ist gesorgt. Was kann eigentlich Rieder bei diesem Geschäft gewinnen?«

»Alles. Er schafft den Sprung in die Bundespolitik und er bekommt seine Rache. Sie hätten ihn als Vizekanzler und Unterrichtsminister behalten sollen. Trotz dieses Skandals um Parteispenden. Nur Oberbürgermeister zu sein, ist ihm zu wenig.«

»Logisch. Sein Ehrgeiz rebelliert.«

»Gelingt es ihm, eine Koalition mit den Roten zu schmieden, revanchiert er sich mit einem Schlag.«

»Was läuft denn da zwischen Spitzer und Rieder?«

»Einiges. Spitzer und seine Leute haben versucht, ihn beim Parteitag abzuwählen, aber Rieder ist es gelungen, die Mehrheit weiter von sich zu überzeugen. Auch hinter den Kulissen.«

»Der Kerl ist ein verdammtes Schlitzohr. Und die Nationalratsabgeordneten der Liberalen bleiben ihm treu?«

»Fast alle. Da ist eine Menge Geld geflossen. Am Freitag erfährt die Öffentlichkeit, dass Spitzer aus der Partei ausgeschlossen ist und die Liberale Partei weiterhin mit 18 Abgeordneten im Parlament sitzt. Und mit fünf Ministern in der Regierung.«

»Dann bleiben Spitzer und der Partei, die er gründen will, ja nur noch fünf Abgeordnete.«

»Jawohl. Und die Oppositionsbank.«

»Soviel ich weiß, wollen die Sozialisten um jeden Preis mit Rieder paktieren. Mit 18 liberalen Abgeordneten hätten sie die Mehrheit.«

»Er scheint interessiert zu sein. Sehr interessiert.«

»Angenommen, der Herr Oberbürgermeister segnet das Zeitliche. Was dann?«

»Ich verstehe die Frage nicht«, murmelte der Pressesprecher erschrocken und blieb stehen. »Hannes erfreut sich bester Gesundheit.«

»Natürlich. Aber wir Menschen sind nun einmal sterbliche Wesen. Gesetzt den Fall, Rieder käme ums Leben. Würden Sie sein Nachfolger werden wollen?«

»Ich? Um Gottes willen«, flüsterte Grein verstört. »Wie kommen Sie darauf?«

»Weil Sie jung sind, gut aussehen und sich ausdrücken können. Man sieht Sie als einen der aufstrebenden Männer in Ihrer Partei.«

»Das bin ich auch. Aber es gibt da schon noch den einen oder anderen, der mir gefährlich werden könnte«, gab der Schwarzhaarige zu bedenken.

»Das sind Randfiguren. Sie hingegen haben das Zeug zum politischen Kometen. Ich kenne Menschen, die das auch so sehen und die Sie gern unterstützen würden. Mächtige Leute.«

»Tatsächlich?«

»Ja. Vorausgesetzt, Sie bleiben so grundsatztreu wie bisher. Sie informieren mich doch über jeden von Rieders Schritten, nicht wahr?«

»Selbstverständlich.«

»Gehen wir zu meinem Wagen. Ich habe dort etwas für Sie.«

»Schon wieder? Danke. Ich weiß Ihre Großzügigkeit zu schätzen, wirklich.«

»Und ich Ihren Weitblick, junger Freund. Wissen Sie was? Ich mag Sie. Irgendwie sind wir ein gutes Gespann. Zwei Visionäre auf dem Weg nach oben. Glauben Sie mir, uns beide hält niemand mehr auf. Wenn wir zusammenbleiben, wovon ich ausgehe.« Die beiden reichten einander die Hand und spazierten zurück zum Parkplatz.

Das junge Paar mit Kinderwagen, das ihnen entgegenkam, unterhielt sich leise in gepflegtem Englisch. Als der Geheimdienstler mit Alexander Grein an ihr vorbeigegangen war, beugte sich die Frau in den Wagen und schaltete in aller Ruhe das Aufnahmegerät aus, während ihr Begleiter das Mikrofon am Dach des Kinderwagens abzog und die gleich daneben angebrachte Knopfkamera entfernte. Die beiden hatten, was sie haben wollten. Das Bundeskriminalamt würde zufrieden sein.

Das Gastzimmer im Restaurant ›Postwirt‹ war gut besucht. Die beiden Kriminalisten waren froh, einen Tisch im hintersten Winkel des Lokals zugewiesen zu bekommen. Dort saßen sie ein wenig abseits und konnten sich in aller Ruhe unterhalten.

»Der Bungalow in Maria Trost ist ein wirklich schönes Anwesen«, berichtete Zoff und setzte sich.

»Dann wird es Brecht nicht leichtgefallen sein, das Haus seiner Frau zu überschreiben«, brummte Forstinger und nahm ebenfalls Platz.

»Brecht hat diesen Schritt bereits im Jänner gesetzt.«

»Was du nicht sagst. Und warum ist das so bemerkenswert?«

»Der Scheidungstermin war erst im Juni.«

»Also ist das Haus gar nicht bei der Scheidung draufgegangen.«

»Nein. Ein ehemaliger Nachbar behauptet, es gäbe Gerüchte über Spielschulden. Angeblich geht Brecht im Grazer Casino ein und aus.«

»Alles klar. Weiber und Spielsucht. Das hält keine Ehe aus.«

»Womit das klassische Motiv für Schweinereien aller Art gegeben wäre. Also könnte Brecht tatsächlich mit Gaunern gemeinsame Sache machen. Und wenn er das tut, werden wir ihn erwischen.«

»Dein Wort in Gottes Ohr«, knurrte Forstinger,

während Zoff dem Kellner winkte und zwei Gläser Rotwein und eine Flasche Mineralwasser orderte.

»Du schläfst diese Nacht wieder hier im Ort?«, erkundigte sich Zoff, nachdem der Kellner die Getränke auf den Tisch gestellt und sich wieder entfernt hatte.

»Ich bin im Hotel ›Waldblick‹ untergekommen«, antwortete Forstinger nachdenklich und prostete Zoff zu. »Keine schlechte Adresse. Immerhin ein Drei-Sterne-Haus.« Sie tranken.

»Essen okay?«

»Viel zu viel und viel zu gut. Ich sollte dringend abnehmen. Da werden mir Schwimmbad und Sauna guttun. Außerdem führt eine Laufstrecke direkt an meinem Fenster vorbei. Ich denke, ich besorge mir heute noch das Notwendigste zum Joggen.« Beide nahmen noch einen tiefen Schluck.

»Brav. Es gibt ein Sportgeschäft gegenüber dem Postamt«, grinste Zoff.

»Hab ich schon mitbekommen. Wann triffst du dich mit den Zollfahndern?«

»In einer halben Stunde.«

»Trinken wir noch ein Gläschen. In Anbetracht dessen, dass du heute noch Nachtdienst schieben musst, lade ich dich ein, Herr Oberstleutnant.«

»Nett von dir, Herr Chefinspektor. Da sage ich nicht nein.«

Während die beiden noch je ein Glas Pinot noir tranken, verabschiedeten sich in der Belgrader Innenstadt zwei Herren voneinander. Der jüngere umarmte den älteren, bestieg einen blauen Golf, kurbelte das Seitenfenster herunter und winkte, während er wegfuhr. Der Alte lachte breit und winkte zurück.

»Alles Gute«, murmelte Ante Selminovic und sah seinem Sohn so lange nach, bis der Wagen vor dem Parlamentsgebäude links abbog und aus seinem Blickfeld verschwand. »Wieso hab ich dieses Mal bloß so ein schlechtes Gefühl?«, fragte er sich ratlos, schüttelte den Kopf, glättete die Falten an seinem hellen Sakko und ging wieder zurück ins Kaffeehaus, wo eine gut 30 Jahre jüngere Rothaarige auf ihn wartete. Inzwischen schloss der junge Mann im Golf sein Mobiltelefon an die Freisprechanlage an und führte zwei Telefongespräche nacheinander.

»Wir treffen uns vor dem Hauptpostamt in Maribor. Exakt um Mitternacht«, befahl er jedes Mal barsch und legte sofort wieder auf. Seit Jahren hatte er es sich angewöhnt, die Treffpunkte kurzfristig festzulegen. Aus Sicherheitsgründen. Selminovic hatte ein Faible für Sicherheit. Wahrscheinlich war das der Grund dafür, dass er trotz mehrerer Verhaftungen noch keine Gefängniszelle von innen gesehen hatte.

Inzwischen saßen in Salzburg zwei Herren im ›Stieglbräu‹.

»Wir haben jetzt tatsächlich einen Ermittlungsansatz«, murmelte der nach großzügig verwendetem Rasierwasser stinkende Major Pimminger, sah sich misstrauisch um und leerte sein Bierglas in einem Zug. »Aber das muss unter uns bleiben.«

»Selbstverständlich«, beruhigte ihn Paul Freiher und gab dem Kellner einen Wink. »Von mir erfährt keiner etwas.«

»Am Badeplatz unter dem Sommerhaus konnten Spuren eines Bootskiels im Sand festgestellt werden.

Der dazu passende Kahn lag gut versteckt am anderen Seeufer. Die Ruder eingezogen. Ich entdeckte eine leere Bierdose im Heck. Wenn Sie mich fragen, ist der Kerl mit dem Ruderboot über den See, hat den Hund umgebracht, das Haus angezündet und sich seewärts verkrümelt.«

»Hannes verdächtigt den Abgeordneten Spitzer.«

»Als Auftraggeber käme der durchaus infrage. Was wir brauchen, sind Beweise. Jedenfalls wird die Bierdose auf Speichelspuren untersucht. Sofern irgendwo in Europa eine deckungsgleiche DNA gespeichert ist, haben wir gewonnen.«

»Vielleicht können Sie mir vorerst in einer anderen Sache helfen.«

»Mal sehen. Worum geht es?«

»Um den Schutz unseres Oberbürgermeisters. Wäre das Landeskriminalamt Salzburg in der Lage, ihn abzuschirmen?«

»Natürlich. Aber dazu brauchen wir eine Weisung des Innenministeriums.«

»Verdammt noch einmal«, zischte Freiher nervös. »Die nehmen die Sache ja offenbar nicht ernst. Aber ich mache mir Sorgen.«

»Dann ziehen wir doch einen privaten Personenschutz auf«, schlug der blonde Major, der sein Haar jetzt ganz kurz trug, jovial vor. »Mit Exekutivbeamten, die außer Dienst auf ihn aufpassen. Da gibt es genügend gute Leute. Oder wir engagieren private Sicherheitsexperten. Ich kenne da ausgezeichnete Fachleute, Sie werden schon sehen. Im Grunde ist das alles nur eine Frage des Geldes.«

»Geld spielt keine Rolle. Könnten Sie das alles für

mich organisieren? Gegen eine ordentliche Provision natürlich.«

»Sehr aufmerksam von Ihnen. Man bedankt sich.«

Ein dickes Kuvert wechselte seinen Besitzer.

Während sich Freiher und Pimminger in Salzburg über die Details der künftigen Zusammenarbeit unterhielten, richteten sich Zoff und eine Handvoll Zollfahnder an der steirischen Grenze für die kommende Nacht ein.

»Von hier aus erreichen wir das Einreiseterminal in wenigen Minuten«, meinte der wortkarge Chefinspektor Weiß, bog in den Autobahnparkplatz ein, stellte den dunklen BMW X5 unter das dichte Blätterdach einer Rotbuche, schaltete den Monitor ein und justierte die Lehne seines Fahrersitzes neu.

»Gut so.«

»Übrigens haben wir ab heute weniger Personal«, grinste der Zollfahnder sarkastisch. »Statt vier Wagen noch drei, ab Freitag nur noch zwei.«

»Was?«, ärgerte sich Zoff. »Wie soll das denn gehen?«

»Diese Nachtdienste laufen auf Überstunden«, erklärte Weiß gleichgültig. »Wir müssen sparen.«

»Sparen. Ich kann dieses Wort nicht mehr hören«, seufzte Zoff deprimiert, zog die Medikamentenschachtel aus der Jacke, schluckte eine kleine weiße Pille und beobachtete gereizt den Monitor. Seine Augen schmerzten. Verbittert nahm Zoff die Nickelbrille ab und reinigte sie sorgfältig. Dann blieb es lange still im Wagen.

Gegen 22.30 Uhr begann es schon wieder zu regnen,

und die nächsten zwei Stunden passierte gar nichts. Die wenigen Fahrzeuge, die die Grenze passierten, hatten österreichische und deutsche Kennzeichen, dann kamen Ungarn, Holländer und sogar zwei Schweizer. Alle durften die Kontrollspur langsam durchfahren. Die ersten Minuten nach Mitternacht kämpfte Zoff heftig mit dem Schlaf und nickte einmal sogar kurz ein, aber als plötzlich zwei Autos mit serbischen Kennzeichen in langsamer Fahrt an der Kontrollstelle auftauchten, war er sofort hellwach. Das Bild am Monitor war messerscharf. Gute Kameras, bedankte sich Zoff im Stillen bei der Technik. Wirklich gute Kameras.

»Der kontrolliert nicht. Der lässt sie weiterfahren«, murmelte Weiß, rieb sich die Augen und rutschte in seinem Sessel hoch.

»Wenn wir Glück haben, sind das die Zielpersonen«, meinte Zoff hoffnungsvoll.

»Achtung! Ein heller BMW und ein dunkler Renault, beide mit serbischen Kennzeichen«, alarmierte Weiß seine Leute per Funk. »Das könnten die Gesuchten sein. In zehn Minuten sind sie bei euch.«

»Verstanden.«

Gegen halb zwei waren beide Fahrzeuge kontrolliert. Mit negativem Ergebnis. Zoffs Magen rebellierte so sehr, dass ihm der Schweiß aus den Poren schoss, aber eine Tablette linderte den Schmerz. »Ruhig«, murmelte Zoff, schloss die Augen und lehnte sich müde zurück. »Worüber rege ich mich denn eigentlich auf? Über gar nichts. Nur die Ruhe.«

Während der nächsten Stunde wurden noch einmal zwei serbische Pkws von der Zollfahndung kontrolliert. Wieder war alles in Ordnung. Kurz vor drei erschienen Brecht und ein junger Beamter am Terminal und lösten die beiden bisher dort stationierten Beamten ab, die eilig in der Grenzstation verschwanden.

»Der Chef persönlich an der Einreisespur?«, kommentierte Weiß diesen Vorgang, gähnte ausgiebig und stellte seinen Sitz gerade. »Na, wenn das nichts zu bedeuten hat.« Jetzt ließen Zoff und Weiß den Monitor nicht mehr aus den Augen. Der Regen ließ nach. Dafür kam starker Wind aus Norden, der Laub und Papierfetzen gegen den unbeleuchteten Dienstwagen trieb. Wortlos schaltete Weiß ein paar Takte lang den Scheibenwischer ein, aber bald darauf war die Windschutzscheibe schon wieder voller Blätter.

»Keinen Hund würde ich bei diesem Wetter auf die Straße jagen«, krächzte Zoff heiser und wischte sich mit einem Papiertaschentuch den Schweiß von der Stirn. »Es muss einen Grund dafür geben, dass Brecht sich höchstpersönlich an die Einreisespur stellt.«

Fünf Minuten später näherten sich auf der slowenischen Seite der Grenze drei Autos. An der Spitze fuhr ein blauer Golf. Gespannt beobachtete Zoff das Geschehen und sah Brecht mit seinem jungen Begleiter ein paar hastige Worte wechseln. Der zuckte die Achseln und lief zum Hauptgebäude, während Brecht sich direkt an den offenen Schlagbaum stellte, zwei Finger an den Rand seiner Tellerkappe legte und lässig grüßte, während die drei Autos im Schritt die Grenze passierten.

»Alle drei haben serbische Kennzeichen«, stieß Weiß aufgeregt hervor. »Im ersten Wagen sitzt bloß einer, in den beiden anderen Autos sind sie zu zweit.«

»Das sind die Typen, nach denen wir suchen«, schnaubte Zoff und drehte den Funk lauter. »Jede Wette. Wir müssen sie kriegen, Weiß. Also bringen Sie Ihre Leute auf Trab. Schnell.«

Donnerstag, 13.00 Uhr. Draußen war es sonnig, wenn auch etwas kühl.

»Toller Fang, Peter. Gratuliere«, lächelte der Landeskriminaldirektor und hob sein Rotweinglas. »Solche Mengen Kokain auf einmal wurden in Österreich bisher noch nicht sichergestellt. Nicht einmal ein Zehntel davon.«

»Danke«, grinste Zoff und prostete dem Hofrat zu. »Aber vor allem haben wir fünf serbische Dealer festgenommen. Das ist ein ordentlicher Schlag gegen die organisierte Kriminalität.«

»Dieser Selminovic scheint ihr Anführer zu sein«, murmelte Singer vom Suchtgiftdezernat, trank und stellte sein Glas zurück auf den Tisch. »Jedenfalls haben die anderen ziemlich Schiss vor ihm.«

»Ist mir auch aufgefallen. Die sind alle nervös. Bloß Selminovic nicht. Der ist ganz ruhig.«

»Von denen werden wir nichts erfahren, oder?«, fragte der Hofrat.

»Würde mich wundern«, brummte Singer. »Bisher jedenfalls bestreiten sie alles. Brecht ist ihnen unbekannt. Vom Suchtgift haben sie keine Ahnung. Sie haben bloß drei Autos nach Österreich gebracht. Im Auftrag von Leuten, von denen sie bloß den Vornamen kennen. Putzige Story, nicht wahr? Was sagt denn Brecht dazu?«

»Dass es nicht strafbar sein kann, seine Tellerkappe

festzuhalten, damit der Wind sie nicht davonträgt«, berichtete Zoff verärgert. »Von Drogen hat er natürlich keine Ahnung, und den Vorwurf, bestochen worden zu sein, weist er als ungeheuerlich zurück.«

»Wir werden seine Bankkonten prüfen«, kündigte Singer an, und seine Augen funkelten böse. »Die gesamten Finanzen. Alles. Wir drehen jeden Stein um, auf dem der Kerl gestanden hat. Dieses verdammte Arschloch.«

»Innerhalb von einer Stunde war sein Rechtsanwalt an Ort und Stelle«, sinnierte Zoff. »Seither sagt Brecht keinen Ton mehr. Ein echter Profi eben.«

»Wir werden ihm die Sache Punkt für Punkt beweisen müssen. Sonst sehe ich schwarz. Was sagt der junge Kollege, der von Brecht ins Hauptgebäude geschickt wurde?«

»Dass er den Auftrag hatte, eine Thermosflasche mit Kaffee zu holen.«

»Die zwei Herren des Büros für Interne Angelegenheiten, die den Verhören beiwohnen, sind übrigens auffallend arrogant und unfreundlich«, meinte der Landeskriminaldirektor gedankenverloren.

»Sie vertreten das Ministerium und fühlen sich wichtig«, lächelte Zoff und trank sein Glas aus.

»Unerhörtes Benehmen«, erregte sich Hamsun weiterhin. »Schwirren hier im Hause herum, ohne sich bei mir vorzustellen. Erteilen unverschämte Anweisungen. Ein Skandal ist das.«

»Wir werden Brecht vorerst gehen lassen müssen«, wechselte Singer das Thema.

»Sieht so aus«, stimmte Zoff zögernd zu. »Vorerst.«

»Jedenfalls ist er vorläufig suspendiert«, stellte Hofrat Hamsun klar. »Das wird seinem Ruf als Bürgermeister nicht guttun.«

»Ich werde ihn noch einmal verhören und zurück zur Grenzstation bringen«, warf Zoff ein. »Dort wird er mir seinen Dienstausweis aushändigen, während wir sein Büro durchsuchen. In seiner Gegenwart natürlich. Inzwischen bringt Kollege Forstinger einen Peilsender an Brechts Privatwagen an, damit ich weiß, wohin er in nächster Zeit fährt. Außerdem sollten wir sein Telefon abhören.«

»Ich besorge die notwendigen Genehmigungen von der Staatsanwaltschaft«, bot Singer freundlich an. »Der Herr Generaldirektor hat telefonisch mitgeteilt, dass wir die Suchtgiftsache übernehmen sollen. Das Büro für Interne Angelegenheiten wird sich mittlerweile um Brecht kümmern. Wir werden in dieser Angelegenheit also noch eine Zeit lang zusammenarbeiten, nicht wahr?«

»Ich denke schon«, murmelte Zoff nachdenklich. »Im Augenblick durchsuchen Zollfahnder, Suchtgiftfahnder und Kollegen aus dem Ministerium Brechts Haus in Irrach. Sein Büro nehme ich mir persönlich vor und morgen hole ich ihn mir von zu Hause wieder zum Verhör.«

»Nicht übel«, lobte der Landeskriminaldirektor und lächelte gütig. »Also trinken wir noch ein Glas, meine Herren. Wenn ich daran denke, wie schwer es dem Minister und unserem lieben Herrn Generaldirektor fallen wird, Zoff zu seinem großartigen Erfolg zu gratulieren, geht mir das Herz auf.«

»Hoffentlich lassen sie mich die Sache zu Ende

bringen«, brummte Zoff und nahm das gefüllte Glas im Empfang. »Ich wäre ganz schön sauer, wenn ich den Fall jetzt noch aus der Hand geben müsste.«

Um 18.00 Uhr war Zoff zu Hause. Nina hatte sich fein gemacht, trug ein dunkelblaues Kostüm, sehr knapp geschnitten, und hatte die Perlenkette angelegt, die ihr Zoff vor zwei Jahren zum Geburtstag geschenkt hatte. Das Kostüm stand ihr gut, und mit den Perlen sah sie noch umwerfender aus als sonst. Julia trug einen schwarzen Minirock und eine rosa Bluse. Dabei fielen Zoff die weiblichen Rundungen seiner Tochter auf, und er begann, sich Sorgen zu machen.

Julias Freund entpuppte sich als sympathischer 20-Jähriger mit brünettem, halblangem Haar. Ein Gitarrist. Irgendwie lag er mit Zoff auf gleicher Wellenlänge. Keine 50 Meter vor Pietros Ristorante fanden sie zwei Parkplätze, und als sie kurz vor 19.00 Uhr am vorbestellten Tisch Platz nahmen, waren sie schon in bester Stimmung.

In Irrach saß inzwischen Brecht im Wirtshaus und trank sein drittes Viertel Riesling. Eine halbe Stunde später bezahlte er, wimmelte an der Tür noch den Hotelier Raufinger ab, der ihn wegen einer Baugenehmigung sprechen wollte, und traf mit seinem Porsche gegen 20.00 Uhr vor seinem Haus in der Grazer Straße ein. Ob die mich observieren, überlegte er und warf einen langen Blick in den Rückspiegel, während er den Wagen vor der Mauer anhielt, die sein Anwesen zur Straße hin abgrenzte. Es war niemand zu sehen, aber was besagte das schon? Die beobachten mich schon irgendwie, sinnierte er. Wahrscheinlich zapfen die auch mein Telefon an. Jedenfalls würde *ich* das tun, wenn ich an ihrer Stelle wäre. Nervös drückte er die Fernbedienung, und das Tor aus schwarzem Schmiedeeisen öffnete sich. Der schwarze Asphalt glänzte immer noch vor Nässe, und er fuhr durch nicht weniger als vier große Pfützen, während er mit dem Wagen die 20 Meter bis an die Garage heranfuhr. Wieder benützte er die Fernbedienung, und das Garagentor glitt lautlos nach oben, während das Licht anging. Als er den Motor abstellte und mit wild klopfendem Herzen aus dem Wagen stieg, realisierte er erst so richtig, was ihm widerfahren war.

»Das hab ich jetzt davon«, seufzte Brecht verzweifelt und rieb sich die brennenden Augen. »Aus. Alles aus. Erst geht meine Ehe flöten und jetzt der Beruf. Ach ja. Zuletzt natürlich auch die Politik. Ich hab mich von serbischen Gaunern kaufen lassen. Wenn das bekannt wird, zerreißen sie mich. Da bin ich als Bürgermeister erledigt. Da kann ich nur noch auswandern! Und alles bloß wegen dieser verdammten Spielschulden. Was mach ich jetzt? Was mach ich jetzt bloß?« Ratlos fuhr er sich durchs Haar und trat ins Freie. Ein sanfter Druck auf den Taster, und das Tor glitt wieder nach unten.

Über der hohen Begrenzungsmauer ihm gegenüber ging der Mond auf. Still, wie an jedem Abend. So, als wäre nichts geschehen.

»You remember me, when the westwind moves, upon the fields of Barly«, sang er leise seinen Lieblingssong von Sting, wandte sich nach links und ging den Weg zum Haus hoch. »You can tell the sun in this jealous sky, among the fields of gold.« An der Treppe blieb er einen Moment lang stehen, atmete tief ein und sog sich die Lungen bis zum Bersten voll. Dabei kam ihm dieser Geruch in die Nase. Ein schwerer Duft nach Nadelholz und Nässe. Waldgeruch.

»Dieser Zoff wusste von vornherein Bescheid.« Diese Erkenntnis durchfuhr ihn wie ein Blitz. »Der hat mich beobachtet und eiskalt auf den Transport gewartet. Ganz klar.« Nachdenklich wandte er sich nach links und stieg langsam die drei Stufen nach oben. »Aber wieso wusste der, *wann* die Serben kommen? Wie hat er das herausbekommen?«

Ein leises Knacken hinter ihm. Der Kater. Das wird der Kater sein. Der kam immer heim um diese Zeit. »Stanley? Bist du das?« Alles blieb ruhig.

»Begrüßt du mich heute eben nicht, du mieses kleines Katzenvieh«, knurrte Brecht, steckte die rechte Hand in die Außentasche seines Sakkos und zog den Haustürschlüssel hervor, als es ein zweites Mal hinter ihm knackte. Dann hörte er ein dumpfes ›Plopp‹.

Eigentlich spürte Brecht gar nichts, als ihn ein heftiger Schlag zwischen die Schulterblätter nach vorne warf und er sich das Gesicht am Holz der Haustür wund schlug. Wieder machte es ›plopp‹ und wieder. Mit ausgebreiteten Armen rutschte Brecht langsam am Türblatt entlang nach unten auf die Knie, seufzte tief und sackte nach hinten auf den Granitboden. Für einen kurzen Augenblick sah er den dunklen Himmel. Ein Schuss zerfetzte sein linkes Auge und der nächste sein rechtes. Der letzte Schuss in den zusammengepressten Mund war bloß noch Formsache. Da war Brecht schon tot.

Einen Moment lang hörte man keinen Laut. Dann fiel eine Pistole mit aufgeschraubtem Schalldämpfer auf Brechts Brust. Keine drei Minuten später verließ der Mörder das Grundstück, ging gemächlich zwei Straßen weiter, stieg in den dort abgestellten Wagen, startete den Motor und fuhr in Richtung Autobahn.

Unterdessen schlich eine dunkle Gestalt im Trainingsanzug hinter Brechts Haus hervor, warf einen erschrockenen Blick auf die Leiche und rannte in Panik zur Garagenzufahrt. Das Überklettern des Schmiedeeisentores dauerte wenige Sekunden. Wo war denn das Fahrrad? Da lehnte es ja. Augenblicke später floh ein Mountainbiker auf der dürftig beleuchteten Straße eilig nach Süden, bog an der nächsten Kreuzung rechts ab, wechselte von der Fahrbahn auf den menschenleeren Gehsteig und verschwand auf der breiten Kastanienallee ziemlich rasch in der Dunkelheit.

Der Freitag begann gar nicht gut. Gegen 4.30 Uhr erwachte Peter Zoff mit heftigen Kopfschmerzen, ging in die Küche und trank ein Glas Wasser. Im Medikamentenschrank suchte er nach schmerzstillenden Tabletten, fand eine angebrochene Schachtel, nahm eine der unzähligen unscheinbaren Pillen aus der Packung und spülte sie mit einem weiteren Glas Wasser hinunter.

»Jetzt hatten wir einen so schönen Abend«, überlegte er griesgrämig. »Warum schläft Nina da nicht mit mir? Ich verstehe das nicht.«

Bedrückt ging er ans Fenster und beobachtete die anbrechende Dämmerung. Was Marlene jetzt wohl machte? Ach Gott, Marlene. Hinter den Schläfen stachen ihn 1.000 Nadeln und im Hinterkopf saß ein tückischer, dumpfer Schmerz, der bis in den Nacken ausstrahlte. Ob er noch eine Tablette nehmen sollte?

»Abwarten. Es wird schon wieder«, sprach er sich Mut zu. Aber an Schlaf war jetzt nicht mehr zu denken. »Schreibe ich eben ein wenig«, flüsterte er. Vorsichtig tastete er sich durch den dunklen Flur ins Arbeitszimmer, drehte das Licht an, setzte sich an den Schreibtisch und holte sein Notizheft hervor. »Marlene«, flüsterte er traurig. »Mir wird richtig übel, wenn ich an diese Abschiedsszene denke.« Sie anrufen, überlegte er. Ich sollte sie sofort anrufen. Unwillkürlich fixierten seine Augen das Mobiltelefon neben dem Laptop und er griff schon danach, ehe er innehielt. Bist du verrückt?, fragte er sich. Spinnst du? Falls du jetzt telefonierst, ist alles aus. Wenn du jetzt nicht Vernunft annimmst, bricht der Sturm los. Dann gibt es kein Halten mehr. Du bist verheiratet. Du hast Familie. Du kannst nicht einfach tun und lassen, was du willst. Du hast schließlich so etwas wie ›Verantwortung‹. Was wirfst du Nina vor? Dass sie so verdammt kühl ist? Und du? Bist du denn immer so, wie du sein solltest? Müde ließ er das Telefon los und kauerte sich auf dem Sessel zusammen. »Es geht nicht«, flüsterte er traurig. »Es geht einfach nicht.« Eine ganze Weile lang saß er ziemlich verloren einfach nur so da und dachte an gar nichts. Schließlich fasste er sich, richtete sich auf, straffte die Schultern, schlug sein Heft auf und schrieb.

»Eisberge sind wir«, flüsterte er, »und Blechtrottelanbeter, und Seelendemolierer, und Träumezerstörer. Kalt sind wir, und kalt ist es in uns, seit Anbeginn der Zeit. Nie wieder will ich an dich denken, Liebes, und fern sei mir Erinnerung. Stunde für Stunde, Tag für Tag.« Misstrauisch las er den Text noch zwei Mal durch, ehe er zufrieden nickte. Die Kopfschmerzen hatten sich inzwischen auch verzogen. Gähnend schloss er das Heft, grübelte über den gestrigen Tag nach und notierte sich auf einem Notizblock ein paar Fragen, die er Brecht stellen wollte. Dabei nickte er ein.

Als er kurz vor 6.30 Uhr erwachte, fühlte er sich wie gerädert. Brummig ging er in die Küche, kochte Kaffee und machte Frühstück. Anschließend zog er sich Jeans und einen schwarzen Rollkragenpulli über und weckte Ehefrau und Tochter. Irgendwie war die Stimmung nicht besonders gut und sie frühstückten hastig und wortkarg.

Nachdem sie gegessen hatten, huschte Julia ins Bad, putzte sich die Zähne, schminkte sich, schnappte ihre Schultasche, küsste Zoff auf beide Wangen und verschwand. Gegen 7.30 Uhr ging Nina, und Zoff blätterte gerade in der Zeitung, als Polli anrief.

»Bist du ausgeschlafen?«

»Wieso?«

»Wir haben ein Problem. Brecht ist tot. Erschossen.«

»Sag einmal, spinnst du?«

»Sein Stellvertreter hat ihn vor ein paar Minuten gefunden. Ich bin auf dem Weg zum Tatort. Soll ich dich abholen lassen?«

»Ja«, meinte Zoff lapidar. »Forstinger ist mit dem Dienstwagen in Irrach. Wir haben ja den Peilsender an Brechts Wagen.«

»Den könnt ihr getrost deaktivieren. Leider. Bist du in einer Viertelstunde fertig?«

»Spätestens«, erwiderte Zoff und griff nach seiner schwarzen Lederjacke. »Ich warte vor dem Haus.«

9.05 Uhr. Der Himmel war wolkenlos, aber seltsam grau, und es war sehr kalt. Kleine weiße Atemwölkchen stiegen auf, wenn jemand sprach oder die Luft stoßweise ausatmete. Zoff zeigte den vier uniformierten Beamten vor Brechts Grundstück seine Dienstmarke, begrüßte Chefinspektor Polli und Kontrollinspektor Paul Billek und stellte sich zu ihnen an die Einfahrt, von wo sie die Arbeit der Spurensicherung beobachten konnten.

»Wieso erschießt jemand einen bestechlichen Bullen, verdammt noch einmal?«, überlegte Zoff. »Und was wollte dieser Kollek von Brecht, so früh am Morgen?«

»Keine Ahnung«, antwortete Polli. »Aber das wird er uns schon noch erklären.«

Kurze Zeit später traf der Staatsanwalt ein. Er trug einen braunen Mantel und schien ziemlich sauer zu sein.

»So ein schönes Wochenende hätte das werden können«, ärgerte sich der spindeldürre junge Jurist und reichte Zoff die Hand. »Ärgerlich, dieser Mord. Hier, in diesem gottverlassenen Nest, wo seit Menschengedenken nichts Aufregendes passiert ist. Wirklich ärgerlich.«

»Irgendwie ist Mord immer ärgerlich«, philosophierte Zoff. »Wie geht es Schlohmeier?«

»Wieso fragen Sie?«

»Weil wir bei der Klärung dieser Bestechungsaffäre rund um den Abfangjägerankauf ausgezeichnet zusammenarbeiteten. Ein mutiger Mann. Ich bin ihm zu großem Dank verpflichtet.«

»Ich hörte von der Sache. Das Ergebnis fand ich

nicht so berauschend, aber na ja. Jedenfalls wurde Schlohmeier versetzt. Mit 1. Oktober. Wenn ich richtig informiert bin, nach Leoben.«

»Das tut mir leid«. Fröstelnd schlug Zoff den Kragen hoch und vergrub seine Hände in den Außentaschen seiner Winterlederjacke. Seine Brille war angelaufen und er putzte sie, ehe er an die Absperrung herantrat und der 32-jährigen Chefinspektorin Britta Seitz zuwinkte, die gerade mit einem Spray zwei weiße Pfeile auf den Asphalt der Einfahrt sprühte, kurz aufsah und zu ihm eilte.

»Hallo, Peter«, lächelte die hübsche Blondine verlegen, schlüpfte mit knisternder weißer Schutzkleidung elastisch unter dem Absperrband durch, zog ihre Einweghandschuhe aus und reichte Zoff die Hand. »Wie geht es dir?«

»Hervorragend«, antworte Zoff sarkastisch. »Danke der Nachfrage.«

»Ich wollte bloß freundlich sein«, erwiderte Britta Seitz ganz ruhig und sah ihn lange an.

»Verzeihung«, bat Zoff kopfschüttelnd. »Das war unüberlegt. Ich werde anscheinend noch richtig zynisch auf meine alten Tage.«

»Macht nichts, Peter«, murmelte sie mit belegter Stimme. »Ist schon erledigt.«

»Na, wie schön«, mischte sich Staatsanwalt Magister Teiss ein. »Ist wieder alles geregelt? Dann kann ich mir ja endlich den Tatort ansehen.«

»Der ist noch nicht freigegeben«, antwortete Britta Seitz schnippisch. »Übrigens ist es nicht üblich, dass der Staatsanwalt direkt an die Leiche herantritt. Zumindest war das bisher nie so. Aber ich habe eine ganze Reihe von Lichtbildern für Sie. Die können Sie gern sehen.« Mit kühlem Blick übergab sie ihm etwa 20 Fotos.

»Na gut. Ich werde mich eben vorerst einmal mit den Fotos begnügen«, knurrte der Staatsanwalt und betrachtete die Aufnahmen. »Nichtsdestoweniger sehe ich mir später die Leiche persönlich an. Ob Ihnen das jetzt passt oder nicht.«

»Ihr erster Mordfall?«, fragte Zoff.

»Wie kommen Sie darauf?«

»Ich dachte bloß.«

»Ja. Es ist mein erster Mordfall«, gab Teiss zu. »Tatsächlich.«

»Anscheinend schoss man Brecht drei Mal in den Rücken und drei Mal ins Gesicht«, erklärte die Chefin der Tatortgruppe.

»Was sagt der Arzt?«, wollte Zoff wissen.

»Der ist noch an der Leiche.«

»Habt ihr irgendwelche Spuren gefunden?«

»Auf der Brust des Toten liegt eine Beretta mit aufgeschraubtem Schalldämpfer. Wahrscheinlich die Tatwaffe.«

»Fingerabdrücke?«

»Negativ.«

»Fußspuren?«

»Nichts, das wir ausformen könnten, aber auf der untersten Treppe ist eine leichte Schmutzschicht mit dem Abdruck eines Schuhprofils. Vermutlich ein Sportschuh. Auf die genaue Größe kann ich mich nicht festlegen.«

»Und sonst?«

»Das ist alles. Aber vielleicht bringt die Obduktion etwas zutage, das uns weiterhilft.«

»Wie lange brauchen deine Leute noch?«

»Eine Stunde etwa. Wir suchen den ganzen Rasen ab, den Weg, die Einfahrt und die Garage.«

»In Ordnung. Ist der Kollege noch da, der die Leiche gefunden hat?«

»Kontrollinspektor Kollek? Nein. Schulz hat ihn in die Grenzpolizeistation gebracht. Zum Verhör.«

»Sehr gut. Ich fahre jetzt auch erst einmal dorthin. Ruf mich bitte an, bevor du die Leiche wegbringen lässt. Ich würde sie mir gern in aller Ruhe ansehen.«

»Wer führt die Erhebungen in diesem Mordfall?«

»Bruno Polli. Aber er wird nichts dagegen haben, wenn ich die Leiche in Augenschein nehme.«

»Kein Problem«, meinte sie lächelnd. »Ich verständige dich, sobald wir fertig sind.«

In der Grenzpolizeistation summte es wie in einem Bienenstock. Die Mitarbeiter standen in Gruppen beisammen und tuschelten und diskutierten. Zoff drängte sich durch und musste mehrmals fragen, ehe ihm eine junge Beamtin den Weg zu Kolleks Büro wies.

»Guten Morgen.«

»Servus, Chef«, murmelte der wieselflinke, brünette Bezirksinspektor Willi Schulz, der mit seinen 40 Jahren der Zweitjüngste in der Gruppe Polli war. Nachdenklich kratzte er sich am stoppelbärtigen Kinn, löste den Blick vom achtseitigen Protokoll, das vor ihm auf dem Schreibtisch lag, und gab dem vierschrötigen Kontrollinspektor am Fenster einen Wink.

»Sie sind Zoff?«, fragte Kollek unsicher, während er näher kam. Der Mann stank nach nervösem Schweiß.

»Was dagegen?«

»Aber nein. Wieso denn?«

»Dann setzen Sie sich«, befahl Zoff kühl, deutete auf den Stuhl vor Kolleks Schreibtisch und las das Verhörprotokoll im Stehen.

»Was habt ihr euch bloß dabei gedacht«, grollte er nach einer Weile finster und legte die Blätter zurück auf den Tisch.

»Wir brauchten das Geld. Benno wegen seiner Spielschulden und ich wegen meiner Frau.«

»Verstehe. 10.000 Euro pro Grenzübertritt ist eine Menge Kohle. Wie habt ihr das aufgeteilt?«

»Jeder bekam die Hälfte. Schließlich waren wir befreundet.«

»Ja. Gute Freundschaft ist was wert. Und wie war das heute früh? Ich meine, was hatten Sie um diese Zeit bei Brecht verloren?«

»Sie sind gut. Schließlich habt ihr meinen Chef und Partner hopsgenommen, und das kann mich schwerlich kaltlassen. Ist ja wohl logisch, dass ich mit ihm reden wollte, oder?«

»Doch. Aber ihr hättet ja auch miteinander telefonieren können.«

»Ich bin ja nicht dämlich. Ich weiß doch, dass bei Korruptionsermittlungen fast immer eine Telefonüberwachung läuft. Nein, nein. Telefonieren ging nicht. Andererseits musste ich wissen, was Benno beim Verhör angegeben hatte. Schließlich wollte ich keine Fehler machen. Deshalb beobachtete ich auch ziemlich lange die Umgebung, ehe ich das Grundstück betrat. Dann ging ich allerdings geradewegs zur Haustür, und da lag er auch schon.«

»Und Sie haben niemanden gesehen?«

»Leider. Ich bin bei Benno geblieben und hab über das Mobiltelefon Alarm geschlagen. Wenn der Täter noch in der Nähe gewesen wäre, hätte ich das bemerkt. Ganz sicher.«

»Und das Mordmotiv?«

»Benno wollte mehr Geld von den Serben. Ich habe ihn gewarnt.«

»Sie vermuten, die haben ihn wegen seiner Geldgier liquidiert?«

»Wäre denkbar. Obwohl da noch dieser Brief ist. Dieser eigenartige Brief.«

»Welcher Brief?«

»Eine Art Zettel. Eine Drohung. Allerdings in literarischer Form, wenn Sie wissen, was ich meine.«

»Ich hab keine Ahnung, was Sie meinen.«

»Ein Spruch. Irgendetwas über den Tod. Dass der Tod kommt, wenn wir ihn nicht erwarten, oder so.«

»Und wo ist der Zettel?«

»Ich hab ihn nicht.«

»Ist er in Brechts Büro?«

»In seinem Schreibtisch, denke ich.«

»Du hast Brechts Büro durchsucht«, meldete sich Schulz zu Wort. »Da war nichts.«

»Er hat ihn in die Schreibtischlade gelegt.«

»Eigenartig.«

»Jedenfalls ist das an Benno adressierte Kuvert aus einem bosnischen Wagen heraus übergeben worden. Leider hat Ehmann das Kennzeichen nicht notiert.«

»Ehmann?«

»Ein junger Mitarbeiter. Er hat den Brief übernommen.«

»Und wieso schreibt der sich dabei nicht das Kennzeichen auf?«

»Keine Ahnung. Pech.«

»Ziemliches Pech sogar. Pech für Sie, Kollek.«

»Wie meinen Sie das?«

»Na, wenn die Serben hinter dem Mord stecken, könnten Sie ja als Nächster drankommen.«

»Ich? Wie kommen Sie darauf?« Kolleks Gesicht wurde aschfahl.

»Wie ich darauf komme? Na überlegen Sie einmal«, grinste Zoff, holte sein klingelndes Mobiltelefon aus dem Sakko und hob ab. »Zoff spricht.«

»Da ist ein Zettel in Brechts Hosentasche«, berichtete ihm Britta leise. »Auf dem Zettel steht ein etwas wirrer Text.«

»Du bist ein Engel«, seufzte Zoff. »Nach diesem Zettel suchen wir gerade.«

»Und noch etwas«, unterbrach ihn Britta Seitz. »Auf der Rückseite des Hauses stehen zwei gefüllte Benzinkanister.«

»Benzinkanister?«

»Beim gekippten Schlafzimmerfenster. Die Einfüllstutzen sind geöffnet, und auf einem der Behälter liegt eine Zündholzschachtel. Ein Werbeartikel aus dem letzten Wahlkampf.«

»Werbung? Von welcher Partei?«, fragte Zoff konsterniert.

»Von den Liberalen des Herrn Rieder«, seufzte Britta.

»Rieder? Der war Brechts Freund«, überlegte Zoff,

zog einen Stuhl zu sich heran und setzte sich. »Alles klar. Wir sehen uns.«

»Neuigkeiten?«, gähnte Schulz, streckte sich und legte das Protokoll in eine Mappe.

»Kann man wohl sagen. Eine Beretta mit Schalldämpfer, der Abdruck eines Sportschuhs, zwei Kraftstoffbehälter und eine Streichholzschachtel mit Rieders Konterfei«, zählte Zoff mit gerunzelter Stirn auf. »Was ist da los, verdammt noch einmal? Wie passt das alles zueinander?«

Vor Brechts Haus herrschte wüstes Gedränge. Zehn Polizisten waren zwischen Tor und Journalistenmeute eingeklemmt und riegelten den Zugang zum Grundstück ab.

»Die sind kaum noch zu halten«, sorgte sich Billek.

»Und das Fernsehen hat sich auch schon angesagt«, berichtete Polli missmutig und nahm seinen Chef zur Seite. »Die können jeden Moment hier eintreffen.«

»Das Fernsehen? So, so«, grinste Zoff und versetzte Polli einen freundschaftlichen Klaps auf die Schulter. »Na, mach dich fein, mein Alter. Zeig dich von deiner Schokoladenseite und sprich mit ihnen.«

»Ich? Worüber?«

»Über den Mord an Brecht, würde ich sagen. Füttere sie mit ein paar allgemein gehaltenen Informationen. Dann bleiben sie nett und nur mäßig gefährlich.«

»Die können mir den Buckel hinunterrutschen.«

»Aber, aber. Wer wird denn so griesgrämig sein. Denk an Anna. Die freut sich, wenn sie dich im Fernsehen sieht.«

»Anna macht sich nichts aus Fernsehen«, behauptete Polli störrisch. »Und ich auch nicht. Sprich du mit ihnen. Du hast Erfahrung.«

»Tut mir leid, Bruno«, meinte Zoff mit bedauerndem Achselzucken. »Aber für Morderhebungen ist das Büro für Interne Angelegenheiten nicht zuständig. Bloß für die Vorgeschichte, und die werden wir dem Fernsehen ganz sicher nicht auf die Nase binden. Ich stehe hier nicht als Chef des Morddezernates, sondern bloß als einer, der gegen das Mordopfer ermittelt hat. Darum kann ich dir die Pressearbeit nicht abnehmen. Beschränke dich auf das Notwendigste. Brecht wurde erschossen, und wir wissen noch nicht, warum. Ende der Durchsage.«

»Und du meinst, die sind damit zufrieden?«

»Nein. Aber mehr sagst du ihnen nicht, Bruno. Und bleib locker. Hast du die Leiche schon gesehen?«

»Ja. Beeil dich. Britta will Brecht so schnell wie möglich wegbringen lassen. Sie hat in ihrem Wagen eine Garnitur Schutzkleidung für dich bereitgelegt. Du sollst dich ausschließlich auf den aufgesprühten Pfeilen bewegen, soll ich dir ausrichten. Die Leiche sieht übrigens nicht gut aus.«

»Das tun Leichen selten, oder?«

»Du wirst schon sehen, was ich meine«, erwiderte Polli düster, griff in seine Sakkotasche und zog eine Plastiktüte mit einem zerknüllten Kuvert hervor. »Da ist der Brief, den du suchst.«

»Na da bin ich aber gespannt«, murmelte Zoff, zog

sich Einweghandschuhe an, öffnete Plastikbeutel und Kuvert und nahm den darin enthaltenen Zettel zur Hand. »Es ist ungewiss, wo uns der Tod erwartet«, las er den Text des Briefes vor. »Erwarten wir ihn überall.«

»Netter Spruch, das muss man schon sagen«, grinste Polli.

»Allerdings«, gab Zoff zu und schob das Schriftstück wieder in den Briefumschlag. Merkwürdiger Text.«

»Scheint ein Zitat zu sein«, überlegte Billek.

»Meinst du? Dann befassen wir uns doch in nächster Zeit etwas intensiver mit Literatur und Philosophie«, schlug Zoff vor und notierte sich den Text auf einem Schreibblock. »Irgendwann werden wir uns ja vielleicht einen Reim auf jemanden machen können, der so etwas schreibt.«

»Zweifellos«, meinte Billek nachdenklich. »Der Spruch sagt uns eine Menge über den oder die Täter. Vor allem, wenn man bedenkt, wie Brecht zugerichtet wurde. Dem hat man nicht gerade zufällig in beide Augen und in den Mund geschossen. Ganz sicher nicht.«

Unterdessen traf das erste Kamerateam ein. Polli registrierte es mit einem weithin vernehmbaren Seufzen.

»Rede mit ihnen an der Einfahrt«, schlug Zoff vor. »Sie sollen filmen und fotografieren, wenn die Bestattung den Sarg vom Grundstück trägt. Das Betreten des Tatortes ist aber ausdrücklich verboten. Viel Glück.«

Mit diesen Worten drehte er sich um, eilte zum

Dienstwagen der Spurensicherung, streifte die dort bereitgelegte Schutzkleidung über und betrat das Grundstück. Etwa 12 Meter von der Leiche entfernt erwartete ihn Britta Seitz.

»Weißt du über den Zustand der Leiche Bescheid?«, erkundigte sie sich.

»Ich denke schon«, gab Zoff zur Antwort. »Aber Danke für deine Fürsorge. Gehen wir.«

Es waren ungefähr 15 Schritte bis zum Mordopfer. Nach dem achten Schritt bekam Zoff den Gestank des gestockten Blutes in die Nase und sein Magen verkrampfte sich. Mühsam gegen den aufkommenden Brechreiz ankämpfend, ging er noch zwei Schritte weiter. Dann sah er Brechts Gesicht. Besser gesagt, das, was die Geschosse aus der schwerkalibrigen Mordwaffe davon übrig gelassen hatten. Unwillkürlich überkam ihn ein Zittern und er blieb stehen.

»Alles in Ordnung?«, fragte Britta besorgt.

»Alles in Ordnung«, antwortete Zoff mit rauer Stimme, hustete nervös und atmete tief durch.

»Ruhig«, flüsterte Britta. »Nur ruhig.«

»Alles klar«, schnaufte Zoff und schwieg eine Weile.

»Er liegt ein wenig eigenartig, findest du nicht?«

»Tatsächlich. Der Rumpf der Leiche ist merkwürdig verdreht«, analysierte Zoff mit belegter Stimme. »Das Gewicht der Leiche ruht mehrheitlich auf der linken Schulter. Die Beine sind stark angewinkelt und die Arme weit ausgebreitet. Sieht aus wie einer, der die ganze Welt umarmt.«

»Oder wie der Gekreuzigte.«

»Interessanter Gedanke.«

»Die Beretta haben wir schon sichergestellt«, berichtete Britta leise. »Sie lag auf seinem Bauch.«

»Was, denkst du, ist hier abgelaufen?«

»Brecht wurde drei Mal von hinten in den Rücken geschossen. In der Folge von oben in beide Augen und in den Mund.«

»Wieso diese Schüsse ins Gesicht?«, überlegte Zoff. »Die ersten Schüsse in den Rücken müssten schon tödlich gewesen sein.«

»Ja. Aber vielleicht konnte der Täter einfach nicht mehr damit aufhören, zu schießen.«

»Der Täter? Bist du sicher, dass es bloß einer war?«

»Wir fanden bloß eine Pistole. Daraus schließe ich, dass wir es bloß mit einem Täter zu tun haben.«

»Gut. Wieso also diese Schüsse ins Gesicht. Was meinst du?«

»Möglicherweise Wut. Eine Mordswut. Könnte doch sein, dass sich der Täter ganz fürchterlich aufgeregt hat.«

»Glaub ich nicht. Wenn jemand aus Wut oder Aufregung sechs Mal auf Brecht geschossen hätte, würden wir wahllos verstreute Treffer an der Leiche feststellen. Diese Schüsse hier wurden wohlüberlegt gesetzt. Warum also schießt jemand Brecht gezielt in Rücken, Augen und Mund?«

»Aus Hass?«

»Oder aus kalter Berechnung. Könnte ein Ritus sein. Oder ein Zeichen?«

»Möglich.«

»Gefällt mir irgendwie, dieser Gedanke. Fehlt etwas aus dem Haus?«

»Die Haustür ist versperrt und die Fenster sind geschlossen. Bloß das Schlafzimmerfenster ist gekippt. Wir werden die Räumlichkeiten durchsuchen, sobald die Leiche weg ist.«

»Ausgezeichnet. Hat Brecht noch seine Geldbörse?«

»Ja. Mit 468 Euro Inhalt. Aus Habgier wurde er also nicht ermordet.«

»In Ordnung. Kannst du mir eine Kopie des Autopsiebefundes und deines Spurenberichtes nach Wien schicken?«

»Ich dachte, Polli bearbeitet den Fall.«

»Das tut er auch. Trotzdem interessiert mich die Sache. Schließlich hab ich Brecht ein paar Stunden vor dem Mord festgenommen.«

»Ich verstehe. Du kriegst die Unterlagen.«

»Danke. Du siehst nicht gut aus, Britta.«

»Es geht mir auch nicht so besonders.«

»Wie läuft es mit deinem Freund?«

»Die Liaison ist seit 14 Monaten beendet. Er hatte eine andere.«

»Das tut mir leid.«

»Ach. Ich interessiere dich doch gar nicht.«

»Das stimmt nicht, Britta.«

»Und ob, großer Häuptling«, murmelte sie bitter und blies eine Locke, die ihr ins Gesicht gefallen war, zur Seite. »Aber verschwinde jetzt. Dann kann ich die Leiche endlich zum Abtransport freigeben.«

»Ich gehe ja schon, Britta«, meinte Zoff betreten, drehte sich um und ging.

»Natürlich«, flüsterte sie und beobachtete, wie er mit hängenden Schultern in Richtung Einfahrt abzog.

»Verdufte nur. Im Verduften seid ihr Typen ja irgendwie alle ganz große Klasse.«

»Hör endlich auf, mich zu fragen, wie lange es noch dauert, bis ich Oberstleutnant werde, Mutter«, knurrte Major Karl Pimminger, gab der weißhaarigen alten Dame einen Kuss auf die Wange und schloss rasch die Wohnungstür. Im Treppenhaus stank es nach gekochtem Gemüse. Pimminger hasste Gerüche dieser Art. Sie erinnerten ihn an seine triste Kindheit. Als lediges Einzelkind mit einer Mutter aufzuwachsen, die aufgrund ihrer schlechten Erfahrungen mit Karls unauffindbarem Vater grundsätzlich etwas gegen Männer hatte und als Schneiderin gerade einmal genug verdiente, um sich und ihren Jungen so einigermaßen über die Runden zu bringen, war kein Honiglecken gewesen. Deshalb war er ja auch schon als 14-Jähriger von zu Hause abgehauen und im Jugendheim gelandet, woraus ihn seine Mutter erst nach zwei Jahren wieder zu sich geholt hatte. Gebrochen, aber voll stillem Hass. Er war nie wieder negativ aufgefallen. Dass er nach all den Jahren und einer alles in allem doch unerwarteten Karriere bei der Polizei noch einmal froh sein musste, für ein paar Tage bei dieser Frau unterzukommen, war ein schlechter Scherz. Wie so vieles in seinem Leben.

Was war denn das schon wieder? Der Lift funktionierte nicht. Fluchend eilte der Major über die Treppen nach unten, als das Mobiltelefon läutete. Sein alter Schulfreund ›Big Frankie‹ war dran.

»Ich hab es mir überlegt«, nuschelte der ehemalige Suchtgiftfahnder, der vor ein paar Wochen ein eigenes Sicherheitsunternehmen gegründet hatte. »Wenn du mit mir und meinem Mitarbeiter das Auslangen findest, stehen wir zur Verfügung. Einen Oberbürgermeister zu bewachen, traue ich mir locker zu.«

»Freut mich. Also ordentliche Kleidung, exzellente Manieren und Diskretion«, schnarrte Pimminger. »Kurz gesagt: professionelles Auftreten. Falls ihr Scheiße baut, seid ihr draußen, und es gibt kein Geld. Auf dieser Basis läuft das zwischen uns. Einverstanden?«

»Selbstverständlich. Wie viel bezahlen die?«

»250 Euro pro Mann und Tag. 20 Prozent davon gehen an mich. Als Vermittlungsgebühr. Wann könnt ihr anfangen?«

»Am Montag.«

»Ausgezeichnet. Ihr seid engagiert.«

Zufrieden eilte Pimminger weiter. Wind kam auf, und er stellte den Kragen seines blauen Mantels hoch. Eine Scheißgegend war das hier. Das fünfstöckige Haus in der Elisabethstraße im Salzburger Bahnhofsviertel glich den übrigen Häusern dieses heruntergekommenen Wohnviertels aufs Haar. Überall bröckelte der Verputz, und auf den Grünanlagen und Gehsteigen lag der Dreck. In den letzten Jahren hatten sich jede Menge Türken angesiedelt. Die drückten der Gegend ihren Stempel auf. Dem Major war es egal. Wäre er nicht aus einer Notlage heraus kurzzeitig bei seiner Mutter untergekrochen, hätte er den Stadtteil nicht mehr betreten. Bei der Kohle, die er in den nächsten Wochen nebenbei verdienen würde, war das Ende seines Gastspiels aber sowieso abzusehen. Nervös warf er einen Blick auf die Armbanduhr. Er hatte verschlafen, und seine Chefin, dieses Aas, würde ihm die Hölle heißmachen.

Inzwischen war der Festsaal des Schlosses Mirabell gefüllt wie seit Langem nicht. Die Pressekonferenz von Oberbürgermeister Hannes Rieder neigte sich dem Ende zu.

»Die schriftliche Ausfertigung unseres Grundsatzprogramms liegt in Ihrer Pressemappe. Haben Sie zum Vortrag des Herrn Oberbürgermeisters noch weitere Fragen?« Erwartungsvoll blickte der Pressereferent in die Runde.

»Zum Programm nicht«, meinte ein ungepflegter Typ mit wucherndem weißem Vollbart und erhob sich. »Aber wie soll es realpolitisch weitergehen? Was wird Herr Spitzer nach seinem Parteiausschluss unternehmen? Gründet er eine neue Partei?«

»Kann sein«, amüsierte sich Hannes Rieder. »Da aber 18 von 23 Nationalratsabgeordneten und die gesamte Regierungsmannschaft der Liberalen zu mir stehen, wäre eine solche Gruppierung nicht relevant.«

»Und was bedeutet das?«

»Dass Sie ihn nicht mehr so wichtig nehmen müssen.« Leises Gelächter.

»Die Sozialisten machen Ihnen Anträge. Spitzer behauptet, Sie wollen einen fliegenden Koalitionswechsel wagen. Er sei dagegen gewesen. Das sei der Grund für seinen Rauswurf.«

»Spitzer vertritt eine Weltanschauung, mit der die Liberalen nichts zu tun haben wollen. Deshalb musste er gehen. Wir wählen, wie vorgesehen, im nächsten Herbst. Bis dahin mache ich mit meinen Liberalen gute Regierungspolitik. Falls nichts Unvorhergesehenes passiert.«

»Was heißt das?«

»Dass ich gute Partnerschaft erwarte. Nicht mehr und nicht weniger. Solange unser Herr Bundeskanzler fair zu uns ist und eine Politik der Vernunft und des Augenmaßes betreibt, ist alles bestens.«

»Und falls nicht?«, fragte eine junge Fernsehreporterin.

»Dann werden wir weitersehen. Sie wissen ja, ich halte viel von guten Kontakten. Je respektvoller man einander behandelt und je offener man miteinander umgeht, umso näher kommt man sich.«

»Scheint so. Ihr Treffen mit dem Parteichef der Sozialisten hat eine Menge Staub aufgewirbelt«, hüstelte der Redakteur der Salzburger Nachrichten nervös. »Wird es da weitere Gespräche geben?«

»Wieso nicht? Ein von gegenseitiger Achtung bestimmter Meinungsaustausch kann nie falsch sein.«

»Es gibt also eine Annäherung.«

»Die Liberalen reden mit jedem, aber neue Koalitionen schmiedet der Wähler. Wir haben viel zusammengebracht in den letzten Jahren. Die Bürger unseres Landes werden das honorieren.«

»Also doch Neuwahlen?«

»Die Frage stellt sich jetzt nicht. Warum sollte ich so etwas vom Zaun brechen? Solange das Verhältnis mit den Konservativen von Fairness und gegenseitigem Respekt getragen ist, besteht kein Grund, aus der Koalition auszutreten.«

»Es wird behauptet, jemand hätte Ihr Landhaus angezündet.«

»Es ist tatsächlich abgebrannt, und die Brandursache steht noch nicht fest. Aber das ist nicht wichtig. Wichtig ist, dass ich die Anliegen der Bürger dieses Landes weiterhin so vertrete wie bisher. Ich bin kein ängstlicher Mensch, müssen Sie wissen. Einschüchterungsversuche haben mich nie beeindruckt.«

»Wer sollte Sie denn einschüchtern wollen?«

»Darüber spekuliere ich nicht.«

»Vermuten Sie politische Motive hinter dem Brand?«

»Die Angelegenheit wird von der Exekutive untersucht, zu der ich vollstes Vertrauen habe.«

»Entschuldigung.« Bekleidet mit einem schlichten, grauen Businesskostüm, näherte sich Susanne Vogt dem Oberbürgermeister, strich ihm mit ihrer linken Hand sanft über die Schulter und legte ihm mit der rechten einen Zettel auf den Tisch. Verblüfft las ihn Rieder durch, schluckte, erhob sich wortlos und verließ in Begleitung seiner Sekretärin bleich den Saal.

»Der Herr Oberbürgermeister muss einen dringenden Termin wahrnehmen«, füllte Bundesparteisekretär Paul Freiher das plötzlich aufgetretene Vakuum, sammelte seine Unterlagen und nahm routiniert Rieders Platz ein. »Ich ersuche um Ihr Verständnis. Inzwischen stehe ich Ihnen für weitere Fragen zur Verfügung.«

Zum gleichen Zeitpunkt hielt Oberst Bettina Wagner im Sportheim des Polizeisportvereines Salzburg eine Festansprache und überreichte Anerkennungsdekrete an verdiente Funktionäre. Da läutete ihr Mobiltelefon.

»Rieder spricht«, meldete sich der Oberbürgermeister kurz und bündig. »Komm ins Rathaus. In mein Büro. Es ist dringend.«

Wenige Minuten nach 16.00 Uhr saß die attraktive, schlanke Schwarzhaarige dem höchsten Politiker der Stadt Salzburg am Schreibtisch gegenüber.

»Bei einer Sportlerehrung so abrupt aufbrechen zu müssen, ist nicht gerade angenehm«, murrte sie, schob den Uniformrock hoch und schlug die wohlgeformten Beine übereinander. »Also was gibt es?«

»Benno ist tot.«

»Wie bitte?«

»Benno. Man hat ihn erschossen.«

»Das ist ja schrecklich! Ist der Täter gefasst?«

»Davon weiß ich nichts. Erkundige dich doch bitte einmal in diese Richtung.«

»Selbstverständlich. Woher weißt du es?«

»Eine APA-Meldung. Susi hat sie mir zugesteckt.«

»Benno. Unglaublich. Möglicherweise eine Eifersuchtsgeschichte?«

»Eifersucht? Wie kommst du denn darauf?«

»Er war kein Kind von Traurigkeit.«

»Ein Mord aus Eifersucht«, überlegte Rieder laut und legte seine Stirn in Falten. »Ja. Das wäre durchaus eine Variante. Eine Variante, die mir zwar nie im Leben eingefallen wäre, aber eine absolut denkbare Variante.«

»Worauf hättest du denn getippt?«

»Auf einen politischen Mord.«

»Was denn«, lachte sie auf. »Das ist doch nicht dein Ernst, oder?«

»Wieso denn nicht? Denk doch einmal nach, Betty. Zuerst brennt jemand meinen Landsitz nieder, dann wird mein ehemaliger Jugendfreund und politischer Weggefährte Benno Brecht erschossen. Da muss man eigentlich nur noch eins und eins zusammenzählen. Was denn, wenn diese Ereignisse in einem Zusammenhang stehen und alles in Wirklichkeit gegen mich gerichtet ist? Nur gegen mich?«

»Gegen dich?« Nachdenklich schüttelte Bettina den Kopf. »Jetzt mach aber einmal halblang.«

»Spitzer und seine Kröten sind zu allem fähig. Zu wirklich allem.«

»Ich weiß nicht, was du immer mit diesem komischen Herrn Spitzer hast. Der sitzt brav in Sankt Pölten, zählt die ihm noch verbliebenen Schäfchen und hofft, politisch zu überleben. Der Mann hat doch jetzt andere Sorgen als dich.«

»Na, wenn du so redest, bleibt der Brandanschlag auf mich natürlich ewig ungeklärt«, ärgerte sich Rieder verbittert. »Hinter dieser Sache steckt Spitzer, dieser Lump, das kannst du mir glauben. Da halte ich jede Wette. Du hättest den Kerl seinerzeit hören sollen. Der wollte doch immer nur Krach! Randale! Ausländer zusammenschlagen, Asylantenheime anzünden. Anzünden! Verstehst du?«

»Aber das Landhaus eines Oberbürgermeisters anzuzünden, ist doch etwas ganz anderes, als sich an einem Asylantenheim zu vergreifen, oder?«

»Das ist doch unwesentlich. Dass Spitzer immer vom Anzünden gesprochen hat, das sollte dir zu denken geben, nicht was er seinerzeit anzünden hätte wollen.«

»Wir sind mitten in den Ermittlungen.«

»Ach was. Ihr habt keine Ahnung.«

»Wir haben Spuren und befragen Verdächtige, und wenn du willst, informiere ich dich nächste Woche im Detail. Ich hab mich in den letzten Tagen absichtlich ein wenig zurückgenommen, damit sich die Kollegen nicht das Maul zerreißen.«

»Die Kollegen können dir scheißegal sein. Lass sie reden. Solange sie über dich reden, bist du interessant. Gönne ihnen ihren Neid und ihre Missgunst. Das sind die Indikatoren dafür, dass du es geschafft hast.«

»Geschafft? Na ja. Ich bin erst Oberst. Das kränkt mich ab und zu schon ein wenig«, meinte sie und zog einen Schmollmund.

»Du willst also unbedingt Landespolizeikommandant werden, mein Mädchen«, grinste Rieder und betrachtete wohlgefällig ihre endlos langen Beine. »Die Uniform steht dir übrigens ausgezeichnet, weißt du?«, grinste er. »Obwohl du mir im Minirock noch besser gefällst. Ganz klar.«

»Danke für dieses nette Kompliment. Aber wieso bleibst du nicht mit mir zusammen, wenn du mich so begehrenswert findest?«

»Wir sind zusammen, Betty. Ich war noch nie mit einer Frau so eng zusammen wie mit dir.«

»Und Stella?«

»Die muss repräsentieren und ihr Geld unter die Leute bringen. Die hat keine Zeit für mich.«

»Weißt du was? Lass uns heiraten.«

»Bist du verrückt? Stella hat das ganze Geld. Da kann ich mich doch nicht scheiden lassen.«

»Aber Liebe. Ich rede von Liebe.«

»Liebe? Aber natürlich. Ich hab noch nie eine Frau so geliebt wie dich.«

»Wirklich?«, hauchte Betty und erhob sich. Katzengleich glitt sie auf die andere Seite des Schreibtisches und setzte sich rittlings auf Rieder.

»Wirklich«, bestätigte der Oberbürgermeister mit schwerem Atem und begann, ihr die Uniformbluse aufzuknöpfen.

»Ich habe mit den beiden 16-jährigen Mädchen aus dem Sommerhaus gesprochen«, murmelte sie zerstreut, während ihre Jacke zu Boden fiel und Rieder ihr mit glasigen Augen die Bluse so ungestüm aufriss, dass die Knöpfe nach allen Seiten flogen. Sie trug keinen Büstenhalter, und ihre Brüste waren wohlgeformt und fest.

»Ach Gott. Ab und zu brauche ich eben Sex mit einem jungen Mädchen«, stammelte er mit hochrotem Kopf, stemmte sich vom Sessel hoch und drückte Bettinas Rücken auf den Schreibtisch. »Das hat nichts zu bedeuten.«

»Eine von beiden hat ziemlich schlimme Brandwunden an den Beinen«, stöhnte sie und hob den Hintern an, damit er ihr den Rock ausziehen konnte.

»Sie kriegt eine Menge Geld, wenn sie nur den Mund hält«, keuchte Rieder und streifte ihr den Slip ab.

»Sieh zu, dass ihre Beine wieder in Ordnung kommen und versorge sie so, dass sie ein Leben lang keine

Sorgen mehr hat«, meinte Bettina Wagner ruhig und machte die Beine breit. »Und sieh zu, dass ich bald befördert werde. Tust du das?«

»Aber ja doch. Ja. Du kriegst es. Du kriegst alles. Alles, was du willst«, keuchte er.

»Na, dann ist ja alles gut, mein Schatz«, meinte sie zufrieden, schloss die Augen und seufzte tief auf, als er ziemlich heftig in sie eindrang.

Samstag, 15. Oktober. Nebel im gesamten Murtal und in der Obersteiermark. Zoff, Nina und Julia fuhren schon kurz nach 6.00 Uhr nach Leoben und auf der Eisenbundesstraße bis auf den Präbichl. Auf der Passhöhe ließen sie das Auto neben der Fahrbahn zurück und wanderten nordwärts auf den Eisenerzer Reichenstein, dessen Gipfel sie gegen Mittag bei Kälte und auffrischendem Wind erreichten. Später aßen sie in der Schutzhütte und stiegen über den Normalweg wieder ab. Gegen 19.00 Uhr saßen sie schon zusammen in einem Grazer Kino. Später traf sich Julia mit ihrem Freund, während sich Zoff und Nina in eine nette Bar zurückzogen und erst gegen 2.00 Uhr früh mit dem Taxi zurück in die Bergmanngasse fuhren. Im Bett schlief Nina auf der Stelle ein. Zoff brauchte noch eine gute Stunde, bis auch er endlich wegdämmerte.

Der Sonntag war kalt und windig. Als Zoff gegen 9.30 Uhr erwachte, suchte er seine schwarzen Jeans und den schwarzen Rollkragenpulli aus dem Kleiderschrank, zog sich an und trank mit Nina erst einmal eine Tasse Tee, ehe er Julia weckte. Sie aßen eine Kleinigkeit und machten sich für die Fahrt nach Bruck und

Leoben zurecht. Zoff suchte gerade seine Autoschlüssel, als ihn Korners Anruf erreichte.

»Hallo Zoff. Wie geht es Ihnen?«

»Bestens. Was gibt es?«

»Nichts wirklich Tolles. Ich werde versetzt.«

»Das ist ein Scherz, oder?«

»Kein Scherz. Ab Montag, 8.00 Uhr, bin ich für die österreichische Zweigstelle von Interpol im Ministerium verantwortlich. Das Büro ist in der Herrengasse. Wir werden uns also nicht mehr sehen.«

»Das tut mir leid«, murmelte Zoff hilflos. »Wirklich.«

»Zerbrechen Sie sich nicht den Kopf über mich. Ich komme schon zurecht. Das mit Brecht war übrigens gute Arbeit.«

»Ich hätte gern die Morderhebungen geleitet.«

»Kann ich mir vorstellen.«

»Polli hat reichlich Erfahrung. Er wird den Job ordentlich erledigen. Trotzdem wäre ich da gerne mit dabei.«

»Abwarten. Sie melden sich morgen früh persönlich bei meinem Nachfolger, setzen sich in Ihre Kanzlei und beobachten in aller Ruhe, was passiert. Kopf hoch und alles Gute.«

»Ihnen auch«, meinte Zoff verbittert und legte auf.

»Unannehmlichkeiten?«, fragte Nina.

»Darauf kannst du wetten«, knurrte Zoff, schlüpfte in sein braunes Schnürlsamtsakko und griff nach seinem Mantel. »Ich will jetzt aber nicht darüber reden. Komm, lass uns gehen.«

Das Mittagessen bei den Schwiegereltern verlief

harmonisch. Es gab Rehrücken mit Rotkraut und Knödel und dazu einen steirischen Welschriesling. Später tranken sie portugiesischen Rotwein und unterhielten sich über Literatur und Musik, ehe Nina zum Aufbruch mahnte. Kurz nach 15.00 Uhr saßen sie bei Zoffs Vater in Leoben bei Kaffee und Kuchen und unterhielten sich über allerlei Belanglosigkeiten. Wenige Minuten danach zogen sich die beiden Männer mit einer Flasche Cognac ins Wohnzimmer zurück, während Nina und Julia in der Küche das Geschirr wegräumten.

»Wie geht es dir?«, fragte Zoff besorgt.

»Nicht so besonders«, gestand sein 71-jähriger Vater, strich sich den grauen Pullover glatt, den er zu den ausgewaschenen Bluejeans trug, fuhr sich durchs weiße Haar und nippte an seinem Glas. »Mir brummt ganz schön der Schädel. Kommt wahrscheinlich vom vielen Lesen.«

»Oder vom Wetter«, rief Nina durch die offene Küchentür. »Ich hab in letzter Zeit auch immer so heftige Kopfschmerzen.«

»Du solltest zum Arzt gehen«, riet Zoff seinem Vater.

»Das sagst gerade du?«

»Na ja. Reden wir von etwas anderem. Da ist etwas, das du dir ansehen musst.« Sorgsam nahm Zoff ein zusammengefaltetes Blatt Papier aus der Tasche, glättete es und legte den Zettel auf den Tisch.

»Was ist das für eine Notiz?«, erkundigte sich der ehemalige Kriminalbeamte Johann Zoff mäßig interessiert und setzte umständlich seine Lesebrille auf.

»Ein Text. Ich hab ihn vom Original abgeschrieben. Er hat mit einem Mordfall zu tun.«

»Wie spannend. Lass sehen.«

»Da hast du.«

»Es ist ungewiss, wo uns der Tod erwartet. Erwarten wir ihn überall«, deklamierte der schmächtige Pensionist laut, schüttelte den Kopf, lehnte sich nachdenklich zurück und schloss die Augen.

»Du bist der größte Literaturexperte, den ich kenne«, schmeichelte ihm sein Sohn. »Wenn du mir den Autor dieser tiefgründigen Zeilen verraten könntest, wäre ich sehr glücklich. Du wirst es doch für mich herausfinden, oder?«

»Vielleicht. Das ist nämlich gar nicht so einfach«, seufzte der Alte mit gerunzelter Stirn und fixierte die Bücher, die sich auf Regalen, Sitzmöbeln und am Fußboden des Wohnzimmers stapelten. »Schließlich gibt es mehrere Philosophen, die sich mit dem Tod beschäftigt haben. Das ist ein großes Thema, der Tod.«

»Bei diesen Zeilen handelt es sich aber um kein allseits bekanntes Zitat, Vater«, erkundigte sich Zoff leise. »Oder irre ich mich?«

»Nein. Das ist kein wirklich berühmter Spruch und doch einer, der mir bekannt vorkommt.«

»Na, das ist doch was. Denk nach. Es ist wichtig.«

»Irgendwie klingt das fast nach einem Philosophen, mit dem sich der große Thomas Bernhard zeit seines Lebens beschäftigt hat. Nach einem außergewöhnlichen Genie.«

»Schopenhauer?«

»Ich rede von Montaigne. Schon einmal von ihm gehört?«

»Flüchtig. Der Mann zweifelte ziemlich radikal am geistigen und moralischen Potential des Menschen, nicht wahr?«

»Richtig. Er meinte, dass wir im Grunde gar nichts wissen und daher auch nicht über andere urteilen dürfen.«

»Ein Skeptiker?«

»Genau. Er erfand den Essay, den lehrhaften Aufsatz.«

»Und er philosophierte über den Tod?«

»Über den Tod und über menschliche Schuld. Er misstraute der sogenannten Gerechtigkeit. Der kirchlichen sowieso, aber auch der weltlichen. Er meinte, wir Menschen seien gar nicht in der Lage, über andere gerecht zu richten. Ja. Je mehr ich darüber nachdenke, umso sicherer bin ich, dass das gesuchte Zitat aus einem der Essays von Montaigne stammt.«

»Und du besitzt diese Essays?«

»Selbstverständlich. Das sind Schätze. Perlen der philosophischen Literatur.«

»Würdest du sie mir für ein paar Wochen überlassen? Ich muss sie studieren. Ich muss ganz sichergehen.«

»Wenn du willst, übernehme ich das für dich. Ich kopiere die Seite, falls ich die bewusste Stelle finde.«

»Großartig. Wie würdest du übrigens jemanden charakterisieren, der ein Zitat von Montaigne als Drohbrief verwendet?«

»Als klug. Wer Montaigne liest, beschäftigt sich mit dem Innersten des Menschen, mit dem, was wir als gut und als böse bezeichnen, und immer wieder auch mit dem Tod.«

»Das passt aber nicht. Das passt ganz und gar nicht.«

»Wozu passt es nicht? Zu deinem ersten Eindruck? Du weißt ja, was ich vom viel gepriesenen ersten Eindruck halte.«

»Klar. Aber Benno Brecht hat sich mit serbischen Kriminellen eingelassen. Mit Typen, die wir einen Tag vor seinem Tod festgenommen haben. Alles deutet darauf hin, dass es sich bei der Tat um so etwas wie Rache gehandelt hat. Die werden angenommen haben, Brecht hätte uns ihre Drogenkuriere ans Messer geliefert.«

»Ich halte es für ziemlich ausgeschlossen, dass serbische Kriminelle Montaigne lesen«, meinte der Alte und legte den Zettel auf den Tisch.

»Eben«, seufzte Zoff, faltete das Blatt wieder zusammen und steckte es ein. »Wäre trotzdem toll, wenn du das Zitat in den Essays finden würdest«, meinte er noch, während sich Nina und Julia wieder zu ihnen setzten. Mittlerweile wurde es draußen dunkel, und während Zoff im Wohnzimmer das Licht andrehte, bogen 500 Kilometer weiter westlich im Salzburger Vorort Anif zwei Jogger nebeneinander aus einem Waldweg in die Gemeindestraße.

»Lauf nicht so schnell«, keuchte der Oberbürgermeister und bemühte sich, an seiner Partnerin dranzubleiben.

»Die Grazer Kollegen ermitteln in Richtung Serbien«, stieß Bettina Wagner mühsam hervor und reduzierte tatsächlich das Tempo.

»Serbien. Blödsinn. Benno hatte keine Verbindungen in den Osten«, meinte Rieder.

»Er hat Drogendealer aus Serbien gedeckt«, widersprach die hohe Polizeibeamtin angewidert. »Dieses verdammte Arschloch.«

»Das behauptet ihr, aber das kann ich nicht glauben«, keuchte Rieder und wischte sich den Schweiß von der Stirn. »Benno hatte genug Geld.«

»Genug? Benno? Der hat doch sogar in die Parteikasse gegriffen.«

»Aus einer Notlage heraus. Wegen Spielschulden. Er hat die Nerven verloren, und ich hab die Konsequenzen gezogen.«

»Du hast ihn nie angezeigt.«

»Er hätte eine große politische Karriere machen können. Das wusste er, und es war Strafe genug, dass ihm das wegen dieser Sache verwehrt war. Aber ich musste die Partei vor ihm und ihn vor sich selbst schützen.«

»Immerhin wurde er später Bürgermeister und blieb es auch. Jahrelang.«

»Ja, wieso denn auch nicht? In Irrach wusste niemand, was passiert war. Wir haben alle dichtgehalten, damals.«

»Leider. Leute wie Benno darf man nicht unterstützen. Solche Typen kennen ihre Grenzen nicht. Aber dieses Mal hat er es wohl übertrieben. Er hat sich mit Leuten eingelassen, die keinen Spaß verstehen.«

»Wer weiß. Jedenfalls will ich, dass die besten Kriminalisten Österreichs sich mit dem Mord befassen.

Das musst du für mich organisieren. Das bin ich Benno schuldig.«

»Ach was. Für die Morderhebungen ist das Morddezernat des LKA Graz zuständig.«

»Dann soll sich wenigstens der Leiter des Dezernates persönlich um die Sache kümmern.«

»Der Mann ist in Wien. Strafweise.«

»Was denn. So etwas gibt es?«

»Selbstverständlich. Das ist eines der möglichen Züchtigungsmittel unseres Herrn Ministers.«

»Das ist ja wie im Kindergarten. Ich will, dass der Mann sich in die Mordsache Brecht einschaltet, verstanden? Wie heißt er denn überhaupt?«

»Zoff. Ein unruhiger Typ.«

»Na und? Hauptsache, er ist kompetent.«

»Der Generaldirektor für die öffentliche Sicherheit misstraut ihm, und der Minister dreht geradezu durch, wenn er seinen Namen hört.«

»Wirklich? Was haben die gegen den Mann?«

»Stichwort Abfangjägeraffäre.«

»Was denn, das war Zoff?«

»Genau.«

»Alle Achtung. Der Mann hat Mumm.«

»Ich tippe auf Naivität. Oder eine tüchtige Portion Größenwahn.«

»Wie auch immer: Dieser Zoff wird sich um den Mord an Benno kümmern. Dafür werde ich sorgen.«

»Na dann viel Spaß. Unser Innenminister …«

»Der kann mich am Arsch lecken«, knurrte Rieder. »Und du lauf endlich langsamer. Ich hasse es, wenn du mir zeigst, wie überaus fit du bist.«

»Natürlich«, grinste Bettina und blieb schwer atmend stehen.

»Danke, mein Fräulein. Was machst du übrigens am Dienstagabend?«, schnaufte der Oberbürgermeister, wischte sich den Schweiß von der Stirn und atmete tief durch.

»Nichts Besonderes.«

»Paul hat Geburtstag und gibt eine Riesenparty. Zieh dir doch das kurze Schwarze über und besuche uns.«

»Dein Paul kann mich mal.«

»Würde er gern. Hat er mir selbst gesagt.«

»Und was hast du ihm darauf geantwortet?«

»Dass er sich das abschminken kann. Du gehörst mir und sonst niemandem.«

»So ist es. Hoffentlich kapiert er das auch. Ich mag ihn nämlich nicht«, meinte sie nachdenklich. »Er ist so schmierig, weißt du? So wie den stelle ich mir immer einen gefährlichen Perversen vor.«

»Und das erregt dich?«

»Spinnst du? Wie kommst du denn darauf?«

»Ach lass doch. War bloß ein Scherz. Kommst du?«

»Von mir aus.«

»Ausgezeichnet. Also bis übermorgen«, lachte er, gab ihr einen Kuss auf die Wange, drehte sich um und trabte zu seinem Wagen. »Es wird dir gefallen.«

Gegen 23.00 Uhr läutete Zoffs Telefon.

»Hallo. Wer stört?«

»Na wer schon? Dein Vater natürlich. Hab ich dich geweckt?«

»Ich hab gelesen«, antwortete Zoff unwirsch. »Nina schläft. Sie fühlt sich wieder einmal nicht wohl.«

»So? Was hat sie denn? Na ja. Jedenfalls scheinst du ziemlich gereizt zu sein. Aber vielleicht bessert sich deine miese Laune ja wieder, wenn ich dir sage, dass ich die Textpassage gefunden habe.«

»Also doch Montaigne«, murmelte Zoff nachdenklich. »Das rettet mir tatsächlich den Abend, Paps. Danke für deine Mühe und verzeih mir den etwas unpassenden Ton.«

»Ist schon in Ordnung. Schlaf gut, Kleiner.«

»Du auch, Vater. Du auch.«

2

»Wir selbst, unser Urteil und alles, was sterblich ist, zerfließt immer wieder und rollt unaufhörlich dahin.«

(Michel de Montaigne, »Verhalten, dem Tod gegenüber«, Essais, Buch III)

Montag früh. Der Himmel war grau und es nieselte, als Zoff die Bundeshauptstadt erreichte. Gegen 8.00 Uhr hinterließ er seinen BMW im Hof der Polizeikaserne Rossau, eilte zur Währingerstraße und fuhr mit der Straßenbahn zum Lichtenwerder Platz. Die Uhr zeigte 8.45, als Zoff seinen Arbeitsplatz betrat.

»Sie haben Korner entfernt«, empfing ihn Martin Forstinger, ganz in Schwarz gekleidet, lustlos, legte seine Zeitung zur Seite und schob ihm eine Tasse Kaffee über den Tisch.

»Weiß ich schon«, gähnte Zoff, zog seine schwere braune Lederjacke aus, warf sie auf einen der vier Sessel im Zimmer, stopfte sein weißes Hemd in den Bund der Bluejeans und setzte sich. »Hat jemand nach mir gefragt?«

»Der Neue«, knurrte Forstinger. »Du sollst in sein Büro kommen. Bei dem Ton, den er anschlug, muss das ein ziemlich arrogantes Arschloch sein.«

»Von mir aus. Jedenfalls trinken wir erst einmal eine Tasse Kaffee. Soviel Zeit muss sein.«

»Und dein Magen?«

»Ist mir egal.«

Eine Viertelstunde später klopfte Zoff an Korners Kanzleitür.

»Herein!«

»Guten Morgen.«

»Ach, Herr Zoff. Auch schon am Arbeitsplatz?«, höhnte der Mann hinter dem Schreibtisch. »Das ist aber schön. Bonhoff.«

»Wie?«

»Mein Name ist Bonhoff. Oberst Bonhoff.«

»Aha.« Zoff schätzte das Alter des auffallend dürren, rotblonden Kotzbrockens ihm gegenüber auf annähernd 50.

»Was heißt bei Ihnen ›aha‹?«

»Nichts Besonderes. Ich hätte genauso gut ›Na so was‹ sagen können. Was tun Sie hier?«

»Wie bitte?«

»Was Sie in Brigadier Korners Büro tun, will ich wissen. Korner ist der Chef hier.«

»Gewesen. Seit heute bin ich Ihr Vorgesetzter. Was dagegen?«

»Wie sollte ich? Sie wollten mich sprechen?«

»So ist es. Aber zunächst einmal zu Ihrer Verspätung. Ich schätze Pünktlichkeit. Sie schreiben mir eine Stellungnahme, verstanden?«

»Korner hat mir eine Stunde Zeitausgleich genehmigt«, log Zoff ungerührt. »Somit beginnt mein Dienst heute um 9.00 Uhr. Wieso sollte ich mich da jetzt besonders rechtfertigen? Sonst noch etwas?«

»Ja. Ich will einen Bericht über die Sache Brecht. Und schreiben Sie sich eines ganz dick hinter die Ohren: Ohne meine ausdrückliche Erlaubnis verlassen Sie dieses Haus ab sofort erst nach Dienstende, verstanden?«

Nickend musterte Zoff den blassen Oberst in dunkelbraunen Schnürlsamthosen, weißem Hemd mit Krawatte und hellbraunem Tweedsakko. Sein Blick fiel auf die gezackte Narbe an der rechten Wange seines Gesprächspartners und er grinste.

»Teutonia?«, erkundigte sich Zoff provokant und deutete auf die Narbe.

»So ist es. Gut erkannt. Haben Sie Bezüge zu Studentenverbindungen?«

»Sehe ich so aus?«

»Eine unüberlegte Antwort, Herr Kollege. Sie scheinen ein Problem mit Autoritäten zu haben. Wissen Sie was? Sie bekommen von mir eine Ihrer Ausbildung adäquate Schreibarbeit zugeteilt. Täglich. Akten, die Sie allein verantwortlich in meinem Auftrag erledigen. Pünktlich und fehlerlos.«

»Ihr Vertrauen ehrt mich«, entgegnete Zoff süffisant. »Aber leider bin ich bloß Polizeioffizier und Kriminalist und keine gelernte Schreibkraft. Von wegen Rechtschreibung, Schnelligkeit, Sauberkeit der Arbeit und so dürfen Sie sich nicht allzu viel von mir erwarten. Also ehrlich gesagt, glaube ich nicht, dass wir zwei besonders harmonieren werden.«

»Das ist auch nicht notwendig. Sie werden meine Weisungen exakt befolgen. Das verlange ich übrigens von allen hier. Beim kleinsten Fehler leite ich ein Disziplinarverfahren gegen Sie ein, Herr Oberstleutnant. Verstanden?«

Ein Schmerz im Magen. Kurz und heiß. Mühsam

rang sich Zoff ein Grinsen ab. »Aber natürlich«, feixte er. »Ich bin ja nicht taub. Sonst noch etwas?«

»Raus!«

»Sie wissen, wo Sie mich finden«, brummte Zoff, drehte sich um und kehrte auf schnellstem Wege in sein Büro zurück, wo Martin Forstinger gerade die Videoaufnahmen der Zollfahndung sichtete.

»Na?«, empfing ihn der Chefinspektor mit verkrampftem Lächeln.

»Das mit dem Arschloch war nicht übertrieben«, bestätigte Zoff wortkarg und setzte sich.

»Du bist plötzlich so blass. Ist dir übel?«

»Es geht schon wieder«, versicherte Zoff, wischte sich mit einem Taschentuch den Schweiß von der Stirn, nahm die Brille ab und reinigte sie.

»Spiel hier bloß nicht den tapferen Cowboy«, knurrte Forstinger, kam hinter seinem Schreibtisch hervor und nötigte ihn dazu, auf der Stelle eine Magentablette zu schlucken. Er besorgte Tee aus der Kantine, und nach ein paar Minuten zog sich der Schmerz in Zoffs Eingeweide auch tatsächlich wieder zurück. Bloß der Brechreiz blieb.

Der Rest des Montags verging mit dem Studium verschiedener Tageszeitungen, der Abwicklung von Telefonaten und mit Arbeiten am Observationsbericht Brecht. Um 16.00 Uhr war Dienstschluss. Zoff aß in einem nahe gelegenen Restaurant, ehe er sein Zimmer in der Hahngasse aufsuchte, noch eine Pille schluckte und sich mit einem Schreibblock ans Fenster setzte. Er wollte noch ein paar Gedichte schreiben. Nina fiel ihm ein, dann Marlene, dieser Schnösel Bonhoff, der Innenminister und die ganze Geschichte rund um seine Strafversetzung nach Wien. »Eigentlich bin ich gegen Gewalt«, seufzte er und rieb sich die Stirn. »Aber ich hätte gute Lust, ins Ministerium zu gehen und Pechstein und Schiefersteiner eine zu knallen.« Müde gähnte er und dachte weiter nach.

›Manchmal ist mir so, als hätten wir gesiegt‹, schrieb er endlich. ›Keine Kriege mehr und keine Lügen, keine Mauern mehr und keine Feinde. Manchmal ist mir so, als hätte ich statt eines Felsens doch ein Herz in meiner Brust. Manchmal streift sogar mich noch ein Anflug von Erbarmen.‹ Die letzte Zeile fehlte noch. Zoff grübelte eine ganze Weile, ehe ihm ein passender Schluss einfiel. ›Manchmal ist mir so, als gäbe es uns wirklich‹, notierte er, legte den Schreibblock zur Seite, zog sich aus, ging unter die Dusche und legte sich schlafen.

In Salzburg betrat währenddessen Bundesparteisekretär Paul Freiher das Büro des Oberbürgermeisters.

»Hallo Paul. Gerade hab ich mit dem Kanzler telefoniert und ihm Koalitionstreue geschworen. Du wirst es nicht glauben, aber der hat mir das tatsächlich abgenommen. Außerdem wird ein steirischer Spitzenkriminalist den Mord an Benno klären. Zoff. Ein guter Mann.«

»Hoffentlich«, murmelte Freiher. »Holger Fehringer ist verstorben.«

»Der Kommerzialrat? Mein Gott. Ein Gastwirt. Unheimlich beliebt. Ist Susi noch da?«

»Anscheinend nicht. Jedenfalls hab ich im Vorzimmer niemanden mehr gesehen.«

»Dann diktiere ich das Kondolenzschreiben eben erst morgen. Wann ist denn das Begräbnis?«

»Donnerstag, 14.00 Uhr, am Friedhof in Bischofshofen. Wem gibst du Fehringers Nationalratsmandat?«

»Keine Ahnung. Wahrscheinlich wäre es klug, es wieder einem Gastwirt oder Hotelier zu überlassen.«

»Das wird deiner Vorzimmertussi aber gar nicht gefallen. Die rechnet damit, diesmal zum Zug zu kommen.«

»Papperlapapp. Wir haben genug Weiber im Parlament. Lassen wir es dabei.«

»Da hab ich nichts dagegen. Aber du hast es ihr versprochen. Wie lange haben sich die beiden letzten Sekretärinnen von dir hinhalten lassen?«

»Eva ging nach zwei Jahren. Marlies nach sieben Monaten. Als werdende Mutter. Ich hab ihr eine Wohnung gekauft und zahle für das Kind. Heimlich natürlich.«

»Ich hab das dumme Gefühl, das läuft mit Susi nicht.«

»Es ist auch alles andere so gelaufen wie bei ihren Vorgängerinnen.«

»Diese Vogt hat einen starken Willen. Die weiß genau, was sie will. Glaub mir.«

»Ich gebe ihr noch ein knappes Jahr. Dann wirft sie die Nerven weg und geht, und die Nächste kommt an die Reihe.«

»Vielleicht hast du ja recht. Ich hab zwar keine Ahnung, wie du das immer wieder hinbekommst, aber dein Umgang mit Frauen ist einzigartig.«

»Alles eine Frage der Erfahrung. Weiber haben das Gehirn zwischen den Beinen, Paul«, grinste Rieder. »Ich hingegen bin ein ausgesprochener Kopfmensch, verstehst du?«

»Deine Augen leuchten so, wenn du von Betty sprichst. Außerdem hast du mir kategorisch untersagt, sie anzurühren.«

»Ich hab dir noch jede überlassen, oder?«

»Betty nicht.«

»Aus taktischen Gründen. Aber wenn das für dich so ein Problem ist, nimm sie dir. Als Geburtstagsgeschenk.«

Acht Meter hinter ihm lauschte Susanne Vogt an der angelehnten Pforte. Keine halbe Stunde später hastete sie am Portier des Rathauses vorbei ins Freie. Ihr Gesicht war leichenblass, und als sie eine Viertelstunde später am Salzachufer in den Bus einstieg und sich in die letzte Reihe setzte, überfiel sie ein heftiges, unkontrollierbares Zittern.

Am Dienstagvormittag sichtete Zoff mit Forstinger in Wien die Videobeweise ihrer Grenzüberwachungsaktion. Nachmittags schrieb er die Strafanzeige gegen Kontrollinspektor Werner Kollek und sprach mit dem Grazer Staatsanwalt. Gegen 18.00 Uhr berichtete ihm Bruno Polli telefonisch vom Verlauf der bisherigen Ermittlungen. Anschließend schaute Zoff in seinem Zimmer in der Hahngasse vorbei und zog sich um, ehe er sich in das Irish Pub gegenüber der Rossauer Kaserne verzog und sich mit Guinness volllaufen ließ.

In Salzburg traf Bettina Wagner gegen 22.00 Uhr in einem Taxi vor Paul Freihers Villa ein. Ihr schwarzes

Chiffonkleid, das knapp oberhalb der Knie endete, hatte Hannes Rieder ein kleines Vermögen gekostet, und auch die Schuhe aus Mailand waren nicht gerade billig gewesen. Dafür sah sie aber auch umwerfend aus.

Ein livrierter Diener öffnete die massive Eichentür und begleitete die junge Dame bis zum Gastgeber an die Bar, der, von Gästen beiderlei Geschlechts umringt, gerade Cocktails verteilte. Überhaupt war schon eine Menge los. Schätzungsweise 200 Gäste aßen, tranken, diskutierten, sangen oder tanzten sich zur Musik einer jungen Band die Seele aus dem Leib.

»Schön, dass du da bist«, begrüßte sie der Bundesparteisekretär, strich sich das pomadisierte blonde Haar zurück und gab dem Kellner einen Wink. »Du trinkst doch gern Champagner, oder?« Sie nickte.

»Dom Perignon«, befahl er. »Den besten, den wir haben. Im Kübel und mit reichlich Eis.« Keine zwei Minuten später hatte Freiher seinen Schampus, nahm den Kübel in die rechte Hand und deutete Bettina mit der Linken, ihm zu folgen.

»Gehen wir«, schrie er, um sich gegen den Lärm der Musik zu behaupten. »Ich muss mit dir reden. Es ist wichtig.«

»Wieso? Wo ist Hannes?«

»Im Rathaus. Er kommt noch. Inzwischen sollten wir uns gemeinsam über deine bevorstehende Beförderung Gedanken machen. Du interessierst dich doch so brennend dafür, Landespolizeikommandantin zu werden, oder? Eine gut bezahlte Position, die viele gern bekleiden würden. Auch Leute, die ich sehr mag, verstehst du? Also komm.«

Leichtfüßig eilte er ihr über die breite Treppe voran ins Obergeschoss und weiter bis in das große Zimmer am Ende des langen Flurs, dort, wo der Lärm der Musik nur noch dumpf zu vernehmen war.

»Wieso gehen wir hier herauf? Was willst du von mir?«, fragte sie misstrauisch und schüttelte den Kopf.

»Ach Betty. Betty, Betty, Betty! Ich hab Geburtstag, und wir feiern hier unsere ganz persönliche Versöhnungsparty. Ich hab nämlich den Verdacht, du magst mich nicht«, lächelte Freiher tadelnd, öffnete den Champagner und deutete mit dem Zeigefinger auf den tiefen Ledersessel am Fenster. »Nimm Platz. Entspann dich einfach und hör zu. Wenn du in diesem Bundesland ganz groß herauskommen willst, musst du mich mögen. Fast so sehr mögen wie Hannes. Das musst du lernen. Alles klar?«

»Wieso denn? Wer sagt, dass ich dich nicht mag?«, meinte sie verlegen und setzte sich. »Ich hab nichts gegen dich. Da ist bloß der Umstand, dass ich für dich nicht zu haben bin. Ich gehöre ausschließlich Hannes. Aus. Fertig. Akzeptiere das einfach. Dann ist alles in Ordnung.«

»Du gehörst dem Kaiser. Aber ja doch. Kein Problem, Betty. Übrigens mag ich Hannes wirklich«, murmelte er, lachte nervös und hielt die Champagnerflasche prüfend ins Licht. »Allerdings magst du ihn auch und drängst dich in die erste Reihe. Damit sehe ich dich irgendwie als Kontrahentin. Ab und zu frage ich mich, wem unser Kaiser wohl näherstünde, wenn es hart auf hart ginge. Dir oder mir? Eine interessante Frage, findest du nicht?«

»Ach komm. Das Leben ist wie ein Tanz, Paul. Einmal tanzt er mit mir, einmal mit dir. Was ist so schrecklich dabei?«

»Gar nichts. Fragt sich bloß, mit wem er öfter tanzt. Oder den alles entscheidenden Tanz, den allerletzten, den Kaiserwalzer.« Mit einem Ruck drehte er ihr kurz den Rücken zu, schenkte den Champagner ein und ließ dabei aus der Hand eine kleine Pille in das Glas fallen, die sich sofort auflöste. Zufrieden nickend, befüllte er ein zweites Glas, drehte sich mit den Kelchen um und gab Betty einen Wink. »Aber über solche Fragen wollen wir uns künftig nicht mehr den Kopf zerbrechen, oder? Komm!«

»Ich weiß nicht. Irgendwie wäre ich lieber bei den anderen da unten«, lächelte sie verstört.

»Aber wieso denn?«

»Du weißt ja, es gibt immer Gerede.«

»Stimmt. Daran hab ich nicht gedacht, verzeih. Wir gehen. Aber vorher trinken wir noch ein Glas. Damit wir uns endlich ein wenig besser vertragen. Weißt du, jeder von uns soll wissen, wo sein Platz ist. Gesundheit!«

»Prost!« Unsicher nahm sie das Glas aus seiner Hand, hob es an die Lippen und nippte daran.

»Na was denn. Das ist wirklich guter Schampus, Herzchen. Spitzenqualität. Also trink schon aus«, meinte Freiher lässig und leerte sein Glas in einem Zug. »Ich hab noch mehr von diesem Zeug. Noch viel mehr.«

»Warum eigentlich nicht«, antwortete sie heiser, kippte den Champagner hinunter und hielt ihm das Glas zum Nachfüllen hin. »Dom Perignon ist meine Lieblingssorte.«

»Ich weiß, mein Luxuskind«, grinste der Gastgeber und rückte ganz nahe. »Ich weiß.« Plötzlich schwoll Freihers Gesicht an, als wäre es ein Ballon. In Bettinas Kopf begann es zu dröhnen und das Zimmer fing an, sich zu drehen. Hilflos öffnete sie den Mund, um zu schreien, aber bevor sie auch nur einen Ton herausbringen konnte, fiel sie auf die Knie und vornüber auf den Teppich.

»Hallo, Frau Oberst, du arrogante, blöde Nutte. Na, wie stehen jetzt die Aktien?« Zynisch grinsend stellte Paul Freiher sein Glas ab, drehte Bettina Wagner auf den Rücken, ergriff sie unter den Schultern, schleifte sie ins Nebenzimmer auf das breite Doppelbett und schob ihr Kleid hoch. Irgendwann während dieser Nacht erwachte Bettina für ein paar Sekunden aus ihrer Betäubung, spürte Paul Freiher nackt und schwer auf sich liegen, registrierte einen heißen Schmerz zwischen ihren Beinen und stöhnte dumpf auf. Da löste er sich einen Augenblick von ihr, träufelte ihr etwas in den Mund, und schon verlor sie wieder das Bewusstsein.

Am Mittwochmorgen gegen sieben wurde Bettina Wagner in der Tiefgarage des Landeskriminalamtes aufgegriffen. Bis auf Unterwäsche und Strümpfe war sie voll bekleidet, machte dabei aber einen benommenen Eindruck und stank intensiv nach Whiskey. Weil sie auf Fragen nur lallend antwortete, brachten sie zwei Kriminalisten zunächst einmal in ihre Wohnung in die Priesterhausgasse, legten sie aufs Bett, alarmierten einen Arzt und suchten schleunigst das Weite.

Um 10.15 Uhr ging es im Kabinett des Innenministers wieder einmal hoch her.

»Pechstein! Wo sind Sie? Pechstein?«

»Hier.« Augenblicklich stand der Ministersekretär in der Tür.

»Her zu mir! Was sagen Sie zu diesem Skandal, Pechstein? Was sagen Sie dazu?«

»Ich weiß nicht.«

»Sie wissen in letzter Zeit ziemlich wenig, mein Lieber«, spottete der Minister. »Ich rede von dieser Sache in Salzburg. Sagen Sie mir Ihre Meinung. Los. Reden Sie schon.«

»Es kann schon einmal vorkommen, dass sich jemand betrinkt, finde ich. Außer Dienst.«

»Was denn? Eine Frau Oberst? Da sitzt dieses Weib frühmorgens völlig dicht und ohne Höschen in der Tiefgarage, lässt sich von zwei Mitarbeitern nach Hause fahren, und Sie finden nichts dabei? Sagen Sie, ticken Sie nicht richtig?«

»An und für sich hätte Frau Wagner heute dienstfrei. Keine Ahnung, was sie da in der Tiefgarage zu suchen hat.«

»Sie ist Rieders Schlampe. Dass ich gezwungen war, dieses Luder vom Oberleutnant zum Oberst zu befördern, beweist es doch. Rieder hat das durchgesetzt. Gegen meinen Widerstand. Beim Kanzler.«

»Trotzdem wäre es wohl besser, dieses private Besäufnis diskret zu behandeln.«

»Diskret. Natürlich. Was bleibt mir übrig? Es zerreißt mich vor Wut, aber ich muss schon wieder einmal dichthalten. Weil unser Kanzler das so haben will.«

»Er sagte das ausdrücklich.«

»Ja! Ich habe es verstanden!«

»Da wäre leider noch etwas. Es gab einen weiteren Anruf aus dem Kanzleramt.«

»Was wollen die denn sonst noch? Verschonen Sie mich!«

»Zoff. Er wird in Graz gebraucht. Ein Freund von Oberbürgermeister Rieder ist tot. Ermordet.«

»Na und?«

»Rieder besteht darauf, dass Zoff die Morderhebungen leitet.«

»Nein!«

»Doch.«

»Raus!«, sagte der Minister gefährlich leise, erhob sich und fegte sein Telefon vom Schreibtisch. »Raus, Pechstein.« Schnaufend wie ein wilder Eber trat der Minister gegen den Drehsessel, dass er bis an die Wand flog. »Fort mit Ihnen. Rasch. Raus!!!!«

Eine halbe Stunde später kehrte eine verstörte Raumpflegerin im Büro des Innenministers die Reste eines Laptops zusammen, während Zoff im Polizeizentrum Lichtenwerder Platz überlegte, ob er in der Kantine oder auswärts essen sollte. Mürrisch entschied er sich für die Kantine, als der Generaldirektor für die öffentliche Sicherheit anrief.

»Hallo?«

»Zoff spricht. Guten Tag.«

»Schiefersteiner. Machen wir es kurz. Ich habe dem Herrn Minister vorgeschlagen, Ihre Zuteilung mit sofortiger Wirkung aufzuheben.«

»Tatsächlich?«

»Tatsächlich. Ab morgen übernehmen Sie wieder Ihre Funktion im Landeskriminalamt Graz und leiten die Erhebungen zum Mordfall Benno Brecht. Der Herr Landeskriminaldirektor wurde schon in Kenntnis gesetzt.«

»Das ist eine gute Nachricht«, meinte Zoff kühl. »Danke.«

»Keine Ursache. Sollten Sie noch einmal negativ auffallen, sind Sie ganz schnell wieder in Wien, verstanden? Viel Glück.«

»Ja!«, jubelte Zoff und ballte die Faust, nachdem er den Hörer auf die Gabel geschmettert hatte. Er gab Forstinger einen Klaps auf die Schulter und begann, seinen Schreibtisch zusammenzuräumen.

»Ist was?«, nuschelte der Chefinspektor.

»Und ob. Du bist mich los, mein Alter.«

»Also, du spinnst ja«, grunzte Forstinger verblüfft, kratzte sich verstört an seiner Glatze und betrachtete ungläubig Zoffs geschäftiges Treiben. »Das ist ein Jux, oder?«

»Nicht die Bohne«, versicherte Zoff und warf in eine Nylontüte, was ihm gerade so in die Finger kam.

Inzwischen klingelte in einem noblen Büro im ersten Wiener Gemeindebezirk das Telefon.

»Berg.«

»Wie geht es mit unserem neuen Dienst voran?«

»Gut. Alles läuft planmäßig.«

»Und wie entwickelt sich der Fall Rieder?«

»Eigenartig. Anscheinend steht der Oberbürgermeister doch weiterhin zur Koalition. Wenn auch nur unter gewissen Bedingungen.«

»Er will mehr Macht für seine Leute in der Regierung.«

»Vielleicht kann man sich einigen.«

»Das ist Verhandlungssache. Solange Rieder bei der Stange bleibt, brauchen wir nicht einzugreifen. Ändert sich das, sind Sie am Zug.«

»Kein Problem.«

»Und wer war das mit diesem Brecht?«

»Wir nicht.«

»Dachte ich mir. Jedenfalls hat Rieder vom Bundeskanzler verlangt, Zoff mit den Morderhebungen zu betrauen.«

»Das passt mir nicht.«

»Darauf kommt es nicht an. Beobachtet ihn.«

»Und sonst?«

»Er soll uns nur ja nicht wieder in die Quere kommen. In seinem eigenen Interesse. Da ist noch eine Rechnung offen.«

»Haben Sie weitere Befehle?«

»Ich will wissen, wer Rieders Landsitz abgefackelt hat.«

»Das wird nicht leicht sein.«

»Hab ich auch nicht behauptet. Findet es heraus. Schnell.«

Unterdessen hatte Zoff den schriftlichen Rückreiseauftrag nach Graz in Händen, verabschiedete sich von Forstinger, fuhr in seine Unterkunft und packte, während Bettina Wagner in Salzburg beim Frauenarzt saß.

»Da sind also eindeutige Spuren von Geschlechtsverkehr?«, vergewisserte sie sich noch einmal leise.

»Ohne jeden Zweifel«, nickte der Arzt. »Sperma anal und vaginal. Außerdem eine Entzündung im Vaginalbereich, Abschürfungen an den Handgelenken, Druckstellen und blaue Flecken an Ihren Oberschenkeln und am Gesäß. Im Grunde ziemlich eindeutige Indikatoren. Wollen Sie mir nicht etwas anvertrauen?«

»Was denn?«

»Können Sie sich das nicht vorstellen?«

»Ich will mir nichts vorstellen, ich will etwas ganz anderes. Wie lange lassen sich Spuren von Betäubungsmitteln im Blut eines Menschen feststellen?«

»Drei Tage lang. Die Analyse von Blutproben und Harnproben dauert dann ein bis zwei Wochen.«

»Machen wir die Tests.«

»Sie sollten einen Psychologen aufsuchen«, schlug der Mediziner vor.

»Auf gar keinen Fall.«

»Sie sind immer noch sehr verstört.«

»Unsinn.«

»Und Sie sind sicher, dass Sie mit der Sache zurande kommen?«

»Was ist schon sicher?«, murmelte die Polizeibeamtin müde und senkte den Blick. »Jedenfalls erinnere ich Sie an Ihre ärztliche Schweigepflicht. Ich möchte den Befund so schnell wie möglich. Alles andere ist meine Sache.«

Donnerstag, 20. Oktober. An diesem Morgen schien plötzlich die Sonne und es war unnatürlich warm.

»Was ist denn?«, fragte Zoff gereizt, fluchte insgeheim über den gewohnten dumpfen Druck im Magen, steckte eine Tablette in den Mund, schloss die Augen, schluckte und spülte mit einem Glas Wasser nach. »Warum bist du so mies gelaunt?«

»Bin ich nicht«, leugnete Nina geistesabwesend,

hielt sich den Kopf, trank ihren Kaffee aus, erhob sich und stellte die Tasse in den Spüler. »Du bist gestern Abend überraschend nach Hause gekommen und hast heute Geburtstag. Jetzt mache ich mir eben Gedanken, das ist alles.«

»Gedanken? Worüber?«

»Über allerhand. Was wünschst du dir eigentlich?«

»Gar nichts«, schnarrte Zoff verdrossen, aß den Rest seines Toasts und ließ es zu, dass seine Tochter ihn sanft an der Wange streichelte. »Ist schon gut«, murmelte er dabei und sah sie traurig an. »Ist ja schon gut.«

»Auf einmal seid ihr wieder ein Herz und eine Seele«, seufzte Nina genervt. »Jetzt, weil es gegen mich geht. Aber egal. Irgendwie bin ich ja ganz froh, dass ihr euch so gut versteht.«

»Das tun wir. Aber was hast *du* denn schon wieder gegen mich?«

»Ich? Gegen dich? Gar nichts.«

»Natürlich hast du etwas.«

»Du bist so fordernd, wenn du zu Hause bist.«

»Und das magst du nicht.«

»Du hast es erfasst«, gab sie nervös zu, bückte sich nach ihrer Aktentasche, nahm sie hoch und ging an die Tür. »Ich bin auf dem Weg zum Bürgermeister. Wir diskutieren über die Lernmesse im Jänner.«

»Lernmesse? Was wird das denn?«

»Eine Riesenveranstaltung im Messegelände. Alle Serviceorganisationen der Stadt stellen sich vor. Auch der schulpsychologische Dienst.«

»Und du glaubst, die Leute interessiert so etwas?«

»Selbstverständlich«, antwortete Nina empört. »Wir werden uns ganz toll präsentieren. Da wirst du staunen. Aber jetzt muss ich los. Alles Gute zum Geburtstag.« Sie versuchte, ihn auf die Wange zu küssen, aber er drehte den Kopf zur Seite. Einen Wimpernschlag später war sie auch schon weg.

»Manchmal verstehe ich sie nicht«, seufzte Julia. »Kaum sieht es mit eurer Ehe einmal gut aus, benimmt sie sich wieder so komisch.«

»Ja. Aber lassen wir das«, wehrte Zoff ab. »Wieso lässt du dir heute denn so lange Zeit? Hast du keine Schule?«

»Doch. Leider. Aber Tom fährt mich mit dem Auto hin. Ist doch geil, oder?«

»Toll. Ja. Aber jetzt muss ich auch ganz schnell weg, Kleines«, brummte Zoff, räumte den Rest des Geschirrs weg und gab seiner Tochter einen Kuss. »Schließlich will ich gerade heute nicht zu spät kommen.«

»Freilich«, grinste Julia. »Irgendwie bist du ja jetzt wieder neu im Landeskriminalamt, oder? Gibst du eine Einstandsparty? Nein? Na ja, jedenfalls guten Start. Und alles Gute zu deinem Ehrentag. Das Geschenk von mir gibt es heute Abend.«

»Ein Geschenk? Was denn?«

»Verrate ich nicht.«

»Sterbe ich eben inzwischen vor Neugierde, du hartherziges Kind«, lamentierte Zoff, griff nach seinem braunen Schnürlsamtsakko und ging.

Der Empfang im Morddezernat war laut und herzlich. Gottergeben ließ Zoff die vielen Geburtstagsgratulationen über sich ergehen, lud alle zu Kaffee und

Kuchen und genoss eine Weile still die ausgelassene Stimmung, ehe er Polli verstohlen zur Seite nahm.

»Das Ministerium will, dass ich die Erhebungen zum Mordfall Brecht übernehme«, gestand er verlegen.

»Da bin ich aber sauer«, grinste sein Stellvertreter und leerte seine Tasse in einem Zug. »Du weißt, wie ungern ich mit dir zusammenarbeite.«

»Es spricht für dich, dass du das nicht als Misstrauensvotum empfindest.«

»Blödsinn. Mach dir keine Sorgen.«

»Gut«, atmete Zoff auf. »Sehr gut. Somit hab ich ein Problem weniger.«

»So ist es. Die besten Kriminalisten der Steiermark brennen darauf, mit dir loszulegen. Wenn das deine miese Laune nicht schlagartig verbessert, was dann?«

»Die heben meine Strafversetzung nicht aus reiner Nächstenliebe auf«, vermutete Zoff finster. »Die nicht. Also stinkt etwas an der Sache mit Brecht. Verlass dich drauf. Aber wie auch immer, ich freue mich auf die Arbeit mit dir und den anderen.« Die ersten Witze wurden erzählt, und eine Fünfliterflasche spanischen Rotweins machte die Runde.

»Prost, Chef! Auf deinen Geburtstag und deine Heimkehr.«

»Danke. Prost!«, übertönte Zoff den Lärm, bekam ein Glas voll, trank und erzählte von Wien. Kurz nach 9.30 Uhr beendete Zoff die Feier, fuhr ins oberste Stockwerk und meldete sich beim Landeskriminaldirektor zurück. Eine Stunde später traf er sich mit Polli im Büro.

»Jetzt geht wieder alles seinen normalen Gang«, ächzte Zoff, als er sich setzte, und lehnte sich bequem im Sessel zurück. »Feine Schale übrigens«, grinste er anerkennend und deutete auf den hellbraunen Anzug seines Freundes.

»In Udine gekauft«, berichtete Polli stolz, nestelte am Kragen seines rostbraunen Hemdes und schlug die Beine so übereinander, dass Zoff die sündteuren italienischen Schuhe sehen konnte, die er in einer kleinen, aber feinen Schuhhandlung in Görz erworben hatte.

»Kleidet dich ausgezeichnet, wirklich. Aber wie steht es um die Sache Brecht?«

»Meiner Meinung nach gar nicht so schlecht. Spurenbericht und Autopsiebefund liegen bereits vor. Bekanntlich wurde Brecht drei Mal von hinten in den Rücken geschossen. Der letzte Schuss kam ziemlich steil von unten nach oben. Also hat sich der Täter während der Schussabgabe dem Opfer angenähert. Die Schüsse in Augen und Mund wurden in einem Winkel von etwa 90 Grad abgegeben. Dabei betrug die Entfernung der Waffe vom Kopf etwa 50 Zentimeter. Die Tatwaffe verblieb am Tatort.«

»Was sagen die Nachbarn?«

»Wir haben den ganzen Straßenzug abgegrast und jeden, der da wohnt, befragt. Keiner hat was gesehen oder gehört.«

»Brecht wurde gegen 20.00 Uhr ermordet. Gab es verdächtige Wahrnehmungen am Bahnhof oder in Bussen?«

»Negativ. Aber wir fanden einen grauen Audi auf einem Autobahnparkplatz. Keine zwei Kilometer vor der Grenze in Fahrtrichtung Slowenien. Das Fahrzeug wurde in Marburg gestohlen. Etwa fünf Stunden, bevor die Sache mit Brecht passierte. Britta und ihre Leute haben eine Menge Fingerabdrücke, Haare und Faserspuren gesichert.«

»Gut. Und was enthält der Spurenbericht vom Tatort?«

»Wie erwartet, sind an der Mordwaffe keine Fingerabdrücke. Die zwei Benzinkanister, die hinter dem Haus beim Schlafzimmerfenster standen, stammen mit hoher Wahrscheinlichkeit aus Brechts Garage. Jedenfalls fanden wir dort genau jenen Einfüllstutzen, der beim zweiten Kraftstoffbehälter fehlte. Die Zündholzschachtel stammt aus dem letzten Wahlkampf. Sie zeigt das Konterfei des Oberbürgermeisters von Salzburg.«

»Salzburg. Merkwürdig. Der Täter nahm also zwei Benzinkanister aus der Garage, um das Haus anzuzünden. Wusste er, dass Brecht diese beiden Kraftstoffbehälter in der Garage bereithielt, oder fand er sie aus Zufall? Wollte er Brecht erschießen und danach das Haus niederbrennen, oder kam Brecht einfach nur zu einem blöden Zeitpunkt nach Hause?«

»Du meinst, er störte den Täter bei seiner versuchten Brandstiftung und musste deshalb dran glauben?«

»Möglich. Aber dann müsste er eigentlich von vorne niedergeschossen worden sein. Nein. Andersrum gefällt mir das besser. Erst der Mord, später die versuchte Brandstiftung.«

»Wieso kam der Täter nicht mehr dazu, Feuer zu legen?«

»Er wurde gestört und flüchtete.«

»Was brachte unseren Täter dazu, von der geplanten Brandstiftung Abstand zu nehmen?«

»Ein Geräusch vielleicht. Er geriet in Panik.«

»Irgendwie ist die Sache noch ziemlich unrund. Es fehlt ein Teil im Puzzle. Was ist eigentlich mit diesem Fußabdruck, von dem Britta sprach?«

»Eine Wischspur. Ein Hinweis, dass dort jemand stand. Zu mehr war dieser Hauch von einem Abdruck leider nicht nütze.«

»So ein Mist. Und gibt es Erkenntnisse zur Pistole?«

»Da haben wir einiges. Die Waffe wurde am 8. März dieses Jahres beim Überfall auf die Raiffeisenbank Leibnitz verwendet. Dabei wurde auf den Schalterbeamten geschossen. Einer der Täter kam auf der Flucht ums Leben. Die beiden anderen entkamen mit der Beute.«

»Die lieferten sich ein Feuergefecht mit einer Zivilstreife«, erinnerte sich Zoff. »Soviel ich weiß, wurde ein Kollege angeschossen. War der getötete Bankräuber nicht Serbe?«

»Genau«, bestätigte Polli mit zusammengekniffenen Augen. »Ein Serbe.«

»Und die aus dem verletzten Kriminalbeamten herausgeschnittenen Projektile stammen mit Sicherheit aus der Mordwaffe Brecht?«

»Jawohl. Wenn du mich fragst, hat Brecht leider Vollprofis gegen sich aufgebracht. Die glaubten, Brecht habe sie verraten, und wollten sich rächen. Die Verwendung eines Schalldämpfers spricht doch ebenfalls für diese Version.«

»Passt ja alles, was du sagst. Bis auf diesen Drohbrief. Der ist allerdings ein ziemlicher Kontrapunkt zu deiner Serbentheorie.«

»Leider Gottes«, gestand Polli. »Daran hab ich auch schon gedacht.«

»Der Drohbrief ist ein Zitat von Montaigne, einem französischen Philosophen.«

»Französische Philosophen und serbische Kriminelle? Das passt nicht. Nein. Außerdem erhielt Brecht den Brief zu einem Zeitpunkt, als die Drogentransporte noch bestens funktionierten.«

»Er wollte mehr Geld. Das ist wohl der Punkt.«

»Und die Serben wollten Bedenkzeit.«

»Was sagen die verhafteten Drogenkuriere?«

»Immer wieder dasselbe. Dass sie keine Ahnung hatten, was sie transportierten, und dass sie während der letzten zwei Jahre nicht in Österreich waren.«

»Ich will die Verhörprotokolle sehen.«

»Liegen bereits auf deinem Schreibtisch.«

»Was wissen wir über diese Leute? Haben sie Vorstrafen in Österreich?«

»Keine Vorstrafen.«

»Was sagt Interpol?«

»Du weißt, wie lange es dauert, bis die unsere Anfragen beantworten.«

»Manchmal hängt mir diese Bürokratie ganz schön zum Hals heraus. Hat sich unser Verbindungsbeamter aus Zagreb schon gemeldet?«

»Er ist nach Belgrad gefahren und hört sich für uns um. Schade, dass wir in Serbien völlig in der Luft hängen.«

»Sparmaßnahmen«, knurrte Zoff. »Das arme Schwein da unten ist für den gesamten Balkan zuständig.«

»Und im Ministerium schmeißen sie das Geld für Seminare, Empfänge und ähnlichem Scheiß zum Fenster hinaus. Diese Idioten.«

»Okay. Und was ist mit einem anderen Motiv?«, grübelte Zoff. »Brecht galt als Weiberheld. Unter Umständen ist der Grund für den Mord dort zu finden.«

»Du meinst Eifersucht?«

»Eifersucht, Wut, Enttäuschung. Irgendetwas in dieser Art. Was sagt denn seine Frau dazu?«

»Nichts. Sie stand unter Schock, als ich bei ihr war. Sie wollte ihre Ruhe.«

»Verständlich. Ich besuche sie.«

»Und wir?«

»Ihr müsst Kollek noch einmal verhören. Was weiß der Mann über Brechts Auftraggeber? Und wir brauchen ein Täterprofil. Das vernetzen wir dann mit unseren bisherigen Erkenntnissen.«

»Willi Schulz und Paul Billek finalisieren gerade einen Totschlag. Angeblich sind sie mit der Sache morgen fertig. Mittlerweile kümmere ich mich mit unserem Profiler um Kollek. Zu blöd, dass sie dem Professor das abgeschlossene Kriminologiestudium nicht anerkennen.«

»Weil man Kriminologie in Österreich nicht studieren kann. Aber was er da in Deutschland gelernt hat, kann ihm keiner mehr nehmen, und über kurz oder lang wird er seinen Weg machen. So oder so.«

»Dein Wort in Gottes Ohr.«

»Noch etwas: Redet mit Brechts Mitarbeitern. Was weiß die Besatzung der Grenzpolizeistation über ihren Chef? Gibt es jemanden, mit dem er Probleme hatte?

Jemanden, der ihn hasste? Was ist über sein Privatleben bekannt? Quetscht sie aus. Alle.«

»Du bist so lieb zu mir.«

»Weil ich dich mag, Bruno. Essen wir noch zusammen? Was gibt es in der Kantine?«

»Wiener Schnitzel mit Reis.«

»Nicht schlecht. Es gibt wenige Köche, die imstande sind, ein Wiener Schnitzel zu vermurksen. Das gibt Anlass zu Optimismus. Also ab zum Mittagstisch. Und dann wird Gas gegeben. Aber ordentlich.«

Fiona Brecht war eine attraktive Schwarzhaarige mit lustiger Stupsnase, vollen Lippen und duftendem Haar. Es fiel ihr sanft gelockt fast bis an die schmalen Hüften.

»Eigentlich will ich gar nicht mit Ihnen reden«, meinte sie, als Zoff ihr an der Haustür seine Dienstmarke zeigte. Schließlich bat sie ihn aber doch ins Wohnzimmer, bot ihm den Sessel am Fenster an und setzte sich auf das beige Ledersofa gegenüber. In ihrem knielangen dunkelblauen Rock und der weißen Bluse wirkte sie ausgesprochen jung. Sie trug keinen Büstenhalter. Das irritierte Zoff ein wenig.

»Benno und ich waren acht Jahre lang zusammen«, begann sie sanft. »Er schenkte mir zwei Kinder. Zwei herrliche Jungs. Damit habe ich seine positiven Seiten erschöpfend aufgezählt.«

»Das klingt ziemlich bitter«, meinte er nach einer Weile und ließ sie nicht aus den Augen. »Wie kam es zur Scheidung? Ich meine, was war der auslösende Faktor?«

»Lassen Sie mich überlegen. War es diese schwarzhaarige, aparte Kollegin aus der Sicherheitsakademie? Nein, das ist zu lange her, und sie blieb ja nicht in der Steiermark, sondern verdrückte sich nach Salzburg. War es diese Rothaarige aus dem Landespolizeikommando? Die Blonde aus Leibnitz oder seine Sekretärin im Gemeindeamt? Benno war ein Liebling der Frauen, müssen Sie wissen. Da geht irgendwann einmal der Überblick verloren.«

»Und es gab kein Schlüsselerlebnis? Ein Ereignis, bei dem es endgültig reichte?«

»Doch. Benno hat im Jänner ein ganzes Haus verspielt. Da wollte ich dann nicht mehr.«

»Den Bungalow?«

»Nein, das Haus in Irrach. Den Bungalow ließ ich mir sofort überschreiben. Sonst wäre der jetzt auch weg.«

»Das heißt, das Haus in Irrach gehört ihm gar nicht mehr?«

»Einer seiner Freunde ist Bankdirektor. Das Geldinstitut ist Eigentümer und im Grundbuch eingetragen. Mein Mann durfte für 500 Euro monatlich weiter dort wohnen. Es wurde absolutes Stillschweigen vereinbart.«

»Seit wann spielte er?«

»Seit etwa zehn Jahren.«

»Und wie steht es mit Feinden?«

»Ich weiß von keinen Feinden. Da waren vielleicht Nebenbuhler. Aber das kann ich auch nur vermuten.«

»Und in der Politik?«

»Da hatte er Befürworter und Gegner. Einen Mordverdächtigen aus diesem Kreise könnte ich aber nicht nennen.«

»Sie haben ihn finanziell ziemlich bluten lassen.«

»Das war notwendig. Ich will meinen Kindern ein ordentliches Zuhause und eine gute Ausbildung bieten. Bevor Benno das Geld im Casino verspielt, nehme ich es lieber.«

»Klingt vernünftig. Und haben Sie Ihren Mann gehasst?«

»Wie kommen Sie darauf? Es war nicht einfach mit Benno, das dürfen Sie mir glauben. Die vielen mitleidigen Blicke und das heimliche Lachen ringsum. Na ja. Möglicherweise war da manchmal sogar so etwas wie Hass. Aus der spontanen Situation heraus. Aber das hielt nicht lange. Schließlich war er der Vater meiner Söhne.«

»Ja«, murmelte Zoff nachdenklich und sah ihr lange in die Augen. »Das war er. Haben Sie wirklich nicht den geringsten Verdacht, wer Ihren Mann ermordet haben könnte?«

»Nein«, sagte sie nach kurzem Nachdenken und erwiderte gelassen seinen Blick. »Ich habe keine Ahnung.«

»Und bei wem stand er in der Kreide? Ich meine, wem schuldete er Geld?«

»Da hab ich keinen blassen Schimmer. Die Sucht hat ihn aufgefressen. Das Casino und sein unbändiges Verlangen nach Sex.«

»Ihr Mann hat einen Drohbrief erhalten.«

»Einen Drohbrief? Lächerlich. Von wem denn?«

»Weiß ich nicht. Jedenfalls drohte man ihm mit einem Zitat von Montaigne. Kennen Sie jemanden, der mit Montaigne etwas anfangen kann?«

»Montaigne? Nie gehört.«

»Schade. Mit wem war Ihr Mann befreundet?«

»Hannes Rieder war sein Kumpel. Sein bester Freund. Mit Werner Kollek verband ihn auch so etwas wie Freundschaft. Keine Ahnung, warum. Dann waren da wohl noch ein paar eher lose Seilschaften innerhalb der Partei, aber da hab ich mich stets herausgehalten. Natürlich hatte er als Bürgermeister viele gute Bekannte. Wenn Sie wollen, übermittle ich Ihnen eine Liste.«

»Das wäre hilfreich. Und sonst? Haben Sie schon einen Überblick über die Verlassenschaft?«

»Unsere Söhne sind Bennos Erben. Ich bekomme, was mir gesetzlich zusteht. Das war so abgemacht.«

»Und um welche Beträge handelt es sich da?«

»Weiß ich nicht. Die Testamentseröffnung ist am Montag.«

»Aha. Ist Ihnen oder den Kindern in den letzten Wochen etwas Außergewöhnliches aufgefallen?«

»Die Nachbarn erzählten von einem Mann mit Brille, der seltsame Fragen stellt. Der Beschreibung nach dürften das Sie gewesen sein.«

»Richtig. Ich habe gegen Ihren Mann ermittelt.«

»Weswegen?

»Wegen Korruption.«

»Korruption? Mein Gott! Wie beschämend. Benno war einmal ein guter Polizist, müssen Sie wissen. Ein guter Mensch. Das ist schon ein paar Jahre her. Aber im Grunde ist das jetzt nicht mehr wichtig.«

»Nein. Wie geht es Ihren Kindern?«

»Schlecht. Wie sollen ein Achtjähriger und ein

Sechsjähriger begreifen, dass der Vater nie mehr da sein wird?«

»Wo sind die beiden?«

»Bei meinen Eltern in Sankt Peter. Sie müssen erst nächste Woche wieder zur Schule.«

»Wann ist das Begräbnis?«

»Übermorgen. Es findet im engsten Familienkreise statt. Hannes Rieder und allen Parteifreunden hab ich die Teilnahme daran ausdrücklich untersagt. Es kommen auch sonst keine Politiker oder offizielle Würdenträger. Bloß die Familie und Verwandte. Ich will auch keine Polizei am Friedhof sehen. Bitte haben Sie dafür Verständnis.«

»Selbstverständlich. Sie tun mir leid, Frau Brecht«, bekundete Zoff und erhob sich.

»Danke für Ihr Mitgefühl«, meinte sie schlicht und begleitete ihn an die Tür. »Benno hat mir eine Menge angetan, Herr Zoff. Wirklich. Trotzdem hat niemand das Recht, den Vater meiner Kinder umzubringen.«

»Nein«, stimmte Zoff zu und versuchte zu ignorieren, dass ihm ihr Duft nach Mandelöl und Orangen gefiel. »Was da auch war«, knurrte er düster, »Mord bleibt Mord, und ich werde denjenigen finden, der ihn erschossen hat. Das verspreche ich Ihnen.«

Am Freitag schlug wieder einmal das Wetter um. »Diese verdammte feuchte Kälte«, jammerte Bruno Polli, hustete gequält und hielt sich den schmerzenden Schädel. »Mehr als 20 Grad Temperaturunterschied zwischen gestern und heute. So etwas ist doch verrückt, oder?«

»Nimm eine Schmerztablette und trink so viel Wasser wie nur irgendwie möglich«, riet ihm Zoff beiläufig, starrte durch das Fenster in den Innenhof des Landeskriminalamtes, hauchte die Scheiben nass und malte mit seinem Zeigefinger ein Herz drauf. Was ist bloß los mit uns beiden, Nina?, überlegte er. Bin ich weit weg, ist alles in bester Ordnung. Dann rufen wir einander an, freuen uns auf die gemeinsamen Wochenenden, und du zeigst dich einfühlsam, verständnisvoll und zärtlich. Aber kaum bin ich wieder daheim, gehst du auf Distanz, schweigst dich aus und verschließt dich wie eine Auster. Die Geburtstagsfeier gestern Abend war eine Katastrophe, und ohne Julia hätte es gekracht. Wieder einmal.

»Wie war dein Geburtstag?«, fragte Polli harmlos.

»Weißt du doch. Wir haben bis ca. halb zehn am Vormittag gefeiert.«

»Nicht hier bei uns, zu Hause, meine ich.«

»Julia hat mir ein Buch von Thomas Bernhard geschenkt. Und eine CD. ›Love‹ von den Beatles.«

»Die gibt es aber doch seit mehr als 30 Jahren nicht mehr.«

»Eine Neuaufnahme mit einer sensationell guten Fassung von ›While my guitar gently weeps‹.«

»Kenn ich nicht. Du weißt ja, ich steh auf die ›Stones‹. Die sind nämlich immer noch die Größten.«

»Jagger und seine Altherrenpartie? Du spinnst ja.«

»Dein musikalischer Geschmack bleibt mir auf ewig unbegreiflich. Und sonst?«

»Das Übliche. Malakofftorte, Tee, eine gute Flasche Wein, und Marlene hat mir Unterwäsche geschenkt.«

»Wer?«

»Nina. Meine Frau. Seit wann fragst du so blöd? Sie war in einer dieser neuen italienischen Unterwäscheboutiquen. Der Mann von Welt trägt jetzt Braun. Angeblich. Aber was interessiert dich ein Modetrend? Da stehst du doch drüber. Wie laufen die Befragungen von Brechts Mitarbeitern?«

»Schleppend«, antwortete Polli zerstreut, notierte sich ›Braune Unterwäsche aus Italien‹ auf einen Zettel und steckte ihn ein. »93 Beamte, darunter 19 Frauen. So ein Scheißdreck.« Missmutig rührte er in seiner Kaffeetasse.

Zoff schwieg.

»Hast du gehört? 93 Kollegen, davon 19 weiblich.«

»Ja doch. Was kann ich dafür? Es geht um die Abklärung seiner dienstlichen und privaten Beziehungen. Haltet euch vor allem an die Damen. Brecht kann doch schwerlich mit jeder von ihnen ins Bett gestiegen sein«, antwortete Zoff gereizt und malte den Namen ›Marlene‹ auf die dunstverschmierte Fensterscheibe. »Die, mit denen er es nicht getrieben hat, plaudern vielleicht.«

»Das sagst du so«, zweifelte Polli kopfschüttelnd und schenkte etwas Kaffee nach. »Aber die meisten der männlichen Kollegen behaupten, der hätte sich tatsächlich an jede herangemacht.«

»Wie viele Kolleginnen habt ihr schon vernommen?«

»Fünf, und alle fünf haben geleugnet, mit ihm intim

gewesen zu sein. Brecht sei ein aufmerksamer Chef gewesen, und über seine privaten Angelegenheiten wüssten sie nicht Bescheid.«

»Erinnert die Damen und Herren daran, dass sie immerhin in einem Mordfall aussagen«, fauchte Zoff. »Unter Wahrheitspflicht.«

»Selbstverständlich. Paul und Willi sind ab dem frühen Nachmittag für die Befragungen verfügbar. Der Professor hat das Täterprofil für uns parat. Soll er es gleich präsentieren?«

»Gute Idee.«

Kurze Zeit später saß der junge Profiler seinen beiden Chefs gegenüber, ließ sich zu einer Tasse Kaffee überreden, nippte vorsichtig an seinem Becher und lehnte sich bequem zurück.

»Montaigne wird an unseren Gymnasien bloß gestreift«, leitete der Analytiker leise ein. »Und zwar in den achten Klassen. Ansonsten finden nur Leute zu Montaigne Zugang, die sich mit Philosophie intensiver auseinandersetzen als andere.«

»Bemerkenswert«, erwiderte Zoff interessiert.

»Somit müsste der Drohbrief von jemandem geschrieben worden sein, der eine besondere Affinität zur Philosophie hat. Ich denke da an jemanden, der Philosophie studiert hat.«

»Ein Philosophiestudent also. Ein guter Ansatz, Professor«, lobte Polli.

»Na ja. Unter Umständen«, beschwichtigte der und trank seine Tasse leer. »Wir dürfen den technischen Fortschritt nicht außer Acht lassen. Zitate aus Montaignes Feder können inzwischen von jedermann aus dem Internet abgerufen werden.«

»Aber doch wohl bloß von jemandem, der den Namen ›Montaigne‹ eingibt und sich für ein bestimmtes Zitat interessiert, oder?«, fragte Zoff leise.

»Nicht unbedingt. Das Zitat handelt vom Tod. Also könnte jemand auch zu einem solchen Zitat kommen, der unter der Bezeichnung ›Tod‹ nach einem passenden Zitat sucht. Versteht ihr, was ich meine?«

»Alles klar«, knurrte Zoff. »Also bringt uns das Zitat doch nicht weiter.«

»Doch«, lächelte der Profiler, blies eine blonde Haarsträhne aus seinem Gesicht und kratzte sich am Bart. »Denn welchen Sinn hätte es für jemanden gehabt, dieses Zitat in der eben beschriebenen Art und Weise aus dem Internet herauszusuchen?«

»Drohbriefe sollen den Empfänger ängstigen«, meldete sich Polli zu Wort.

»Ja. Aber dazu fände man doch auch mit einem ganz einfachen Text das Auslangen. Wieso drohte der Absender Brecht nicht mit kurzen, leicht verständlichen Sätzen? Wieso dieser spezielle, philosophische Text?«

»Um dem Opfer etwas zu demonstrieren«, mutmaßte Zoff nachdenklich. »Überragende Intelligenz vielleicht.«

»Also doch ein gebildeter Täter«, lächelte Polli.

»Ein sehr gebildeter Täter«, nahm der selbstbewusste junge Analytiker den Faden wieder auf. »Ja. Jemand, der sich mit Montaigne auskennt. Ich wette, dieser philosophische Text wurde nicht zufällig gewählt.«

»Es könnte natürlich auch an Montaigne selbst liegen«, grübelte Zoff.

»Wie meinst du das?«, erkundigte sich Polli.

»Wofür steht Montaigne in der Philosophie?«, fragte Zoff mit schmalen Augen und zusammengekniffenem Mund.

»Für den Zweifel an Wissen und Schuld«, antwortete der Professor versonnen.

»Du liest Montaigne?«

»Ab und zu. Montaigne war der skeptische Zweifler schlechthin. Er verbiss sich ja geradezu in die Frage, was wir Menschen wirklich wissen. ›Uns Menschen ist sichere Erkenntnis nicht möglich‹, behauptete Montaigne und meinte, uns stünde somit auch nicht zu, jemanden schuldig zu sprechen.«

»Was weiß ich eigentlich?«, murmelte Zoff gedankenverloren und spielte mit seinem Kugelschreiber, bis sein Mobiltelefon läutete.

»Hallo?«

»Wie geht es dir?«, fragte Marlene.

»Ausgezeichnet«, erwiderte Zoff. »Aber ich bin gerade in einer Besprechung.«

»Dann rufe ich morgen noch einmal an«, antwortete sie rasch und legte auf.

»Stören wir?«, erkundigte sich Polli unsicher.

»Blödsinn«, erwiderte Zoff sauer. »Wie kommst du darauf? Gibt es noch etwas über den Täter zu sagen, oder war das alles?«

»Der Drohbrief wurde am Ausreiseterminal der Grenzpolizeistation von einem Ausreisenden übergeben«, führte Zoffs Analytiker seine Gedanken weiter. »Meines Erachtens hat der Überbringer des Briefes mit der ganzen Sache nichts zu tun. Unser intelligenter Täter hat Brecht den Brief aber auf diese seltsame Weise zukommen lassen.«

»Er hätte ihn auch mit der Post schicken können. Wieso hat er das nicht getan? Was wollte er mit dieser Art der Übergabe erreichen?«

»Der Poststempel hätte uns einen Hinweis darauf geben können, wo der Brief abgesendet wurde, aber der Täter wollte keine Spuren hinterlassen. Könnte das der Grund gewesen sein?«

»Unter Umständen. Aber da gibt es noch eine Möglichkeit. Ein Drohbrief, überbracht auf der Ausreisespur. Was kann so etwas noch bedeuten?«

»Was denn, wenn das eine Nachricht war? Dir droht Böses durch einen, der ausreist, oder durch jemanden, der weggegangen ist.«

»Interessanter Gedanke«, grübelte Zoff. »Gefällt mir.« Wieder läutete Zoffs Telefon. Ein Blick auf das Display zeigte ihm, dass Marlene noch einmal anrief, und er schaltete kopfschüttelnd ab.

»Die Schüsse in Augen und Mund. Wie passen die in unser Bild?«, fragte er nach einer Weile und fixierte dabei den Fußboden.

»Zu viel gesehen und zu viel geredet«, meinte der Profiler mit einem Achselzucken.

»Würde ganz gut zu den Serben passen«, brummte Zoff. »Alles ließe sich ganz gut vernetzen, gäbe es da nicht diesen Drohbrief und die beiden Benzinkanister.«

»Und die Streichholzschachtel«, ergänzte der blonde Analytiker und strich sich gedankenverloren über den Zehntagebart.

»Ich glaube, wir sollten aufbrechen«, murmelte Polli. »Wir haben noch eine Menge Kollegen zu befragen.«

»Heute hab ich von diesem Kollek geträumt«, meinte Zoff nachdenklich. »Ist die Anzeige gegen ihn schon bei Gericht?«

»Selbstverständlich. Seine Gattin hat ihn nach der Suspendierung zum Teufel gejagt. Meinen Informationen zufolge lebt er seither in Graz. In der Wohnung der gemeinsamen Tochter.«

»Na, die wird sich freuen.«

»Das Mädchen ist als Animateurin in einem Ferienklub unterwegs. Das Appartement stand leer.«

»Hast du ihm gesagt, dass er sich zu unserer Verfügung zu halten hat?«

»Selbstverständlich.«

»Großartig. Dann können wir Schluss machen«, beendete Zoff das Palaver. »Ich muss zur Offiziersbesprechung. Der Leiter des Bundeskriminalamtes hat sich angesagt. Er hält einen Vortrag über die neuen Richtlinien zur Verbesserung der Zusammenarbeit zwischen BKA und den Landeskriminalämtern.«

»Klingt ziemlich spannend«, grinste Polli.

»Du entwickelst dich zum Zyniker«, grollte Zoff und erhob sich. »Hat der Kollege aus Zagreb schon von sich hören lassen?«

»Noch nicht.«

»Hoffentlich beeilt er sich.«

»Kann eigentlich nicht mehr lange dauern. Viel Spaß bei der Häuptlingskonferenz.«

»Raus mit euch. Sobald ich den Vortrag überstanden hab, melde ich mich wieder.«

Wie immer saß Zoff in der letzten Reihe des gut gefüllten Festsaales. Schon nach den ersten Worten des

Vortragenden quälte ihn Sodbrennen. Eine eiserne Hand legte sich auf seine Brust und er bekam Atemnot. Zudem quälte ihn ein krampfartiger Schmerz im Magen und er schwitzte Blut und Wasser, ehe er gegen 10.30 Uhr eine Kaffeepause dazu nutzte, sich still und heimlich zu verziehen. Im Büro nahmen die Schmerzen zu. Mit zittrigen Händen suchte Zoff nach einer Tablette, schluckte sie und spülte mit einem Glas Wasser nach. Danach setzte er sich, hielt sich den Bauch und wartete mit geschlossenen Augen, bis es ihm wieder besser ging.

Ein leises Klopfen an der Tür. »Herein!« Der Journalbeamte brachte ihm das erwartete Fax aus Zagreb. Völlig zerschlagen las er es durch, zog das Telefon an sich heran und rief Polli an.

»Hallo Bruno. Nachrichten vom Balkan. Offiziell sind Pal Selminovic und seine Freunde richtige Ehrenmänner. Selminovic besitzt eine Bar, Skocik ist Koch. Berisha, Jukin und Bakota arbeiten als Kellner. Die Herren sind Aushängeschilder serbischer Gastronomie. Nicht vorbestraft. Die Belgrader Kollegen haben ihnen noch nie etwas nachweisen können, sind aber ziemlich sicher, dass diese Kröten den Drogenhandel und die Prostitution im ganzen Land beherrschen. Der Vater unseres Herrn Selminovic ist einer der ganz großen Paten in Serbien. Die Kollegen dort würden liebend gern etwas gegen ihn unternehmen, falls wir ihnen Beweise liefern. Sie haben uns eine Zusammenarbeit über Interpol in Aussicht gestellt.«

»Interpol? Vergiss es.«

»Sei doch nicht so negativ.«

»Die Interpol ist nichts wert und die Serben auch

nicht. Da kommen wir nicht weit. Du wirst schon sehen.«

»Sofern die Serben diesen Selminovic loswerden wollen, haben sie jetzt die Möglichkeit dazu. Ich denke, sie werden die Chance ergreifen.«

»Dein Wort in Gottes Ohr. Haben die da unten irgendwelche Erkenntnisse über unsere Beretta?«

»Wird gerade geprüft. Wäre toll, wenn die Waffe in Serbien schon einmal aufgefallen wäre.«

»Dann hätten wir einen roten Faden.«

»Ja. Jedenfalls werde ich unsere fünf Serben noch einmal persönlich verhören.«

»Wenn es dir Spaß macht. Wir sind mit den Befragungen bei der Grenzpolizei sowieso noch zwei Tage gebunden.«

»Irrtum. Paul und Willi müssen das allein durchziehen. Ich möchte gern, dass du dich um unsere Streichholzschachtelspur kümmerst. Sie berührt die politische Komponente in Brechts Leben. Das Mordopfer war mit Oberbürgermeister Rieder befreundet. Wie stand Brecht mit Rieders Umfeld? Hatte er nur Freunde in Salzburg? Unwahrscheinlich. Wer mochte ihn nicht? Und wie stand er mit Spitzer und dessen niederösterreichischen Parteifreunden? Was gibt es sonst noch an politischen Gegnern? Der Professor soll sich bei den Irracher Kommunalpolitikern umhören und in der steirischen Landespolitik nach Freunden und Feinden unseres Mordopfers Ausschau halten. Unter Umständen stoßen wir auf diese Art und Weise auf ein Mordmotiv. Eine Liste von Freunden und guten Bekannten erhält er von Fiona Brecht.«

»Und die Ermittlungen zur Waffe und Selminovic senior in Serbien?«

»Darum kümmere ich mich. Unter freundlicher Mithilfe von Interpol und BKA.«

»Auch gut. Sehen wir uns heute noch?«

»Kaum.«

»Wünsche ein schönes Wochenende.«

»Ich dir auch, Bruno.«

»Feierabend.« Mit einem wohligen Seufzer schenkte sich Zoff ein Glas Whiskey ein, holte seine Geburtstags-CD aus der Schreibtischlade und schob sie in den CD-Player am Regal hinter ihm.

»I look at you all, see the love there that's sleeping«, sang George Harrison, »while my guitar gently weeps. I look at the floor and I see it needs sweeping. Still my guitar gently weeps.«

In Salzburg betrat unterdessen Major Karl Pimminger das Rathaus, ließ sich vom Portier den Weg zum Büro des Oberbürgermeisters beschreiben und betrat nach kurzem, energischem Anklopfen das Vorzimmer.

»Womit kann ich Ihnen helfen?«, fragte Susanne Vogt und legte die Akte, die sie gerade bearbeitet hatte, zur Seite.

»Ich organisiere den Personenschutz für den Herrn Oberbürgermeister«, stammelte der Major und konnte seine Augen nicht mehr von ihr wenden.

»Das ist Paul Freihers Angelegenheit«, erwiderte die junge Frau lächelnd und spielte mit einer Haarsträhne. »Aber vielleicht sagen Sie mir trotzdem, was Sie auf dem Herzen haben.«

»Würde ich gern, aber auf einmal weiß ich es nicht

mehr«, seufzte der Kriminalist und fuhr sich mit den gespreizten Fingern durchs Haar. »Ich würde wahnsinnig gern mit Ihnen essen gehen. Machen Sie mir die Freude?«

»Sie laden mich zum Essen ein?«, fragte die Sekretärin verlegen nach und erhob sich. »Ist das Ihr Ernst?«

»Und ob das mein Ernst ist«, grinste Pimminger und drückte ihr seine Visitenkarte in die Hand.

Gleichzeitig saßen Hannes Rieder und Paul Freiher in einem noblen Restaurant in der Innenstadt und speisten.

»Hat es dir mit Betty gefallen?«, fragte Rieder gereizt und stocherte lustlos in seinem Garnelenrisotto.

»Ich hatte meinen Spaß«, grinste Freiher und zerschnitt sein butterweiches Pfeffersteak.

»Arschloch«, knurrte der Oberbürgermeister, trank sein Glas aus und schenkte vom Weißwein nach.

»Aber wieso denn? Du hast sie mir doch abgetreten, und jetzt sieht es fast so aus, als wärst du mir böse.«

»Unsinn«, murmelte Rieder. »Kein Weib der Welt kann unsere Freundschaft trüben. Themenwechsel. Als Bundesparteisekretär musst du nächste Woche unsere Funktionäre auf Linie bringen. Wir greifen ganz tief in die Trickkiste, um die Herren zu beeindrucken. Tolles Hotel, außergewöhnliches Essen, schöne Frauen und so weiter. Geld spielt keine Rolle.«

»Das ›Marriott‹ in Unterpremstätten bei Graz ist eine Wucht, das muss ich sagen. Aber willst du wirklich erst am Freitag nachkommen?«

»Du kennst den Terminkalender. Ich kann nicht

früher. Montag bis Donnerstag bist du am Drücker. Da stimmst du unsere Bezirks- und Landesparteisekretäre auf den kommenden Wahlkampf ein.«

»Und am Freitag denken wir dann an Benno. Es ist doch in deinem Sinne, wenn wir ihn besonders ehren. Posthum, sozusagen.«

»Eine gute Idee, mein Lieber. Eine wirklich gute Idee«, lobte der Oberbürgermeister gerührt. »Schön, dass du unsere Freunde nicht vergisst. Du bist ein einfühlsamer Mensch, Paul. Das schätze ich.«

»Und im Anschluss an das Totengedenken kommt der Höhepunkt. Da sprichst du zu uns, nicht wahr?«

»Du sagst es, Paul. Ich mache unseren Leuten Feuer unterm Arsch. Wir müssen uns in den politischen Gegner verbeißen wie ein Pitbullterrier. Tag und Nacht. Nach dieser Tagung müssen unsere Konkurrenten merken, dass wir wieder da sind. Voll da.«

Samstagmorgen. Draußen ein stahlgrauer Himmel und Frost. Nina hatte sich gleich nach dem Frühstück ins Arbeitszimmer zurückgezogen. Angeblich, um dieses sogenannte Lernfest vorzubereiten. Julia war bei ihrem Freund und probte für das abendliche Konzert. Also setzte sich Zoff aufs Rennrad und fuhr die 70 Kilometer nach Leoben. Dort aß er mit seinem Vater zu Mittag, diskutierte mit ihm über Montaigne, schrieb drei Gedichte und fuhr gegen 14.00 Uhr wieder zurück nach Graz. Auf dem Küchentisch lag eine Nachricht von Nina. ›Wir treffen uns bei Julias Auftritt. Sei pünktlich‹, stand lapidar auf dem Zettel.

»Was heißt, sei pünktlich? Schreib du mal ein wenig freundlicher, meine Liebe«, murrte Zoff, trank ein Glas Rotwein, aß ein Stück Kuchen und verzog sich ins Badezimmer. Die Magenschmerzen überfielen ihn wie aus heiterem Himmel unter der Dusche. Sie waren kolikartig und so stark, dass er auf die Knie sackte und sich eine Weile krümmte wie ein Wurm.

»Mein Gott«, stöhnte er. »Wieso passiert mir das, wenn ich gerade allein bin, verdammt noch einmal.« Irgendwann rappelte er sich aber doch hoch, taumelte aus der Kabine, trocknete sich ab und wankte in die Küche. Nackt. In einer der Laden neben dem Geschirrspüler fand er Medikamente. »Her damit.« Eilig riss er eine Schachtel auf und schluckte gleich zwei Pillen mit reichlich Wasser. Schweiß rann ihm von der Stirn. Nach kurzem Suchen fand er ein Taschentuch und wischte sich trocken. Mit zusammengebissenen Zähnen humpelte er ins Schlafzimmer, legte sich aufs Bett, deckte sich zu, schloss die Augen und zählte bis 100. Der Schmerz war immer noch da. Also zählte er noch einmal und wieder. Dabei döste er ein. Zoff schlief tief und traumlos, bis ihn kurz vor 20.00 Uhr das Telefon weckte.

»Was ist denn?« Es klingelte weiter. Wo war dieses verfluchte Mobiltelefon? Wo? Draußen im Flur. Auf der Kommode.

»Zoff hier. Wer spricht? Nina?«

»Wer sonst? Wo bist du denn, verflucht? Wir warten«, zischte sie wütend und legte gleich wieder auf.

»Warten? Das Konzert! Ach du meine Scheiße«, seufzte Zoff, streifte Jeans und einen grauen Pullover über, nahm seine schwarze Lederjacke aus dem Kasten und telefonierte nach einem Taxi. Er gab dem Fahrer ordentlich Trinkgeld, damit er sich beeilte, aber Julias Auftritt war schon gelaufen, als er eintraf. Sie würdigte ihn keines Blickes, und auch Nina sprach kein Wort mit ihm. Auch nicht, als Zoff die gesamte Band auf ein paar Drinks einlud. Das blieb so bis zum Schlafengehen und später noch im Bett.

Am Sonntag fiel Regen. Nina und Julia verzogen sich ins Hallenbad. Wortlos. Zoff krabbelte zurück in die Kissen, las ein wenig und zog sich eine Stunde später ins Arbeitszimmer zurück, wo er an seinem Gedichtband schrieb. Danach machte er einen Spaziergang, aß ein paar Straßen weiter in einem einfachen Restaurant und ging ins Büro. Er studierte gerade die Verhörprotokolle vom Freitag und Brittas Spurenbericht, als Marlene anrief.

»Hallo Peter. Hast du mein Päckchen bekommen?«

»Wovon redest du?«

»Von meinem Geschenk. Ich hab es dir zum Geburtstag geschickt.«

»Nach Wien womöglich?«

»Selbstverständlich. Adressiert ans Bundesministerium für Inneres, Büro für Interne Angelegenheiten.«

»Da bin ich nicht mehr.«

»Wieso?«

»Die Strafe wurde mir erlassen. Man braucht mich in Graz.«

»Gott sei Dank. Und was machst du so, mein Liebster?«

»Wieso fragst du?«

»Bloß so. Es geht dir nicht gut, nicht wahr?«

»Lächerlich. Es geht mir blendend.«

»Du lügst. Wieso tust du das?«

»Keine Ahnung. Aber okay. Es geht mir mies.«

»Brauchst du jemanden?«

»Wen? Dich?«

»Zum Beispiel mich. Ja.«

»Nein, Marlene. Ich brauche dich nicht.«

»Wieso sagst du das? Ich weiß, dass du dich nach mir sehnst. Ich höre es am Klang deiner Stimme. Und ich höre, dass du angeschlagen bist. Schon wieder der Magen?«

»Ja. Ich dachte schon, das hätte sich erledigt. Irrtum.«

»Du musst zum Arzt. Bald. Bitte.«

»Morgen. Ja. Morgen. Ich denke, es geht nicht anders.«

»Und deine Frau?«

»Lass Nina aus dem Spiel.«

»Wie du willst. Aber du gehst zum Arzt, ja? Versprochen?«

»Ich schwöre es.«

»Wie steht es um dein Buch? Ist es fertig?«

»Zwei bis drei Texte noch. Und ich brauche einen Titel.«

»Denk an mich. Das hilft.«

»Ich will nicht.«

»Sag das nicht. Schreib über uns. Schreib dir den ganzen Schmerz von der Seele. Schreib und denk an mich und meinen Kummer, mein Liebster.«

»Ich bin nicht mehr dein Liebster.«

»Bist du doch.«

»Bin ich nicht.«

»Du bist es. Du bist mein Liebster, solange ich lebe. Du bist in mir. Für immer.«

Da schluckte Zoff, schloss müde die Augen und legte auf. Stumm.

Minutenlang saß er ganz still da und lauschte seinen Gedanken. Dann nahm er ein Blatt Papier und einen Kugelschreiber und schrieb.

›Auf zu neuen Ufern? Und wieder einmal geklammerte Nächte, gespiegeltes, gebrochenes Licht. Wir nehmen Abschied. Gehen. Und gehen wohin? An Plätze, wo kein Wenn mehr ist und auch kein Aber. Aber nie vergeht mit leichtem Sinn, wo einmal Liebe war.‹

Zoffs Montagvormittag ging beim Arzt drauf. Drei Stunden Herumsitzen im Wartezimmer, gefolgt von einer hastigen Gastroskopie mit flüchtiger Befundbesprechung.

»Ihre Magengeschwüre machen gewaltigen Ärger«, seufzte der Arzt. »Die sind stark gereizt. Müsste man irgendwann einmal operieren. Am besten gleich. Also ab ins Krankenhaus.«

»Kommt nicht infrage«, lehnte Zoff den Vorschlag brüsk ab. »Geben Sie mir neue Tabletten. Stärkere.«

»Von mir aus, aber die können auch keine Wunder wirken. Wir sollten operieren. Hören Sie auf mich. Ich meine es gut mit Ihnen.«

»Ach hören Sie doch auf. Wie oft soll ich es denn noch sagen? Ich gehe nicht ins Krankenhaus. Dafür fehlt mir die Zeit.«

»Wie Sie wollen. Es ist Ihr Magen, nicht meiner.

Da haben Sie das Rezept. Die Apotheke ist gegenüber.«

»Danke. Und nichts für ungut, Herr Doktor. Ich weiß, was ich an Ihnen habe. Auf Wiedersehen.«

Ein kalter Wind kam auf, als Zoff ins Freie trat. Fluchend stellte er den Kragen seiner Jacke hoch, zog den Kopf zwischen die Schultern und überquerte hastig die Straße. Irgendwie fühlte er sich alt und krank und einsam. Die 14 Euro Rezeptgebühr für die drei Tablettenschachteln bezahlte er, ohne mit der Wimper zu zucken, telefonierte nach einem Taxi und fuhr ins Landeskriminalamt.

Der Uhrzeiger sprang gerade auf 13.00 Uhr, als er mürrisch das Büro betrat. Kaum hatte er sich hinter den Schreibtisch gesetzt, rief auch schon sein Verleger an und mahnte die Abgabe des Buchmanuskriptes ein. Obwohl er immer noch keine Ahnung hatte, wie der Titel des Gedichtbands lauten sollte, versprach Zoff, das in den nächsten Tagen zu erledigen. Dann trank er Mineralwasser aus der Plastikflasche, schluckte eine Magentablette und aß das an einem Verkaufsstand erstandene Sandwich ohne besonderen Appetit. 20 Minuten später kam Polli und erzählte, die Serben hätten einem Besuch österreichischer Kriminalbeamter in Belgrad zugestimmt. Den restlichen Nachmittag hindurch berichtete Zoff dem Landeskriminaldirektor und koordinierte die weitere Vorgehensweise zur Durchführung der Auslandsreise mit dem Bundeskriminalamt.

Inzwischen war die Konferenz der Liberalen Partei im Hotel ›Marriott‹ in Unterpremstätten bei Graz in vollem Gange. Die Arbeitsgruppen zu den wichtigsten

Themenstellungen waren eingesetzt und hatten sich in die ihnen zugewiesenen Räumlichkeiten zurückgezogen. Am Abend trafen sich alle wieder im großen Plenarsaal, und Freiher zog alle Register.

»Jetzt wird es wirklich hart, Freunde«, meinte er augenzwinkernd. »Ab 18.00 Uhr gibt es Abendessen. Fünf Gänge und Weine aus Frankreich. Danach treffen wir uns an der Bar. Schließlich habt ihr gerackert wie die Bären. Das gehört belohnt. Alles, was ihr die Nacht hindurch trinkt, zahlt die Partei. Und morgen früh, ab 7.00 Uhr, erwarte ich euch zum Frühsport. Ich hoffe, der eine oder andere begleitet mich beim Lauftraining. Noch Fragen? Nein? Bis später.«

Begeistertes Johlen der Delegierten. Na also. Freiher war zufrieden. Mehr noch, er war glücklich und grinste immer noch wie ein Breitmaulfrosch, als er im sechsten Stockwerk aus dem Lift stieg und den Gang hinunterging. Da sah er das Kuvert vor seiner Zimmertür liegen, und ein Gefühl der Verstörtheit überkam ihn.

»Ein Brief. Allem Anschein nach für mich bestimmt. Sieh mal einer an.« Vorsichtig hob er den Umschlag auf und schnupperte. Ein Geruch hing an dem Brief. Ein Duft, den er erkannte, ohne ihn allerdings einordnen zu können. Wann hab ich dieses Aroma das letzte Mal erschnuppert?, überlegte er. Bei welcher Gelegenheit? Es fiel ihm nicht ein. Zerstreut sperrte er die Tür auf, betrat das Zimmer und setzte sich aufs Bett. Eine Weile betrachtete er das Kuvert bloß. Schließlich fasste er sich ein Herz und riss es auf. Was ist das?, überlegte er, und ein Hauch von Angst legte sich auf seine Seele. Ein Bittbrief? Eine Botschaft?

»Rastlos streicht die Rache hin und wider«, las er heiser. »Sie zerstreuet ihr Gefolge an die Enden der bewohnten Erde.« Hustenreiz überkam ihn und raubte ihm beinahe den Atem. Also hustete er. Ausgiebig. »Scheißdreck!« Achtlos warf er den Brief auf das Nachtkästchen und rieb sich die Augen. »Die Zeilen eines Psychopathen. Nicht ernst zu nehmen, aber lästig.«

Das Telefon läutete. Hustend zog er es aus der Innentasche seines Sakkos.

»Hallo Paul.«

»Servus Hannes.«

»Das klingt nach einer Verkühlung.«

»Ein lästiger Husten. Mehr nicht.«

»Und wie läuft es bei euch?«

»Hervorragend. Alle sind voll motiviert.«

»Das hört man gern. Wir brauchen diese Leute. Die Koalition wird nicht mehr allzu lange halten. Du wirst sehen.«

»Macht nichts. Wir sind gerüstet«, grinste Freiher optimistisch. »Gut gerüstet, mein Kaiser.«

»Weil du an meiner Seite bist. Ich weiß, dass ich mich auf dich verlassen kann, Paul«, brummte der Salzburger Oberbürgermeister zufrieden. »Du bist der beste Freund, den ich noch habe. Der allerbeste.«

Mittlerweile brachte im Landeskriminalamt Graz der Journalbeamte ein kleines Paket zu Zoff. Es enthielt ein paar nette Zeilen von Martin Forstinger, einen zugeklebten Brief und eine CD. Ungeduldig riss Zoff das Kuvert auf. »Du weißt ja«, las er schmunzelnd, »wie sehr ich auf Katie Melua stehe. Auch wenn sie es vermutlich nicht ganz mit deinen Beatles aufnehmen kann: Spiel ab und zu ›Thank you stars‹ oder ›Piece by piece‹ und denk an mich. In Liebe. Marlene.«

Eine knappe Viertelstunde später fuhr Zoff mit seinem BMW nach Hause und legte die CD in das Abspielgerät. »Some call it faith, some call it love. Some call it guidance from above. You are the reason we found ours. Thank you stars.‹ Ein guter Song. Ein wirklich guter Song. Ein Lied, das ihm die trüben Gedanken nahm. Ihn tröstete. Irgendwie war ihm fast so, als würde ihn Marlene jetzt zärtlich streicheln. Ganz sacht. Von innen.

Vom Regen durchnässt und fröstelnd betrat Zoff sein Büro. Gegen neun kamen Billek und Schulz und berichteten über den Verlauf der Mitarbeiterbefragungen auf der Grenzpolizeistation Irrach. Die Ergebnisse waren enttäuschend.

»Du machst dort allein weiter, Willi«, meinte Zoff nach kurzem Grübeln. »Paul und ich fliegen morgen früh nach Belgrad. Abflug Wien-Schwechat um 11.30 Uhr. Treffpunkt 5.30 Uhr bei der Fahrbereitschaft. Ich reserviere einen Wagen.«

»Und wann sind wir zurück?«, fragte Paul Billek nervös. »Entschuldige, aber ich krieg Besuch am Wochenende.«

»Entspann dich. Der Rückflug ist für Freitag, 14.00 Uhr, gebucht. Abends bist du wieder zu Hause.«

Unterdessen diskutierte Paul Freiher im Hotel ›Marriott‹ mit einer Gruppe junger Parteifunktionäre über Probleme des Arbeitsmarktes und der Ausländerintegration, als unvermittelt sein Mobiltelefon anschlug.

»Freiher spricht. Hallo?«

Keine Antwort.

»Reden Sie. Wer ist da?«

Ein Seufzen ertönte. Danach hörte Freiher eine Zeit lang jemanden atmen und schließlich einen leisen, unbestimmbaren Laut. Einem Raunen gleich, einem Wispern.

»Sag mir, was du willst, du verdammtes Arschloch«, knurrte Freiher, wartete noch einen Moment und legte auf.

»Ärger?«, fragte Alexander Grein besorgt und griff nach Freihers Hand. »Du bist so blass, Paul. Rede doch.«

»Da will mir jemand einen Streich spielen. Lass nur.«

Bis in die Abendstunden verbissen sich die Konferenzteilnehmer in das Thema ›Innere Sicherheit‹, und nach dem Abendessen trafen sich alle wieder an der Bar und soffen in bester Stimmung bis in den frühen Morgen. Auch Freiher, der alles in allem aber irgendwie nachdenklich war, jedenfalls wesentlich ruhiger als sonst.

Der Mittwoch begann mit Temperaturen um fünf Grad plus, und es war trocken. Zoff und Billek begrüßten einander in der Tiefgarage, tranken noch eine Tasse Tee im Büro der Fahrbereitschaft und übernahmen den grauen Audi A6, den Billek sehr zügig auf die Autobahn und weiter in Richtung Wien lenkte. Als sie kurz vor Gleisdorf an einer Baustelle über ein paar Schlaglöcher fuhren, wurde es Zoff übel, aber nachdem er eine Tablette genommen hatte, gab sich das wieder.

Inzwischen stieg im Hotel ›Marriott‹ bei Unterpremstätten Paul Freiher aus dem Bett, duschte, zog sich eine lange Laufhose und ein langärmeliges Oberteil über, streifte seine ›Breitling‹ aufs Handgelenk und fuhr mit dem Lift in die Eingangshalle. Dort unterhielt er sich mit dem Portier und wartete bis 7.10 Uhr. Als sich dann so wie an all den anderen Tagen immer noch niemand blicken ließ, verließ er das Hotel über den Haupteingang, wandte sich nach rechts und lief über den Kiesweg des weitläufigen Parks nordwärts, bis er auf die wenig befahrene Regionalstraße stieß, die rechter Hand zu den sogenannten ›Schwarzlteichen‹ und dann weiter in Richtung Flughafen ›Graz-Thalerhof‹ führte. Links lag Unterpremstätten, die kleine, aufstrebende Wohngemeinde am Rande der steirischen Landeshauptstadt Graz.

Zielstrebig bog Freiher rechts ab und trabte am rechten Straßenbankett den Maschendrahtzaun entlang nach Süden. So wie gestern war auch heute weit und breit niemand zu sehen. Weder Autos noch Fußgänger, nicht einmal Radfahrer. Natur pur, sozusagen. Tief einatmen. So reine Luft bekamen die Lungen ganz selten. Behutsam steigerte der Salzburger Politiker das Tempo, zog seinen Apple IPod aus der Hosentasche und setzte die kleinen Ohrhörer auf. Erst hörte er zwei Songs von ›Queen‹ und danach den Soundtrack aus dem Film ›Der mit dem Wolf tanzt‹. Die Beine schienen heute schwerer als sonst. Wahrscheinlich hätte er doch früher zu Bett gehen oder weniger trinken sollen. Das heißt, gar so viel war das eigentlich gar nicht gewesen. Fünf oder sechs Flaschen Bier und zwei Gläser Whiskey. Ach ja. Und dieser Cocktail, kurz vor dem Schlafengehen. ›Brandy Alexander‹, oder wie das Zeug hieß. Der Barkeeper hatte behauptet, es sei einer von John Lennons Lieblingsdrinks gewesen. Scheußliches Gesöff.

Wind wehte über die Felder, und es roch nach Regen. Unwillig zog der Laufsportler den Kopf ein und lief noch schneller. Freiher drehte gerade die Musik etwas lauter und wich einer Pfütze aus, als er aus einer bösen Ahnung heraus die Kopfhörer abnahm und einen Blick über die Schulter warf.

»Halt! Stopp!« In diesem Moment erfasste ihn der dunkelgrüne Ford mit derartiger Wucht, dass er über die Motorhaube und das Dach des Wagens flog und erst zehn Meter weiter mitten auf der Fahrbahn zu liegen kam. Der Bundesparteisekretär blutete aus Wunden am Kopf und aus einer Rissquetschwunde am Arm. Er hatte sich den linken Fußknöchel und den rechten Oberschenkel gebrochen und war ziemlich benommen, aber er lebte noch, als der Wagen im Retourgang zurücksetzte und ihm langsam in Schienbeinhöhe über beide Beine fuhr.

Quietschende Bremsen. Abrupt kam der Ford zum Stillstand. Der Schmerz überfiel das Opfer schlagartig und war so heftig, dass der Schwerverletzte beinahe das Bewusstsein verlor. Ungehemmt verließ ein nahezu unmenschliches Brüllen Freihers Kehle, das in ein hohes Kreischen überging und anhielt, bis der Lenker des Ford-Galaxys krachend den ersten Gang einlegte und bis an das Gesicht des Wehrlosen heranrollte. Ein paar Wimpernschläge lang war es völlig still, und Freiher überlegte fieberhaft, wer ihm das hier gerade antat. Ein Gedanke kam ihm. Ein entsetzlicher

Gedanke.»Nein!«, heulte er auf. »Bitte!« Da setzten sich die Räder im Zeitlupentempo in Bewegung. Ein Motor heulte auf. Sekunden später drückten mehr als 1.000 Kilogramm Blech, Stahl und Gummi Freihers Schädel zu Brei.

Es war exakt 9.20 Uhr. Zoff stand gerade vor dem ›Check-in-Schalter‹ der KLM und ließ sich von Billek über die Vorzüge von Lederklamotten anlabern, als er telefonisch vom Mord an Freiher erfuhr.

»Du musst die Sache in Belgrad allein schaukeln, Paul«, entschied er kurzerhand.

»Wie meinst du das?«, fragte der hagere Kontrollinspektor und nestelte unsicher an den Knöpfen seines dunkelbraunen Ledermantels.

»Du fliegst solo. Ich muss zurück nach Graz, genauer gesagt, nach Unterpremstätten. Da hat jemand den Bundesparteisekretär der Liberalen mit einem Auto niedergefahren. Britta sagt, es war Mord.«

»Glaubst du, das hängt mit dem Fall Brecht zusammen?«

»Könnte doch sein, oder?«

»Auszuschließen ist es nicht. Aber ich will nicht allein nach Belgrad. So eine Scheiße.«

»Du machst das schon, Paul.«

»Das sagst du so, aber ich hab mich eben auf eine gemeinsame Reise eingestellt und nicht auf ein Soloprojekt.«

»Du bist einer unserer erfahrensten Leute. Du hast mein vollstes Vertrauen. Da kann nichts schiefgehen. Ich muss zum Tatort, Paul. Gute Reise.«

Als das Flugzeug mit Paul Billek schließlich pünktlich um 11.30 Uhr vom Flughafen ›Wien-Schwechat‹ abhob, war Zoff längst auf der Autobahn. Gegen 12.00 Uhr erreichte er Unterpremstätten, aß an einer Tankstelle ein Sandwich und ließ sich von der Kellnerin den Weg zum ›Marriott‹ beschreiben.

12.35 Uhr. Der Tatort unweit des Hotels war bereits durch Beamte der Einsatzeinheit abgeriegelt, vor deren Straßensperre sich ein ganzes Heer von Journalisten drängte.

Es wurde immer kälter und die Wolken hingen tief.

»Servus, Peter.«

»Hallo, Kleines. Du bist ganz schön blass um die Nase.«

»Nicht ganz grundlos. Schau dir die Leiche besser nicht an«, meinte Britta Seitz heiser und gab ihm einen Wink.

»Ich bin kein Kind mehr. Also was soll der Scheiß«, zürnte Zoff, verließ kopfschüttelnd den Wagen, zählte im Gedanken bis zehn, zwang sich zu einem etwas verunglückten Lächeln und reichte Britta die Hand.

»Was hast du denn?«, fragte sie mit forschem Blick.

»Gar nichts. Mach dir keine Gedanken.«

»Na gut. Erspar dir trotzdem diesen Anblick.«

»So schlimm?«

»Der Mann wurde mindestens fünf Mal überfahren. Er ist nur noch anhand der Armbanduhr zu identifizieren.«

»Ach so. Tatzeit?«

»Zwischen 7.10 Uhr und 7.45 Uhr.«

»Gibt es Zeugen?«

»Keine Zeugen.«

»Und wie steht es mit Spuren?«

»Schlecht. Der Täter hat das Tatfahrzeug am Tatort belassen. Einen grünen Ford-Galaxy. Der Wagen wurde in Unterpremstätten gestohlen.«

»Heute Nacht?«

»In den frühen Morgenstunden. Der Mord gehört Polli, oder?«

»Bruno ist tatortzuständig. Jawohl.«

»Und wieso ist er immer noch nicht da?«

»Weil er in Salzburg ist. Aber ich bin ja da.«

»Ja. Und Schulz. Der schwirrt irgendwo im Hotel herum und lässt dir ausrichten, du sollst ihn ganz schnell anrufen. Er hat etwas für dich.«

»Was denn?«

»Einen Zettel oder einen Brief. Näheres weiß ich nicht.«

»Ist Big Boss schon verständigt?«

»Selbstverständlich.«

»Und der Staatsanwalt?«

»Der hat sich die Leiche angesehen, hat in die Wiese gekotzt und ist abgehauen. Ich nehme an, damit gilt die Leiche als freigegeben.«

»Wahrscheinlich. Also bringt sie weg.«

»Da ist noch etwas. Der Minister kommt her. Mit dem Auto. Er müsste jeden Augenblick eintreffen.«

»Das hat mir gerade noch gefehlt«, seufzte Zoff, als auch schon ein blauer Audi A8 hinter ihnen an der Absperrung bremste und zum Stillstand kam. »Da ist er ja schon. Dieser Tag entwickelt sich zu einem Scheißtag, sag ich dir. Zu einem waschechten Scheißtag.«

Der Minister negierte Zoffs Gruß, ging schnurstracks zu Britta und ließ sich über den Stand der Tatortarbeit unterrichten.

»Aha«, knurrte er danach finster und wandte sich Zoff zu. »Sie schon wieder?«

»Guten Tag, Herr Minister.«

»Herr Oberstleutnant Zoff leitet das Morddezernat. Außerdem ist er der zuständige Chefermittler im Mordfall Brecht«, soufflierte Magister Pechstein süffisant.

»Ist mir bekannt. Lichtbilder!«

»Wie bitte?«

»Ich will die Lichtbilder von der Leiche sehen. Pronto.«

»Ach so. Hier.«

»Fünf Stück reichen. Den Rest können Sie sich ins Album kleben. Scheußlich«, seufzte der Politiker, nachdem er sich die Fotos der Reihe nach betrachtet hatte. »Was sagen Sie zu dieser abscheulichen Bluttat, Herr Kommandant? Was sagen Sie?«

»Der Täter hat das Opfer anscheinend mehrmals überrollt. Da war eine Menge Hass dabei.«

»Und? Ist das alles?«

»Ich verstehe die Frage nicht.«

»Sie verstehen so manches nicht, scheint mir. Hören Sie, Herr Kommandant. Freiher war nicht irgendwer. Der Mann war Bundesparteiobmann einer politischen Partei. Einer Regierungspartei sogar. Das heißt, er stand im Blickpunkt der Öffentlichkeit.«

»Das ist mir klar.«

»So? Den Eindruck hab ich aber gar nicht. Ich will

von Ihnen hören, dass Sie den Fall klären. In kürzester Zeit klären. Verstanden?«

»Ich hab ein Team exzellenter Fachleute«, erwiderte Zoff. »Wir werden alles tun, um den Täter zu finden.«

»Tun Sie mehr als alles, Zoff«, zischte der Minister gereizt. »Bringen Sie mir den Erfolg. Heute haben wir Dienstag, den 25. Oktober. Spätestens am 30. November ist der Fall geklärt. Kapiert?«

»Wieso nicht in 45 Minuten?«

»Wie reden Sie mit mir? Sind Sie verrückt geworden? Ich habe Ihnen befohlen, den Fall bis Ende November zu klären. Punkt. Halten Sie sich danach.«

»An mir soll es nicht liegen.«

»Falsche Antwort, Zoff. Schon wieder. Ein schlichtes ›Jawohl‹ hätte gereicht. Aber das ist vielleicht eine Mentalitätsfrage. Sie fassen den Täter bis Ende November. Ende der Durchsage.«

»Ich kriege ihn«, murmelte Zoff mit äußerster Beherrschung. »So oder so.«

»Kommen Sie, Pechstein. Dieses Geschwafel bringt nichts. Wir gehen.«

»Jawohl.« Schwitzend vor Nervosität, eilte der Ministersekretär seinem Herrn voraus und riss den Wagenschlag des Audis auf. »Bitte, Herr Minister.«

»Danke, mein Lieber.«

Eine halbe Stunde später. Auf der Autobahn in Richtung Wien herrschte mäßiger Verkehr. Der Minister war verärgert. Nicht nur wegen Zoff. Den ganzen Tag hindurch war er schon so mies gelaunt. Immer dieselben öden Dienststellenbesuche und dabei immer dieselben Klagen. Die ehemaligen Gendarmen harmonierten nicht mit den ehemaligen Polizisten und umgekehrt.

»Man arbeitet mehr gegeneinander als miteinander«, knurrte der Ressortleiter angewidert und fragte sich, warum das so war. Freilich, das neue Dienstsystem ist nachteilig, gab er insgeheim zu. Die Beamten schieben zu viel Dienst und werden schlechter bezahlt als im alten System. Deshalb der Unmut. Ich könnte wieder einmal etwas ankündigen, das die Leute besänftigt. Die Erhöhung irgendeiner Gehaltszulage eventuell? Ob ich das später auch tatsächlich umsetze, ist ja eine andere Frage.

»Immerhin arbeitet der neue Generaldirektor für die öffentliche Sicherheit bereits daran, aus der anonymen Masse einzelne Querulanten herauszufiltern und zur Räson zu bringen«, murmelte er. »Das ist ein Anfang. Die Sprache, die diese Bande am besten versteht, ist Druck. Angst macht sie lenkbar.«

Verstört drehte der Fahrer den Kopf. »Haben Sie einen Wunsch, Herr Minister?«, erkundigte er sich. »Fahre ich zu langsam«?

»Blöde Frage. Muss ich Ihnen das alle fünf Minuten sagen?«

»Entschuldigung.«

»Ach was. Wir sind seit zwölf Stunden unterwegs. Ich will nach Hause. Beeilung!« Gehorsam erhöhte der Chauffeur die Geschwindigkeit auf 180 Stundenkilometer.

»Wo sind wir?«, fragte der Minister etwas später.

»Kurz vor Gleisdorf. Wir brauchen keine zwei Stunden mehr nach Wien.«

»Na also«, schnurrte der Minister zufrieden, lehnte sich zurück und döste mit geschlossenen Augen vor sich hin. Die Journalisten wurden auch immer frecher. Es war wieder einmal Zeit, Fraktur zu reden. Ohne die Inserate der Partei und ohne die erst kürzlich angehobene Presseförderung waren viele Blätter nicht mehr lebensfähig. Das würde er ihnen klarmachen.

»Pechstein?«

»Herr Minister?«

»Bestellen Sie den Leiter der Personalabteilung für morgen, 11.30 Uhr, in mein Büro. Der Herr Landespolizeikommandant von Salzburg hat mich angerufen und um den Übertritt in den Ruhestand ersucht. Ein ausgezeichneter Mann übrigens. Wir verleihen ihm einen Orden und verabschieden ihn mit einem würdigen Fest.«

»Selbstverständlich. Ich treffe die notwendigen Vorbereitungen.«

»Gut. Kümmern Sie sich auch gleich um die Vorstellung seines Nachfolgers. Dieser Oberst Fasching aus Wels bekommt die Stelle.« Geschäftig drehte sich der Minister nach links, holte seinen Laptop aus der Tragtasche, startete das Programm und vermerkte den Termin.

»Jawohl«, antwortete Pechstein und schwieg betreten. Eine Weile blieb alles still. Nur die Abrollgeräusche der Reifen am Asphalt waren zu hören, und das ging eine ganze Weile so.

Schließlich fasste Pechstein Mut. »Darf ich in der Sache Fasching bei dieser Gelegenheit noch auf das Ausschreibungsgesetz hinweisen, Herr Minister«, nuschelte er. »Der Mann ist noch relativ unerfahren. Besetzen wir das Landespolizeikommando für Salzburg ohne ein gehöriges Auswahlverfahren, wird die Personalvertretung sehr ungehalten reagieren.«

»Die Gewerkschafter fürchte ich nicht. Bereiten Sie die Akte vor, wie besprochen.« Damit war für den Minister der Fall erledigt. Erschöpft schloss er wieder die Augen, wiegte den Laptop auf seinem Schoß und kämpfte mit einer plötzlich aufkommenden, entsetzlichen Müdigkeit. Schlafen, dachte er, endlich die Augen schließen und ganz ruhig schlafen.

»Dürfte ich trotzdem vorschlagen, die Planstelle wenigstens offiziell auszuschreiben?«, meldete sich der Sekretär noch einmal zögernd zu Wort. »Herr Fasching könnte ja aus der Ausschreibung als Sieger hervorgehen. Als eindeutiger Sieger. Es wäre unangenehm, wenn wir wegen dieser Sache Probleme bekommen.«

»Wer?«, zischte der Minister aufgebracht, »Pechstein, wer denn? Wer bekommt Probleme? *Wir* bekommen Probleme? Wir? Mit wem denn, mein Bester? Mit wem? Sie belästigen mich mit Ihren schwachsinnigen Einwänden. Schweigen Sie! Still!«

Zerknirscht entschuldigte sich der Ministersekretär. »Ich wollte Sie nicht erzürnen«, meinte er leise. »Ich hab es nur gut gemeint.«

»Gut gemeint?«, brüllte der Minister. »Mit wem wollen Sie es gut meinen, Pechstein? Mit mir? Sie brauchen es nicht gut zu meinen! Sie brauchen gar nichts zu meinen, das ist nämlich nicht Ihre Aufgabe! Fasching wird Landespolizeikommandant. Aus, Schluss, basta! Er kriegt die Stelle, weil *ich* das so will. Er kriegt sie, weil *ich* sie ihm versprochen habe! Soll ich etwa wegen *Ihrer* Sensibilität ein Versprechen brechen?«

Entsetzt duckte sich Pechstein. »Der Oberbürgermeister von Salzburg wird toben«, murmelte er verschreckt und hüstelte nervös.

»Rieder?«, schrie der Minister da aber auch schon mit hochrotem Gesicht. »Was geht das denn Rieder an? Der soll mich am Arsch lecken.« Im gleichen Augenblick krachte der Laptop des Politikers auch schon auf Pechsteins Kopf, prallte ab und flog in die Windschutzscheibe.

Panisch bremste der Fahrer den Audi, verriss den Wagen kurz nach rechts, fing ihn gedankenschnell wieder ein und brachte das Fahrzeug mit kreischenden Bremsen eine Handbreit vor den Leitschienen zum Stillstand.

»Na da haben wir ja wieder einmal Glück gehabt«, grinste der Minister leutselig, ehe ihnen das Begleitfahrzeug des Einsatzkommandos ins Heck krachte und den Audi in die Leitplanken quetschte. Eine Weile blieb es still. Dann stieg dünner Rauch aus der zusammengedrückten Motorhaube des Audis.

»Raus hier«, knurrte der Innenminister und versetzte seinem Sekretär einen Stoß. »Bewegen Sie Ihren Arsch ins Freie, Pechstein. Oder wollen Sie warten, bis diese Scheißkarre Feuer fängt?«

Unterdessen standen Zoff und Schulz in Unterpremstätten an der Bar des Hotels ›Marriott‹, tranken Bier und unterhielten sich über den eigenartigen Drohbrief, den Schulz im Hotelzimmer des Mordopfers gefunden hatte. Anschließend nahmen sie die Daten der Funktionäre der Liberalen Partei auf und verhörten das Hotelpersonal. Niemand hatte etwas Verdächtiges gesehen oder gehört. Dementsprechend lausig war Zoffs Laune später, als er kurz nach Mitternacht nach Hause kam, duschte und todmüde zu Nina ins Bett kroch.

Am Mittwochmorgen blieb das Thermometer wieder einmal im Keller, und auch im Büro des Landeskriminaldirektors war die Stimmung ziemlich eisig.

»War das denn wieder nötig?«, seufzte Zoffs höchster Vorgesetzter, verdrehte die Augen und schob Zoff eine Tasse Tee über den Tisch.

»Ich hab keine fünf Sätze mit ihm gewechselt«, rechtfertigte sich Zoff gereizt.

»Pechstein behauptet, du seiest frech gewesen. Schnippisch und frech.«

»Stimmt nicht. Dazu war ja gar keine Gelegenheit. Der Minister verlangt, dass ich den Mord an Freiher bis spätestens 30. November kläre.«

»Ist das dein Ernst?«

»Wieso meiner? *Er* hat mir doch dieses Ultimatum gestellt.«

»Das kann er nicht verlangen.«

»Hat er aber.«

»Trotzdem. Pechstein hat durchklingen lassen, dass sie im Ministerium bloß auf den kleinsten Fehler von dir lauern.«

»Lass sie doch. Wir kriegen den Täter. Ich bin überzeugt davon.«

»Gibt es Fortschritte in der Mordsache Brecht?«

»Ich denke schon. Einige Indizien weisen darauf hin, dass Brecht von serbischen Kriminellen umgelegt wurde. Aber Brecht hat einen Drohbrief bekommen. Freiher auch. Rieder übrigens ebenfalls.«

»Der Oberbürgermeister von Salzburg? Wie kommst du darauf?«

»Weil er es mir am Telefon erzählt hat. Heute, 8.00 Uhr. Ich hab den Text inzwischen überprüfen lassen. Er stammt ebenfalls aus Montaignes Essays.«

»So wie bei Brecht und bei Freiher. Das heißt, Rieder könnte das nächste Opfer sein.«

»Möglicherweise.«

»Mensch Meier«, schnaufte Hamsun. »Was tust du jetzt?«

»Ich habe einen roten Faden, an dem ich mich orientiere. Und ich brauche Personenschutzexperten für Rieder.«

»Dann können wir Paul Billek also aus Belgrad zurückrufen?«

»Paul kehrt sowieso übermorgen zurück, und die Serben könnten nach wie vor irgendwie in die Sache verwickelt sein.«

»Was hört man von Polli?«

»Bruno ist morgen aus Salzburg zurück.«

»Rastlos streicht die Rache hin und wider«, zitierte der Landeskriminaldirektor nachdenklich und runzelte die Stirn. »›Sie zerstreuet ihr Gefolge an die Enden der bewohnten Erde. Könnte ein Hinweis darauf sein, dass Freiher dem Täter etwas angetan hat.‹«

»Das sehe ich auch so«, stimmte Zoff zu. »Ich hab Bruno gestern telefonisch auf diesen Aspekt hingewiesen und ersucht, die Ermittlungen in Salzburg auf Freihers Umfeld auszudehnen. Inzwischen rede ich mit dem Ministerium und dem Landeskriminalamt Salzburg. Irgendwer muss Rieder bewachen und uns bei den Erhebungen vor Ort an die Hand gehen.«

»Gut so. An die Arbeit.«

Die Besprechung war beendet. Am Flur wartete Schulz.

»Hallo Willi. Hast du die Daten der Unterpremstättener Kongressteilnehmer mit einem Erhebungsersuchen an ihre Wohnsitzbehörden weitergeleitet?«

»Selbstverständlich. Es wird eine Weile dauern, bis alle 58 Vernehmungsprotokolle bei uns eintreffen.«

»Routineüberprüfungen. Ich erwarte mir nicht viel davon. Sind die Befragungen auf der Grenzpolizeistation abgeschlossen?«

»Zum Großteil. Zwei Kolleginnen fehlen noch. Eine gewisse Martina Heinrich und Frau Gruppeninspektor Helga Koch. Beide sind im Krankenstand, aber ich hab mit ihnen bereits einen Termin vereinbart. Bei der männlichen Besatzung fehlen mir noch etwa 20 Mann.«

»Und gibt es brauchbare Hinweise?«

»Wie man es nimmt. Keine der Damen gibt zu, mit Brecht geschlafen zu haben. Die reden alle bloß von einer korrekten Arbeitsbeziehung. Im Gegensatz dazu hab ich dem einen oder anderen männlichen Kollegen wenigstens gängige Gerüchte entlockt.«

»Was heißt das?«

»Die beiden Kolleginnen, die jetzt angeblich krank sind, sollen mit Brecht regelrecht liiert gewesen sein. Hintereinander, wohlgemerkt. Die junge Heinrich hat die ältere Koch abgelöst. Außerdem gab es vor zwei Jahren eine ziemlich stürmische Beziehung mit einer Offiziersschülerin aus Salzburg.«

»Wie kam Brecht an eine Offiziersschülerin?«

»Er hat sie auf der Sicherheitsakademie in Traiskirchen kennengelernt. Dort war er ab und zu als Trainer tätig. Für Konfliktmanagement.«

»Wie passend. Und weiter?«

»Nichts weiter. Nach Ausbildungsende ging sie zurück nach Salzburg.«

»Sieh mal einer an. Sammle mir die Protokolle, in denen auf diese Frau hingewiesen wird, in einer eigenen Mappe und verwahre die Aussagen jener Kollegen, die auf die Affären mit Heinrich und Koch hinweisen, in einer anderen.«

»In Ordnung. Dann mach ich mich wieder auf den Weg.«

»Wann redest du mit Heinrich und Koch?«

»Morgen, 10.00 Uhr. Ich nehme sie mir auf der Grenzpolizeistation vor. Hintereinander.«

»Weißt du was, da komm ich mit. Und jetzt fahre ich noch einmal ins ›Marriott‹ nach Unterpremstätten. Der Drohbrief muss Freiher ja irgendwie zugestellt worden sein. Eine Übermittlung durch die Post fällt aus. Es war keine Briefmarke am Kuvert. Also wurde der Briefumschlag hinterlegt.«

»Freiher könnte ihn schon in Salzburg bekommen und hierher mitgenommen haben.«

»Denkbar. Aber gehen wir doch vorerst einmal davon aus, dass er ihn im Hotel bekommen hat. Unter Umständen von einem Gast. Jedenfalls will ich mir die Gästeliste ansehen. Daneben müssen wir uns über die Absetzbewegung des Täters Gedanken machen. Er hat den gestohlenen Wagen am Tatort zurückgelassen. Was dann?«

»Einerseits hätte sich die Flucht zu Fuß angeboten«,

überlegte Schulz. »Querfeldein in den Mischwald oder über die Felder.«

»So könnte es gewesen sein.«

»Andererseits hat so ein Ford-Galaxy jede Menge Ladefläche. Womöglich wurde damit ein Fahrrad transportiert, mit dem der Täter nach der Tat wegfuhr.«

»Ein Radfahrer. Unter Umständen sogar in Sportbekleidung. So etwas wäre total unverdächtig.«

»Oder es wartete jemand in der Nähe.«

»Die Spurensicherung hat nichts gefunden, das auf mehrere Täter hingewiesen hätte.«

»Was sagt das schon? Britta und ihre Leute haben sich auf den unmittelbaren Tatort konzentriert.«

»Immerhin hat eine Einsatzkompanie die nähere Umgebung abgekämmt. Ringförmig. Innerhalb von 500 Metern haben die nichts gefunden.«

»Das spräche wiederum eher für einen einzelnen Täter.«

»Jedenfalls werde ich mir das weitere Umfeld des Tatortes ansehen«, beschloss Zoff, fuhr nach Hause und wechselte seine Kleidung gegen Jeans, Pullover und eine dunkelblaue, gefütterte Windjacke. Das Mittagessen nahm er auf dem Weg nach Unterpremstätten in einem kleinen Restaurant gleich nach der Autobahnabfahrt ein. Anschließend besorgte er sich im ›Marriott‹ die Gästeliste der letzten zwei Wochen, fuhr mit seinem Wagen an den Tatort, stellte ihn dort ab und spazierte einen Kilometer in südliche Richtung, ehe er umkehrte und sich in die Gegenrichtung aufmachte. Die Augen hatte er dabei auf das Straßenbankett und die angrenzenden Waldstreifen, Wiesen und

Felder gerichtet, ohne genau zu wissen, wonach er eigentlich suchte. Er fand auch nichts. Später fuhr er nach Unterpremstätten, sprach mit dem Besitzer des gestohlenen Ford und unterhielt sich auf der Polizeiinspektion mit den Beamten, die den Autodiebstahl aufgenommen hatten. Leider gab es weder Zeugen noch Spuren. Gegen 22.00 Uhr fuhr er zurück nach Graz. Nina schlief schon, als er heimkam.

»Donnerstage sind Unglückstage«, quengelte Julia und biss missmutig in ihr Frühstücksbrot. »Ich weiß nicht, weshalb unsere Klassenarbeiten heuer ständig an Donnerstagen stattfinden.«

»In welchem Gegenstand schreibst du die Arbeit?«

»In Mathe!«

»Oh Gott. Mathe hab ich gehasst«, kommentierte Zoff die Aussage seiner Tochter und nippte an seiner Teetasse.

»Ehrlich?«

»Und wie.«

»Du redest ja wieder mit ihm«, unterbrach sie Julias Mutter vorwurfsvoll, verbrannte sich an der Kaffeetasse die Lippen und fluchte leise.

»Man kann doch nicht ewig böse sein.«

»Dein Konzert verpennen: Sowas darf einfach nicht passieren.«

»Ich hatte starke Magenschmerzen, hab mich ins Bett gelegt und bin eingeschlafen«, seufzte Zoff. »Dass ich deshalb Julias Auftritt versäumt hab, tut mir immer noch leid.«

»Wir spielen ja wieder einmal«, gähnte Julia und griff nach der Hand ihres Vaters.

»Ich kann es nicht ausstehen, wenn du unzuverlässig bist«, murmelte Nina mit gesenktem Blick. »Aber sofern dir Julia wieder gut ist, bin ich auch nicht mehr böse. Da wartet noch etwas auf dich.« Mit diesen Worten stand sie auf, verschwand kurz im Schlafzimmer und kam mit einem Päckchen zurück. »Eine Nachlese zu deinem Geburtstag«, lächelte sie verlegen und legte es ihm auf den Tisch. »Vielleicht freust du dich ja darüber.«

»Danke«, brummte Zoff überrascht und riss ungeduldig das Geschenkpapier auf. Ein Buch. »Als ich mich nach dir verzehrte«, las er den Titel vom Umschlag ab. »Gedichte von Erich Fried. Du weißt, dass ich Fried mag?«

»Natürlich weiß ich, dass du Fried magst. Und Kunze und Biermann und Huchel. Frieds Gedichte passen aber auch ganz gut zu uns, finde ich. ›Es ist was es ist, sagt die Liebe.‹«

»Ja. Was für ein wunderschöner Morgen«, grinste Zoff, erhob sich, gab Nina und Julia einen dicken Kuss, trank seinen Tee aus, packte das Buch in die Außentasche seiner schwarzen Lederjacke und machte sich auf die Socken. Zwei Stunden später war er mit Schulz auf dem Weg nach Irrach, organisierte auf der Grenzpolizeistation ein Büro und wartete in Brechts ehemaliger Kanzlei auf Martina Heinrich. Schulz würde sich inzwischen um Helga Koch kümmern. Kurz vor 10 Uhr klopfte es an der Tür und eine junge, schlanke Rothaarige mit großen braunen Augen trat ein.

»Mein Name ist Heinrich. Herr Oberstleutnant Zoff?«

»Bin ich. Guten Morgen. Nehmen Sie Platz.«

»Danke.« Die junge Frau zog ihre Jacke aus. Darunter trug sie ein blaues Kleid, dessen Saum sie nervös nach unten schob, während sie sich setzte. Zoff fragte nach ihrem Geburtsdatum und ihrem Wohnsitz und tippte die Antworten in seinen Laptop ein.

»Sie waren mit Brecht liiert, hat man mir gesagt«, eröffnete er das Gespräch.

»Wir haben ein paar Mal miteinander geschlafen. Er war ein geschiedener Mann, hatte Charme, und er gefiel mir.«

»Und was sagten die Kollegen dazu?«

»Ich war erst eine Woche auf der Dienststelle, als er sich an mich heranmachte, und hatte keine Ahnung von seinem Ruf. Im Grunde kann ich mich jetzt bloß noch versetzen lassen.«

»Wussten Sie von Frau Koch?«

»Natürlich nicht. Die kratzte mir fast die Augen aus. Und dann auch noch dieser peinliche Auftritt in Salzburg.«

»Welcher Auftritt?«

»Eine gewisse Frau Oberst Wagner beschimpfte mich dort. Ich war fassungslos.«

»Wann war das?«

»Am Wochenende vor Bennos Tod. Samstags. Benno hatte eine Einladung vom Oberbürgermeister. Wir waren im ›Sternbräu‹, in der Salzburger Innenstadt.«

»Erzählen Sie doch. Was lief da?«

»Die Freundin des Herrn Oberbürgermeisters lieferte eine Szene. Sie nannte mich ein Flittchen.«

»Bei welcher Gelegenheit?«

»Bei einer Podiumsdiskussion, einer Art ›Sicherheitsstammtisch‹. Während wir uns mit dem Oberbürgermeister unterhielten, saß sie an seiner Seite und tat sehr fein, wenn Sie wissen, was ich meine. Irgendwie geriet Benno deshalb in Streit mit ihr, und da kanzelte sie mich plötzlich derart ab, dass er auf sie losging.«

»Auf welche Art und Weise?«

»Er behauptete, sie hätte Rieder ohne ihn nie kennengelernt und sie schlafe sich planmäßig nach oben. Da wurde sie fürchterlich böse und warnte ihn.«

»Sie drohte?«

»Allerdings. Sie sagte, er werde das büßen.«

»Und wie reagierte Brecht?«

»Er lachte bloß. Später erzählte er mir, er sei mit der Frau einmal befreundet gewesen. Vor ein paar Jahren.«

»Und die heißt Wagner?«

»Bettina Wagner. Stellvertreterin des Salzburger Landeskriminaldirektors«, bestätigte das Mädchen. »Nachdem wir aus Salzburg zurück waren, schlief ich noch zwei Mal mit Benno, ehe ich von seiner Affäre mit der Kollegin Koch erfuhr. Daraufhin verkroch ich mich zu Hause und schaltete Klingel und Telefon ab.«

»Haben Sie einen Verdacht, wer Brecht umgebracht haben könnte?«

»Nein. Ich kenne hier niemanden und werde auch nicht bleiben.«

»Hatte er Feinde auf der Dienststelle? Kollegen, die Schwierigkeiten mit ihm hatten?«

»Ich hatte nicht den Eindruck.«

»Und von Sorgen privater Natur ist Ihnen auch nichts bekannt?«

»Nein. Zu mir war er aufmerksam, liebevoll und

witzig. Ich glaube nicht, dass er besondere Sorgen hatte.«

»Und politisch? Hatte er da mit jemandem Probleme?«

»Wir sprachen nicht über Politik. Er begehrte mich. Ich fand ihn als Mann interessant. Das war die Ebene, auf der wir uns bewegten. Mehr war da nicht.«

»Dann unterschreiben Sie das Protokoll«, murmelte Zoff enttäuscht, und das tat sie daraufhin auch. »Viel Glück.« Sie nickte bloß. Kaum hatte sie die Kanzlei verlassen, klingelte Zoffs Mobiltelefon. Der Professor war dran.

»Die Erhebungen bei den Irracher Kommunalpolitikern sind abgeschlossen«, berichtete Zoffs Analytiker. »Ich bin auf keine Person gestoßen, bei der ein offensichtliches Mordmotiv vorläge. Auch auf niemanden, der mit Montaigne etwas am Hut hätte. Brecht war beliebt. Bei seinen Parteifreunden und dem politischen Gegner.«

»Und sein privates Umfeld?«

»Die Ehemänner dreier Damen, mit denen er intim war, sind überprüft. Das sind brave Familienväter. Außerdem haben sie für die Tatzeit ein Alibi. Zwei weitere Frauen, die man mit ihm in Verbindung bringt, leben immer noch allein. Die Damen haben ebenfalls ein Alibi. Heute und morgen kümmere ich mich noch um Brechts Verbindungen zur steirischen Landespolitik. Dann bekommst du den nächsten Bericht.«

»Danke, Professor. Passt so.« Nachdenklich packte Zoff seinen Laptop in die Tragtasche. Schulz wartete vor der Tür.

»Helga Koch steht zu ihrer Affäre mit Brecht«, erzählte er. »Die Sache mit Martina Heinrich erfuhr sie von einem Kollegen. Meiner Meinung nach spricht nichts dafür, dass sie sich an Brecht gerächt hätte. Sie sagt, sie liebt den Kerl immer noch. Weiber! Na ja. Näheres im Protokoll.« Grinsend hielt Schulz ihm eine dünne Mappe vor die Nase und Zoff steckte sie in seine Laptoptasche.

»Martina Heinrichs Aussage war interessant«, knurrte er. »Es gibt da eine Verbindung nach Salzburg, der wir nachgehen müssen.«

Das Mittagessen nahmen sie beim ›Postwirt‹ in Irrach ein. Gegen 13.30 Uhr waren sie zurück im Landeskriminalamt, und Zoff befasste sich wieder einmal mit der Gästeliste des ›Marriott‹, als Polli an seiner Bürotür klopfte.

»Hallo, Bruno«, begrüßte ihn Zoff. »War Salzburg eine Reise wert?«

»Auf jeden Fall«, grinste Zoffs Stellvertreter. »Was sagst du dazu, dass Rieders Landhaus kürzlich angezündet wurde? Man fand zwei leere Benzinkanister und Streichhölzer. Eine auffällige Parallele zu Brecht, nicht wahr? Außerdem hatte Brecht auf der Sicherheitsakademie eine Affäre mit der derzeitigen Stellvertreterin des Landeskriminaldirektors. Im Augenblick ist die Dame mit dem Herrn Oberbürgermeister von Salzburg liiert. Außerdem weiß ich jetzt, warum Brecht aus der großen Politik ausscheiden musste.«

»Na, sag schon.«

»Er war Finanzreferent und hat in die Kasse gegriffen. Der Chef persönlich hat ihn gefeuert. Danach wurde die Sache vertuscht.«

»Sieh mal einer an. Und welche Informationen hast du über Freiher?«

»Er war die Nummer zwei bei den Liberalen und neben Brecht wohl der engste Freund des Oberbürgermeisters. Politische Gegner, Parteifreunde und Mitarbeiter hatten Respekt vor ihm. Oder Angst. Geliebt hat ihn keiner. Auf einen deklarierten Todfeind bin ich allerdings auch nicht gestoßen.«

»Hast du dich in seiner Wohnung umgesehen?«

»Mit Genehmigung der Schwester des Toten, der einzigen noch lebenden Verwandten. Sie lebt in der Schweiz, ist verheiratet, kinderlos, sehr vermögend und scheidet als Täterin aus, denn sie unterrichtete zur Tatzeit an der Uni in Zürich. Der Landeskriminaldirektor von Salzburg stellte mir vier Kollegen zur Verfügung. In Freihers Haus war aber leider nichts Besonderes zu finden.«

»Freiher war nicht verheiratet. Wie stand es mit Affären?«

»Über sein Sexualleben ist nichts bekannt. Angeblich gab es keine festen Bindungen.«

»Die Brandanschläge auf die Häuser von Rieder und Brecht müssten eigentlich miteinander in Zusammenhang stehen«, überlegte Zoff.

»Aber dann passen die Benzinkanister hinter Brechts Haus nicht so richtig zum Mord.«

»Lass nur. Da kommt schon noch Licht ins Dunkel. Vorerst will ich mich einmal mit Frau Wagner unterhalten.«

»Du fährst nach Salzburg?«

»Bald. Morgen kommt Paul aus Serbien zurück. Ich bin schon neugierig, was er dort erreicht hat. Inzwischen musst du für mich drei Leute überprüfen, die im ›Marriott‹ genächtigt haben.«

»Wieso denn?«

»Sollte Freiher diesen eigenartigen Drohbrief bei uns in der Steiermark erhalten haben, kann das meiner Meinung nach nur am Sonntag oder am Montag passiert sein. Auf der Gästeliste des ›Marriott‹ fiel mir auf, dass drei Gäste jeweils samstags oder sonntags anreisten und schon am Montag oder am Dienstag wieder abreisten. Kurzzeitgäste, sozusagen. Möglicherweise gibt es eine Verbindung zwischen einer dieser drei Personen und dem Mordopfer.«

»Meinst du? Gib her.« Seufzend übernahm Polli die Gästeliste.

»Whiskey?«

»Kaum zu Hause und schon wieder ein neuer Auftrag. Da kann ein Glas Whiskey nicht schaden.«

»Entschuldige, Bruno, aber wir müssen Tempo machen, und Willi und der Professor stehen nicht zur Verfügung.«

»Schon in Ordnung. War nicht so gemeint. Prost!« Sie tranken.

»Bist du sehr müde?«

»Keine Spur. Willst du den ausführlichen Erhebungsbericht heute noch lesen?«

»Wenn möglich, schon. Außerdem müssen wir an die Öffentlichkeit gehen. Wir ersuchen um Hinweise, ob jemand zum Zeitpunkt des Mordes an Freiher oder unmittelbar danach verdächtige Wahrnehmungen in der Nähe des Tatortes gemacht hat. Schließlich muss der Täter ja irgendwie von dort abgehauen sein.«

»Ich werde das Notwendige veranlassen. Wie läuft es zu Hause?«

»Ganz gut. Die Magenschmerzen hab ich auch im Griff. Aber jetzt schildere ich dir erst einmal, was während deiner Abwesenheit hier bei uns so alles gelaufen ist.« Fürsorglich schenkte Zoff noch einmal nach, rückte näher und begann zu erzählen.

Der Freitag begann mit einem Paukenschlag. In der Bundeshauptstadt verabschiedete der Innenminister den Landespolizeikommandanten von Salzburg in den Ruhestand und präsentierte zugleich dessen Nachfolger. Oberbürgermeister Rieder schäumte vor Wut, ließ sich nach Wien fliegen, trommelte den Koalitionsausschuss zusammen und drohte mit Neuwahlen.

In Graz saßen unterdessen Paul Billek, Bruno Polli und Peter Zoff in der Kantine des Landeskriminalamtes und tranken Tee.

»Bedauerlicherweise scheint die Tatwaffe im Mordfall Brecht in den serbischen Datenbanken nicht auf«, informierte sie Billek. »Die Slowenen haben keinerlei Erkenntnisse über die Beretta und die Kroaten leider auch nicht.«

»Wäre ja auch zu schön gewesen. Was sagen die Serben zu unseren Festnahmen?«

»Die Kollegen waren sichtlich erfreut. Sie haben die Wohnungen unserer fünf Drogenkuriere penibel durchsucht. Mit negativem Ergebnis.«

»Was tun wir jetzt?«, fragte Polli ratlos.

»Erinnerst du dich an das gestohlene Auto, das auf diesem Autobahnparkplatz in Grenznähe zurückgelassen wurde?«

»Ja. Ein slowenisches Fahrzeug, nicht wahr?«

»Genau. Es fanden sich jede Menge Fingerabdrücke im Wagen. Britta versendet sie alle nach Serbien, Kroatien und Slowenien. Eventuell scheinen sie irgendwo auf.«

»Wäre möglich. Aber mir ist da noch etwas eingefallen«, murmelte Paul Billek. »Irgendwie hoffen wir ja, Brechts Mörder könnte dieses Fahrzeug benützt haben, oder?«

»Wir spekulieren mit dieser Möglichkeit.«

»Es gäbe da einen Weg, die Fahrt des Lenkers nachzuvollziehen. Allerdings bloß etwaige Reisebewegungen auf der Autobahn.«

»Und wie würde das gehen?«

»Wir könnten uns die Technik zur Einhebung der Lkw-Maut zunutze machen. Jeder Lkw führt ein Gerät mit, das elektronische Impulse aussendet.«

»Du meinst diese sogenannte ›Go-Box‹?«

»Ja. So heißen diese Dinger. Die Impulse aus der ›Go-Box‹ werden von Empfangsgeräten aufgenommen und verarbeitet.«

»Das sind die kleinen, kameraähnlichen Dinger auf diesen Querträgern aus Stahl und auf den Autobahnbrücken.«

»Natürlich. Jedes Empfangsgerät dokumentiert einen wahrgenommenen Impuls. Auf diese Art und Weise kann man die Bewegung eines Lkw nachvollziehen, und die kilometerabhängige Maut wird automatisch von seinem Konto abgezogen.«

»Und was hat das mit unserem eventuellen Täterfahrzeug zu tun?«

»Eine ganze Menge. Die Empfangsgeräte schießen

nämlich pausenlos Fotos, und zwar von allen Fahrzeugen, die sich auf der Fahrbahn bewegen. Die Bilder bleiben zwei Wochen lang gespeichert und werden anschließend automatisch gelöscht.«

»Das ist ja ein Ding! Wie kommen wir an diese Aufnahmen?«, wollte Polli wissen.

»Mithilfe der Staatsanwaltschaft«, knurrte Zoff. »Immerhin geht es um Mord.«

»Dann sind wir ja wieder ganz gut auf Kurs.«

»Scheint so. Kümmert euch um diese Aufnahmen. Ich fahre nächste Woche nach Salzburg und sehe mir diese Frau Oberst Wagner an. Die Dame könnte für uns ganz interessant werden. Was haltet ihr davon, wenn wir gleich hier in der Kantine zu Mittag essen? Einverstanden?« Billek und Polli nickten.

Im Wiener Restaurant ›Steirereck‹ speiste zum selben Zeitpunkt der Bundeskanzler mit dem Salzburger Oberbürgermeister.

»Nein, nein. Ihr könnt mir nicht so einfach diesen Fasching als Landespolizeikommandanten vor die Nase setzen«, grollte Rieder und stocherte zornig in seinem Fischfilet.

»Es war aber doch allgemein bekannt, dass wir in Salzburg einen neuen Kommandanten brauchen«, lächelte der gerade 60 Jahre alt gewordene Kanzler schmallippig. »Ich dachte, du hättest deinen diesbezüglichen Wunsch zeitgerecht beim Innenminister deponiert.«

»Willst du mich verscheißern? Die Position sollte im Jänner nächsten Jahres ausgeschrieben und frühestens im März besetzt werden. Jetzt schreiben wir Oktober, und alles ist gelaufen.«

»Der Innenminister berichtete mir, die Neubesetzung sei wegen einer akuten und schweren Erkrankung des bisherigen Amtsinhabers spontan notwendig gewesen.«

»Schwachsinn. Lüge! Außerdem ist es völlig unwichtig, ob der bisherige Kommandant mit heutigem Tage abtritt oder nicht. Da betraut man eben jemanden mit der vorläufigen Führung der Amtsgeschäfte und schreibt die Stelle zur Neubesetzung aus. Wozu gibt es denn ein Ausschreibungsgesetz?«

»Das hast du doch selbst nie ganz ernst genommen.«

»Das steht nicht zur Diskussion. Ich stelle fest, dass mein Koalitionspartner eine der wichtigsten Positionen in Österreich besetzt, ohne mich auch nur anzuhören. Ist das Partnerschaft? Ist das Koalitionstreue? Aber das lasse ich mir nicht bieten. Ihr macht die Ernennung dieses Herrn Fasching wieder rückgängig, hast du verstanden?«

»Wie denn? Der Mann hat einen Ernennungsbescheid.«

»Das ist euer Problem. Schreib dir eines ganz dick hinter die Ohren: Wenn diese Sache nicht innerhalb eines Monats repariert ist, hat das Konsequenzen. Hab ich mich da klar ausgedrückt?«

»Unmissverständlich«, murmelte der Kanzler und nahm einen Schluck Weißwein.

»Dann danke ich höflichst für die Einladung. Mir ist der Appetit vergangen.« Damit legte Rieder das Besteck zur Seite, erhob sich, nickte dem Kanzler zu und ging.

Mit sorgenvollem Gesicht griff der Kanzler zum

Mobiltelefon, tippte eine Ziffernfolge ein und wartete.

»Hallo?«, meldete er sich schließlich und hüstelte nervös. »Kommen Sie ins Kanzleramt. Heute noch. 18.00 Uhr. Es gibt da ein ernstes Problem. Wenn wir nicht verdammt aufpassen, laufen die Dinge aus dem Ruder, und das darf nicht sein.«

Samstag. In den frühen Morgenstunden hatte es ziemlich heftig geregnet, aber jetzt war nur noch die Luft feucht, und der Wind ließ nach. Grauer Dunst bedeckte den Himmel, und auf den Gehsteigen und Fahrbahnen hatte sich eine Menge nasses Laub angesammelt. Im fahlen Morgenlicht wäre Kollek beinahe darauf ausgeglitten, als er die Kreuzung mit der Morellenfeldgasse überquerte.

Fluchend blieb er einen Moment lang stehen, fasste sich an den Bund seiner grauen Trainingshose, zog sie energisch hoch und atmete tief durch. Wie gut es sogar in der Großstadt roch, nach so einem Regen. Die Luft schien ihm so rein und klar, als stünde er auf dem Gipfel eines Berges.

»Aufpassen!« Sich am Weg zum morgendlichen Einkauf eine Verletzung zuzuziehen, fehlte gerade noch. Er hatte sowieso schon genug Ärger am Hals.

»Langsam«, murmelte er. »Nur mit der Ruhe.« Die Augen nur noch auf den Gehsteig gerichtet, trabte er die Schillerstraße entlang an der Kirche vorbei und die 300 Meter weiter bis zum Schillerplatz. Die kleine Trafik hatte schon geöffnet, und er kaufte eine Stange Zigaretten und eine Tageszeitung. Eine Weile unterhielt er sich mit der jungen Verkäuferin über die Folgen des Klimawandels, dann marschierte er auf der anderen Straßenseite wieder retour.

Es war kurz nach 8.00 Uhr, und kein Mensch war zu sehen. Außer der Straßenbahn, die vor fünf Minuten an ihm vorbeigefahren war, war ihm auch noch kein Fahrzeug begegnet. Deshalb fiel ihm der graue Renault, der keine 20 Meter vor ihm aus der Nibelungengasse heraus an die Kreuzung mit der Schillerstraße heranrollte, sofort auf. Der Wagen hielt kurz an, und der Bursche hinter dem Steuer beobachtete ihn.

»Was denn? Wieso schaust du so blöd?«, murmelte Kollek misstrauisch und blieb stehen. Aus einem offenen Fenster über ihm drang Radiomusik. Irgendetwas Modernes mit stampfendem Bass, jaulenden Gitarren und deutschem Sprechgesang. Das soll Musik sein, überlegte Kollek. Entsetzlich.

Der Mann im Renault legte den Gang ein und ließ hart die Kupplung kommen. Ein kleiner Satz nach vorne, kreischende Bremsen. Dann bog er nach links in die Schillerstraße ein, während sich der suspendierte Polizeibeamte argwöhnisch hinter einen am Fahrbahnrand abgestellten Volvo duckte. »Blödes Arschloch. Du gefällst mir nicht«, knurrte Kollek und ließ den Renault nicht aus den Augen, der jetzt in Richtung Schillerplatz fuhr. Keine zwei Minuten später war der Wagen aus Kolleks Blickfeld verschwunden.

»Na also.« Ächzend richtete sich der Spaziergänger wieder auf, wischte sich den Angstschweiß von der Stirn und ging jetzt schneller bis an die Kreuzung mit der Nibelungengasse.

Irgendwie war Kollek beunruhigt. Dieser Kerl hatte ihn angeglotzt. Auf eine sehr eigenartige Weise angeglotzt. Verdrossen holte er ein Taschentuch aus seiner Trainingsjacke, schnäuzte sich und überquerte die Fahrbahn. Einige Meter weiter warf er aus einer Eingebung heraus einen Blick über die Schulter, und seine Nackenhaare sträubten sich. Da kam der Renault schon wieder. Er fuhr die Straße herunter. In Schrittgeschwindigkeit.

»Scheiße«, schnaufte Kollek und hetzte auch schon los. Mit pfeifendem Atem rannte er quer über die Fahrbahn direkt auf die Herz-Jesu-Kirche zu. »Schneller«, keuchte er dabei und warf seine Beine nach vor. »Schneller.«

Vor der Kirche stand ein Motorradfahrer am Fahrbahnrand. Er hatte seine dunkle Suzuki aufgebockt und schien irgendein technisches Problem zu haben, denn er hantierte an der Kollek abgewandten Seite der Maschine. Eigenartigerweise trug er dabei immer noch seinen schwarzen Vollvisierhelm, aber das fiel dem Flüchtenden erst auf, als er mit dem Mann in der schwarzen Lederkluft auf gleicher Höhe war.

»Weg da!« Rüde stieß Kollek den Motorradfahrer zu Boden, registrierte den Revolver in dessen Hand und sprang geistesgegenwärtig über die kleine Mauer in den Park, der das Gotteshaus umgab. Da hatte sich der Mann im schwarzen Lederoverall aber auch schon wieder aufgerappelt und ballerte los. Der erste Schuss ging fehl. Auch der zweite Schuss pfiff dicht an Kolleks Kopf vorbei. Hastig schlug der Flüchtende einen Haken, registrierte einen weiteren Schussknall und rannte stur weiter auf die Kirche zu. Etwa fünf Meter vor dem Hauptportal traf ihn ein Projektil von hinten in den linken Oberschenkel und warf ihn in ein Rosenbeet, wo er seitlich verdreht zu liegen kam. So bekam er den nächsten Schuss auch bloß in den rechten Arm und rollte sich kreischend ab, während ein weiterer Schuss keine zwei Zentimeter neben seiner Brust in die Erde fuhr.

Vor der Mauer stand der Motorradfahrer breitbeinig am Gehsteig und zielte ruhig, als stünde er am Schießstand. Gerade als er sich dazu entschloss, über die Mauer zu steigen, dichter an Kollek heranzugehen und ihm aus nächster Nähe das Lebenslicht auszublasen, rammte der Renault das Motorrad des Schützen.

»Verfluchte Scheiße«, seufzte der junge Autolenker, als er sah, dass die schwere Suzuki direkt auf dem Revolverhelden zu liegen gekommen war und der sich nicht mehr rührte. Sogleich zog er sein Mobiltelefon aus der Tasche und telefonierte nach der Polizei, während Kollek auf dem Bauch in Richtung Kirche kroch und weiterhin lauthals um Hilfe schrie.

Zoff saß beim Mittagessen, als ihn der Journalbeamte telefonisch informierte. Eine Viertelstunde später holte ihn Polli ab, und sie fuhren ins Krankenhaus. Im Flur vor der Intensivstation saß eine Wache und blätterte gelangweilt in einer Zeitung. Fünf Meter weiter stand Paul Billek.

»Was ist mit Kollek?«, fragte Zoff, noch völlig außer Atem.

»Er hat zwei Treffer abbekommen. Eine schwere Oberschenkelverletzung und einen Armdurchschuss.«

»Und der Täter?«

»Ist vor einer Viertelstunde verstorben.«

»Pech. Wie ist das alles abgelaufen?«

»Ein Killer erwartete Kollek in der Schillerstraße, vor der Herz-Jesu-Kirche. Glücklicherweise bekam ein Führerscheinneuling den Mordanschlag mit und fuhr das Motorrad des Täters über den Haufen. Die Suzuki hat den Attentäter erschlagen, und jetzt braucht der junge Bursche psychologische Betreuung.«

»Er hat einen Mord verhindert. Das wird schon wieder. Aber Kollek hat verdammt viel Glück gehabt.«

»Das kann man wohl sagen.«

»Ist er vernehmungsfähig?«

»Nicht vor Mitte nächster Woche.«

»Britta soll die Fingerabdrücke des Toten sichern und DNA-Proben nehmen. Wir gehen inzwischen ein Bier trinken. Ich lade euch ein.«

Während Zoff mit seinen Mitarbeitern das Krankenhausareal verließ, saßen einander Bettina Wagner und Hannes Rieder in einem Salzburger Kaffeehaus gegenüber.

»Dann werde ich also nicht Landespolizeikommandantin«, murmelte die junge Frau enttäuscht und zog mit dem Kaffeelöffel imaginäre Kreise auf der Tischplatte.

»Ich treffe mich schon zum dritten Mal mit dem Vorsitzenden der Sozialisten. Wir werden schon noch sehen, wer da am längeren Hebel sitzt.«

»Aber Fasching bleibt in jedem Fall Landespolizeichef, nicht wahr? Auch wenn du die Koalition platzen lässt.«

»Die haben ihn mittels Bescheid ernannt. Das kann man nicht so einfach rückgängig machen.«

»Einfach ist gar nichts.«

»Wir werden schon einen Weg finden, den Kerl loszuwerden. Fürs Erste wirst du dich mit ihm abfinden müssen.«

»Ausgerechnet mit Fasching, diesem schmierigen Aas.«

»Ach komm schon. Arrangiere dich.«

»Wie meinst du das?«

»Du weißt schon, wie das geht. Du hast dich ja auch mit Paul arrangiert.«

»Was weißt du von der Sache mit Paul?«

»Er hat es mir erzählt.«

»Alles?«, stammelte Bettina Wagner und wurde bleich.

»Du warst mit ihm im Bett. Details erspare ich mir. Wir werden uns eine Zeit lang nicht mehr sehen. Ist auch ganz gut so. Stella bemüht sich gerade sehr um mich.«

»Heißt das, du lässt mich fallen?«

»Wir bleiben Freunde. Das reicht.«

»Aber wieso denn?«

»Offenbar bist du zu leicht zu haben. Da ist Stella anders.«

»Ich gehe jetzt«, flüsterte Bettina fassungslos, sprang auf und taumelte aus dem Lokal. Vor der Eingangstür stand ihr Wagen.

»Du verdammtes Schwein«, würgte sie hervor, nachdem sie hinter dem Steuer Platz genommen hatte. Ein Zittern überkam sie und das Wasser schoss ihr aus den Augen. »Du willst mich entsorgen wie ein altes Paar Schuhe. Das hätte ich nie von dir erwartet. Na warte.«

Die Frühschoppen beim Salzburger ›Kirchenwirt‹ in Itzling waren legendär. Jeden Sonntag ab 11.00 Uhr war das Wirtshaus in der ›Elisabeth Vorstadt‹ zum Bersten voll. Der Oberbürgermeister und seine Vasallen hielten dann Hof, immer am riesigen Stammtisch gegenüber der Theke, unmittelbar neben dem Fenster.

Statt Paul Freiher saß heute die ›First Lady‹ an der Seite Rieders, den sie hier alle insgeheim bloß den ›Kaiser von Salzburg‹ nannten. Mit ihren wilden roten Locken, dem kurzen weißen Kleid und dem Gesicht eines reinen Engels zog sie die Blicke der Männer magisch an, und das erregte sie, auch wenn ihr der viele Rauch und das Geschrei der Gäste auf die Nerven gingen.

»Schön ist es mit dir. Wir sollten wieder öfter miteinander ausgehen«, flüsterte die feinsinnige Kunst- und Pferdeliebhaberin ihrem Mann zu. »Ich liebe es, mit dir so im Mittelpunkt zu stehen.«

»Nichts wäre mir lieber, als dich so oft wie möglich an meiner Seite zu haben, Stella«, grinste der Oberbürgermeister und Parteivorsitzende in Jeans und Trachtenjacke, fuhr sich mit den gespreizten Fingern durchs Haar, nahm den Bierkrug hoch und prostete den Schreihälsen zu. »Nach den letzten, schweren Tagen fühle ich mich bei euch wohl wie selten wo. Gut, dass ihr da seid, Freunde. Gesundheit!«

»Prost!« Alle tranken.

»Die Sache mit Paul geht mir nicht aus dem Kopf«, meinte Alexander Grein, schüttelte seine schwarzen Locken und hob noch einmal sein Glas. »Paul war ein Pfundskerl. Ein gewiefter Politiker, hervorragender Manager und guter Freund. Er wird uns fehlen. Trinken wir auf Paul. Es soll ihm gut gehen, dort, wo er jetzt ist.« Alle erhoben sich. Auch der Oberbürgermeister.

»Du bringst die Dinge fast schon so auf den Punkt, wie Paul das immer getan hat«, lobte der Oberbürgermeister seinen Pressereferenten. »Ich trinke auf Paul Freiher, den wir alle nie vergessen werden.«

»Prost!«

»Ach Hannes«, seufzte die elegante Stella, als der Oberbürgermeister wieder Platz genommen hatte. »Sieh dir bloß die Leute an. Die sind begeistert. Die mögen dich.«

»Selbstverständlich. Das sind Stammwähler. Die Treuesten der Treuen. Auf die kann ich mich verlassen, wenn wir wieder wählen.«

»Es geht also bald los?«, lächelte Rieders Frau und bekam glänzende Augen.

»Spätestens im Frühjahr«, bestätigte der Oberbürgermeister. »In ein paar Tagen hab ich mit den Roten die neue Regierungsmannschaft und ein dazu passendes Programm ausgehandelt. Du wirst schon sehen.«

»Du bist so unheimlich clever, mein Schatz«, lächelte Stella stolz und nippte am Rotwein. »Wie machst du das bloß?«

»Ich habe eben so meine Talente«, meinte der Oberbürgermeister in aller Bescheidenheit und zog die Augenbrauen hoch. »Unter anderem kann ich mit Menschen umgehen. Keine Ahnung, wieso. Wenn ich es wüsste, schriebe ich ein Buch darüber. Einen Bestseller. Aber ich weiß es nicht.«

»Und sofern der Kanzler klein beigibt?«

»Dann geht die Sache eben ein paar Monate länger.«

»Ekelt dir nicht vor den Sozialisten?«

»Widerwillen kann man sich in der Politik nicht leisten, meine Liebe. Die Roten lassen die Hosen runter, wenn ich ihnen das Kanzleramt offeriere. Dafür opfern die alles. Ich reiße mir alle wichtigen Ministerien unter den Nagel. Vor allem das Finanzministerium und die Vizekanzlerschaft. Damit trägt die Regierungsarbeit meine Handschrift, und ich treibe meinen neuen Koalitionspartner genussvoll durch die politische Arena. Am Nasenring. Keine Studiengebühren mehr! Entschärfung der letzten Pensionsreform. Koste es, was es wolle. Die nächsten Wahlen gewinne ich haushoch, und bin endlich am Ziel.«

»Dann bist du Kanzler. Jawohl.«

»Noch glauben die Konservativen, sie können mit mir Schlitten fahren, aber das wird ein böses Erwachen geben.«

»Genial. Übrigens: Was ist eigentlich mit diesem seltsamen Brief passiert, den du mir kürzlich gezeigt hast?«

»Ein Verrückter. Ich messe dem keine besondere Bedeutung zu. Allerdings haben Paul und Benno ähnliche Briefe erhalten.«

»Um Gottes willen. Die beiden sind tot. Ermordet.«

»Ich glaube nicht, dass diese wirren Briefe damit in Zusammenhang stehen.«

»Und was sagt die Polizei?«

»Betty meint, ich soll mich vorsehen.«

»Ich weiß nicht, ob diese Frau Wagner kompetent genug ist, solche Dinge zu beurteilen, aber vorsichtig solltest du schon sein.«

»Ich habe Spitzer in Verdacht.«

»Diesen niederösterreichischen Möchtegern? Der Mann kommt aus schlechtem Hause und hat kein Benehmen. Ein grauenhafter Mensch.«

»Jedenfalls ermittelt man gegen ihn. Geheim.«

»Warum denn geheim?«

»Weil er Abgeordneter ist. Immer noch.«

»Andererseits ist mir Herr Spitzer als ziemlich unintelligent in Erinnerung. Meinst du wirklich, dass so jemand sich mit derartigen Texten befasst?«

»Ich will jetzt wirklich nicht über diesen blöden Brief philosophieren, Liebling. Lass uns den Tag genießen.«

»Ja. Gemeinsam. Endlich wieder einmal.«

»Achtung, Männer!«, schrie der Oberbürgermeister und der Lärm in der Wirtsstube verebbte. »Ich hab euch Grüße auszurichten. Grüße von meinen Funktionären aus den Bundesländern. Ihr seid uns ein Anliegen. Ihr seid die, für die wir gekämpft haben und für die wir den Kampf weiterführen. Wir haben Aufwind, und den werden wir nützen. Wir wollen Wohlstand für Leute, die etwas leisten in diesem Land. Wir vertreten die tüchtigen und ehrlichen Leute. Wir reißen uns den Arsch auf für euch. Das verspreche ich. Denkt daran bei den nächsten Wahlen. Und jetzt gibt es Freibier.«

»Freibier? Bravo, Hannes! Bravo!«

»Du hast es gehört, Passegger«, wandte sich Rieder an den Gastwirt. »Aber gib mir später eine Rechnung. Für die Parteikasse. Und sauf ruhig ein paar Krüge mit. Du bist auch eingeladen.«

»Danke. Bravo!«

»Aber klar doch. Bravo und Prost«, wisperte die schlanke, dunkle Gestalt am angelehnten Fenster hinter Rieders Rücken, zog dicke Handschuhe über und drückte den Fensterflügel weiter nach außen. Sie beutelte vorsichtig den Inhalt eines Leinensäckchens auf das Fensterbrett und duckte sich, während von Norden her starker Wind aufkam und der Himmel sich bedrohlich verfinsterte.

Eine halbe Stunde später. Das Gastzimmer des Wirtshauses war wie leergefegt. Vor dem Haupteingang scharte sich eine kleine Gruppe von Personen verstört um den Oberbürgermeister.

»Ein Wahnsinn! Wenn der Passegger, dieser Vollidiot, nicht auf seine Spinne aufpassen kann, musst du ihm das Gasthaus zusperren lassen«, ereiferte sich Alexander Grein.

»Immer mit der Ruhe«, murmelte Bettina Wagner. »Es ist auch schon anderen Leuten einmal ein Tier aus dem Terrarium entkommen.«

»Aber nicht in dieser Stadt und nicht in diesem Wirtshaus«, zischte der Oberbürgermeister mit blassem Gesicht. »Ich bekam fast einen Herzinfarkt, als ich das Vieh auf Stellas Schulter entdeckte.«

»Das kann ich mir vorstellen.«

»Kammspinnen sind hochgiftig, und der Doktor

sagt, diese ›Phoneutria nigriventer‹ sei die giftigste davon«, grollte Rieder. »Das hätte verdammt unangenehm für Stella werden können.«

»Na ja, ich weiß nicht«, unterbrach ihn der junge Kriminalist, der die stellvertretende Leiterin des Landeskriminalamtes begleitete, und erntete einen bösen Blick von Rieders Pressereferenten.

»Jedenfalls hast du sie mir mit dem Bierdeckel wirklich elegant von der Schulter gewischt«, lächelte Stella und legte ihren Kopf an die Schulter ihres Mannes. »Du hast bemerkenswert kühlen Kopf bewahrt, Liebling. Danke noch einmal.«

»Ist schon in Ordnung. Es war ein Reflex.«

»Ein verdammt guter Reflex. Hätte ich dir gar nicht zugetraut.«

»Mein ganz besonderer Dank gilt der Feuerwehr«, brummte der Oberbürgermeister versöhnlich. »Es war toll, wie schnell diese Leute die Lage bereinigten.«

»Wer könnte mir denn genauer Auskunft geben?«, erkundigte sich Bettina Wagner beim Gastwirt. »Ich meine, wie konnte die Spinne denn von Ihrem Wohnzimmer in der oberen Etage über die Treppe nach unten und bis in die Gaststube krabbeln?«

»Keine Ahnung. Von den Gästen kann dazu keiner etwas sagen. Die sind alle auf und davon. Die trauen sich nicht mehr ins Wirtshaus. Heute nicht mehr.«

»Womit sich die Freibieraktion erledigt hätte«, grinste Rieder.

»Die saufen auch am nächsten Sonntag wieder gern auf deine Kosten«, seufzte Passegger.

»Sollen sie auch. Also haken wir die Sache ab. Zahlen!«

»Das geht aufs Haus, Herr Oberbürgermeister. Selbstverständlich. Es tut mir ja so leid. Ich hab immer noch keine Ahnung, wie das passieren konnte. Die Wände des Terrariums sind hoch. Es ist mir schleierhaft, wie die Spinne sie überwinden konnte. Eine peinliche Geschichte. Verdammt peinlich.«

»Ist schon erledigt, Passegger«, beruhigte ihn der Politiker. »Alles in Butter. Stella ist unverletzt und die Aufregung überstanden. Du bist und bleibst mein Lieblingswirt, gar keine Frage.«

»Das ist ganz großartig von dir, Herr Oberbürgermeister. Wirklich. Und Spinne wird es in diesem Hause keine mehr geben. Dafür verbürge ich mich.«

Graz, Bergmanngasse. Gegen 3.00 Uhr früh erwachte Zoff und schlich auf die Toilette. Anschließend holte er sich aus der Küche ein Glas Rotwein und setzte sich ins Arbeitszimmer. Eine Weile saß er einfach nur so da und dachte an Nina. Dann fiel ihm Marlene ein, und er holte seine Schreibmappe aus dem Versteck. Minutenlang zerbrach er sich den Kopf darüber, was er über Nina oder Marlene schreiben könnte. Erfolglos. »Na gut«, murmelte er schließlich entnervt. »Dann schreib ich etwas über mich und verschiebe einfach die Perspektive.«

»Wenn du dich nicht traust, alles hinter dir zu lassen und mit mir auf und davon zu gehen, findest du 1.000 Argumente, die besagen, es wäre ganz und gar falsch, alles hinter dir zu lassen und mit mir auf und davon zu gehen«, murmelte er, begann zu grinsen, notierte das Gesagte und schloss den Text lapidar ab. »Das beweist die Relativität von Beweisen.«

Müde trank er sein Glas aus. Dabei fielen ihm die Augen zu. Um 6.25 Uhr erwachte er zum zweiten Mal, versteckte seine Mappe im Schreibtisch, packte die notwendigsten Reiseutensilien in einen kleinen Koffer und stellte ihn in den Flur. Danach eilte er in die Küche, bereitete das Frühstück zu und weckte den Rest der Familie. Sie aßen schweigend, und als er Nina von seiner bevorstehenden Reise nach Salzburg erzählte, nickte sie bloß und murmelte etwas von Kopfschmerzen.

Zwei Stunden später saß Zoff schon gähnend im Büro, schluckte eine Magentablette, nippte an einem Glas Wasser und telefonierte mit dem Bundeskriminalamt. Gegen 9.30 Uhr rief er im Büro des Salzburger Oberbürgermeisters an und vereinbarte einen Gesprächstermin. Zoff stand gerade am Fenster, ärgerte sich über die Jeans, die ihm nach dem Waschen um den Bund herum zu eng geworden waren, und überlegte, ob er für seine Salzburgreise genügend Hemden eingepackt hatte, als das Telefon klingelte. Britta Seitz meldete sich.

»Guten Morgen.«

»Servus.«

»Was ist denn? Bist du sauer?«

»Wieso? Sollte ich?«

»Nein, aber deine Stimme klingt so gereizt.«

»Anscheinend hab ich Fett angesetzt. Das wurmt mich.«

»Und das bei deinem ausgeprägten Selbstvertrauen? Unglaublich.«

»Was gibt es?«

»Gute Nachrichten. Der Kerl, der Kollek umlegen wollte, hat den Wagen gelenkt, den wir nach dem Mord an Brecht auf diesem Autobahnparkplatz fanden. Jedenfalls sind seine Fingerabdrücke auf dem Lenkrad.«

»Mensch, Britta. Dann haben wir ja Brechts Mörder.«

»Wahrscheinlich. Ich verschicke die Fingerabdrücke per Interpol und frage weltweit an, ob jemand weiß, wer der Mann ist.«

»Großartig. Sag mir sofort Bescheid, wenn seine Identität geklärt ist. Unter Umständen besteht ein Zusammenhang mit dem ›Selminovic-Clan‹. Dann wäre die Sache ziemlich klar.«

»Da ist noch etwas.«

»Was denn?«

»Dieser verwischte Fußabdruck, den wir unweit von Brechts Leiche fanden. Die Größe war nicht exakt bestimmbar, aber der tote Motorradfahrer hat Schuhgröße 45. So groß war unsere Wischspur auf gar keinen Fall.«

»Na ja, man kann eben nicht alles haben«, seufzte Zoff, bedankte sich und legte auf. »Da war noch jemand«, murmelte er und drehte gedankenverloren an seinem Kugelschreiber. »Ein Komplize womöglich oder ein Zeuge oder jemand, der etwas ganz anderes wollte. Brechts Haus abfackeln, zum Beispiel. Und dieser verdammte Drohbrief. Wie passt der Text von Montaigne in dieses Puzzle? Nach wie vor überhaupt nicht.« Wieder klingelte das Telefon. Hamsuns Sekretärin war dran.

»Big Boss lässt grüßen. Er wünscht viel Erfolg in

Salzburg, und du sollst nicht schon wieder in irgendein Fettnäpfchen treten.«

»Ich werde euch ein paar Mozartkugeln mitbringen.«

»Danke für das Angebot, aber bitte keine Schokolade. Ich bin zu fett.«

»Du hast eine süße Figur, meine Liebe. Ich schwöre.«

Der Rest des Vormittags ging mit allerlei Schreibkram drauf. Zu Mittag meldete sich Marlene. Zoff hielt sich kurz und war auch nicht besonders freundlich. Kaum war das Gespräch beendet, wurde es ihm übel, und er nahm eine Tablette. Das Mittagessen in der Kantine bestand aus Spinatstrudel auf griechische Art und einem Glas trockenem Weißwein. Zoff aß und trank mechanisch, ohne jeglichen Genuss.

Kurz nach 13.00 Uhr telefonierte er mit seinem Vater, vereinbarte einen Besuch für das Wochenende und besprach anschließend mit Polli die Arbeitsschritte der nächsten Tage. Gegen 14.30 Uhr besorgte er sich ein Dienstauto und machte sich auf den Weg nach Salzburg.

In der oberösterreichischen Stadt Wels begann mittlerweile der Gründungsparteitag der ›Freien Demokraten‹. Die Stadthalle war bloß halb so voll wie bei den Parteitagen der Liberalen. Trotzdem war der neue Bundesparteiobmann Erwin Spitzer zufrieden.

»Es hätte schlimmer kommen können«, meinte der untersetzte Mittfünfziger im grauen Sakko, zupfte an seiner violetten Krawatte, legte die großformatige Tageszeitung zusammen und warf sie auf den Tisch. »Nach all den negativen Schlagzeilen der letzten Tage musste man mit dem Schlimmsten rechnen. Wie kommt Rieder dazu, uns mit seinem abgebrannten Sommerhaus in Verbindung zu bringen? Das ist doch Schwachsinn.«

»Typisch Hannes. Vielleicht hat er es selbst angesteckt, damit er uns etwas anhängen kann«, grunzte der kurzgeschorene blonde Recke im dunkelbraunen Designeranzug an Spitzers Seite und nahm einen Schluck Bier.

»Möglich. Jedenfalls hat mich die Kripo verhört. Stell dir vor.«

»Sind die denn von allen guten Geistern verlassen? Du bist immer noch Nationalratsabgeordneter.«

»Ich hab der Befragung zugestimmt, um Aufsehen zu vermeiden.«

»Wir sollten in die Offensive gehen. Lass dir diese Verdächtigungen nicht gefallen.«

»Ich fahre nach Salzburg und werde mit Rieder reden. Und zwar im Fernsehen.«

»Gute Idee. Fordere Beweise. Er soll die Karten auf den Tisch legen. Du wirst sehen, der Kerl ist völlig blank. Mach das der Öffentlichkeit klar und rede ihn in Grund und Boden.«

»Selbstverständlich. Ich hab schon einen Medientrainer engagiert. Am späten Abend trainieren wir im Hotel.«

»Nicht dass du das nötig hättest. Du bist ein guter Rhetoriker, aber Rieder ist mit allen Wassern gewaschen.«

»Ja doch. Ich kenne das Arschloch lange genug.«

»Die Leute hier haben übrigens ganz ordentlich applaudiert. Die stehen zu dir.«

»Hoffentlich. Die nächsten Wahlen sind entscheidend. Wenn wir da schlecht abschneiden, können wir einpacken.«

»Du machst das schon«, beruhigte ihn der Blonde. »Du machst das.«

Wie vorgesehen, verließ Erwin Spitzer die Veranstaltung kurz nach 17.00 Uhr und spazierte durch den Messehaupteingang die Pollheimer Straße entlang zum sogenannten ›Ledererton‹ und über den belebten Welser Stadtplatz mit seinen gotischen Bürgerhäusern zurück ins Hotel Rosenberger.

Der 35-jährige Karl-Heinz Sudek hingegen betrat erst gut drei Stunden später das Quartier der Freien Demokraten, hinterließ seinen Kurzmantel aus schwarzem Leder an der Garderobe zwischen Rezeption und Bar, betrat die Bar, setzte sich an den Tresen und begann damit, sich durch die Cocktailkarte zu saufen. Als er gegen Mitternacht die Bar verließ und den Mantel wieder vom Haken nahm, fehlte der oberste Knopf. Ein Detail, das Spitzers angeheitertem Sekretär zu diesem Zeitpunkt nicht besonders auffiel.

Inzwischen erreichte Peter Zoff die Stadtgrenze von Salzburg, fuhr bis Klessheim, verließ dort die Autobahn und parkte seinen Dienstwagen am Parkplatz eines feinen Viersternehotels, unweit der Hotelfachschule. Er fühlte sich schlapp, speiste im Hotel und ging schon gegen 21.00 Uhr zu Bett.

Unterdessen saßen der Salzburger Oberbürgermeister und sein Pressereferent im kleinen Konferenzsaal des Hotels ›Kobenzl‹ am Gaisberg einer Delegation der Sozialisten gegenüber und verhandelten ein vorerst geheimes gemeinsames Programm. Gegen Mitternacht rangen sie bereits um die Aufteilung der Regierungsämter. Rieder bestand auf Innenministerium, Außenministerium, Justizministerium und Finanzministerium, was bei den Roten ziemlichen Unmut hervorrief. Zwischenrufe, Wortwechsel, Schreiduelle folgten, aber Rieder beharrte auf seinen unverschämten Forderungen und drohte, die Gespräche abzubrechen. Keine Viertelstunde später gingen die Sozialisten in die Knie, unterzeichneten den Pakt, und der Oberbürgermeister lud zu einigen Flaschen exzellenten Rotweins. Gegen 3.00 Uhr früh war alles gelaufen, und Rieder war sehr zufrieden, als Grein ihn mit dem Wagen über die steile Straße hinunter ins Tal fuhr. Er war auf der Überholspur. Jetzt konnte ihn niemand mehr stoppen. Dessen war er ganz sicher.

Morgens ist die Stadt Salzburg besonders reizvoll. Da ist die Luft noch frisch und einigermaßen sauber und der Touristenansturm wird erst ab etwa 11.00 Uhr wirklich unangenehm.

Zoff stand dicht am Schreibtisch von Rieders Sekretärin und starrte durch das Fenster nach draußen. Der Himmel zeigte sich durchgehend grau, und die Passanten unter ihm trugen dicke Mäntel. Im Vorzimmer des Oberbürgermeisters war es hell und angenehm warm.

»Ich weiß nicht, wie Sie darauf kommen, dass ich mein Haus am Schenkenweg verkaufen will«, fauchte die bildschöne junge Vorzimmerdame ins Telefon und zupfte nervös an ihrer weißen Bluse. »Da hat Ihnen jemand einen Bären aufgebunden. Wer ein Haus im Stadtteil ›Landskron‹ besitzt, verkauft nicht. Es sei denn, er hätte nicht alle Tassen im Schrank. Also tschüss.« Gereizt legte sie auf.

»Was ist denn so besonders an ›Landskron‹?«, wollte Zoff wissen und erhaschte einen Blick auf ihren kurzen schwarzen Rock.

»Es ist eines der Salzburger Nobelwohnviertel«, lachte Susanne Vogt. »Mit einem Schloss, Parks, einem kleinen See und einem Fitnessparcours. ›Landskron‹ ist toll. Nicht einmal mein Chef wohnt so schön wie ich.«

»Verdient man so gut in Ihrem Job?«, erkundigte sich Zoff verwundert.

»Nicht doch. Ich hab das Haus von meinen Eltern geerbt, nachdem sie bei einem Autounfall ums Leben gekommen sind. Ein türkischer Gastarbeiter. Der Mann war betrunken.«

»Tut mir leid.«

»Der Kerl ist mit einem halben Jahr Gefängnis davongekommen. Bedingt. Aber eines Tages sitze ich im Nationalrat. Dann schicken wir diese Leute wieder dorthin, wo sie hergekommen sind.«

»Sie wollen in die Politik?«

»Deshalb bin ich hier.«

»Zurück zu meinem Termin. Wann hat Ihr Chef jetzt endlich Zeit für mich? Ich dachte, er will, dass ich die Morde an seinen besten Freunden kläre.«

»Der Herr Oberbürgermeister hat größtes Interesse an diesem Gespräch«, versicherte Susanne Vogt eifrig und erhob sich. »Aber der ORF ist bei ihm. Die Herren vom Fernsehen kamen ohne Terminvereinbarung. Das ist normalerweise nicht üblich.«

»Ist schon gut. Ich warte«, gähnte Zoff, ging zu den Besuchersesseln auf der gegenüberliegenden Zimmerseite und setzte sich. Obwohl er gestern Abend so früh zu Bett gegangen war, konnte er mit einem Male die Augen fast nicht mehr offenhalten.

»Darf ich Ihnen etwas zum Lesen bringen? Ein Magazin vielleicht?«

»Gern.«

Als sie sich zu ihm beugte und ihm die Zeitschrift ›Profil‹ auf den Besuchertisch legte, ließ sie dem Oberstleutnant ihre kleinen, festen Brüste sehen. Zoff grinste.

»Kaffee?«, lächelte sie einladend.

»Tee, bitte.«

Während Rieders Sekretärin Zoff eine Tasse Tee besorgte, klingelte in einem Wiener Büro wieder einmal das Telefon.

»Hallo?«

»Guten Morgen. Mein junger Freund aus Salzburg, nehme ich an.«

»Sie haben mit meinem Anruf gerechnet?«

»Selbstverständlich.«

»Na gut. Leider muss ich Ihnen etwas sehr Unangenehmes berichten.«

»Details Ihres gestrigen Treffens mit den Sozialisten?«

»Sie wissen Bescheid?«

»Nicht über Einzelheiten. Also reden Sie. Ich bin ganz Ohr.«

»Rieder macht Ernst. Er sprengt die Koalition. Die Sache steigt Anfang Dezember.«

»Und wie hat er sich das vorgestellt?«

»Er provoziert einen Skandal im Innenministerium. Illegales Abhören von Politikern, Wirtschaftsbossen, Schauspielern und so. Groß genug, um die ungeliebte Zusammenarbeit zu beenden. Ohne Gesichtsverlust, meine ich.«

»Und wie sieht der Kuhhandel mit den Roten aus?«

»Wir stellen den Innenminister, den Außenminister, den Finanzminister und Vizekanzler und den Justizminister. Dazu gibt es noch einen Staatssekretär im Bundeskanzleramt und einen im Verteidigungsministerium. Rieder geht als Vizekanzler und Finanzminister nach Wien.«

»So etwas haben die akzeptiert? Unglaublich.«

»Vereinbarungsgemäß soll am ersten Sonntag im März gewählt werden.«

»Und was halten Sie persönlich von den Sozialisten?«

»Für mich sind das keine Partner.«

»Ausgezeichnet. Ich darf mir doch erlauben, Ihnen wieder ein kleines Zeichen unserer Wertschätzung zukommen zu lassen, nicht wahr? Wie ich hörte, sind Sie ein Freund schneller Autos.«

»Eine meiner vielen Schwächen.«

»In Ihrem Briefkasten liegt ein Kuvert mit einem Zündschlüssel. Er passt zum schwarzen Porsche vor dem Haus. Der Wagen ist aufgetankt. Typenschein und Zulassung liegen im Handschuhfach.«

»Ein Porsche? Mein Gott! Ich bin sprachlos.«

»Wie schön. Wir sind gern großzügig. Zu unseren Freunden.«

»Und das Kuvert liegt jetzt schon in meinem Briefkasten?«

»Seit exakt 6.00 Uhr früh.«

»Dann haben Sie ja wirklich ziemlich fix mit meinem Anruf gerechnet.«

»So ist es.«

»Und wenn ich nicht angerufen hätte?«

»Nehmen wir die Dinge, wie sie sind, und freuen wir uns darüber. Schönen Tag noch.«

»Ihnen auch. Danke.«

Mittlerweile hatte Zoff die zweite Tasse Tee intus und schluckte vorbeugend die übliche Magentablette, als ihm Susanne Vogt das ersehnte Signal gab.

»Herr Oberstleutnant? Der Chef hat jetzt Zeit für Sie.«

»Na endlich.«

Das Büro des Oberbürgermeisters maß 60 Quadratmeter und war mit hellen Möbeln, Metall und Glas geschmackvoll eingerichtet.

»Da sind Sie ja, Herr Zoff. Verzeihen Sie, dass Sie warten mussten.« Breit lächelnd, kam der höchstrangige Politiker der Stadt Salzburg und Parteichef der Liberalen Zoff entgegen, schüttelte ihm die Hand und bat ihn zu einer niedrigen Ledergarnitur, auf der sie Platz nahmen. »Whiskey? Cognac? Ein Glas Wein?«

»Nicht am frühen Morgen. Ich hatte zwei Tassen Tee, das reicht jetzt erst einmal. Danke.«

»Wie Sie wollen. Wie weit sind Ihre Nachforschungen gediehen?«

»Wir liegen nicht so übel. Allem Anschein nach wurde Brecht von serbischen Drogendealern erschossen. Der Mordverdächtige ist bei einem Anschlag auf

Brechts Stellvertreter ums Leben gekommen. Die Indizien gegen ihn sind ziemlich stichhaltig.«

»Ein Serbe? Und der soll Benno erschossen haben? Sind Sie sicher?«

»Im Grunde schon. Wenn da nicht dieser Drohbrief wäre. Der passt nicht zum Mord. Und dann diese zwei Benzinkanister und die Streichholzschachtel.«

»Was sagen Sie da? Benzinkanister? Eigenartig.«

»Mein Stellvertreter berichtete mir von Ihrem Sommerhaus. Dort wurden doch auch zwei leere Treibstoffbehälter und eine Streichholzschachtel sichergestellt, nicht wahr?«

»So ist es. Betty hat die Sachen entdeckt.«

»Betty?«

»Frau Oberst Wagner. Unsere tüchtige stellvertretende Landeskriminaldirektorin.«

»Aha. Ich werde mit ihr reden müssen. Heute noch.«

»Tun Sie das. Sie ist sehr kompetent. Als ich unlängst mit Ihnen telefonierte, erzählte ich von diesem eigenartigen Schreiben. Das war ein philosophischer Text, denke ich.«

»Allerdings. Ein Zitat von Montaigne. Kennen Sie jemanden, der sich mit Montaigne auskennt?«

»Montaigne? Nein. Mit Machiavelli vielleicht.«

»Das hilft mir nicht weiter. Na ja. Jedenfalls sollte in nächster Zeit jemand gut auf Sie aufpassen.«

»Das erledigen zwei Personenschützer. Auf Parteikosten.«

»Ich hab Spezialisten der ›Cobra‹ für Sie angefordert.«

»Verzichte. Zu meinen zwei Bodyguards hab ich Vertrauen. Mehr Aufpasser stören nur.«

»Nehmen Sie die Sache bloß nicht auf die leichte Schulter: Zwei von drei Personen, die philosophische Zitate zum Thema ›Tod‹ erhielten, wurden ermordet. Fällt Ihnen dazu irgendetwas ein?«

»Was sollte mir da einfallen?«

»Gibt es gemeinsame Feinde?«

»Erwin Spitzer womöglich. Der mochte uns alle drei nicht. Und er hätte ein Motiv. Wir haben ihn rausgeworfen. Dafür hasst er uns, denn mit seiner neuen Partei wird er politisch nicht überleben.«

»Und wie steht es mit Spitzers Allgemeinbildung? Ist er ein sehr intelligenter Mensch?«

»Ein Durchschnittstyp, aber fies. Ich traue ihm alles zu. Buchstäblich alles. Der Kerl fordert mich übrigens heute Abend zum Fernsehduell.«

»Bemerkenswert. Aber mit Philosophen ist er nicht vertraut, oder?«

»Eher nicht, aber eventuell Leute aus seinem Dunstkreis.«

»Und innerhalb der Polizei ist Frau Wagner Ihre erste Ansprechstelle. Richtig?«

»Sie ist meine Vertraute, und sie wird Ihnen an die Hand gehen.«

»Ich bin überzeugt, wir werden gut zusammenarbeiten.«

»Haben Sie noch Fragen?«

»Jetzt nicht. Aber wir sollten in den nächsten Tagen noch einmal miteinander reden. Außerdem hätte ich gerne eine Liste der Leute aus Ihrem engsten Umfeld. Name, Adresse und Funktion jedes Einzelnen und eine kurze Charakteristik der Beziehung zu Ihnen, zu Brecht und zu Freiher. Das würde mir enorm helfen.«

»Kein Problem, Herr Oberstleutnant. Sie bekommen die Liste.«

»Gibt es eigentlich jenseits der politischen Ebene jemanden, dem Sie diese Morde zutrauen würden?«

»Ich habe lange darüber nachgedacht, das können Sie mir glauben. Leider fiel mir bisher niemand ein.«

»Schade. Das Sommerhaus. Darf ich es sehen?«

»Selbstverständlich. Soviel ich weiß, sind Sie mit dem Wagen unterwegs. Susi informiert Sie über die günstigste Route und sagt dem Verwalter Bescheid. Der wird Ihnen alles zeigen.«

»Danke. Dann mache ich mich auf den Weg.«

»Wahrscheinlich ist Ihnen schon zu Ohren gekommen, dass ich mich über Sie erkundigt habe. Eingehend erkundigt.«

»Aha. Und sind Sie jetzt enttäuscht?«

»Keineswegs. Ich denke, Sie sind genau der Mann, den ich jetzt brauche. Die Sache mit den Abfangjägern hat übrigens eine Menge Staub aufgewirbelt. Da haben Sie sich Feinde gemacht. Mächtige Feinde.«

»Ich weiß mich zu wehren.«

»Unterschätzen Sie diese Leute nicht. Die haben ein gutes Gedächtnis und keinerlei Skrupel. Passen Sie gut auf sich auf.«

»Sie auch, Herr Oberbürgermeister. Sie auch. Und denken Sie darüber nach, ob es neben dem Abgeordneten Spitzer noch jemanden gibt, der Sie hasst. So sehr hasst, dass er Ihnen das Lebenslicht ausblasen will.«

Das Landeskriminalamt Salzburg war nicht schwer zu finden. Der lang gestreckte, geduckte Neubau lag am Rande der Innenstadt am Ufer der Salzach. Nachdem Zoff die Kontrollstelle am Tor passiert hatte, stellte er seinen Dienstwagen in die Tiefgarage und fuhr mit dem Lift nach oben. Schon der erste Kriminalist, den Zoff im Parterre fragte, verriet ihm den Weg zu Bettina Wagners Büro. In ihrem Vorzimmer saß eine pummelige, verschreckte Sekretärin und blätterte in einer Tageszeitung.

»Hallo. Oberstleutnant Zoff vom LKA Graz«, stellte er sich freundlich lächelnd vor. »Ist die Kollegin Wagner für mich zu sprechen?«

»Die Frau Oberst ist auswärts und erst ab 15.00 Uhr wieder telefonisch erreichbar«, murmelte die Blondine, legte die Zeitung weg und vermied es, Zoff anzusehen.

»Schade. Wie war doch gleich Ihr Name?«

»Meiner? Hofbauer. Marianne Hofbauer.«

»Fein. Und Sie haben keine Ahnung, wo die Frau Oberst sich gerade aufhält?«

»Leider. Sie sagt nie, wohin sie geht. Aber versuchen Sie es doch über das Mobiltelefon.« Mit ernstem Gesicht überreichte die Sekretärin ihm eine Visitenkarte ihrer Chefin und schenkte ihm dabei ein kleines Lächeln.

Zoff lächelte ebenfalls, steckte die Visitenkarte ein, bedankte sich und machte sich wieder aus dem Staub. Das Mittagessen nahm er im ›Eulenspiegel‹ ein, einem kleinen Feinschmeckerlokal mit Blick auf die wasserreiche Salzach. Gegen 13.15 Uhr fuhr er zu Rieders Sommerhaus, erledigte unterwegs noch einige Telefonate und verpasste deshalb auch die richtige Ausfahrt. Der Umweg kostete ihn eine halbe Stunde, und so wurde es 14.45 Uhr, bis er die Zufahrt zum See fand, nach drei Kilometern rechts abbog, der schmalen Straße folgte und schließlich vor dem Tor zu Rieders Seegrundstück eintraf. Erwartungsvoll sah er sich erst einmal um, ehe er in aller Ruhe ausstieg und läutete.

40 Kilometer hinter ihm zogen unterdessen dunkle Wolken über den Salzburger Kapuzinerberg auf, drehten nach Nordosten, streiften den Gaisberg und legten sich über den anmutig bewaldeten, knapp an der Stadtgrenze liegenden Heuberg, an dessen letzten Ausläufern sich ein stattliches Anwesen schmiegte: der Wohnsitz des Oberbürgermeisters von Salzburg.

Von der Terrasse der Jugendstilvilla aus sah man die Stadt, und an klaren Tagen schweifte der Blick bis tief nach Bayern. 50 Meter weiter unten, dort, wo das Gelände sehr flach wurde, befanden sich ein Klubhaus, die große Reithalle und dahinter zwei Stallgebäude und zwei Pferdekoppeln. In Reitstiefeln, weißer Reithose und dunklem Pullover führte Stella Rieder gerade ihre Leitstute in die Halle. Dort ließ sie die Zügel los und spazierte auf der sandigen Bahn im Kreise, das Pferd frei trabend keine zwei Meter neben sich. Nach zwei Runden blieb sie stehen, näherte sich der Stute und streichelte das Tier, ehe sie ein paar Meter zurückging und die Stute rief, die auch sofort kam. Wieder ging Stella ein paar Meter zurück, lockte die Stute an, und das Tier stellte die Ohren auf, wieherte und trabte gehorsam zu ihr. Leise unterhielt sich die attraktive Frau mit dem Pferd, ehe sie es mit einem kurzen Befehl ein paar Meter zurückschickte. All das ging spielerisch, ganz ohne Peitsche, nur durch Zurufe und Körpersprache, und das Tier blieb auch ganz ruhig, als Stella zu ihm ging, aufsaß, einen leichten Trab befahl und das Pferd schließlich zum Galoppieren brachte. Die Schüler der Hauptschule Mozartstraße applaudierten. »Bravo«, riefen sie begeistert, »Bravo!«

Es war exakt 14.50 Uhr, als Stella ein leises Knistern hörte. »Seltsam«, murmelte die Reiterin verstört, hielt die Stute an und stieg ab. »Was ist das?« Jetzt roch sie es, und im selben Moment legte die Stute die Ohren zurück und stieg wiehernd hoch.

Mittlerweile hatte Zoff mehrmals vergebens versucht, Bettina Wagner telefonisch zu erreichen, und ärgerte sich darüber, dass sie ihn nicht einmal zurückrief. Immerhin war der Verwalter freundlich, erklärte ihm alle Sicherheitseinrichtungen und führte ihn quer durchs Gelände bis zum Badeplatz und zurück zu den Resten des Hauses. Dabei besichtigten sie auch jene Stelle, an der die Polizei die Kraftstoffbehälter gefunden hatte. Die Zeiger von Zoffs Armbanduhr schnellten gerade auf 15.15 Uhr, als sich über dem See erste Wolken zeigten.

»Mit einem Hund wäre das wahrscheinlich nicht passiert«, murmelte Zoff gedankenverloren. »Auf so einem Gelände bringt ein Hund mehr als alle Zäune dieser Welt.«

»Aber der Herr Oberbürgermeister hatte doch einen Hund«, erwiderte Rieders Angestellter.

»Tatsächlich?«

»Aber ja. Nach dem Brand fanden wir Hasso im Schwimmbecken. Tot.«

»Im Schwimmbecken? Wieso denn im Schwimmbecken?«

»Keine Ahnung. Vielleicht fürchtete er sich vor dem Feuer, sprang hinein und ertrank.«

»Unsinn. Hat er gebellt?«

»Sie meinen vor dem Brand? Nein. Jedenfalls hab ich nichts davon mitbekommen.«

»Da dringt jemand in das umzäunte Gelände ein, steckt das Haupthaus in Brand, und der Hund bleibt stumm und hüpft ins Wasser? Das kann doch nicht Ihr Ernst sein.«

»Wieso? Aber es stimmt schon. Die Sache mit Hasso ist merkwürdig.«

»Was war das für ein Hund?«

»Ein Rassehund. Schäferrüde. Der Herr Oberbürgermeister hat ihn von seinem Vater geschenkt bekommen. Es lag ihm verdammt viel an dem Tier.«

»War das ein Schoßhündchen oder ein scharfer Köter?«

»Hasso war ein echter Wachhund. Ein verdammt guter.«

»Na also. So einer schlägt an und stellt den Eindringling. Es sei denn, er kennt ihn.«

»Na ja, ich weiß nicht.«

»Ich brauche den Kadaver. Können Sie mir sagen, was damit passiert ist?«

»Zuerst wollte ich ihn von der Tierkörperverwertung wegbringen lassen, aber der Herr Oberbürgermeister hat das nicht zugelassen. Hassos Grab liegt nicht weit vom Haupthaus. Da drüben.«

»Ich will es sehen«, knurrte Zoff und setzte sich in Bewegung, als sein Mobiltelefon klingelte. Rieder war dran.

»Herr Zoff?«

»Ich höre.«

»Wissen Sie, wo ich zu Hause bin?«

»Leider nicht.«

»Aber der Verwalter weiß Bescheid. Sagen Sie ihm, er soll Sie zu mir bringen. Sofort.«

»Was ist denn?«

»Die Reitställe meiner Frau brennen. Die Pferde sind in Panik. Es gab Verletzte.«

»Ist die Polizei schon da?«

»Polizei, Feuerwehr und das Rote Kreuz.«

»Gut so. Was ist mit Ihrer Frau?«

»Die ist unverletzt.«

»Glück gehabt«, seufzte Zoff erleichtert. »Bleiben Sie vor Ort. Ich bin ganz schnell bei Ihnen.«

Es stank nach abgebranntem Holz und verschmortem Gummi, und ein schwarzer Rauchteppich zog vom Anwesen über die Wiesen nach Norden. Zwar war es der Brandbekämpfung gelungen, das Übergreifen der Flammen auf Reithalle und Klubhaus zu verhindern, aber die Schäden durch Verrußung waren enorm. In den Überresten der Ställe glosten noch Glutnester, die immer noch punktuell bekämpft wurden, deren finales Ablöschen die Feuerwehr aber dem Wolkenbruch überließ, der einsetzte, als Zoff am Tatort eintraf.

Fluchend versuchte der Oberstleutnant, sich einen raschen Überblick zu verschaffen. Etwa 30 Pferde drängten sich in der östlichen Koppel. Zwei Rettungswagen fuhren gerade in Richtung Bundesstraße, und etwa 20 Polizeibeamte zogen weiträumig Absperrbänder um den Tatort. Auch sonst war jede

Menge Exekutive vor Ort und drängte Journalisten zurück, die den Oberbürgermeister vor ihre Mikrofone holen wollten. Im strömenden Regen musste sich Zoff zwei Mal ausweisen, ehe er bis zu Rieder vorgedrungen war, der mit aufgespanntem Regenschirm vor der Halle stand. Eine schwarzhaarige junge Dame in braunem Rock, dunkelgrünem Pulli, brauner Lederjacke und braunen Stiefeln stand knapp neben ihm.

»Guten Tag, Frau Oberst«, grinste Zoff, wischte sich das Regenwasser aus dem Gesicht und reichte Bettina Wagner die Hand.

»Hallo. Kollege Zoff? Mein Chef hat Sie bereits telefonisch angekündigt. Gut, dass Sie da sind. Aber wir reden wohl besser in der Halle.«

Drinnen war es trocken und warm. Irgendjemand hatte Tische aufgestellt und jede Menge Bänke, die von Feuerwehrleuten besetzt waren. Zum Glück fand sich noch Platz für drei Personen, und sie setzten sich.

»Wurde die Brandursache schon abgeklärt?«, wollte Zoff wissen.

»Brandstiftung«, seufzte Bettina Wagner. »Wir fanden zwei Benzinkanister, ein Streichholzpäckchen und einen Lederknopf.«

»Einen Knopf?«

»Schwarz. Von einer Lederjacke oder einem Mantel.«

»Ist die Spurensicherung schon abgeschlossen?«

»Bei diesem Wolkenbruch? Die Kollegen sind auch ins Trockene geflüchtet. Außerdem liegt da draußen loser Sand. Eine ganze Menge davon. In der Nähe der Ställe gibt es wenig festen Untergrund. Wenn wir bedenken, dass es jetzt auch noch regnet, dürfen wir uns nicht allzu viel erwarten.«

»Wurde die Gattin des Oberbürgermeisters schon befragt?«

»Selbstverständlich. Sie hat nichts Ungewöhnliches festgestellt und kann nicht sagen, wer das Feuer gelegt haben könnte. Ansonsten steht sie unter Schock. Ihre Lieblingsstute hätte sie um ein Haar mit den Hufen erschlagen.«

»Gibt es sonstige Zeugen?«

»Eine Schulklasse. Die Kinder sind davongelaufen. Ihre Lehrer auch. Außerdem befanden sich noch zwei Stallburschen am Gelände. Die haben zwar nichts gehört oder gesehen, aber dafür ziemliche Brandwunden an Armen und Beinen. Sie wollten den Brand löschen.«

»Sind es ernsthafte Verletzungen?«

»Der Notarzt meinte, es sei nicht so schlimm.«

»Der nächste Nachbar wohnt etwa einen Kilometer weiter die Straße lang, aber Sie sollten trotzdem mit den Leuten dort reden. Möglicherweise ist denen etwas Verdächtiges aufgefallen. Wer immer die Ställe angezündet hat, muss mit einem Fahrzeug hierher gekommen sein.«

»Das ist anzunehmen.«

»Leider bleibt uns nichts anderes übrig, als den Regen abzuwarten. Aber möglicherweise haben wir Glück, und eure Tatortexperten finden noch irgendwo eine verwertbare Spur.«

»Unsere Leute verstehen ihr Geschäft. Wenn da etwas zu finden ist, finden sie es auch.«

»Übrigens würde ich mich gerne in aller Ruhe mit

Ihnen unterhalten«, meinte Zoff beiläufig. »Falls Sie heute Abend noch nichts vorhaben, könnten wir miteinander essen.«

»Ich habe nichts vor.«

»Ausgezeichnet. Ich schlage vor, wir treffen uns im ›Eulenspiegel‹. Das Restaurant ist vom Landeskriminalamt aus ganz leicht zu erreichen.«

»Das Lokal hat einen ausgezeichneten Ruf.«

»Passt Ihnen 18.00 Uhr?«

»Warum nicht? Danke für die Einladung.«

»Keine Ursache.« Er wandte sich an den Oberbürgermeister. »Hier läuft ja alles bestens. Wenn Sie gestatten, rede ich inzwischen mit Ihrer Gattin, sehe mich noch ein wenig im Gelände um und verabschiede mich dann wieder. Ich hab das Gefühl, das Landeskriminalamt Salzburg hat alles ganz gut im Griff.«

»Schön, dass Sie das so sehen, Herr Kollege«, lächelte Bettina Wagner. »Ich bin froh, dass wir so gut harmonieren.«

»Das tun wir«, bestätigte Zoff selig lächelnd. »Wirklich. Bis später.«

»Entschuldigung!« Ungestüm drängte sich Zoff durch die vielen Mitarbeiter der verschiedenen Einsatzorganisationen bis an den Ausgang und wartete dort ein wenig, bis der Regen nachließ. Dann lief er die 50 Meter bergan bis an die Eingangstür von Rieders Villa. Die Tür war unversperrt.

»Hallo. Ist da jemand?«

»Selbstverständlich. Was kann ich für Sie tun?« Der Butler, der gemessenen Schrittes aus einer Art Salon ins Licht der großzügigen Eingangshalle trat, musterte Zoff mit deutlichem Missfallen.

»Oberstleutnant Zoff. Ich bin Kriminalbeamter und würde gerne die Frau des Hauses sprechen.«

»Haben Sie einen Termin? Madame fühlt sich nicht wohl.«

»Ich untersuche zwei Mordfälle, die unter Umständen mit diesem Brand hier in Zusammenhang stehen. Ich muss sie sprechen. Sagen Sie ihr das.«

»Sehr wohl. Wenn Sie mir bitte folgen wollen.«

Der Butler führte Zoff in den Salon, dessen Holzboden mit dicken Perserteppichen ausgelegt war. Das Mobiliar aus dunklem Kirschholz war alt, aber sehr gepflegt.

»Warten Sie hier, bitte.«

Schon war der Butler wieder verschwunden. Der vertraute Schmerz im Magen meldete sich, und Zoff warf sich seufzend eine Pille ein.

»Wollen Sie ein Glas Wasser?« Er hatte Stella Rieder gar nicht kommen hören.

»Wenn sich das einrichten lässt.«

»Ein Glas Wasser für den Herrn Kommissar, Franz«, befahl die Gattin des Oberbürgermeisters lächelnd und bat Zoff, sich zu setzen. Sie nahm neben dem Fenster Platz. Genau Zoff gegenüber.

»Ich wusste, dass Sie kommen würden.«

»Wieso?«

»Hannes hat von Ihnen erzählt. Er hält große Stücke auf Sie.«

»Er kennt mich bloß vom Hörensagen.«

»Ich glaube nicht, dass er sich in Ihnen täuscht. Was sagen Sie zu dieser Frau Wagner?«

»Muss ich zu ihr etwas sagen?«

»Auch eine Antwort«, lächelte sie. »Was sich diese

Person einbildet. Kommt hierher, stellt mir Fragen und gibt vor, den Brandanschlag klären zu wollen. So ein impertinentes Frauenzimmer. Für wie blöd hält die mich?«

»Wieso?«

»Das war keine ernst gemeinte Frage, nehme ich an. Sie lächeln, Herr Zoff. Sie lächeln. Mir ist nicht zum Lachen zumute, das können Sie mir glauben. Die Liebschaft meines Mannes kommt und stellt mir blöde Fragen. In meinem eigenen Haus. Ein Glück, dass ich gute Nerven habe.«

»Das Haus gehört Ihnen?«

»Ja. Ich bin hier geboren. Wussten Sie das nicht?«

»Nein. Ich dachte, Ihr Gatte hätte diese Villa erworben.«

»Ach wo. Hannes ist in Graz geboren, dort aufgewachsen und hat dort maturiert. Nach dem Militärdienst ging er beruflich nach Salzburg und lernte mich auf einem Reitturnier kennen. Er hatte kaum Geld in der Tasche, und ich war die Tochter eines der reichsten Fabrikanten Österreichs. Gleich nachdem mein Vater verstorben war, heirateten wir. Dann ging er in die Politik.«

»Und Ihre Mutter?«

»Die starb, als ich zehn war.«

»Das heißt, Sie sind sehr vermögend.«

»Das kann man so sagen. Oh ja.«

»Was machen Sie beruflich?«

»Ich hab Kunst studiert, bin Lektorin in einem Kunstverlag und hab mir das Gestüt aufgebaut. Es gibt Leute, die ihre Pferde bei mir einstellen und mir ihre Kinder zum Reitunterricht schicken.«

»Ein schöner Beruf. Und wie läuft es mit Ihrer Ehe?«

»So, wie in den meisten Ehen.«

»Verzeihen Sie, aber was meinen Sie damit?«

»Die Frauen laufen Hannes nach, und Sie werden ja vielleicht schon gehört haben, dass er sie nicht alle abweist. Aber ich liebe meinen Mann und werde ihm nicht von der Seite weichen. Auch wenn das der einen oder anderen Dame seines Bekanntenkreises nicht in den Kram passt.«

»Sie meinen Frau Oberst Wagner?«

»Betty. Er nennt sie bloß Betty. Ihren Oberst hat sie sich erschlafen. Aber ja, unter anderem meine ich Frau Wagner.«

»Ist Ihrem Mann bewusst, dass Sie von seiner Affäre mit Frau Wagner wissen?«

»Nicht so direkt. Aber sie weiß, dass ich es weiß. Das hab ich in ihren Augen gesehen. Und sie hasst mich. Sie hasst mich aus tiefstem Herzen.«

»Das ist starker Tobak, finden Sie nicht?«

»Oh nein. Die würde mich jederzeit umbringen, wenn sie könnte. Das spüre ich.«

»Wer hat den Brand gelegt?«

»Keine Ahnung. Ich bin noch ganz aufgeregt. Nicht meinetwegen. Bloß wegen der Pferde.«

»Der Schaden scheint beträchtlich zu sein.«

»Wir sind versichert. Aber meine Leitstute hätte mich fast totgetreten. Das arme Tier war völlig außer sich.«

»Der Hund Ihres Gatten könnte mir weiterhelfen.«

»Hasso?«

»Ich würde gern den Kadaver ausgraben und untersuchen lassen. Mit Ihrem Einverständnis. Das hätte aber nur Sinn, falls die Sache unter uns bliebe.«

»Wieso darf mein Mann es nicht erfahren?«

»Es würde ihn belasten, und das will ich nicht. Deshalb schlage ich vor, Sie geben dem Verwalter ein paar Tage frei und betrachten die Sache als unser gemeinsames Geheimnis. Dann sorge ich dafür, dass man den Kadaver heimlich ausbuddelt und untersucht.«

»Und wieso das alles?«

»Vermutlich bemerkte der Hund den Brandstifter und hielt still. Ich will herausfinden, warum. Helfen Sie mir dabei?«

»Natürlich, Herr Zoff.«

»Ist Ihnen in den letzten Wochen etwas Ungewöhnliches aufgefallen?«

»Eigentlich nicht. Aber die Sache mit dieser Spinne war merkwürdig.«

»Eine Spinne?«

»Sie ist mir in einem Wirtshaus beim Frühschoppen über den Rücken bis auf die Schulter gekrabbelt, und Hannes hat sie mit einem Bierdeckel zu Boden gefegt. Irgendwer meinte nachher, die sei überaus giftig gewesen, aber vielleicht war das ja übertrieben. Jedenfalls hat der Gastwirt sie unmittelbar nach dem Vorfall umbringen lassen.«

»Erzählen Sie mir das doch bitte ein wenig genauer«, bat Zoff und holte sein Diktafon aus der Jackentasche. »Es stört Sie doch nicht, wenn ich Ihre Angaben aufnehme?«

»Keineswegs«, antwortete Stella Rieder müde. »Trinken Sie dabei ein Glas Wein mit mir? Ich brauche jetzt etwas zu trinken.«

»Ich helfe Ihnen gerne«, grinste Zoff. »Das ist mein Job, und der hat manchmal eben auch so seine angenehmen Seiten.«

30 Minuten später hatte es endlich aufgehört zu regnen. Zoff hinterließ seine Visitenkarte, verabschiedete sich und spazierte nachdenklich zu den abgebrannten Ställen. Besonders nah an den Tatort kam er nicht heran, denn Bettina Wagner stoppte ihn schon einige Meter vor der Absperrung.

»Ich denke, wir sollten die Tatortgruppe bei der Spurensicherung nicht stören. Aber ich hätte ein paar Lichtbilder für Sie«, lächelte sie charmant und zeigte Zoff ein paar Fotos.

»Gibt es eine Erklärung dafür, warum der Täter den Knopf verloren hat?«, wollte Zoff wissen.

»Er wird eben locker gewesen sein.«

»Ich sehe mir noch die nähere Umgebung an. Kommen Sie mit?«

»Ich werde hier gebraucht.«

»In Ordnung. Aber Sie vergessen nicht unser Treffen heute Abend?«

»Ich werde da sein.«

»Das freut mich.« Lächelnd drehte Zoff um, spazierte zurück zur Straße, stellte sich ans Auto und spähte ins Gelände. Von der Zufahrt aus gesehen, lag der ansteigende Weg zur Villa direkt voraus, während sich rechter Hand das Gestüt ausbreitete. Die abgebrannten Ställe lagen ganz rechts, direkt dahinter eine

Koppel und nördlich, gegen die Stadt Salzburg zu, die zweite, weitaus größere.

»Von welcher Seite aus würde ich mich den Ställen nähern, um sie niederzubrennen?«, überlegte Zoff, während er langsam auf und ab ging. »Aller Voraussicht nach von der Straße aus. Der leichteste Weg führte durch das Buschwerk, die kleinere Koppel entlang und weiter bis an die Rückseite der beiden Gebäude.«

Da die Logik also eindeutig für rechts sprach, wandte er sich grinsend nach links, schlich hinter einer Gebüschreihe am Klubhaus vorbei und spazierte immer weiter nach Westen. Nach etwa 200 Metern schlug er einen Bogen nach rechts und arbeitete sich im Zickzackkurs wieder an das Gestüt heran. Keine zehn Minuten später fand er, wonach er gesucht hatte.

Inzwischen erhielt der Salzburger Oberbürgermeister einen Anruf des Bundeskanzlers.

»Der Innenminister berichtete mir soeben von einem neuerlichen Brandanschlag. Falls ich dich in irgendeine Richtung hin unterstützen kann, lass es mich wissen.«

»Die Polizei hat mit den Ermittlungen begonnen, und ich werde bewacht. Das langt fürs Erste einmal«, meinte Rieder reserviert.

»Wir sollten miteinander reden.«

»Über den neuen Landespolizeikommandanten?«

»Über die Koalition. Über uns. Es gibt da ein hervorragendes Hotel in Linz. Ausgezeichnete Küche und verschwiegenes Personal. Du bist mein Gast.«

»Von mir aus. Wann?«

»Morgen?«

»Das wird sich einrichten lassen. Wie hast du dir die Sache gedacht?«

Während die beiden Politiker die Details des geplanten Treffens besprachen, holte sich Zoff einen Spurensicherer der Tatortgruppe und bat ihn, ihm behilflich zu sein. Wenig später erreichte ihn Bruno Pollis Anruf.

»Zoff. Hallo Bruno.«

»Servus, Chef. Das Auto, das nach dem Mord an Brecht auf dem Autobahnparkplatz nahe der Grenze sichergestellt wurde, kam am Donnerstag, dem 12. Oktober, kurz nach 19.15 Uhr aus Slowenien nach Österreich. Der Fahrer lenkte es auf der Autobahn von der Grenze bis zur Abfahrt Irrach und wurde dort um 19.40 Uhr von den Impulsempfängern der Mautgesellschaft registriert. Um 20.10 Uhr fuhr der Wagen in Irrach wieder auf die Autobahn auf. Auch davon gibt es ein Foto mit Datum und Zeitangabe. Der Doktor meinte, Brecht sei so gegen 20.00 Uhr erschossen worden.«

»Bingo. Und die Fingerabdrücke des Kerls, der Kollek um die Ecke bringen wollte, wurden im Wagen sichergestellt.«

»So ist es.«

»Wie heißt er?«

»Brinek. Antonin Brinek. Offiziell arbeitet er als Discjockey. In Wirklichkeit ist er die rechte Hand des alten Selminovic.«

»Also wurde Brecht zweifelsfrei von den Serben umgelegt«, murmelte Zoff nachdenklich, bedankte sich und legte auf. »Was, zum Teufel, sollen dann die

Benzinkanister und der Drohbrief? Irgendwer führt mich hier an der Nase herum, und das stinkt mir. Aber ganz gewaltig.«

18.00 Uhr. Das Restaurant begann gerade, sich zu füllen, als Zoff eintrat, und er war froh, einen Tisch im hinteren, etwas ruhigeren Teil des Gewölbes angewiesen zu bekommen. Bettina Wagner kam eine Viertelstunde später. Sie hatte ihr Haar zu einem französischen Zopf gebunden und trug ein elegantes, blaues Kleid, das ihre Figur bestens zur Geltung brachte. Die Perlenkette an ihrem Hals unterstrich den Glanz in ihren Augen, als sie Zoff anstrahlte.

»Da haben Sie aber etwas Schönes ausgesucht«, lächelte sie zur Begrüßung. »Ich war noch nie hier.«

»Vor ein paar Jahren war ich in Salzburg als Seminarleiter tätig und schneite zufällig hier herein«, erinnerte sich Zoff. »Seitdem esse ich immer mindestens einmal hier, wenn ich in der Mozartstadt bin.«

Der Kellner kam und empfahl ihnen das Menü. Zoff sah seine Begleiterin fragend an. Sie nickte bloß. Es gab Schnecken auf Toast und einen Gewürztraminer, gefolgt von einer Spinatsuppe mit Shrimps. Später aßen sie gemischte Fischfilets auf Wildreis und als Hauptspeise zarte Stücke von der Ente, zu denen sie einen schweren spanischen Rotwein tranken. Variationen vom Topfen rundeten das Mahl ab. Die junge Frau erkundigte sich nach Zoffs beruflichem Werdegang, und er gab sparsam Auskunft. Als der Kellner ihnen das zweite Glas Rotwein einschenkte, lehnte er sich endlich entspannt zurück und sah ihr tief in die Augen.

»Wie standen Sie zu Benno Brecht?«, eröffnete er das Frage-Antwortspiel.

»Wir lernten uns auf der Fachhochschule in Mödling kennen. Ein interessanter Mann. In vielerlei Hinsicht. Nach Abschluss meiner Offiziersausbildung setzte ich Himmel und Hölle in Bewegung, um zum Landespolizeikommando Steiermark versetzt zu werden.«

»Und weiter?«

»Er besuchte mich fast jeden Tag in Graz, hatte aber 100.000 Ausreden, wenn ich nach Irrach kommen wollte. Nach drei oder vier Monaten beschloss ich, ihn einfach zu überraschen, fuhr zu ihm nach Hause und traf seine Frau im Garten. Sie stellte gerade den Rasenmäher in die Garage und fiel aus allen Wolken, als ich da hereinschneite. Ich übrigens auch. Ein paar Tage später zog ich die Konsequenzen und ging zurück nach Salzburg.«

»Und Brecht?«

»Der wollte, dass ich zu ihm zurückkomme und tauchte sogar ab und zu vor meiner Wohnung auf. Ein einziges Mal ging ich mit ihm aus. Zu einer Diskussionsveranstaltung. Dabei lernte ich Hannes Rieder kennen. Wir sahen uns an, und ich bekam ganz weiche Knie. Das war es auch schon.«

»Seither sind Sie Rieders Geliebte?«

»Das war ich. Seit ein paar Tagen ist alles zu Ende.«

»Wieso?«

»Tut mir leid. Das ist privat.«

»Natürlich. Aber Sie wissen, was man sich von Ihnen erzählt?«

»In groben Zügen. Der eine oder andere nennt mich

Nutte und neidet mir die Karriere. So ist es doch, oder? Dabei gibt es sehr viele Männer, die ihre Positionen bloß deshalb haben, weil sie bei der richtigen Partei sind oder die richtigen Leute kennen. Manche haben sich auch schlicht und einfach nach oben gefickt, aber das ist sozial akzeptiert. Das zählt nicht. Wenn hingegen eine junge Frau in der Hierarchie ganz schnell aufsteigt, ist sie eine Hure. Alles klar.«

»Ich bewerte Ihre berufliche Laufbahn nicht«, murmelte Zoff. »Ich bin auch kein Moralist. Ich frage aus dienstlichen Gründen.«

»Ach? Und wo sehen Sie da einen dienstlichen Bezug?«

»Ich weiß von einem Eklat. Von einer Szene mit Brecht. Hier in Salzburg.«

»Das Arschloch kam mit seiner neuen Flamme, beleidigte mich, und mir fiel nichts Besseres ein, als ihm zu drohen. Aus Hilflosigkeit. Für Benno waren Frauen Spielzeug. Er benützte sie und warf sie weg. So, wie es ihm gerade gefiel. Er hatte so eine Art brutalen Charme, wenn Sie wissen, was ich meine. Es machte ihm Spaß, auszuloten, wie weit er gehen konnte. Trotzdem tut es mir leid, dass er sterben musste. Nicht nur wegen Benno. Vor allem wegen seiner Familie. Seine Frau und seine zwei Kinder haben ihn geliebt. Wirklich geliebt.«

»Die Brandanschläge gehen mir nicht aus dem Kopf.«

»Was ist damit?«

»Da gibt es einen Zusammenhang mit dem abgebrannten Sommerhaus am See und Brechts Tod. Brechts Haus wäre auch beinahe angezündet worden. Wir fanden zwei Kanister und eine Streichholzschachtel.«

»Das mit Bennos Haus wusste ich nicht, aber auf einen Zusammenhang zwischen der Einäscherung des Sommerhauses und dem Abfackeln der Reitställe hätte ich auch gewettet.«

»Habt ihr am Seegrundstück irgendwelche Spuren gefunden?«

»Offenbar hat ein Ruderboot angelegt. Wir fanden es am anderen Seeufer. Im Heck lag eine Bierdose. Die wird nach Speichelspuren untersucht. Immer noch.«

»Fußspuren?«

»Weder auf Rieders Grundstück noch in der Nähe des Bootes.«

»Eigenartig. Wenn man Abdrücke eines Kiels findet, müssten doch auch Fußspuren vorhanden sein. Und wieso hat der Hund nicht angeschlagen?«

»Hasso? Der lag im Schwimmbecken, als wir kamen.«

»Er muss den Täter bemerkt haben.«

»Spitzer war ab und zu Gast im Sommerhaus. Seinerzeit, als er und Hannes noch Freunde waren.«

»Dann könnte der Hund Spitzer gekannt haben?«

»Möglicherweise.«

»Wieso verdächtigen Sie gerade Spitzer?«

»Hannes behauptet die ganze Zeit, das könne bloß Spitzer gewesen sein. Also haben wir gegen den Abgeordneten ermittelt. Diskret. Der Mann hat Leute in seiner Umgebung, die noch vor ein paar Jahren ziemlich Randale machten. Sein Sekretär zum Beispiel.«

»Zurück zur heutigen Brandstiftung. Ich hab Fußspuren gefunden und dazu noch eine Reifenspur. Auf der anderen Seite des Geländes. Einer eurer Tatortexperten hat sie auf mein Ersuchen hin gesichert.«

»Was ist damit?«

»Der Täter könnte mit einem Fahrrad unterwegs gewesen sein. Das Radprofil war ziemlich grob. Ein Stollenreifen. Ich tippe auf ein Mountainbike. Die Fußabdrücke waren ziemlich klein.«

»Manche Männer leben auf kleinem Fuße.«

»Das gibt es. Ja. Sicher.«

»Sie lachen so eigenartig. Warum denn?«

»Hätten Sie nicht auch gedacht, der Kerl sei von der anderen Seite gekommen?«

»Der Reifenabdruck und die Fußspuren müssen nicht unbedingt etwas mit dem Brand zu tun haben. Denken Sie an einen Radfahrer, der aus Lust und Laune einfach quer über Rieders Anwesen fährt. Stunden vor dem Brand. Könnte auch schon gestern gewesen sein. Frau Rieder könnte ein Fahrrad besitzen und damit herumgefahren sein, ach Gott, da gibt es 1.000 verschiedene Möglichkeiten. Sie vergessen nämlich den Lederknopf. Der lag dort, wo *ich* mich an die Ställe herangeschlichen hätte. Straßenseitig.«

»Da sieht man wieder, wie nützlich es ist, sich mit einer Kollegin zu unterhalten«, murmelte Zoff schuldbewusst und nahm einen tiefen Schluck vom Rotwein. »Es gibt so viele Aspekte, die bei so etwas zu beachten sind. Hatte Rieders Hund eigentlich so etwas wie eine Leibspeise?«

»Knackwurst. Wieso?«

»Ach nichts. Ich soll meiner Tochter einen Hund

kaufen. Da wollte ich wissen, was so ein Vieh vorwiegend frisst.«

»Hundefutter in Dosen. Dann gibt es da auch noch dieses Trockenfutter. Aber Fleisch und Knackwürste mögen Hunde besonders gern.«

»Na hoffentlich kann ich mir das leisten. Sie wissen ja, unser Gehalt ist nicht so aufregend.«

»Sie Armer. Ich zahle mein Essen aber gern selbst. Sie müssen mich wirklich nicht einladen.«

»Das mit dem Gehalt war ein Scherz«, stellte Zoff richtig, während der Kellner noch einmal nachschenkte. »Eine Kollegin zum Essen einzuladen, ist gerade noch drin. Zum Dank dafür, dass Sie mir Ihre Zeit schenken. Übrigens: Kennen Sie Ihren neuen Landespolizeikommandanten? Ich hab von dem Mann noch nie gehört.«

»Ich hatte flüchtig mit ihm zu tun. Ein persönlicher Freund unseres Innenministers, sagt man.«

»Und woher kommt der Typ?«

»Aus Wels«, brummte sie mürrisch. »Ein ausgesprochener Kleingeist. Kennen Sie eigentlich den Unterschied zwischen dem Eifelturm und unserer lieben Polizei?«

»Nein«, antwortete Zoff ratlos.

»Beim Eifelturm sitzen die größten Nieten unten«, grinste Bettina Wagner freudlos, schüttelte den Kopf und trank ihr Glas leer.

Ein Tag später, 9.00 Uhr. Die Sonne hing hinter den Wolken und verstrahlte ein seltsam fahles, kraftloses Licht. Zoff stand mitten auf der ›Staatsbrücke‹, starrte ins Wasser und wunderte sich darüber, dass sich trotz der Kälte so viele Touristen an ihm vorbeidrängten.

»Irgendwie bin ich gar nicht gut drauf heute«, seufzte er ins Telefon.

»Ich auch nicht. Und die Fernsehdiskussion gestern Abend war eine ziemlich öde Sache«, brummte Bruno Polli. »Das hatte wenig Unterhaltungswert.«

»Für mich schon«, relativierte Zoff. »Rieder beschuldigte Spitzer nicht öffentlich, obwohl er ihn für den Drahtzieher dieser Brandstiftungen hält. Das war klug. Er hat sehr sachlich argumentiert.«

»Jedenfalls gibt es keine Sympathien mehr zwischen den beiden. Die haben sich endgültig auseinandergelebt. So viel steht fest.«

»Scheint so. Weiß der Staatsanwalt bereits, dass der Fall Brecht schon so gut wie geklärt ist?«

»Er ist informiert.«

»Dieser Brinek wird Brecht nicht aus eigenem Antrieb erschossen haben. Die serbischen Kollegen sollen gegen Selminovic wegen Verdachtes der Anstiftung zum Mord ermitteln.«

»Ich regle das über unseren Verbindungsbeamten. Wie lange bleibst du in Salzburg?«

»Heute ist Mittwoch. Übermorgen fahre ich retour. Wir sehen uns dann Montag früh im Büro.«

»Können wir Daheimgebliebenen inzwischen sonst noch etwas für dich tun?«

»Jede Menge. Den Abschlussbericht zum Mordfall Brecht schreiben, zum Beispiel. Und einen Tiertransport organisieren.«

»Tiertransport?«

»Ich brauche jemanden, der heute am Nachmittag

einen Hundekadaver von Salzburg zur Veterinärmedizinischen Universität Wien transportiert. Das Tier ist ein wichtiges Beweisstück.«

»Kannst du keinen Salzburger Kollegen mit diesem Transport betrauen?«

»Geht nicht. Es darf niemand davon wissen.«

»Verstehe. Paul sitzt neben mir und nickt. Er fährt in einer halben Stunde. Was hältst du davon, wenn Britta ihn begleitet? Die kann das Beweisstück professionell verpacken, damit es in optimaler Verfassung bei der Uni eintrifft.«

»Gute Idee. Die beiden sollen mich anrufen, sobald sie an der Stadtgrenze sind. Ich lotse sie später zu einem Seegrundstück.«

»Wird erledigt. Und was läuft sonst so?«

»Alles in Ordnung. Der Magen hat sich wieder beruhigt.«

»Hast du mit Frau Oberst Wagner gesprochen?«

»Selbstverständlich.«

»Und was hältst du von der Dame?«

»Interessanter Typ. Mehr dazu am Montag.«

»Da bin ich aber gespannt. Hast du Lust, uns am Wochenende zu besuchen? Anna will groß aufkochen. Griechisch.«

»Da muss ich zuerst noch mit Nina reden. Aber grundsätzlich wäre das eine hervorragende Idee.«

»Na also. Gib mir früh genug Bescheid, ob ihr kommt. Tschüss.«

»Adieu, Bruno. Machs gut.«

Währenddessen traf der Oberbürgermeister von Salzburg und Parteivorsitzende in der oberösterreichischen Landeshauptstadt Linz ein und bezog im dritten Stockwerk des Hotels ›Schillerpark‹ eine Suite für eine Nacht. Nachdem er sich ein wenig frisch gemacht hatte, spazierte der Politiker in Begleitung seiner Personenschützer durch die Landstraße bis zum Hauptplatz, schüttelte Passanten die Hände, unterhielt sich mit dem einen oder anderen und kehrte gegen 12.30 Uhr gut gelaunt ins Hotel zurück, wo der Bundeskanzler bereits in einem separaten Raum auf ihn wartete.

»Willkommen, Hannes«, begrüßte ihn der überaus groß gewachsene, hagere Gastgeber, hüstelte nervös, kam Rieder entgegen und reichte ihm die Hand. »Das ist aber nett, dass du dir die Zeit genommen hast.«

»Du rufst und ich komme. Im Gegensatz zu deinen Leuten bin ich nämlich ein Mann des Gesprächs. Aber das weißt du ja«, erwiderte der Oberbürgermeister brummig.

»Das gefällt mir auch so an dir. Manchmal«, knurrte der Kanzler mit ausdruckslosem Gesicht. »Aber vielleicht sollten wir erst einmal miteinander speisen. Der Rest hat Zeit.«

In Salzburg aß Zoff mittlerweile beim ›Kirchenwirt‹ zu Itzling. Es gab Kartoffelsuppe, Schlutzkrapfen und Salat, und Zoff trank zwei Gläser steirischen Welschriesling dazu und spülte mit einem großen Glas Wasser nach. Anschließend bat er den Wirt an seinen Tisch.

»Sie erinnern sich an den Vorfall mit der Spinne?«, fragte er leise und ließ Passegger seine Dienstmarke sehen.

»Polizei? Das verstehe ich nicht. Der Herr Oberbürgermeister hat doch versprochen, die Sache sei erledigt«, hüstelte der Wirt nervös.

»Ist sie auch. Aber mich würde interessieren, wie das Vieh ins Gastzimmer kommen konnte. Ausgerechnet auf Stella Rieders Schulter.«

»Das frage ich mich auch. Ich hatte die Spinne in einem Terrarium. In meinem Wohnzimmer in der oberen Etage. Keine Ahnung, wie sie da herauskrabbeln konnte.«

»Haben Sie das Ding noch?«

»Die Spinne?«

»Das Terrarium.«

»Selbstverständlich. Wollen Sie es sehen?«

Zoff nickte bloß und erhob sich.

Das Zimmer im Obergeschoss war wohltemperiert und roch nach abgestandener Luft und Mottenkugeln. Neben alten Möbeln, einer Sitzbank und einem Fernsehgerät gab es einen kleinen Tisch in der Ecke, auf dem das gläserne Terrarium stand. Es war leer.

»Die Wände sind verdammt hoch«, stellte Zoff fest.

»Nicht wahr? Wenn sich die Spinne aufgestellt hätte, wäre sie umgekippt. Es ist mir unerklärlich, wie sie da herauskommen konnte.«

»Was war das eigentlich für eine Spinne?«

»Eine ›Phoneutria nigriventer‹ aus der Familie der Kammspinnen. Eine der giftigsten Spinnen weltweit. Kommt aus Brasilien. Eine ›Schwarze Witwe‹ ist dagegen harmlos.«

»Das heißt, ihr Biss ist tödlich?«

»Nicht für einen völlig gesunden Menschen. Herzkranke oder Allergiker allerdings überleben so etwas nicht.«

»Sieh mal einer an. Wer wusste von dem Tier?«

»Alle, die hier verkehren. Die hielten mich für verrückt, weil ich mir die Spinne hielt. Dabei hab ich sie bloß geschenkt bekommen. Von einem Freund.«

»Was denn, wenn jemand die Spinne hier absichtlich herausgeholt hätte?«, überlegte Zoff laut.

»Was sagen Sie da? Ja, aber warum denn?«

»Um sie auf Stella Rieder anzusetzen«, knurrte Zoff.

»Moment einmal. Der Herr Oberbürgermeister und seine Frau saßen am Stammtisch. Am Fenster.«

»Und das war offen?«

»Angelehnt. Es ist immer deutlich zu warm im Gastzimmer.«

»Gehen wir wieder nach unten«, ersuchte ihn Zoff. »Ich will mir das alles noch einmal ganz genau ansehen.«

In Linz hatten der Bundeskanzler und der Oberbürgermeister inzwischen ihr Mahl beendet. Der Hotelier persönlich stellte noch eine Flasche Cognac und zwei Schwenker auf den Tisch, schenkte ein und empfahl sich.

»Du verhandelst mit den Sozialisten«, stellte der Bundeskanzler beleidigt fest und nahm einen Schluck Cognac.

»Ich rede mit jedem.«

»Kaum setzt dir mein Innenminister einen unpassenden Polizeichef vor die Nase, schon verhandelst du mit den Roten. Das ist doch kindisch.«

»Erstens habe ich seit Jahren nur Probleme mit diesem Wahnsinnigen, und zweitens stört mich mehr und mehr, wie ihr uns behandelt.«

»Was meinst du da konkret?«

»Ihr lasst keine Gelegenheit aus, mir zu schaden. Ihr redet nicht mit mir. Ihr tut, was ihr wollt. Wir Liberalen kommen in eurem Spiel nicht vor. Dabei habt ihr doch ganz und gar ausgespielt, wenn wir aussteigen.«

»Ihr habt vier Ministerien.«

»Davon ist bloß das Justizministerium von Bedeutung. Das ist nicht fair. Ich will eine Regierungsumbildung.«

»Wie bitte?«

»Du hast mich schon verstanden. Ich will das Innenministerium, das Außenministerium und das Finanzministerium und tausche es gegen das Sozialministerium, das Gesundheitsministerium und das Verteidigungsministerium.«

»Das bringe ich innerparteilich nicht durch.«

»Bemühe dich. Ich will nämlich noch mehr.«

»Du willst mich erpressen?«

»Aber wieso denn? Der Finanzminister stünde mir gut zu Gesicht. Vizekanzler und Finanzminister. Das ist nichts Böses. Wir werden uns schon einigen.«

»Da muss ich mit meinen Leuten reden.«

»Aber ja. Sag ihnen, dass wir echte Partner sind und als solche behandelt werden müssen. Wir verbleiben gern in der Koalition, aber wir wollen eine neue Form des Regierens. Dazu bedarf es vertrauensbildender Maßnahmen. Zeigt uns, dass wir gleichwertig sind. Dann ist alles in Ordnung.«

»Wir hatten bisher ein gutes Verhältnis, Hannes«, seufzte der Kanzler. »Aber du repräsentierst jetzt gerade noch elf Prozent der Wählerstimmen. Wir Konservativen halten 42 Prozent. Ist dir das klar?«

»Ohne uns könnt ihr nicht regieren. Das ist Fakt. Also handelt danach.«

»Außenministerium und Finanzministerium sind Herzstücke unserer Regierungsmannschaft. Ich kann mir nicht vorstellen, dass ich für so eine Regierungsumbildung die Unterstützung meiner Parteifreunde bekomme.«

»Wenn das so ist, wirst du dich mit der Rolle des Oppositionsführers anfreunden müssen«, lächelte Rieder schadenfroh, trank seinen Cognac aus und schenkte nach. »Die Sozialisten geben mir, was ich will. Darauf kannst du wetten.«

»Du spielst ein gefährliches Spiel, Hannes.«

»Wir sind das Zünglein an der Waage. Das ist die politische Realität. Also geh auf meine Forderungen ein. Es gibt keine andere Möglichkeit.«

»Die gibt es immer.«

Während sich in Linz der Bundeskanzler von seinem Platz erhob und mit zusammengepressten Lippen und geballten Fäusten ins Freie stürmte, grub auf Rieders Salzburger Seegrundstück ein Herr in blauer Montur einen Hundekadaver aus. Als die Überreste des Hundes freigelegt waren, zog sich Britta Seitz durchsichtige Einweghandschuhe über, legte das tote Tier in einen speziellen Kunststoffsack und hob ihn gemeinsam mit Paul Billek in den weißen VW-Bus des LKA Graz. Zoff bedankte sich, überreichte Billek ein schriftliches Ersuchen um Analyse des Mageninhaltes und wünschte den beiden eine gute Reise. Währenddessen kehrte in Linz der Bundeskanzler wieder in den kleinen Speisesaal zurück.

»Ich werde versuchen, meine Freunde von deinen

Vorstellungen zu überzeugen«, versprach er mit versteinertem Gesicht und schenkte sich im Stehen noch etwas vom ausgezeichneten Cognac ein. »Vielleicht wäre das tatsächlich ein Aufbruch in eine langfristige, gemeinsame Zukunft. So etwas wie die Geburtsstunde einer österreichischen CDU/CSU. In einer etwas abgeänderten, speziellen Form natürlich.«

»Schön, dass du meinen Gedankengängen so rasch folgst«, grinste Rieder, trank sein Glas leer, erhob sich und trat an des Kanzlers Seite. »Und jetzt reden wir über den neuen Landespolizeikommandanten von Salzburg. Für diesen Herrn wirst du dir nämlich etwas einfallen lassen müssen. Den tauschen wir aus. So rasch wie möglich.«

Zum selben Zeitpunkt ging in Wien ein minutenlanger Graupelschauer nieder, bei dem man die Hand nicht mehr vor den Augen sah. Auf den Straßen entlang des Donaukanals kam es zu mehreren Unfällen, und im gesamten innerstädtischen Bereich suchten Fußgänger unter Bäumen, in Geschäften und Lokalen und in den Abgängen zu den Untergrundbahnen Schutz vor dem böigen Eisregen. Im Innenministerium saß mittlerweile der Leiter des Bundeskriminalamtes seinem höchsten Vorgesetzten gegenüber.

»Ich befahl den Aufbau einer geheimen staatspolizeilichen Ermittlungsgruppe im BKA, Hauck«, knurrte der Minister. »Wie weit sind Ihre Bemühungen gediehen?«

»Ich habe 20 Beamte in einem neuen Referat zusammengezogen«, berichtete der Direktor stolz. »Und die werden bereits eingesetzt. Möglicherweise sollten wir das Referat ›Polizeilicher Ermittlungsdienst‹ nennen. Ein unverdächtiger Name.«

»Ausgezeichneter Vorschlag. Gefällt mir. Worauf haben Sie die Leute derzeit angesetzt?«

»Sie beschatten unseren speziellen Freund Zoff sowie Berg und seine Leute, die ihrerseits wieder hinter Rieder her sind. Sofern wir die Aktivitäten des Bundesverfassungsamts richtig interpretieren, bereiten die gerade eine Aktion gegen Rieder vor.«

»Was heißt das?«

»Wir sind noch nicht ganz sicher, aber es könnte auf einen Mordanschlag hinauslaufen.«

»Mord? Nein. Das kann ich nicht glauben. Aber angenommen, Rieder käme tatsächlich ums Leben. Dann bräuchte Zoff Hilfe. Wie sollte er uns sonst Bergs Kopf bringen?«

»Selbstverständlich. Schon kapiert, Herr Minister. Ich werde mir etwas einfallen lassen.«

»Das haben Sie gut gesagt, Hauck. Ich wusste immer, dass Sie ein ausgezeichneter Mann sind. Meine Speerspitze.« Der Minister erhob sich. Hauck auch.

»Ihr Vertrauen ehrt mich«, säuselte der Direktor des BKA. »Es ist mir ein riesiger Ansporn.«

»Wir werden bald wieder miteinander plaudern, mein Lieber«, grinste der Minister und schüttelte Hauck die Hand. »Sie werden es weit bringen in meinem Ministerium. Sehr weit.«

In Salzburg betrat unterdessen Bettina Wagners Stellvertreter, Major Karl Pimminger, verschämt einen Blumenladen. Mit seinen breiten Schultern und ungelenken Bewegungen passte er ebenso gut in diese Umgebung wie ein Elefant in einen Porzellanladen.

Kurz gesagt, man sah ihm an, dass es ihm an Erfahrung im Kauf von Blumen mangelte.

»Sie suchen etwas für Ihre Frau?«, schmunzelte die Verkäuferin, während Pimminger näher kam.

»Für meine Freundin.«

»Ach, wie schön. Und was mag sie besonders?«

»Keine Ahnung. Suchen Sie etwas aus. Etwas, das Ihnen gefällt.«

Während das Mädchen dem Major einen Blumenstrauß zusammenstellte, trat am Gehsteig vor dem Blumengeschäft ein schlanker, grauhaariger Mann undefinierbaren Alters im dunklen Mantel an die Glastür, schoss mit seiner kleinen Kamera unbemerkt ein paar Fotos, drehte sich weg, ging ruhig weiter und verschwand um die nächste Ecke. Als Pimminger wenig später das Geschäft verließ, war der Salzburger Kriminalist um 20 Euro ärmer, aber dafür so fröhlich und voller Tatendrang wie schon seit Jahren nicht mehr.

3

»Der Tod ist das Ziel, auf das unser Leben zuläuft«
(Michel de Montaigne, »Verhalten, dem Tod gegenüber«, Essais, Buch III)

Donnerstag, 7.30 Uhr. Der Speisesaal des Hotels war gut gefüllt, und es roch nach Kaffee und gebratenen Eiern. Zoff saß gerade beim Frühstück, als ihn Bettina Wagner anrief.

»Kollege Zoff? Ich hoffe, ich störe nicht. Guten Morgen.«

»Sie stören nie. Falls Sie vorgehabt haben, mich zu wecken, sind Sie sowieso zu spät dran. Ich bin schon seit ein paar Stunden munter.«

»Na, hoffentlich so richtig. Wir verhören nämlich gerade den Sekretär des Abgeordneten Spitzer.«

»Wieso das?«

»Sie können sich sicher an diese Bierdose erinnern, von der wir Speichelspuren analysieren ließen. Der Speichel stammt von Karl-Heinz Sudek. Der Mann hat vor zehn Jahren jemanden zusammengeschlagen. Deshalb war seine DNA gespeichert. Sudek ist seit gestern früh in Salzburg. Er begleitet Erwin Spitzer. Der Herr Abgeordnete sitzt ebenfalls bei uns.«

»Habt ihr die beiden schon verhört?«

»Zwei meiner Mitarbeiter reden gerade mit Sudek. Sie können dabei sein, wenn Sie wollen.«

»Gern. Wo steigt die Sache?«

»Im Landeskriminalamt, zweite Etage, Zimmer 23.«

»Ich bin sofort bei Ihnen.«

Als Zoff gegen 10.00 Uhr den Vernehmungsraum betrat, tranken Major Pimminger, Frau Oberst Wagner und der Abgeordnete Spitzer gerade Kaffee. Die Stimmung war entspannt. Nachdem sich Zoff vorgestellt hatte, durfte er Platz nehmen und bekam auch eine Tasse.

»Wo ist Herr Sudek?«, fragte er und grübelte darüber nach, wie alt Pimminger wohl sein mochte. Aufgrund der vielen kleinen Falten um die Augen schätzte er ihn schließlich auf Mitte 40.

»Der Verdächtige sitzt im Nebenzimmer«, antwortete der Major gleichgültig und schenkte ihm einen kühlen Blick. »Das Verhör ist noch im Gange.«

»Und gibt es von eurem Gespräch mit dem Herrn Abgeordneten schon ein Befragungsprotokoll?«

»Selbstverständlich. Da drüben. Am Schreibtisch.«

Ächzend erhob sich Zoff, ging zum Schreibtisch und las das Protokoll aufmerksam durch. Anschließend ging er zurück zu den anderen und setzte sich wieder.

»Sie sagen, Sie seien gestern am späten Vormittag von Wels nach Salzburg gefahren, hätten an der Raststation Mondsee gegessen und wären um etwa 14.00 Uhr in Ihrem Salzburger Hotel eingetroffen«, grinste Zoff leutselig. »Dort hätten Sie sich in Ihrem Zimmer auf die abendliche Fernsehdiskussion vorbereitet. Ihr Sekretär war bei Ihnen? Die ganze Zeit über?«

»Bis 18.30 Uhr.«

»Dafür gibt es keine Zeugen, nehme ich an.«

»Nein. Wieso denn auch?«

»Sie hörten vom neuerlichen Brandanschlag gegen Oberbürgermeister Rieder?«

»Dieser Reitstallbrand? Ja, davon hab ich gehört.«

»Und haben Sie einen Verdacht, wer der Brandstifter gewesen sein könnte?«

»Das ist Rieders Angelegenheit. Er hat sich genug Feinde gemacht. Soll *er* doch darüber nachdenken, wer dahintersteckt. Ich hab jedenfalls nichts damit zu tun.«

»Sie wissen, dass der Oberbürgermeister Sie verdächtigt.«

»Aus politischem Kalkül. Im Grunde will er damit bloß einen lästigen Konkurrenten anschwärzen.«

»Seit wann ist Karl-Heinz Sudek bei Ihnen?«

»Seit etwa zehn Jahren. Wieso?«

»Es gibt Beweise dafür, dass er beim Brand von Rieders Sommerhaus in der Nähe des Tatortes war.«

»Ausgeschlossen. Wieso sollte der einen Brand legen? Karl Heinz ist nicht kriminell.«

»Er hat jemanden niedergeschlagen.«

»Vor einer halben Ewigkeit. Wegen einer politischen Meinungsverschiedenheit. Deshalb ist einer noch lange kein Brandstifter.«

Mit ausdruckslosem Gesicht verließ Pimminger den Raum und kam nach einer Weile mit einem durchsichtigen, verschweißten Plastikbeutel wieder, in dem der beim Brandanschlag sichergestellte Knopf lag. »Kennen Sie diesen Knopf?«, fragte er.

»Ein schwarzer Lederknopf. Womöglich von einer schwarzen Lederjacke«, murmelte der Abgeordnete und zuckte die Achseln.

»Sudek steht auf schwarzes Leder«, kommentierte Bettina Wagner. »Da würde der Knopf ganz gut passen. Er stammt vom gestrigen Brandanschlag. Wir haben ihn bei den Benzinkanistern gefunden.«

»Ich werde dafür sorgen, dass Karl-Heinz Ihnen seine Garderobe zugänglich macht«, seufzte Spitzer. »Wir werden das klären.«

Zoff ging ins Nebenzimmer. Dort bestritt Karl-Heinz Sudek energisch, an den beiden Bränden beteiligt gewesen zu sein. Die Frage, wie eine Bierdose mit seinem Speichel in die Nähe von Rieders Sommerhaus geraten sein könnte, wollte er nicht beantworten. Wenigstens stimmte er einer freiwilligen Nachschau in seinem Hotelzimmer zu, worauf sich Pimminger mit zwei jungen Kriminalisten und dem festgenommenen Politikersekretär auf den Weg machte. Keine Stunde später rief der Major an.

»Wir fanden einen kurzen schwarzen Ledermantel in Herrn Sudeks Kleiderkasten«, meldete er seiner Chefin. »Der oberste Knopf fehlt. Es ist der Knopf, den wir bei den niedergebrannten Reitställen sichergestellt haben.«

»Gut gemacht. Was sagt der Verdächtige dazu?«

»Der sagt im Augenblick gar nichts.«

»Ein toller Erfolg, Pimminger«, lobte Bettina Wagner ihren Mitarbeiter. »Wie es aussieht, haben Sie gerade unsere Brandanschlagserie gelöst. Bringen Sie den

Festgenommenen wieder hierher. Ich rede inzwischen mit dem Staatsanwalt.«

»Was geht da vor?«, erkundigte sich der Abgeordnete Spitzer verstört.

»Wir haben den Ledermantel zu unserem Beweisstück gefunden«, informierte ihn die stellvertretende Landeskriminaldirektorin. »Da haben Sie Ihrem Sekretär wohl ein falsches Alibi gegeben. Das heißt, Sie werden sich wegen falscher Zeugenaussage verantworten müssen. Auch wegen Verdachtes der Anstiftung zu zwei Brandanschlägen.«

»Das gibt es doch nicht«, flüsterte der Politiker fassungslos und fuhr sich fahrig übers Gesicht. »Das ist eine Intrige. So etwas würde ich nie anzetteln. Ich bin doch nicht geisteskrank.«

»Wir nehmen jetzt erst einmal ein zweites Protokoll mit Ihnen auf, Herr Abgeordneter«, unterbrach ihn Bettina Wagner, und jetzt war sie gar nicht mehr freundlich. »Vielleicht beraten Sie sich nachher besser noch mit einem Rechtsanwalt. Ich denke, Sie werden ihn brauchen.«

Zoffs Telefon klingelte. »Entschuldigung«, murmelte er und ging vor die Tür. Nina war dran.

»Sag einmal, willst du dich nicht irgendwann einmal telefonisch bei mir melden? Jetzt bist du schon ein paar Tage weg, und ich hab keine Ahnung, was los ist und wann du wieder einmal nach Hause kommst«, tadelte sie ihn.

»Tut mir leid. Es ist so viel passiert, seit ich hier bin. Das hat mich oft bis tief in die Nacht hinein beschäftigt. Wir sehen uns morgen, Nina. Ist zu Hause alles in Ordnung?«

»Wir sind noch da.«

»Angenehm, das zu hören. Ich freue mich auf euch.«

»Bist du sicher?«

»Doch, doch. Und das Wochenende wird schön, du wirst sehen. Wir sind bei Bruno und Anna eingeladen.«

»Samstags oder sonntags?«

»Das wollte ich dir überlassen.«

»Dann besuchen wir die beiden am Samstag und fahren sonntags zu meinen Eltern und zu deinem Vater.«

»Von mir aus. Pass auf dich auf.«

»Du auch. Bis bald.«

Plötzlich fühlte sich Zoff ganz zerschlagen. Am Kaffee hatte er vorhin bloß genippt, da würde ihm eine Tasse Tee ganz guttun. Kurz entschlossen fuhr er mit dem Aufzug nach unten in die Kantine. Als er etwa 20 Minuten später wieder den Befragungsraum betrat, unterschrieb der Abgeordnete Spitzer gerade das Protokoll.

»Ich muss ihn wohl festnehmen«, flüsterte Bettina Wagner verstohlen. »Irgendwie hab ich da gar keine andere Wahl, oder?«

»Die hat man immer«, entgegnete Zoff leise. »Reden Sie mit der Staatsanwaltschaft. *Die* sollen doch entscheiden, ob er in Haft geht oder auf freiem Fuße angezeigt wird. Bei einem Politiker ist das heikel.«

»Danke für den Ratschlag«, bedankte sich die stellvertretende Landeskriminaldirektorin mit einem Stoßseufzer. »Wenn ich hier Mist baue, kann mich das die Karriere kosten. So etwas geht oft ganz schnell.«

»Wem sagen Sie das, Frau Kollegin?«, grinste Zoff und verabschiedete sich. »Sehen Sie zu, dass die Presse nichts von der Sache erfährt, sonst ist hier ganz schnell der Teufel los. Ich fahre zu Stella Rieder. Ich hab mit ihr zu reden.«

Als Zoff 15 Minuten später mit seinem Dienstwagen die Tiefgarage des LKA Salzburg verließ, folgte ihm ein grauer VW Golf. Der Glatzkopf am Steuer achtete darauf, dass sich drei Fahrzeuge zwischen ihn und Zoffs Audi schoben, ehe er die Verfolgung aufnahm.

Über dem Anwesen am Fuße des Heubergs lag immer noch Brandgeruch, aber etwa 50 Meter neben der Brandstelle waren Arbeiter schon damit beschäftigt, Fundamente für die neuen Ställe einzurichten. Zoff fragte den Verwalter nach der Hausherrin.

»Die ist oben in der Villa«, sagte der muskulöse, stiernackige Blonde mit deutlichem Kärntnerdialekt.

Zwei Minuten später stand Zoff auch schon vor der Eingangstür des geschmackvollen Herrenhauses und läutete. Der Butler kam und öffnete schweigend.

»Hallo, mein Guter. Ich muss Frau Rieder sprechen«, erklärte Zoff fröhlich.

»Sie haben einen Termin?«

»Unglücklicherweise nicht. Verzeihen Sie mir.«

»Sehr wohl. Wenn Sie mir bitte folgen wollen.«

Wieder wurde Zoff in den Salon geführt. Diesmal dauerte es etwas länger, bis Stella Rieder erschien. Sie trug einen schwarzen Rock, eine etwas tiefer ausgeschnittene, aber doch elegante weiße Bluse und eine schwarze Perlenkette. Zoff hätte zu gerne gewusst, welches Parfum sie aufgetragen hatte. Jedenfalls roch es verdammt gut.

»Grüß Gott, Herr Zoff. Ich habe nicht mit Ihnen gerechnet.«

»Ich hoffe, ich störe nicht.«

»Keineswegs. Mein Mann ist in Linz. Gespräche mit dem Bundeskanzler. Es geht um den Bestand der Koalition. Na ja. Die werden sich schon einigen.«

»Der Kadaver Ihres Hundes ist bereits in Wien. Noch einmal vielen Dank für Ihr Einverständnis.«

»Das war ja selbstverständlich. Ich hoffe, die Autopsie bringt, was Sie sich davon versprechen.«

»Das wäre überaus erfreulich. Mein heutiger Besuch hat einen ernsten Hintergrund. Einen sehr ernsten sogar.«

»Ach deshalb schauen Sie gar so finster drein. Trinken Sie eine Tasse Tee mit mir? Das entspannt.«

»Sehr gern.«

»Seien Sie bitte so freundlich, Franz«, bat Stella Rieder den Butler. Der nickte stumm und ging.

»Ich war beim ›Kirchenwirt‹ in Itzling«, berichtete Zoff, als sie allein waren. »So, wie die Dinge liegen, war die Sache mit der Spinne kein Zufall.«

»Aber, aber. Herr Oberstleutnant. Sie wollen mir doch nicht etwa Angst machen? Mein Gott, das Tier ist aus Passeggers Terrarium entkommen. Dass es den Weg auf meine Schulter gefunden hat, war ein Unglück. Für das Tier, meine ich. Der Ausflug hat der Spinne das Leben gekostet.«

»Die Sache hätte aber auch für Sie ziemlich unangenehm werden können«, erwiderte Zoff ernst und beobachtete misstrauisch, wie der Butler zwei Tassen Tee sowie Zuckerdose und Milch auf den Tisch stellte.

»Danke.«

»Sehr wohl.«

»Sie übertreiben. Solche Spinnen sind nicht so giftig, wie man gemeinhin annimmt«, meinte Stella Rieder lächelnd. »Ihre Bisse sind schmerzhaft, aber sicher nicht lebensgefährlich.«

»Angeblich sterben daran nur kranke Menschen«, legte Zoff dar. »Ich frage mich allerdings, ob das unser Attentäter wusste.«

»Was deuten Sie da an?«, wollte Stella Rieder wissen und wurde blass.

»Meiner Meinung nach konnte das Tier nicht aus eigener Kraft aus seinem Terrarium entkommen. Dafür sind die Glaswände zu hoch. Da hat jemand nachgeholfen. Sie saßen am Stammtisch, direkt am Fenster. Am offenen Fenster.«

»Sie behaupten, jemand hätte die Spinne gezielt auf mich angesetzt?«

»Ich bin ziemlich sicher, dass das so war.«

»Und was heißt das jetzt?«

»Es könnte durchaus sein, dass Sie in Gefahr sind.« Vorsichtig führte Zoff die Tasse an die Lippen, kostete und trank. Der Tee war sehr stark und sehr heiß.

»Was soll ich jetzt tun?«, meinte die Gattin des Oberbürgermeisters ratlos.

»Vorsichtig sein. Außerdem müssen wir mit Ihrem Mann reden. Meiner Meinung nach ist verstärkter Personenschutz für Sie und für ihn unumgänglich. Bei besonderen Gefährdungslagen schützt das Einsatzkommando ›Cobra‹ gefährdete Politiker und ihre Familien.

Mit etwas Glück gelingt es mir, den Minister davon zu überzeugen, dass Ihnen Gefahr droht.«

»Wer könnte denn überhaupt ein Interesse daran haben, mich aus dem Weg zu räumen?«

»Das weiß ich noch nicht. Aber wir sollten gemeinsam über ein mögliches Motiv nachdenken, denn über das Motiv kommen wir zum Täter. Ganz bestimmt.«

Ministerialrat Karl Berg war gut gelaunt. Die Zusammenlegung des militärischen mit dem zivilen Geheimdienst lief bestens. Das weitläufige, strategisch günstig gelegene Gelände des ehemaligen Landesgendarmeriekommandos für Niederösterreich in der Ruckergasse 62 war angekauft, die Renovierung der Gebäude in vollem Gange und die organisatorische Gliederung der neuen Einheit vom Kanzler genehmigt. Die Spitzenpositionen im neuen Dienst waren besetzt, und die Auswahl der übrigen Mitarbeiter schritt zügig voran. Berg hatte allen Grund dazu, zufrieden zu sein. Nur eines verursachte ihm Kopfzerbrechen. Pechstein hatte angerufen und gesagt, der Minister wolle ihn sprechen. Pünktlich um 16 Uhr. Berg überlegte, was der Grund dieser Vorladung sein konnte, und versuchte, sich in die Gedankenwelt seines Vorgesetzten zu versetzen. Der Minister wusste über sein Projekt Bescheid und würde es liebend gern zu Fall bringen, das war klar. Das Telefon klingelte.

»Bundesverfassungsamt. Berg«, meldete er sich.

»Haben wir schon einen Namen für unseren neuen Geheimdienst?«, zischte der Anrufer grußlos.

»Was halten Sie von BST? Bundesamt für Staatsschutz und Terrorabwehr?«

»Gefällt mir ausgezeichnet. Das Gelände in der Ruckergasse ist riesig. Wie haben Sie sich die Nutzung vorgestellt?«

»Ich denke, wir sollten eine Abteilung der ›Cobra‹ dort haben. Schon wegen der teuren Hindernisbahn und der Schießanlagen. Außerdem stützt das unser Image in Sachen Terrorabwehr.«

»Oh ja. Die Terroristengefahr ist ein gutes Argument für einen starken Geheimdienst. Und sonst?«

»Wir stationieren fünf Hubschrauber und eine Flotte schneller Autos zentral mitten in Wien zu unserer ausschließlichen Verfügung. Außerdem will ich dort das neue zentrale Kriminallabor und die gesamte Kriminaltechnik haben.«

»Haben Sie dem Kanzler vorgeschlagen, diese Dienste ebenfalls aus dem Innenministerium auszulagern?«

»Selbstverständlich, aber er hat es noch nicht genehmigt. Der Innenminister macht ihm die Hölle heiß. Übrigens hat mich der Minister zu sich bestellt. Für heute, 16.00 Uhr.«

»Was will er denn?«

»Das hat mir Pechstein nicht verraten.«

»Egal. Wie entwickelt sich die Sache mit Rieder?«

»Der Oberbürgermeister stellt Bedingungen für den Verbleib in der Koalition, und der Kanzler schweigt und wartet.«

»Dann warten wir auch. Vorerst. Sie hören von mir.« Damit war das Gespräch beendet.

Inzwischen belagerte in Salzburg eine ganze Schar

von Journalisten das Landeskriminalamt, und der Eingang musste durch vier uniformierte Beamte geschützt werden. Die Geduld des Landeskriminaldirektors riss langsam.

»Das Telefon klingelt in einer Tour«, knurrte er. »Wir müssen endlich mit den Medien reden.«

»Dann organisieren wir doch eine kurzfristige Pressekonferenz«, schlug Bettina Wagner vor und warf Major Pimminger einen aufmunternden Blick zu. »Unser Karl Pimminger wird das schon auf die Reihe kriegen. Als Pressesprecher weiß er, was zu tun ist.«

»Wie haben die bloß von der Sache erfahren«, lamentierte Wagners Chef. »Wir hatten doch vereinbart, die Anzeige gegen Spitzer geheim zu halten.«

»Ich hab niemandem etwas gesagt«, behauptete sie gleichgültig. »Zum Glück bleibt Spitzer auf freiem Fuß. Nicht auszudenken, welchen Rummel wir hier hätten, wenn wir ihn in Untersuchungshaft genommen hätten.«

In Wien betrat Ministerialrat Karl Berg pünktlich um 16.00 Uhr das Ministerbüro. Pechstein empfing ihn im Vorzimmer. »Er wartet schon auf Sie«, flüsterte er. »Der Chef ist in ausgesprochen guter Stimmung. So locker war er lange nicht.«

»Aha«, grinste Berg unbeeindruckt und öffnete die Tür ins Allerheiligste.

»Berg. Mein lieber Berg«, begrüßte ihn der Minister leutselig, tauchte elastisch hinter seinem Schreibtisch hoch und kam dem Chef des Bundesverfassungsamtes mit ausgestreckter Hand entgegen. »Es ist lange her, seit Sie das letzte Mal bei mir waren. So eine Schande. Setzen wir uns.«

Am Glastisch neben dem Fenster waren belegte Brötchen und eine Flasche Schampus aufgebaut. Lächelnd ließ sich der Minister auf das bequeme Ledersofa fallen und deutete auf den Ledersessel gegenüber.

»Gibt es etwas zu feiern?«, fragte Berg misstrauisch.

»Aber ja doch, Berg. Ihr großes Werk. Der neue Geheimdienst wird eine Wucht, hab ich mir sagen lassen. Sie werden dort in Verantwortung stehen. Ich habe das dem Herrn Bundeskanzler so vorgeschlagen.«

»Da bedanke ich mich aber, Herr Minister. Ihr Vertrauen ehrt mich.«

»Sie haben das Wort, an dem mir liegt, gelassen ausgesprochen. Vertrauen. Sie genießen dieses Vertrauen seit Jahren, und das wird auch weiterhin so sein. Ich weiß, dass mir noch Gelegenheit geboten wird, Ihnen auf sehr offizielle Art und Weise zu danken. Lassen Sie mich das heute erst einmal inoffiziell tun. Ich denke, wir haben einander eine Menge zu verdanken. Ich habe Sie an die Spitze des Bundesverfassungsamtes geholt, und Sie haben dort hervorragende Arbeit geleistet. Vor allem waren Sie immer loyal, und ich nehme an, ich kann mich auch unter den neuen Rahmenbedingungen auf Sie verlassen. Daran wäre mir gelegen.«

»Unsere Beziehungen waren immer ausgezeichnet, Herr Minister«, antwortete der Ministerialrat vorsichtig. »Das wird sich aus meiner Sicht nicht ändern.«

»Das heißt, Sie werden mich auch in Zukunft

über wichtige Vorgänge informieren und mir für die eine oder andere heikle Aufgabe zur Verfügung stehen?«

»Als Mitglied der Bundesregierung steht Ihnen diese Unterstützung ganz selbstverständlich zu«, dozierte Berg. »Solange Ihre Interessen und die Interessen unseres Kanzlers deckungsgleich sind, sehe ich da überhaupt kein Problem.«

»Ich stehe dem Herrn Bundeskanzler sehr nahe«, brummte der Minister und betrachtete eingehend seine Fingernägel. »Das wissen Sie. Pechstein!« Der Sekretär stürmte ins Zimmer. »Öffnen Sie den Champagner. Sie mögen doch Champagner, Berg?«

»Sehr, Herr Bundesminister.«

»Das ist schön. Übrigens habe ich Sie für einen Orden vorgeschlagen, und Sie bekommen eine Geldbelohnung. Für Ihre überragenden Verdienste um die Staatssicherheit. Ich danke Ihnen und trinke auf gute Zusammenarbeit.«

»Gesundheit, Herr Minister.«

Obwohl Zoff schon einmal dort gewesen war, fand er diesmal den Weg zum Rathaus nicht auf Anhieb. Ob ihn die dunklen Gewitterwolken so ablenkten oder die zahllosen Touristen, die sich lärmend durch die Innenstadt wälzten, konnte er nicht sagen. Jedenfalls stand er plötzlich am Residenzplatz, warf einen Blick auf den Dom und verspürte ganz stark das Verlangen, ihn nach so vielen Jahren endlich wieder einmal zu betreten. In der Kathedrale war es ganz ruhig, und es roch nach Kerzen und nach Weihrauch. Außer einem Pärchen, das in der letz-

ten Reihe saß und sich innig küsste, fielen Zoff bloß noch drei Touristen auf, die staunend durch die Kirche wanderten.
Und dann war da noch ein etwa 40-jähriger Typ mit Glatze, in Jeans und mit grauem Mantel, der hinter ihm die Kirche betreten hatte. Ohne nach links oder rechts zu schauen, ging Zoff in einem Zug bis zum Hauptaltar, kniete nieder und betete ein Vaterunser. Danach erhob er sich, drehte sich um und überlegte gerade, wann er das letzte Mal mit Nina hier gewesen war, als ihm die Frau auffiel, die hastig den Beichtstuhl verließ und das rechte Seitenschiff entlang mit gesenktem Kopf zum Ausgang eilte. Das war Bettina Wagner, oder etwa doch nicht? Im Schatten der mächtigen Säulen folgte er ihr auf den belebten Domplatz, wo er sie aber ziemlich rasch aus den Augen verlor. Frau Oberst war also eine gläubige Christin. Das hätte er ihr gar nicht zugetraut.

Irgendwie ein wenig aus dem Gleichgewicht geraten, irrte er noch eine Weile über den Kapitelplatz, fand eher zufällig den Weg zum Schloss Mirabell und betrat gegen 9.30 Uhr den Sitz der Salzburger Stadtregierung.

Schon beim Portier erwartete ihn ein Mitarbeiter des Magistratsdirektors und geleitete Zoff in jenes Zimmer im ersten Stockwerk, in dem er die engsten Vertrauten des Oberbürgermeisters befragen durfte. Für jede der zehn Personen hatte Zoff etwa eine halbe Stunde eingeplant, und er begann mit dem Finanzstadtrat, Freihers designiertem Nachfolger.

Inzwischen befüllte die Gattin des Salzburger Oberbürgermeisters eine Reisetasche und bat den

Butler, das Gepäckstück zu ihrem Porsche Cayenne zu bringen.

»Ich hab heute bloß noch zwei Nachmittagstermine und morgen am Vormittag eine Kindergarteneinweihung in Sankt Wolfgang. Dann hätten wir endlich wieder einmal ein Wochenende miteinander verbringen können«, lamentierte Rieder neben ihr.

»Jetzt fahre ich erst einmal zum Klassentreffen nach Altenmarkt. Wie ich die Mädels kenne, endet unsere Zusammenkunft nicht vor Samstagnachmittag. Am Sonntag können wir aber gern zusammen sein.«

»Das würde mir gefallen«, bekannte der Oberbürgermeister. »Also bis Samstagabend. Pass auf dich auf.«

»Wieso sagst du das? Was soll mir denn passieren, wenn ich mit meinen Schulfreundinnen zusammen bin?«

»Oberstleutnant Zoff hat angerufen und gemeint, die Sache mit der Spinne sei unter Umständen ein Anschlag gewesen. Wenn du willst, stellt dir Betty zwei Beamte des Landeskriminalamtes zur Verfügung. Als Personenschutz.«

»Betty. Immer wieder diese Betty. Das Frauenzimmer ist mir unsympathisch.«

»Sie wollte uns bloß behilflich sein.«

»Dir. Dir wollte sie behilflich sein. So wie sie dir auch sonst immer behilflich ist.«

»Wie meinst du das?«

»Du verstehst mich schon. Wieso brauchst du eigentlich andere Frauen?«

»Ich liebe dich, Stella. Das weißt du.«

»Wenn das so ist, lerne endlich, treu zu sein. Glaubst du, dass du das irgendwann einmal hinbringst?«

»Jeder hat so seine Fehler, aber ich bessere mich. Wirklich.«

»Mal sehen. Vielleicht wirst du ja tatsächlich irgendwann noch einmal vernünftig.«

»Jedenfalls sorge ich dafür, dass dich einer der beiden Herren begleitet, die mir dieser Major Pimminger besorgt hat.«

»Wie lieb von dir. Ich mag es, wenn du dich um mich sorgst.«

Während der Salzburger Oberbürgermeister seine Frau mit einem Kuss verabschiedete, unterbrach Zoff seine Gespräche im Rathaus und aß nicht weit von Mozarts Geburtshaus zu Mittag, ehe er seine Tätigkeit im kleinen Sitzungszimmer des Magistratsdirektors wieder aufnahm. Das letzte Gespräch führte er mit Susanne Vogt.

Kurz nach 17.00 Uhr bat der Oberbürgermeister die attraktive junge Frau zu sich ins Büro, und Zoff brach die Befragung ab. Später faxte er ein Ansuchen um Personenschutz durch die ›Cobra‹ an den Generaldirektor für die öffentliche Sicherheit und informierte den Journaldienst der Generaldirektion telefonisch über die Hintergründe seines Antrags. Daraufhin sortierte er die Befragungsprotokolle, spazierte zurück zum Hotel, packte und fuhr gegen 18.30 Uhr endlich heimwärts.

Ein unerwartet sonniger Samstagmorgen. Zoff schlief bis 8.15 Uhr, ging zum Bäcker und besorgte das Frühstück. Als er 20 Minuten später zurückkam, hatte Nina schon Kaffee gekocht und den Tisch gedeckt. Nach dem Frühstück wurde Julia von ihrem Freund abgeholt, und Zoff und Nina liefen auf den Schlossberg und zurück, ehe sie duschten, sich umzogen und, mit einem Blumenstrauß und einer Flasche Rotwein bewaffnet, die Pollis aufsuchten. Nach dem Mittagessen spielten sie Tarock, und abends lud Zoff alle ins Kino ein, ehe sie in den Stadtteil Gösting fuhren und den Abend in einem gemütlichen Lokal unweit des Thaler Sees ausklingen ließen.

Sonntag. Nach dem Frühstück sah Zoff das Manuskript für seinen Gedichtband durch, korrigierte einige Texte und notierte fünf Vorschläge für den Buchtitel. Er schrieb einen sehr persönlich gehaltenen Brief an seinen Verleger, verpackte das Manuskript und steckte den Brief und das kleine Paket in seine Reisetasche. Er würde das Zeug am Montag versenden. Auf dem Weg nach Salzburg.

Das Mittagessen bei den Schwiegereltern verlief harmonisch, bis Franz-Josef Mellau sein drittes Glas Rotwein getrunken hatte und eine Diskussion über Zoffs Beruf vom Zaun brach. Verbrechern nachzujagen sei eine geistlose Beschäftigung, meinte Zoffs Schwiegervater. Ein Flirt mit dem Abgründigen, dem Abschaum. Und dann noch dieser unselige Einfluss der Politik. Das sei ja nicht auszuhalten. Zoff solle sich einen ordentlichen Job in der Privatwirtschaft besorgen. So käme Nina auch endlich einmal zu einem Eigenheim. Zoff hörte ganz ruhig zu, zählte insgeheim bis 50, nahm sein Weinglas und ging in den Garten. Unter den Obstbäumen und auf den Beeten lag dick das Laub, und die Blätter raschelten unter seinen Schuhsohlen, als er quer über den Rasen bis zur brusthohen Mauer spazierte. Apathisch heftete er dort seinen Blick auf den grauen Himmel, trank sein Glas aus, dachte an Marlene und spürte, wie er immer deprimierter wurde.

»Es ist kalt hier draußen«, murmelte plötzlich Nina hinter ihm und suchte seine Hand. »Er meint es gut«, lächelte sie begütigend. »Und er mag dich.«

»Er mag mich nicht. In seinen Augen bin ich nicht gut genug für seine Tochter«, widersprach Zoff. »Aber lassen wir das. Fahren wir nach Leoben.«

Zwei Stunden später saßen sie in Zoffs Elternhaus in der Schladnitzstraße. Das Wohnzimmer war überheizt und Zoffs Vater seltsam einsilbig. Erst als sie Tee tranken, seine neuesten Bücher begutachteten und über Peter Handke und Christoph Ransmayr sprachen, wurde er lebhafter.

»Ransmayrs neues Buch ›Der Fliegende Berg‹ wird dir gefallen«, versicherte der rüstige 71-Jährige am Ende ihrer Diskussionen, griff hinter einen der vielen Bücherstapel zu ihren Füßen und überreichte seinem Sohn ein kleines Paket. »Da bin ich ganz sicher.«

Natürlich blätterte Zoff sofort im neuen Buch, und später erzählte er von seinen Erhebungen zu den Morden an Brecht und Freiher und den rätselhaften Brandanschlägen.

»Dann ist dieser komische Herr Sudek also der gesuchte Brandstifter«, resümierte der pensionierte Kriminalist misstrauisch. »Scheint zumindest so. Muss übrigens ein ziemlicher Idiot sein, der Kerl.«

»Wieso?«

»Wenn Sudek tatsächlich alle drei Brandanschläge auf dem Kerbholz hat und dabei an zwei Tatorten absolut eindeutige Spuren hinterließ, kann er nicht besonders clever sein. Welcher einigermaßen intelligente Täter tut so etwas?«

»Mal überlegen«, unterbrach ihn Zoff. »Was haben wir denn da? Eine Bierdose mit Speichelsekret und einen Jackenknopf. Einen Knopf kann man schon einmal verlieren, aber eine Bierdose in der Nähe eines Tatortes zurückzulassen, ist wirklich verdammt dämlich.«

»Da ist noch etwas.«

»Du überlegst, welche Verbindung Sudek zu Brecht haben könnte, nicht wahr?«

»Exakt. Kannten sich die beiden? Ich meine, hast du dafür Beweise?«

»Die hab ich nicht. Noch nicht. Aber schließlich waren die zwei ja eine Zeit lang zusammen bei den Liberalen. Da darf ich doch wohl annehmen, dass sie einander irgendwann einmal über den Weg gelaufen sind.«

»Annehmen darfst du alles. Solange du das nicht mit einem Beweis verwechselst. Vergiss diese Montaignezitate nicht. Hat Sudek ein Faible für Philosophie?«

»Ich weiß es nicht.«

»Dann noch der Mord an Freiher und diese Spinnengeschichte. Wo ist da ein Zusammenhang mit Sudek?«

»Möglicherweise gibt es einen, und wir sehen ihn bloß nicht.«

»Trinken wir noch eine Tasse Tee«, schlug Nina vor.

»Mir brummt der Schädel. Außerdem mag ich es nicht, wenn Peter privat über dienstliche Dinge spricht.«

»Recht hast du«, bestärkte sie ihr Schwiegervater und zwinkerte seinem Sohn listig zu. »Was belästigt uns der Kerl denn da mit seinen Sorgen? Der soll seine Fälle selber lösen. Bitte sei doch so lieb und bring uns den Kuchen aus der Küche. Er steht im Backrohr.«

Montag früh. Auf dem Weg zu Polli schaute Zoff bei Britta Seitz vorbei und diskutierte mit ihr den Spurenbericht zum Mordfall Freiher. Auf der Ladefläche des gestohlenen Ford-Galaxys waren feinste Rückstände von Ölen und Fetten nachgewiesen worden. Schmiermittel, die bei Fahrrädern verwendet wurden.

»Meiner Meinung nach hat der Täter mit einem Fahrrad den Tatort verlassen«, resümierte Britta, und Zoff nickte, drückte ihr stumm die Hand und ging. Polli telefonierte gerade, als Zoff eintrat. Eilig beendete er das Telefonat und schob seinem Chef einen Sessel zu.

»Das war Schröder von der Personalvertretung«, erklärte er gequält. »Hast du schon gehört, was da wieder auf uns zukommt?«

»Nein. Was denn?«

»Ein neues Aktenprotokollsystem, eine elektronische Personalverwaltung und ein EDV-Fahrtenbuch. Außerdem ein neues Überstundenverrechnungsprogramm und als besonderes Glanzstück die sogenannte ›Kostenrechnung‹. Da musst du deinen gesamten Tagesablauf genau dokumentieren und mit Bewertungszahlen in eine Datei eingeben. Die Strafprozessordnung wird auch noch reformiert und ...«

»Genug. Lass mich in Frieden.«

»Bist wieder ganz schön mies drauf heute, nicht wahr?«

»Keine Spur. Hast du irgendwelche Neuigkeiten zum Mordfall Freiher?«

»Brittas Fahrradtheorie. Sonst nichts. Aber ab Mittwoch könnten wir dich bei den Erhebungen in Salzburg unterstützen, wenn du willst.«

»Ich kann tatsächlich Hilfe gebrauchen.«

Gegen 9.00 Uhr unterrichtete Zoff den Landeskriminaldirektor über den Stand der Ermittlungen. Eine Stunde später packte er seine Sachen in den Dienstwagen und machte sich auf den Weg nach Westen. Zu Mittag aß er in einem kleinen Restaurant in Schladming, brachte anschließend sein Manuskript zum Postamt und setzte sich gerade wieder in den Wagen, als Polli anrief.

»Der Hund ist obduziert«, berichtete er. »Ich hab dir das Gutachten auf den Schreibtisch gelegt. Hassos letzte Freude war eine Knackwurst, versetzt mit Zyankali.«

»Gift«, murmelte Zoff nachdenklich. »Dachte ich mir. Danke, Bruno.«

»Ach ja, das Ministerium hat dein Ansuchen um verstärkten Personenschutz für Rieder und seine Gattin ans Kanzleramt weitergeleitet. Die streiten um Zuständigkeiten. Neuerdings kommen für solche Aufträge ja nicht nur die ›Cobra‹, sondern auch das Bundesamt für Staatsschutz und Terrorabwehr infrage.«

»Ja sind die denn von allen guten Geistern verlassen? Sag Big Boss Bescheid. Der soll im Ministerium nachsetzen. Du leistest ausgezeichnete Arbeit, mein Alter. Ich wüsste nicht, was ich ohne dich tun sollte.«

»Keine Ursache. Servus.«

»Da hinterließ jemand ein Boot am anderen Ufer«, überlegte Zoff laut. »Und er legte eine Bierdose so hinein, dass man sie finden musste. Gut gemacht. Die Sache mit dem Hund hingegen war ein Fehler. Hätte Sudek am Ufer angelegt, wäre Hasso ihm an die Gurgel gesprungen. Garantiert. Außerdem hätte Sudek Fußspuren hinterlassen. Nein, nein. Der Täter kam von der anderen Seite. Über den Zaun. Hasso hielt still, weil er mit seiner Leibspeise gefüttert wurde. Vielleicht sogar von jemandem, den er kannte. Sudek soll für diese Sache seinen Kopf hinhalten. Wieso eigentlich?«

Gegen 14.00 Uhr war Zoff wieder in seinem Salzburger Hotel, machte sich frisch und eilte ins Landeskriminalamt. Bettina Wagner war nicht im Büro, also lud Zoff ihre schüchterne Sekretärin auf eine Tasse Kaffee in die Kantine.

»Irgendwie hab ich fast den Verdacht, Ihre Chefin stammt aus der Steiermark«, grinste Zoff, während sie Kuchen aßen.

»Aber wieso denn?«

»Ihr Dialekt. Sie hat doch einen hörbar steirischen Einschlag.«

»Aber überhaupt nicht. Sie stammt aus Radstadt und hat dort das Gymnasium besucht«, verriet ihm die Sekretärin. »Später studierte sie in Wien.«

»Was denn?«

»Keine Ahnung.«

Gegen 18.00 Uhr war Zoff auch schon auf dem Weg nach Radstadt. Der graue VW Golf etwa 50 Meter hinter ihm fiel ihm nicht besonders auf. Auf der Autobahn herrschte wenig Verkehr. Kaltluft näherte sich von Norden her, und es wurde rasch dunkel.

Es gibt Dinge, die niemand vorhersehen kann. An diesem Dienstagmorgen fielen die Temperaturen unter null, die Straßen waren glitschig, und Zoffs Brille beschlug, während er an der Klimaanlage des blauen Audis drehte. Sekunden später rammte er einen Gartenzaun und kam erst auf einem unbebauten Grundstück unmittelbar am Ortseingang zum Stehen. Damit hatte der neueste Dienstwagen des LKA Graz eine gewaltige Delle am rechten Kotflügel und Zoff eine Beule an der Stirn. Fluchend fuhr er erst einmal zur nächsten Polizeidienststelle und unterschrieb ein Unfallprotokoll, ehe er sich ins Restaurant gegenüber setzte und eine Tasse Tee bestellte. Es wäre doch klüger gewesen, gleich in jenem schmucken Gasthof kurz vor Radstadt zu frühstücken, in dem er die Nacht verbracht hatte.

»Ihr Tee bitte.«

»Danke.« Verdrossen kostete Zoff und verzog das Gesicht. Er mochte keine Zitrone.

»Bringen Sie mir eine neue Tasse«, bat er die Kellnerin. »Ohne Zitrone, aber mit einem Kännchen Milch.«

»Milch?« Die füllige Blondine schnaufte wie ein Dampfross und musterte ihn, als ob er nicht ganz bei Trost sei. »Bei uns hier trinken alle ihren Tee mit Zitrone.«

»Bemerkenswert. Ich trinke ihn aber anders«, meinte Zoff schnippisch und drückte ihr die Tasse in die Hand. »Tee mit Milch. Ich will ihn heiß und stark und schnell, mein schönes Kind.«

20 Minuten später brachte sie ihm den Tee. Er schmeckte nach schalem, mäßig erhitztem Abwaschwasser, und Zoff überlegte gerade, ob er das Gesöff ohne gesundheitlichen Schaden zu nehmen trinken konnte, als Bruno Polli anrief.

»Schlechte Nachrichten«, meldete er. »Wir haben einen Mädchenmord in Mureck. Eine 14-Jährige. Gewürgt und im Murfluss ertränkt. Die Eltern der Kleinen sind völlig aus dem Häuschen. Die Mutter hat einen Nervenzusammenbruch.«

»Kein Wunder. Ein Sexualdelikt?«

»Das ist noch unklar.«

»Zeugen? Spuren?«

»Alles noch zu früh. Aber bei zwei Parkbänken in Ufernähe ist was gelaufen. Haufenweise leere Bierdosen und zwei ausgesoffene Whiskeyflaschen.«

»Und das familiäre Umfeld?«

»Der Vater ist Bauunternehmer, die Mutter Sekretärin. Großer Freundeskreis. Die Kleine war in der Schule sehr beliebt.«

»Tragische Sache. Halte mich auf dem Laufenden.«

»Selbstverständlich. Noch etwas: Big Boss lässt grüßen. Der Minister hat angerufen. Er wollte wissen, ob der Mordfall Freiher schon geklärt ist.«

»In Kürze. Ich hab jetzt tatsächlich eine heiße Spur, Bruno«, verriet Zoff. »Irgendwie hoffe ich zwar immer noch, dass ich auf der falschen Fährte bin, aber die Sache spitzt sich langsam zu.«

»Auf Willi könnte ich wohl ein paar Tage lang verzichten.«

»Er soll sich gleich auf den Weg machen. Unter Umständen muss ich morgen schon jemanden festnehmen, und da wäre mir Unterstützung sehr willkommen. Machs gut. Adieu.«

Schon während des Telefongesprächs spürte Zoff wieder diesen beklemmenden Druck im Magen. Verdrossen schluckte er eine Schmerztablette und spülte mit Tee nach, ehe er der Kellnerin einen Wink gab. Wieso war es auf einmal so heiß hier? Merkwürdig.

»Zahlen bitte!«

»Ich komme!«

»Wo finde ich das Gymnasium?«, wollte Zoff wissen und wischte sich den Schweiß von der Stirn.

»An der Raiffeisenbank vorbei und dann immer geradeaus«, beschrieb die Kellnerin mit einem Grinsen und deutete rechts die Straße hinunter. Da wusste Zoff, dass er sich links halten musste.

Keine halbe Stunde später hatte er das Schulgebäude tatsächlich gefunden.

Ob er sich noch an Bettina Wagner erinnern könne, fragte Zoff den hochgewachsenen, graubärtigen Direktor in dessen Büro. Natürlich. Die sei eine ausgezeichnete Schülerin gewesen, bekam er zur Antwort. Sprachlich begabt, auch literarisch. Eine Gerechtigkeitsfanatikerin. Ihr Vater allerdings habe gar keinen guten Ruf gehabt. Deshalb sei ihre Mutter auch ziemlich früh auf und davon. Ohne die einzige Tochter mitzunehmen. Leider.

»Zeigte sie besonderes Interesse an Philosophie?«, erkundigte sich Zoff.

»Bei uns noch nicht«, antwortete der hagere Schulleiter. »Erst später. Sie studierte vier Semester an der Universität Wien, soviel ich weiß.« Nachdenklich nahm der Direktor seine Hornbrille ab, zog ein Taschentuch aus dem Hosensack und putzte sie. »Unglücklicherweise brach sie das Studium ab und ging zur Polizei«, murmelte er gedankenverloren. »Schade drum.«

Im Büro des Oberbürgermeisters herrschte Hektik. Im Minutentakt riefen Journalisten an und wollten ein Interview. Susanne Vogt musste eine Bürokraft des Magistratsdirektors anfordern, um der ständigen Telefonanrufe Herr zu werden.

»Susi! Zum Chef!«, bellte Alexander Grein, während er Rieders Bürotür ansteuerte. »Wir müssen die Veranstaltung an der Uni besprechen. Das gehört exzellent vorbereitet. Wegen dieser Sache mit Spitzer und der Gerüchte um einen gröberen Koalitionskrach ist mit einem weit über das normale Maß hinausgehenden Medieninteresse zu rechnen. Was hältst du von einer Pressekonferenz? Natürlich erst nach der Rede des Herrn Oberbürgermeisters in der Aula. Die Studenten geben eine ganz gute Kulisse ab.«

»Wir sollten mit dem Rektor reden«, gab Rieders Sekretärin zu bedenken, erhob sich und kam an die Tür. »Könnte sein, dass er Probleme macht.«

»Glaube ich nicht. Unter Umständen legt er nachträglich Protest ein. Das halten wir aus.«

»Lassen wir das Hannes entscheiden. Jedenfalls wird seine Brandrede gegen die Studiengebühren ein Hammer.«

»Der Kanzler wird toben«, freute sich Grein. »Wieder einmal.« Susanne Vogt klopfte.

»Herein!«, rief der Oberbürgermeister, und die beiden traten ein.

Inzwischen stand Bettina Wagner grübelnd in der Schießhalle im Keller des Landeskriminalamtes, setzte ihre Kopfhörer auf und ging an den mittleren der drei Pistolenstände. Rechts neben ihr schoss Major Karl Pimminger seine zweite Serie. Links feuerte Chefinspektor Adolf Zirbs. Der Leiter der Observationsgruppe war ein ausgezeichneter Schütze, aber ein seltsamer Mensch. Grauhaarig, wieselflink und irgendwie leicht zu übersehen.

Ruhig nahm die stellvertretende Landeskriminaldirektorin ihre Pistole aus dem Holster, umfasste den Kolben so, dass ihre linke Hand die rechte unterstützte und mit ihr ein stabiles Dreieck bildete, und stieß die Waffe in Richtung Ziel. Sie nahm den linken Fuß ein wenig zurück und verlagerte das Gewicht so, dass es gleichmäßig auf beide Beine verteilt war. Mit zusammengepressten Lippen fixierte sie die Scheibe. »Du verdammtes Schwein!« Ein Seufzen. Sekunden später hatte sie sich wieder im Griff, suchte mit dem rechten Zeigefinger den Druckpunkt der Waffe und zog gelassen den Abzug durch. Im Kopfhörer war das Krachen des Schusses fast nicht zu hören, und auch der Rückstoß der schweren ›Glock‹ war durchaus beherrschbar. Entschlossen jagte sie auf diese Art und Weise fünf Schüsse hinaus, senkte die Waffe, atmete tief durch, entspannte sich und nahm die Pistole wieder hoch. Fünf weitere Schüsse verließen den Lauf.

»Langsamer schießen«, meldete sich die Stimme des Schießleiters im Kopfhörer.

Mit merkbarem Unwillen nahm die Schützin die Kritik zur Kenntnis und wartete eine Weile, ehe sie wieder das Gewicht verlagerte und die letzten sieben Schüsse abgab. Danach nahm sie das Magazin aus der Pistole, entspannte den Schlitten, zog den Abzug durch und steckte die Waffe zurück ins Holster. Mit einem sonoren Brummen bewegte sich die Schießscheibe auf Bettina Wagner zu und stoppte einen halben Meter vor ihrem Gesicht.

»Elf Zehner, fünf Neuner und ein Achter. Sehr gut.« Gleichmütig schoss die stellvertretende Leiterin des Landeskriminalamtes eine zweite Serie und noch eine dritte, ehe sie das Schießtraining beendete und in den Nebenraum ging, in dem Zirbs und Pimminger bereits ihre Waffen putzten.

»Geben Sie her«, sagte Pimminger und streckte die Hand aus. »Waffenöl macht sich wohl nicht so gut auf Ihrer Bluse. Gehen Sie einen Kaffee trinken. Ich liefere das Ding gereinigt nach. Frei Haus, sozusagen.«

»Das ist aber nett«, bedankte sich Bettina Wagner überrascht und legte ihm Pistole und Holster auf den Tisch. »Dann warte ich in der Kantine.«

»Alles klar.«

»Habt ihr genügend Putzzeug?«, fragte der Schießleiter an der offenen Tür im Vorbeigehen.

»Alles da«, brummte Pimminger.

»Du bist ja ein Gentleman«, grinste Zirbs, nachdem Wagner mit dem Aufzug ins Obergeschoss gefahren war.

»Halt dein Maul, du Arschloch!«, zischte Pimminger, putzte weiterhin verbissen die Waffe seiner Chefin und setzte sie wieder zusammen.

»Aber, aber«, ätzte Zirbs, während er das Putzzeug einpackte und seine Waffe zurück ins Schulterholster steckte. »Ich weiß schon, du willst bei der Tussi zum Zug kommen. Gönne ich dir ja. Hast schließlich genug durchgemacht wegen ihr.«

»Wenn du jetzt nicht endlich abhaust, knall ich dir eine, dass dir der Schädel wegfliegt, hörst du?«

»Mein Gott, bist du aggressiv. Ich geh ja schon. Servus.« Fröhlich pfeifend, huschte Zirbs hinaus, fuhr mit dem Aufzug nach oben, eilte in sein Büro, holte sein Mobiltelefon aus der Jackentasche und wählte.

»Pimminger hat seinen Schießtermin tatsächlich nicht grundlos verlegt«, knurrte er. »Der Holzkopf glaubt, ich hätte sein Spielchen nicht mitbekommen, aber er täuscht sich.«

»Sie sind ein Fuchs«, antwortete Ministerialrat Karl Berg anerkennend. »Filmen Sie, wie er ihr die Waffe gibt. Unter Umständen können wir das später noch gebrauchen.«

»Wird erledigt.«

»Ich bin zufrieden mit Ihnen, Zirbs«, schnurrte Berg. »Wirklich sehr zufrieden.«

Als Pimminger eine Viertelstunde später seiner Chefin Holster und Pistole übergab, bedankte sie sich mit einer Tasse Kaffee und einem Stück Kuchen. Danach gingen sie in Wagners Büro, diskutierten über Sudeks Vernehmungsprotokoll und besprachen die weitere Vorgehensweise bei den bevorstehenden Verhören. Gegen 11.00 Uhr verließ der Major das Landeskriminalamt. Er hatte eine schwarze Aktentasche dabei und war in Eile. Chefinspektor Zirbs folgte ihm in einem Abstand von etwa 30 Metern. Er trug einen dunklen Mantel, einen Hut und eine dickrandige Brille. Pimminger drehte sich nicht um. Nicht ein einziges Mal.

»Und so ein Idiot bringt es bei uns bis zum Major«, beschwerte sich der Beschatter verbittert, sorgte dafür, dass sich einige Touristen zwischen ihn und die Zielperson schoben, und machte die kleine Kamera in seiner Manteltasche einsatzbereit.

Die Ennstalbundesstraße zwischen Liezen und Schladming ist eine der unfallträchtigsten Verkehrsverbindungen der Steiermark, und an diesem Montag waren extrem viele Fahrzeuglenker unterwegs.

»Das ist vielleicht wieder ein beschissener Fetzenflieger, den sie mir da angedreht haben«, grunzte Willi Schulz und bemühte sich, den in Längsrillen und Kurven immer wieder zum Ausbrechen neigenden blauen Renault Mégane auf der Fahrbahn zu halten. Kurz vor Gröbming beschlug die Windschutzscheibe so heftig, dass er die Fahrbahn fast nicht mehr erkennen konnte. Heizung und Lüftung funktionierten nicht, und als Schulz versuchte, das Fenster zu öffnen, hatte er plötzlich die Fensterkurbel in der Hand. Gleichzeitig bremste der Mercedes vor ihm. Dann krachte es auch schon.

Unterdessen saß Peter Zoff beim Salzburger Landeskriminaldirektor und las Bettina Wagners Personalakte. Gegen 15.00 Uhr ging er in die Tiefgarage und fragte den erstbesten Kollegen nach dem Privatauto der Frau Oberst.

»Ein grüner VW-Touran. Links, ganz hinten. Parkplatz Nummer 2«, gab der Kriminalist bereitwillig Auskunft, und Zoff bedankte sich und setzte sich in Bewegung. Im selben Augenblick rief Polli an.

»Hallo, Bruno«, meldete sich Zoff. »Was willst du denn?«

»Willi ist in einen Mercedes geknallt. Bremsversagen. Der Dienstwagen hatte fast 270.000 Kilometer auf dem Tacho.«

»Ist er verletzt?«

»Am rechten Bein ein gebrochener Knöchel, an der linken Hand zwei gebrochene Finger. Außerdem hat er Schnittwunden im Gesicht und eine Schulterprellung.«

»Scheiße! Sag ihm, ich wünsche gute Besserung.«

»Ich hab Paul nach Schladming geschickt. Sobald Willi vergipst ist, bringt er ihn nach Hause. Und wie schaukeln wir jetzt die Sache in Salzburg?«

»Wenn du mir ab und zu eine Überprüfung abnimmst, komm ich schon irgendwie zurecht. Finde heraus, ob der grüne VW-Touran, Kennzeichen S 598 BD, während der letzten vier Wochen an den Autobahnabfahrten Graz, Irrach oder Unterpremstätten registriert wurde.«

»Ich rede mit dem Staatsanwalt. Kein Problem.«

»Es geht nach wie vor um die Mordfälle Brecht und Freiher. Sag ihm das. Und es eilt.«

»Irgendwie eilt es bei uns doch immer. Noch etwas: Der Professor verlässt uns.«

»Was? Wieso denn?«

»BKA Wiesbaden. Die deutschen Kollegen haben ihm einen Spitzenjob angeboten. Den kann er nicht ausschlagen.«

»Das verstehe ich. Wann geht er?«

»Sofort. Er lässt dich grüßen.«

»Ich ihn auch. Er soll mal was von sich hören lassen. Und erinnere ›Big Boss‹ daran, dass wir einen neuen Profiler brauchen. So rasch wie möglich.«

»Das können wir uns abschminken. Ich war bereits beim Herrn Landeskriminaldirektor. Das Ministerium. Du weißt ja. Das Sparprogramm.«

»Wie bitte? Weißt du, was die mich können? Weißt du das?«

Unterdessen telefonierte Stella Rieder mit ihrem Mann. »Das Jugendturnier in Bischofshofen beginnt zwar erst morgen«, meinte sie, »aber das Organisationskomitee wurde schon für heute Abend zu einer Sitzung einberufen.«

»Da kann man nichts machen«, bedauerte der Oberbürgermeister. »Einer der beiden Bodyguards wird dich dorthin begleiten. Der zweite bleibt bei mir.«

»Lass doch. Mir passiert schon nichts.«

»Wer weiß. Sicher ist sicher.«

Als Zoff gegen 18.15 Uhr das Rathaus erreichte, war der Oberbürgermeister nicht mehr im Hause.

»Der Chef ist auf dem Weg zur Universität«, verriet ihm Susanne Vogts Vertretung. »Er spricht dort. Kann ich etwas ausrichten?«

»Ich hätte mich gerne mit ihm unterhalten«, erwiderte Zoff enttäuscht. »So schnell wie möglich.«

»Das wird sich heute nicht mehr machen lassen, aber wenn Sie mir Ihre Telefonnummer hinterlassen, ruft Sie Frau Vogt morgen zurück und besorgt Ihnen einen Termin.«

»Natürlich.« Gedankenverloren übergab ihr der

Oberstleutnant seine Karte, eilte ins Erdgeschoss, unterhielt sich an der Pforte noch kurz mit dem Portier und verließ hastig das Gebäude. Sekunden später löste sich ein junger Mann in grauem Mantel aus dem Hauseingang gegenüber und folgte ihm. Zoff erreichte gerade den Domplatz, als ihn Marlene anrief.

»Hallo, Süßer. Wo bist du denn?«, hauchte sie.

»In Salzburg. Dienstlich.«

»Kriegt man dort denn überhaupt noch freie Hotelzimmer?«

»Ich hab eines. Mit Sicht auf Schloss Mirabell. Wie geht es dir, Marlene?«

»Ich war eine Woche in Süditalien, aber das half nicht.«

»Wogegen?«

»Gegen den Schmerz. Und du schreibst immer noch an deinen Gedichten?«

»Das Zeug liegt beim Verleger.«

»Du schickst mir doch ein Exemplar, wenn das Buch am Markt ist?«

»Natürlich.«

»Manchmal möchte ich ganz laut schreien.«

»Lass das, Marlene. Ich will es nicht hören.«

»Ich weiß. Wenn ich bloß wüsste, was ich dir getan hab.«

»Du hast keine Schuld. Das hab ich dir schon gesagt.«

»Doch. Irgendetwas hab ich dir getan. Unbewusst vielleicht. Etwas Unaussprechliches, Ungeheuerliches. Etwas, das du mir nicht verzeihen kannst.«

»Unsinn. Du hast schon alles richtig gemacht, aber die Umstände waren gegen uns, Marlene.«

»Liebende kennen keine Umstände«, flüsterte das Mädchen. »Weißt du, ich kann einfach nicht aufhören, dich zu lieben.« Da schluckte Zoff, legte auf und hastete weiter.

19.25 Uhr: Die Vorbereitungen für die Podiumsveranstaltung zur Abschaffung der Studiengebühren liefen auf vollen Touren. Alexander Grein testete das Mikrofon auf der Bühne der festlich geschmückten Aula, und der Saal begann sich langsam zu füllen, während der Oberbürgermeister mit dem Landeshauptmann und weiteren Politikern eine Etage höher beim Rektor saß. Gerade als der Landeshauptmann auf die geplante Erweiterung des Campus zu sprechen kam und die Unterstützung des Oberbürgermeisters bei der Finanzierung einforderte, klingelte Rieders Mobiltelefon.

»Hallo Hannes«, hauchte eine verheißungsvolle Stimme ganz leise. »Bist du immer noch so verspannt vor öffentlichen Veranstaltungen? Ich hätte ganz große Lust auf dich. Jetzt.«

»Nein«, flüsterte er.

»Du weißt, dass es keine so gut macht, wie ich. Also komm. Komm ganz schnell.«

»Was denn. Jetzt?«

»Auf der Stelle.«

»Wo bist du?«

»In der Mensa, gegenüber dem Hinterausgang. Ein niedriges, unbeleuchtetes Nebengebäude. Der Eingang war verschlossen, aber ich hab die Tür aufgebrochen. Für uns. Deinen Bodyguard können wir dabei aber nicht gebrauchen.«

»Okay«, wisperte Rieder, legte auf und steckte das Mobiltelefon ein.

»Sie entschuldigen mich«, bat der Oberbürgermeister lächelnd und erhob sich. »Wir werden das Thema noch besprechen. Nach Ende der Veranstaltung. Jetzt muss ich mich rasch noch um jemanden kümmern.«

»Sie warten auf mich am Eingang zur Aula«, befahl er sodann dem stämmigen Personenschützer im grauen Anzug, der an der Tür Position bezogen hatte, verließ den Raum und eilte über die Nebentreppe nach unten. Rechts ging es zum Haupteingang, durch den immer mehr Menschen ins Gebäude drängten. Ein Blick auf die Uhr. Ihm blieb eine knappe halbe Stunde. Hastig wandte sich der Oberbürgermeister nach links. Am Ende des menschenleeren Ganges war eine massive Metalltür, die ins Freie führte.

Das düstere Bauwerk gegenüber war vom Hauptgebäude durch einen kleinen Platz getrennt, der durch eine Laterne mäßig ausgeleuchtet war. Je weiter sich Rieder der dunklen Mensa näherte, desto erregter wurde er. Dann war er am Eingang. Ein leichter Druck, und die Tür schwang knarrend auf.

»Hallo?«, flüsterte er. Die Vorhänge im hinteren Teil des Saales waren zugezogen, aber die Tischreihen vor ihm waren trotzdem noch erkennbar. Die Stühle standen auf den Tischen, und es roch nach billigem Plastik und Mief. »Ist da jemand?« Rieder machte kein Licht.

»Hier bin ich«, kam die Antwort. »Ganz hinten.« Nachdem sich seine Augen endlich an das Halbdunkel gewöhnt hatten, sah er die Umrisse ihres Körpers.

»Du spinnst ja«, grinste er und zwängte sich durch zwei Tischreihen. »Aber von mir aus. Mach schnell, es eilt.« Endlich war er bei ihr und versuchte, sie zu küssen, aber sie schüttelte bloß den Kopf und drehte sich weg.

»Ich will jetzt nicht deinen Mund«, schnurrte die Frau und deutete auf den Stuhl vor ihm. »Ich will mehr. Los. Setz dich.« Seufzend nahm Rieder Platz, öffnete die Beine und sie kniete nieder. »Was haben wir denn da?« Vorsichtig öffnete sie ihm den Reißverschluss.

»Mach die Augen zu.« Der Oberbürgermeister tat, wie ihm geheißen. Da holte sie mit ihrer Linken sein erigiertes Glied aus der Hose und umfasste es zärtlich. Gleichzeitig griff sie mit der Rechten an ihren Rücken und zog eine Pistole aus dem Hosenbund. Fassungslos registrierte Rieder den kalten Stahl der Pistolenmündung an seiner Stirn und riss entsetzt die Augen auf.

»Was …«

Ein Schuss. Gleich darauf noch einer. Die beiden Projektile durchschlugen Rieders Schädel, rissen einen Teil seines Hinterkopfes weg und töteten ihn auf der Stelle. Ungerührt steckte die Frau die Waffe weg, ließ die Leiche zu Boden gleiten, erhob sich, lief zur Eingangstür und lauschte in die Nacht. Lächelnd huschte sie ins Freie, rannte nach rechts und verschwand in der eben erst angebrochenen Nacht.

21.00 Uhr: »Wenigstens wissen wir, dass wir nach einer Frau suchen«, stellte Zoff fest und gab Pimminger die Tatortaufnahmen zurück. Grimmig beobachtete er von der Eingangstür der Mensa aus, wie zwei Spurensicherer in ihren Schutzanzügen Rieders Leiche mit einer Plastikplane abdeckten, während zwei weitere mit Speziallampen den Boden ausleuchteten.

»Wieso?«, wollte der Major wissen und legte seine Stirn in Falten. »Wegen der Erektion?«

»Ja. Womöglich sollten wir das gesamte Umfeld des Oberbürgermeisters in die Ermittlungen einbeziehen.«

»Wir? Das ist mein Fall.«

»Zwischen dem Mord an Freiher und am Oberbürgermeister besteht doch ein Zusammenhang.«

»Wer sagt das?«

»Ich sage das.«

»Seien Sie mir nicht böse, Herr Kollege Zoff, aber das ist mir eigentlich zu wenig. Solange mir nicht entscheidungsbefugte Leute aus dem Bundeskriminalamt oder dem Ministerium sagen, dass das LKA Salzburg sich aus diesem Fall herauszuhalten hat, führe ich diese Ermittlungen und nicht Sie.«

»Ist schon in Ordnung. Wo ist eigentlich Ihre Chefin geblieben?«

»Die fühlt sich nicht wohl.«

»Verstehe. Hat die Spurensicherung etwas gefunden?«

»Nichts Aufregendes. Die Eingangstür wurde mit einer Art Brecheisen aufgezwängt. Das Ding lag an der Hauswand. Die Spurensicherung hat es bereits abgepinselt. Keine Fingerabdrücke.«

»Schweiß oder Hautschuppen?«

»Negativ.«

»Und Fußspuren?«

»Die Mensa war bis 18.00 Uhr geöffnet. Der planmäßige Putz erfolgt jeweils morgens von 8.00 bis 10.00

Uhr. Trotzdem wurde der Boden am unmittelbaren Tatort mit Gelatinefolie abgezogen. Die Kollegen fanden zu viele Abdrücke, um damit etwas anfangen zu können. Aber vielleicht bringt uns die Waffe weiter. Offenbar wurde sie am Kopf des Opfers angesetzt. Jedenfalls sind Druckmarke und Schmauchspuren vorhanden. Die Geschosse haben den Schädel durchschlagen und sind in der Wand stecken geblieben. Details zu Schusswaffe und Munition sind noch nicht bekannt, aber der Spurenbericht ist morgen fertig. Sie können ihn sich ansehen. Da hab ich nichts dagegen.«

»Danke. Rieder hatte Personenschutz. Wo waren eigentlich die beiden Herren während der Tatzeit?«

»Einer begleitete die Gattin des Oberbürgermeisters nach Bischofshofen. Der andere wartete vor der Aula. Rieder wollte das so.«

»Das vom Rektor erwähnte Telefongespräch geht mir nicht aus dem Sinn. Hat niemand mitbekommen, ob sich das spätere Mordopfer mit einem Mann oder einer Frau unterhielt?«

»Der Landeshauptmann sprach gerade, als der Oberbürgermeister den Anruf entgegennahm. Daraufhin meinte Rieder bloß, er müsse sich noch rasch um jemanden kümmern, und eilte hinaus.«

»Hierher.«

»Sie glauben, dass er in die Mensa bestellt wurde?«

»Ja, das glaube ich.«

»Wir haben Rieders Mobiltelefon. Möglicherweise können unsere Techniker damit den Anrufer eruieren.«

»Hoffentlich. Wo war denn der übrige Tross?«

»Ich verstehe nicht.«

»Die Leute, die den Oberbürgermeister zur Veranstaltung begleiteten, seine Hilfskräfte meine ich. Ich wüsste gern, welche Aufgaben die Damen und Herren hatten und wo sich jeder von ihnen zwischen 19.00 Uhr und 20.00 Uhr aufhielt. Können Sie das für mich herausbekommen?«

»Kein Problem.«

»Mein Gott, bin ich müde. Besser ich fahre jetzt zurück in mein Hotel«, gähnte Zoff und schüttelte Pimminger die Hand. »Viel Erfolg.«

»Danke«, grinste der Major. »Ich hab ein gutes Gefühl, Zoff. Der sexuelle Hintergrund ist eindeutig. Daraus das Motiv herauszufiltern, wird nicht so schwierig sein. Dann hab ich den Mörder. Ich brauche diesen Erfolg, wissen Sie?«

»Wer braucht ihn nicht? Alles Gute.«

Als Zoff ins Hotel kam, lag vor seiner Zimmertür ein Päckchen. Erstaunt riss er es auf und fand eine CD. ›West Side Story‹ von Leonard Bernstein, mit Marlenes Visitenkarte.

›There`s a place for us. A time and place for us. Peace and quiet and open air, wait for us, somewhere‹, las Zoff auf der Rückseite. ›In Liebe, Marlene.‹

Mit einem Seufzer ging er zum CD-Player, legte die silbern glänzende Scheibe ein, spielte nach und nach die ganze CD durch und las die Texte. Immer noch bekam er weiche Knie, wenn er an Marlene dachte. Aber deshalb Nina und Julia im Stich zu lassen und auf und davon zu gehen, kam nicht infrage. Was hatte er Nina denn vorzuwerfen? Gar nichts.

»Es wäre nicht gerecht«, flüsterte er. »Wirklich

nicht.« Auf einmal stutzte er. »Moment. Gerechtigkeit. Das ist es doch. Eine ›Gerechtigkeitsfanatikerin‹. Wer sagte das? Der Direktor des Radstädter Gymnasiums. Karl-Heinz Sudek und die Brandanschläge. Zwei ganz eindeutige Spuren an drei Tatorten. Sudek.« Aufgeregt suchte Zoff nach seinem Mobiltelefon und rief Polli an.

»Hallo, mein Alter. Hast du vom Mord an Rieder gehört?«, fragte er.

»Ja. Aber sag einmal, ist deine Uhr im Eimer? Es ist 23.00 Uhr.«

»Ich weiß. Überprüf doch bitte einen bestimmten ›Karl-Heinz Sudek‹ für mich. Der Mann hat eine Vorstrafe wegen Rauferei. Besorg mir Hintergrundmaterial über die Sache.«

»Wann hat der Vorfall stattgefunden?«

»Vor zehn Jahren. Ungefähr.«

»Wird erledigt. Im Mordfall Vera Wohlmuth gibt es übrigens den ersten Verdächtigen. Einen Schüler. 17 Jahre alt. Angeblich war er seit Langem hinter dem Mädel her. Wir holen ihn uns morgen früh.«

»Recht so, Bruno. Viel Erfolg. Entschuldige bitte den späten Anruf. Und grüß Anna von mir.«

Am Mittwochmorgen schien auf einmal wieder die Sonne, und das Licht fiel ungehemmt durch die hohen, blank geputzten Fenster direkt auf den Schreibtisch des Innenministers.

»Jetzt ist das Kapitel ›Hannes Rieder‹ also endlich abgeschlossen«, konstatierte der oberste Verteidiger von Österreichs öffentlicher Ordnung und Sicherheit befriedigt und rieb sich die Hände. »Und er starb mit einer Erektion, der Gute. Wie lustig. Und wie passend.« Nachdenklich kämmte der kräftige Politiker sein schwarz glänzendes Haar nach hinten, legte den Kamm weg, schob angriffslustig sein markantes Kinn vor und nahm den Telefonhörer zur Hand. »Pechstein! Her zu mir. Auf der Stelle.« Keine 30 Sekunden später stand der Kanzleileiter am roten Teppich.

»Sie haben gerufen«, stammelte er nervös.

»Tatsächlich. Das habe ich. Eine Tragödie, Pechstein. Ein schwarzer Tag. Der Oberbürgermeister von Salzburg tot. Gemordet. Ich bin fassungslos. In welcher Welt leben wir denn, mein Lieber? Wenn ich so nachdenke, was ich mit dem Kerl so alles erlebt hab, muss ich sagen: Ich hatte ihn ganz gern. Wirklich. Verfassen Sie ein Kondolenzschreiben an die Witwe, Pechstein. Und schicken Sie Blumen.«

»Sehr wohl. Ministerialrat Hauck hat angerufen. Er will die Leitung der Morderhebungen im Fall Rieder übernehmen.«

»Da hab ich nichts dagegen. Die Erhebungen vor Ort treibt aber dieser Zoff voran. Der kann das.«

»Und wenn unser Geheimdienst die Hände im Spiel hat?«

»Umso besser. Sollte sich unser lieber Freund Berg mit seiner Wursteltruppe an Rieder vergriffen haben, reißt ihm mein steirischer Rambo den Arsch auf, und wenn er das zustande bringt, befördere ich ihn zum Oberst. Mindestens, Pechstein. Mindestens.«

In Salzburg saß Zoff gerade beim Frühstück, als ihn der Anruf des BKA erreichte. »Hören Sie zu, Zoff. Die Morderhebungen im Fall Rieder werden unter meiner Leitung geführt«, kam Hauck sofort auf den Punkt. »Sie sind vor Ort in meinem Namen tätig und damit allen anderen Polizeiorganisationen gegenüber weisungsberechtigt. Die diesbezüglichen Befehle sind schriftlich ergangen. Das Landeskriminalamt Salzburg weiß Bescheid und wird Sie voll und ganz unterstützen.«

Zoff wollte sich bedanken, aber da hatte der Direktor des Bundeskriminalamtes schon aufgelegt.

Gegen 10.00 Uhr betrat der neue Chefermittler im Mordfall Rieder das Salzburger Landeskriminalamt und eilte schnurstracks in Pimmingers Büro.

»Guten Morgen.«

»Hallo, Zoff«, brummte der blonde Major mit versteinertem Gesicht. »Der Landeskriminaldirektor erwartet Sie. Wie es aussieht, sind Sie in der Sache Rieder jetzt der Boss hier.«

»Richtig. Ich muss Frau Oberst Wagner sprechen.«

»Die ist im Krankenstand. Ich vertrete sie.«

»Dann gehen wir besser erst einmal zu Merck und besprechen dort das Weitere.« Sie stiegen gerade in den Lift, als Polli anrief.

»Karl-Heinz Sudek, geboren am 28. Februar 1970 in Wien und derzeit wohnhaft in Sankt Pölten, prügelte sich 1996, also vor elf Jahren«, berichtete er. »Der Mann geriet an fünf Türken, schlug einen davon halb tot und bekam auch selbst ganz schön was ab dabei. Ein gebrochenes Handgelenk, zwei ausgeschlagene Schneidezähne und mehrere Prellungen.«

»Und später? Was geschah später, Bruno?«, wollte

Zoff wissen. »Da ist etwas. Das spüre ich. Erkundige dich, wie das mit den fünf Türken weiterging.«

»Alles klar. Reden wir über das Kennzeichen, das du mir kürzlich durchgegeben hast.«

»Was ist damit?«

»Der Touran war in Irrach. Es gibt da eine Speicherung an der Abfahrt, ziemlich genau eine Stunde vor Brechts Tod. Eine weitere Speicherung erfolgte auf der Richtungsfahrbahn Salzburg um 20.28 Uhr. Da dürfte das Fahrzeug auf dem Rückweg gewesen sein.«

»Mein Gott. Und in Unterpremstätten?«

»Keine Speicherung.«

»Na gut, das sagt nichts. Sie könnte eine der Grazer Abfahrten benützt haben und auf der Regionalstraße nach Unterpremstätten gefahren sein.«

»Wir haben alle Grazer Abfahrten überprüft. Dort ist das Kennzeichen nicht gespeichert.«

»Merkwürdig. Ich schick dir eine Mail mit Lichtbild. Konfrontiere das Personal des ›Marriott‹ damit. Sollte unsere Verdächtige dort unter falschem Namen aufgetreten sein, wird sie jemand erkennen.«

»Verstanden.«

Nachdenklich steckte Zoff sein Handy weg, besuchte den Salzburger Landeskriminaldirektor, erläuterte ihm seinen Ermittlungsauftrag und bat darum, sich in Bettina Wagners Büro umsehen zu dürfen. Merck nickte bloß. 25 Minuten später betrat Zoff in Pimmingers Begleitung die verwaiste Kanzlei der Frau Oberst und fand auf deren Schreibtisch ein Mobiltelefon.

»Ist das Frau Wagners Handy?«, fragte Zoff.

»Keine Ahnung«, antwortete der Major. »Aber wir

verwenden ausschließlich Geräte der Marke ›Nokia‹. Dienstlich, meine ich.«

»›Samsung‹«, las Zoff laut vom Telefon ab, ohne es anzurühren. »Versperren Sie das Büro. Ich übernehme den Schlüssel.«

Das Mittagessen in der Kantine schmeckte lausig. Zoff verzichtete aufs Dessert und rief Polli an.

»Ich hab so das Gefühl, du hast was für mich«, begrüßte er seinen Gesprächspartner.

»Und ob«, erwiderte Zoffs Stellvertreter. »Der Mädchenmord ist geklärt. Stell dir ein allgemeines Besäufnis unter Jugendlichen vor. Das Mädel hat genug und macht sich auf den Heimweg. Für ihren Schulfreund die lange erhoffte Gelegenheit. Er verfolgt sie, geht ihr an die Wäsche, und sie wehrt sich. Da zerrt er sie ins Gebüsch, von dort über die Böschung ins Wasser und erwürgt sie. Trotz seines beinharten Leugnens konnte Britta ihm die Tat relativ schnell beweisen.«

»Britta?«

»Sie untersuchte seine Jeans und fand Spuren von Kieselalgen.«

»Algen. Ich fasse es nicht. Und weiter?«

»Diese Art Kieselalgen gibt es im gesamten Verlauf des Flusses nur an einer Stelle. Am Tatort.«

»Meine Herren«, lobte Zoff. »Das ist ja großartig.«

»Stimmt«, grinste Polli. »So eine Expertin wie Britta kannst du mit der Lupe suchen. Die Frau ist ein Wahnsinn.«

»Gut, dass die Sache ausgestanden ist«, resümierte Zoff. »Ich brauche euch nämlich hier in Salzburg.«

»Das ganze Team?«

»Britta und dich. So schnell wie möglich.«

»Von mir aus. Übrigens weiß ich inzwischen, wie diese Sache mit den Türken weiterging.«

»Dann erzähl doch. Lass dir nicht alles so aus der Nase ziehen.«

»Das Haus, in dem die Männer untergebracht waren, brannte ab. Eine alte Frau kam dabei ums Leben. Die Vermieterin.«

»Brandstiftung?«

»Die Brandursache blieb ungeklärt. Jedenfalls wurde mit Sudek ein Protokoll aufgenommen. Der Mann hatte ein Alibi. Angeblich war er zur Tatzeit bei einem Fußballmatch. In Begleitung eines gewissen Erwin Spitzer.«

»So ist das also«, freute sich Zoff. »Gute Arbeit. Jetzt sehe ich allmählich klarer. Grüße Britta von mir und sieh zu, dass ihr morgen früh in Salzburg seid.«

Donnerstag, 10.00 Uhr. Britta Seitz, Bruno Polli und Peter Zoff trafen sich in Hofrat Mercks Büro. Zoff bat den Salzburger Landeskriminaldirektor um einen Arbeitsraum für sein Team und bekam eine Kanzlei in der ersten Etage zugewiesen. Als sie mit dem Aufzug abwärts fuhren, bat er Britta, sich um das Mobiltelefon am Schreibtisch Bettina Wagners zu kümmern, und gab ihr den Kanzleischlüssel. »An DNA-Material unserer lieben Kollegin heranzukommen, wäre auch nicht schlecht«, überlegte er laut. »Vielleicht steht im Büro noch ein Wasserglas herum oder so. Die Drohbriefe an Brecht, Freiher und Rieder steckten in Briefumschlägen. Die Kuverts waren verklebt.«

»Ich weiß, was du meinst. Wenn wir Glück haben, finden sich daran Reste von Speichel«, ergänzte Britta sanft.

»Genau. Ein paar Blatt Papier und Briefumschläge müssten sich ja eventuell auch noch finden lassen. Als Vergleichsmaterial. Meine nächste Bitte betrifft diese Brandanschläge. Ich will, dass du dir die diesbezüglichen Ergebnisse der hiesigen Spurensicherung ansiehst. Es gibt da beispielsweise Fußabdrücke und Radspuren, die mir auf Stella Rieders Reithof aufgefallen sind. Die Kollegen haben sie archiviert. Jetzt besuchen wir aber erst einmal Herrn Major Pimminger und seine Leute. Die müssen euch schließlich auch noch kennenlernen.«

Am Nachmittag sah Zoff mit Pimminger die Protokolle durch, die dieser mit den engsten Mitarbeitern des Oberbürgermeisters aufgenommen hatte. Alexander Grein war zur Tatzeit angeblich mit dem Soundcheck der Tonanlage in der Aula beschäftigt gewesen und hatte Vorabdrucke von Rieders Rede an Journalisten von Presse und Fernsehen verteilt. Susanne Vogt wiederum war vor der Aula auf Studenten zugegangen und hatte ihnen Rieders Bildungspolitik klargelegt. Rieders Bildungssprecher und der Finanzstadtrat waren erst kurz nach 19.30 Uhr eingetroffen und hatten im Saal auf Rieder gewartet. Der Personenschützer des Oberbürgermeisters war untätig am Eingang zur Aula herumgestanden, und Rieders Chauffeur hatte in einem nahen Restaurant zu Abend gegessen. Kommentarlos legte Zoff die sechs Mappen auf den Tisch. Pimminger verstaute die Protokolle gerade wieder, als Britta anrief.

»Da lag ein Kamm in der Schreibtischlade der Frau Oberst«, berichtete sie knapp. »Die darin befindlichen Haare sind bereits auf dem Weg zur Gerichtsmedizin Innsbruck. Paul Billek schickt einen Kurier mit Brechts Drohbrief inklusive Kuvert ebenfalls nach Innsbruck. Wenn wir Glück haben, ist das Ergebnis der vergleichenden Analyse übermorgen verfügbar. Briefumschläge oder Schreibpapier waren nicht zu finden. Ich hab aus dem Büro der Vorzimmerdame ein paar Stichproben genommen. Das Mobiltelefon auf Frau Wagners Schreibtisch ist übrigens ein wenig eigenartig.«

»Wieso?«

»Ich fand keinerlei Fingerabdrücke am Gerät. Das ist doch ziemlich seltsam.«

»Na ja. Ich weiß nicht.«

»Aber überleg doch. Wer wischt denn seine Fingerabdrücke vom Telefon, nachdem er telefoniert hat? So etwas tut doch keiner.«

»Okay. Und sonst?«

»Ich hab die letzten Rufnummern, die von diesem Gerät aus angewählt wurden.«

»Interessante Rufnummern?«

»Eine davon. Die letzte. Der Anruf erfolgte um 19.28 Uhr.«

»Rieder.«

»Du sagst es.«

»Dann muss ich ganz schnell mit dem Bundeskriminalamt reden«, stellte Zoff fest. »Und mit der Staatsanwaltschaft. Iss noch etwas und komm um 18.00 Uhr in die Tiefgarage. Ich denke, es wird Zeit, Frau Oberst Wagner einen Krankenbesuch abzustatten.«

Bettina Wagner öffnete die Wohnungstür erst, nachdem Zoff seinen Finger nicht mehr von der Klingel nahm.

»Eigentlich fühle ich mich wirklich nicht in der Lage, Besuche zu empfangen«, begrüßte sie ihn und Britta Seitz unwillig, bat sie aber dennoch herein. Sie sah müde aus, hatte struppiges Haar und trug Jeans und ein grünes Sweatshirt mit Motiven aus Irland.

»Tut mir leid, aber wir sind dienstlich hier.«

»Kommen Sie«, lenkte sie seufzend ein und ging voran. Alle Böden der großzügig dimensionierten Wohnung bestanden aus weißem, glatt poliertem Marmor. Auch die Wände strahlten in jungfräulichem Weiß. Im Wohnzimmer zogen zwei hohe Bücherregale aus Nussholz, zwei rote, halbhohe Vitrinen und ein breites, schwarzes Phonomöbel aus Glanzlack die Blicke auf sich. Es gab keine Bilder an den Wänden. Auch keinerlei Blumen auf dem Glastisch oder den Vitrinen. An der Wand gegenüber eine schwarze Ledergarnitur, auf der eine Decke und ein Polster lagen. Durch die Terrassentür an der rechten Schmalseite des Raumes erregten ein großer Tisch und acht Sessel Zoffs Aufmerksamkeit, die durch eine Plastikplane abgedeckt waren.

»Der Sommer ist vorbei«, kommentierte Bettina Wagner seinen Blick. Zoff nickte bloß.

Ruhig schaltete die junge Frau den Fernsehapparat aus, kauerte sich auf das Ledersofa und deckte sich zu. »Mir ist kalt. Nehmen Sie Platz«, murmelte sie zerstreut und deutete auf die beiden Ledersessel gegenüber.

»Es ist tatsächlich kühl hier«, erwiderte Zoff. Britta schwieg, setzte sich und schlug die Beine übereinander.

»Was wollen Sie?«

»Ein Geständnis.«

»Ist nicht wahr. Was soll ich denn gestehen?«

»Alles«, knurrte Zoff und ließ sie nicht aus den Augen, während er ihr gegenübersaß. »Sie haben Rieders Sommerhaus angezündet und die Reitställe. Außerdem wollten Sie Benno Brechts Haus niederbrennen. Sie waren hinter dem Haus, als Brecht auf seinen Mörder traf, nicht wahr?«

»Ich? So ein Blödsinn«, erwiderte sie und bekam einen roten Kopf.

»Bei Benno Brecht ist mir eigentlich alles klar. Er hat sie beleidigt und musste seine gerechte Strafe bekommen. Sie haben doch ein Faible für Gerechtigkeit, oder?«

»Es gibt keine Gerechtigkeit.«

»Kommt darauf an, wie man den Begriff definiert, aber bleiben wir beim Thema. Wieso haben Sie das Sommerhaus des Oberbürgermeisters angezündet? Was hat Ihnen die arme Stella Rieder angetan, und warum haben Sie Freiher und Rieder ermordet?«

»Sie glauben, dass ich jemanden umbringen könnte?«

»Jeder kann das. Unter gewissen Umständen.«

»Sie sind verrückt. Ich hab Freiher nicht getötet.«

»Und den Oberbürgermeister?«

»Hannes war meine große Liebe. Ich hätte ihm niemals etwas antun können. Leider.«

»Ich glaube Ihnen kein Wort, und ich kann beweisen, dass Sie hinter Benno Brechts Haus waren. Zur Tatzeit.«

»Ich werde jetzt einen Anwalt anrufen, Herr Kollege«, kündigte sie gleichmütig an und ging ans Telefon.

»Gute Idee. Telefonieren Sie ruhig«, antwortete Zoff kühl, erhob sich und ging zu den Bücherregalen.

»Was tun Sie da?«

»Ich suche etwas.« Vorsichtig zog Zoff einen schmalen Band aus dem rechten Regal. Ein Lesezeichen war eingelegt.

»Was fällt Ihnen ein?«, protestierte Bettina Wagner hilflos.

»Wir schulden den Königen samt und sonders Ergebenheit und Gehorsam, denn beides gilt ihrem Amt«, zitierte Zoff laut, während Bettina Wagner den Telefonhörer sinken ließ und stumm wieder auflegte. »Achtung und Zuneigung aber schulden wir nur ihrer Tugend.«

»Eine Lebensweisheit«, erklärte die aparte Schwarzhaarige beherrscht und ging an die Tür.

»Das kann man wohl sagen. Montaigne. Ein kluger Mann.«

»Ein faszinierender und viel zu wenig beachteter Philosoph«, bestätigte sie.

»Sollten Sie abhauen wollen, kann ich Ihnen nur abraten«, meinte Zoff bedauernd.

»Abhauen? Wohin sollte ich wohl gehen?«, fragte sie gedankenverloren. »Gibt es einen Haftbefehl?«

»Selbstverständlich«, bestätigte Zoff und griff unter seine Jacke. »Verdacht der Brandstiftung und Verdacht des Mordes.«

»Schon gut«, wehrte sie ab. »Behalten Sie das gute Stück. Ich packe noch ein paar Sachen. Das werden Sie mir nicht verwehren.«

»In Ordnung«, bewilligte Zoff und warf Britta einen Blick zu. »Frau Chefinspektor Seitz wird Ihnen dabei behilflich sein. Ich wäre Ihnen dankbar, wenn Sie uns keine Schwierigkeiten machen.«

»Das hab ich nicht vor«, versprach Bettina Wagner. »Ich brauche bloß eine Viertelstunde. Dann können wir gehen.«

Die Verhaftung der stellvertretenden Landeskriminaldirektorin schlug wie eine Bombe ein. Kaum hatten Peter Zoff und Britta Seitz die Festgenommene in einer Einzelzelle des Landesgerichtlichen Gefangenenhauses abgeliefert, erschienen die ersten Journalisten vor dem Gebäude. Also verschwanden sie durch den Hinterausgang, riefen Polli an und vereinbarten ein Treffen an der Bar des gemeinsamen Hotels. Dort tranken sie noch eine gute Flasche Rotwein und besprachen den kommenden Tag.

Ein nasskalter Freitag. Die Grazer Kriminalisten verließen ihr Salzburger Hotel kurz nach 8.00 Uhr. Zoff und Britta Seitz fuhren ins Landeskriminalamt, Polli zum Landesgericht. Während Zoff dem Landeskriminaldirektor Bericht erstattete, sprach die steirische Tatortexpertin mit den Kollegen der Salzburger Spurensicherung. Gegen 10.00 Uhr fuhr Zoff ins Gefängnis, besuchte den Direktor und eilte sodann in das sogenannte ›Besprechungszimmer‹, das in der zweiten

Etage des vierstöckigen Gebäudes untergebracht war. Polli stand an der Gittertür, und Zoff wartete, bis die Wache aufsperrte und ihn einließ. »Was ist denn?«, fragte er leise.

»Sie redet nicht mit mir«, brummte Zoffs Stellvertreter genervt. »Kein Wort. Ich hab ihrem Anwalt klargemacht, was wir gegen sie in der Hand haben. Er versucht gerade, sie umzustimmen.«

»So eine Scheiße.« Mit einem Male fühlte sich Zoff furchtbar matt.

»Du bist so blass. Ist dir übel?« Pollis Stimme klang beunruhigt.

»Keine Spur«, log Zoff, griff in seine Jackentasche, nahm die Tablettenschachtel heraus und schluckte eine Pille. »Zur Vorbeugung«, erklärte er lapidar und bemerkte dabei den Hitzeschwall, der, vom Magen kommend, über seine Brust bis in den Kopf flutete. Mühsam unterdrückte er ein Stöhnen und trocknete sich mit einem Papiertaschentuch die Stirn.

»Kann ich dir ein Glas Wasser bringen?«, fragte Polli.

»Es geht schon wieder.«

»Guten Morgen, meine Herren«, schnarrte Rechtsanwalt Dr. Hilmar Gottlieb hinter ihnen. »Sie können jetzt zu ihr.« Zoff hatte den Mann überhaupt nicht wahrgenommen.

»Mein Name ist Zoff«, stellte er sich vor.

»Ich hab von Ihnen gehört«, gestand der hagere Jurist und schüttelte ihm die Hand. »Meine Mandantin war sehr verstört, als sie Ihre Anschuldigungen im Detail hörte. Jetzt ist sie wieder gefasst und wird sich mit Ihnen unterhalten. In meiner Gegenwart.«

»Kein Problem«, versicherte Zoff, und sie betraten das geräumige Zimmer, an dessen Längsseite das Sonnenlicht durch zwei Fenster in den Raum drang. Mit einer uniformierten Wärterin an ihrer Seite saß Bettina Wagner an der Schmalseite des Raumes. Polli und Zoff nahmen gegenüber Platz. Zwischen ihnen ein breiter Tisch. Müde schlurfte der Anwalt zur Festgenommenen. »Erzählen Sie den beiden Herren, was Sie mir gesagt haben«, redete er ihr ins Gewissen. »Verschweigen Sie nichts. Ich rate Ihnen gut. Meiner Meinung nach kann Ihnen nur noch die Wahrheit helfen. Sonst büßen Sie für zwei Morde, die Sie nicht begangen haben.«

Die ehemalige Spitzenbeamtin des LKA Salzburg trug immer noch Jeans und das Sweatshirt vom Vortag. Sie wirkte gefasst, doch sehr zerbrechlich. Mitleid stieg in Zoff auf, und das ärgerte ihn.

»Ist es in Ordnung, wenn mein Freund Bruno Polli Ihre Aussagen protokolliert?«, wollte er wissen.

»Ich habe nichts dagegen«, antwortete Bettina Wagner kurz und bündig und sah Zoff lange an. Da baute Polli seinen Laptop auf, fragte sie nach Geburtsdaten und Wohnadresse und tippte ihre Antworten ein. Dann bat Zoff sie, ihre Geschichte zu erzählen.

Drei Stunden später. Polli und Zoff saßen beim Landeskriminaldirektor.

»Zwei Brandstiftungen und ein Versuch«, fasste Bettina Wagners Vorgesetzter Zoffs Bericht entsetzt zusammen. »Ich kann es nicht glauben.«

»Die Morde bestreitet sie allerdings beharrlich«, gab Polli zu bedenken.

»Was sagt das? Wer fremde Häuser anzündet und diese Taten auch noch einem anderen unterschiebt, dem ist alles zuzutrauen.«

»Nicht unbedingt«, widersprach Zoff. »Frau Wagners Beweggründe sind mir aus ihrer Persönlichkeit heraus durchaus verständlich. Rieders Haus musste brennen, weil der es mit blutjungen Mädchen trieb, Brechts Haus sollte brennen, weil der sie in Gegenwart Rieders tödlich beleidigte, und die Reitställe zündete sie an, um Rieder enger an sich zu binden. Sie wollte gebraucht werden, und für ihre Taten sollte jemand büßen, der diese Strafe verdient hat: Sudek. Rieder wusste von der Sache mit den Türken und erzählte die Geschichte in leicht angetrunkenem Zustand in Frau Wagners Gegenwart. Als sie Jahre später einen Sündenbock brauchte, fiel ihr die Sache wieder ein, und sie beschloss, Sudek zwar nicht als Mörder, aber wenigstens als Brandstifter hinter Gitter zu bringen. Alles in allem kein so absurder Gedanke.«

»Wieso hat diese Frau so ein Faible für Feuer?«

»Keine Ahnung. Das muss ein Psychiater klären.«

»Und diese Drohbriefe? Warum Montaigne?«

»Seine Theorien über Schuld und Unschuld beschäftigen sie. Außerdem wollte sie demonstrieren, wie weit sie geistig über all diesen Leuten steht. Sie behauptet übrigens, nur zwei Drohbriefe geschrieben zu haben. Einen an Rieder und einen an Brecht. Ob sie diesbezüglich die Wahrheit sagt, wird vielleicht eine DNA-Analyse klären, die ich in Auftrag gegeben habe.«

»Freiher hat auch so einen Brief erhalten.«

»Sie bestreitet, ihn geschrieben zu haben.«

»Aller Wahrscheinlichkeit nach lügt sie«, vermutete der Landeskriminaldirektor. »Wie erklärt sie denn die Sache mit diesem Mobiltelefon?«

»Sie behauptet, es gehöre ihr nicht. Sie habe keine Ahnung, wie das Gerät in ihr Büro gekommen sei.«

»Blödsinn«, mischte sich Major Pimminger ein. »Das Handy wird nicht von selber dorthin geflogen sein.«

»Wir fanden keine Fingerabdrücke am Telefon«, warf Zoff ein. »Finden Sie das nicht merkwürdig? Unsere Frau Oberst wird doch nicht mit Handschuhen telefoniert haben.«

»Was sollen diese Spitzfindigkeiten? Das Gerät lag in ihrem Büro. Also muss es ihr auch gehören.«

»Wenn Sie meinen.«

»Und wie geht es jetzt weiter?«, erkundigte sich der Landeskriminaldirektor.

»Ich habe einen Hausdurchsuchungsbefehl«, stellte Zoff fest. »Wir werden uns ihre Wohnung und ihr Auto genau ansehen. Der Spurenbericht wird heute noch fertig. Laut telefonischer Auskunft der Gerichtsmedizin Innsbruck steht das Ergebnis der DNA-Probe am Montag zur Verfügung. Also abwarten und Tee trinken.«

Das Telefon klingelte. Der Landeskriminaldirektor hob ab. »Für Sie«, murmelte er mürrisch und übergab Zoff den Hörer. Britta war dran. »Der Oberbürgermeister wurde mit einer ›Glock 17‹ erschossen«, teilte sie ihm kurz und bündig mit. »Mit Polizeimunition.«

»Was sagst du da?«

»Das ist eindeutig. Leider.« Nachdenklich legte Zoff auf.

»Wo ist Frau Wagners Dienstwaffe?«, fragte er.

»In ihrem Büro«, brummte Pimminger. »Wo sonst?«

Keine zehn Minuten später stand Zoff vor Wagners geöffnetem Kleiderkasten, streifte sich Einweghandschuhe über, holte die schwarz schimmernde klobige Waffe aus dem obersten Fach, roch am Lauf und steckte sie in eine Plastiktüte. Dann holte er sein Mobiltelefon aus der Tasche und wählte.

»Ich hab die Pistole unserer Hauptverdächtigen, Britta«, teilte er ihr mit. »Scheint so, als sei die Waffe vor Kurzem abgefeuert worden. Jedenfalls riecht sie nach Pulverschmauch.«

Aufgrund der Bedeutung des Falles befahl der Direktor des Bundeskriminalamtes Zoff, die verdächtige Waffe zur ›Zentralen Kriminaltechnik‹ nach Wien bringen zu lassen. Nachdem die Ergebnisse der ballistischen Analyse nicht vor Dienstag zu erwarten waren, eilten die drei Grazer Kriminalisten gegen 20.00 Uhr ins Hotel, packten ihre Sachen und fuhren zurück nach Graz.

Das Wochenende begann unfreundlich, mit Kälte und Wind. Zoff schlief bis 7.30 Uhr, schlüpfte leise aus dem Bett, streifte seinen Trainingsanzug über und lief durch die Bergmanngasse in die Goethestraße und an der Universität vorbei bis zum Hilmteich. Dort zog er eine einsame Runde um das stille Wasser, sah ein paar Enten beim Schwimmen zu und rannte dieselbe Route zurück bis in seine Wohnung. Nina und Julia hatten schon gefrühstückt, als er aus der Dusche kam, aber es war noch etwas Tee und Kuchen da. Später kochten sie gemeinsam. Zoff war für die Karottensuppe zuständig, Nina für das Zucchinirisotto und Julia für den Schokoladepudding. Sie aßen gegen 13.00 Uhr und verbrachten den Rest des Tages mit Faulenzen und Lesen.

Am Sonntagmorgen fuhr Julia zu ihrem Freund. Zoff ging ins Büro und erledigte all den Schreibkram, der sich die Woche über dort angesammelt hatte. Am späten Nachmittag wurde es richtig kalt, und als Zoff gegen 19.00 Uhr Nina abholte und mit ihr durch die Innenstadt und die Annenstraße zum ›Annenhofkino‹ spazierte, begann es sogar, leicht zu schneien. Nach dem Film lagen schon gut fünf Zentimeter Schnee auf den Gehsteigen und Fahrbahnen, aber der unangenehme Nordwind hatte inzwischen an Kraft verloren. Zoff dachte an Marlene und an Weihnachten, und Nina schmuste mit ihm, während sie Hand in Hand die Sporgasse bergan schlenderten. Als sie heimkamen, war Julia noch nicht zu Hause, und Nina war in romantischer Stimmung, sodass sie noch im Vorzimmer miteinander Sex hatten. Später saßen sie mit einem Glas Rotwein in der Küche, plauderten und warteten gemeinsam auf ihre Tochter, und Zoff war endlich wieder einmal so richtig glücklich.

»Guten Morgen!« So hoch wie an diesem Montag

war der Schnee um diese Zeit schon jahrelang nicht mehr in Graz gelegen. Ein Blick auf die Uhr. Keine Zeit mehr für Frühstück. Seufzend schloss Zoff die Knöpfe an seinen schwarzen Jeans, zog den grauen Pullover über sein weißes Kurzarmshirt, packte zwei Wintersakkos in die Reisetasche, stellte sie in den Flur, nahm die schwere Lederjacke von der Garderobe und gab Nina einen Kuss.

»Fahr vorsichtig«, murmelte sie.

»Mach dir keine Sorgen. Ich lass die Winterreifen aufziehen, bevor ich nach Salzburg aufbreche. Auf die Gefahr hin, dass ich erst am Nachmittag von hier wegkomme.«

»Wie lange dauern deine Erhebungen noch?«, fragte Nina und streichelte Zoffs Wange.

»Das könnte jetzt schnell gehen. Ein paar Verhöre noch, der eine oder andere Sachbeweis, und die Akte ist gerichtsfertig.«

»Du kommst am Wochenende heim?«

»Auf jeden Fall. Vielleicht sogar schon früher. Mal sehen. Pass auf dich auf, Nina. Ich liebe dich.«

»Ich liebe dich auch.«

8.00 Uhr. Zoff besprach mit seinen Mitarbeitern den Mädchenmord von Mureck. Dabei verging der Vormittag wie im Fluge. Gegen Mittag traf eine Mail des ›Gerichtsmedizinischen Institutes Innsbruck‹ ein. Der Speichel an zwei untersuchten Kuverts stimmte mit dem aus Bettina Wagners Haaren extrahierten DNA-Material überein. Beim dritten Kuvert war Klebstoff verwendet worden. Zoff ersuchte darum, ihm das vollständige Gutachten an das LKA Salzburg nachzusenden.

Um 13.30 Uhr rief die Werkstätte an und meldete Zoffs Dienstwagen einsatzbereit. Abfahrt. Drei Stunden später erreichten Britta Seitz, Bruno Polli und Peter Zoff die Mozartstadt, bezogen ihre Hotelzimmer, spazierten in die Innenstadt, aßen im ›Sternbräu‹ und tranken ziemlich guten Rotwein. Kurz nach 23.00 Uhr rief Marlene an.

»Guten Abend, mein Schatz.« Zoff erhob sich und ging mit dem Telefon aus dem Gastzimmer in den Flur.

»Hallo, Marlene.«

»Sag mir, wo du bist. Wir müssen uns sehen.«

»Ich will mich nicht mit dir treffen, Marlene.«

»Und warum nicht? Wir essen zusammen, trinken eine gute Flasche Wein und reden. Morgen Abend. Oder übermorgen?«

»Gar nicht. Ich brauche meine fünf Sinne für andere Dinge.«

»Du hast versprochen, mit mir zu reden.«

»Am Telefon. Von einem Treffen war nicht die Rede.«

»Was vergibst du dir schon, wenn wir uns noch einmal sehen? Irgendwie fühle ich mich wie ein Papiertaschentuch. Flüchtig benutzt und weggeworfen.«

»Das ist nicht fair, Marlene. Das weißt du.«

»Was ist schon fair auf dieser Welt? Du hast einen Eispanzer um dein Herz gelegt, Peter Zoff. Mich friert, wenn ich dich höre.«

»Dann ruf mich nicht an«, knurrte er und legte auf.

Kaum hatte er sich wieder zu Bruno und Britta gesetzt, läutete das Telefon schon wieder. »Ja?«

»Hallo, Liebling.«

»Nina. Du bist noch wach?«

»Ich hab noch ein paar Akten studiert. Plötzlich war mir so, als sollte ich dich anrufen. Ist alles in Ordnung bei dir?«

»Alles bestens. Ich sitze mit Britta und Bruno bei einem Glas Wein. Wir trinken noch aus und gehen zurück ins Hotel.«

»Schlaf gut. Und denk an mich. Es war schön mit dir, gestern Abend.«

»Für mich auch«, antwortete er, und ein Stich fuhr ihm durch den Magen. »Gute Nacht.« Er legte auf. Später in seinem Hotelzimmer nahm er eine Tablette, zog sich aus, duschte und ging zu Bett. Marlene geisterte in seinem Kopf herum, später auch noch Bettina Wagner und Rieder. Irgendwann fiel er endlich in einen unruhigen Schlummer und träumte von einem Mann mit sorgfältig gestutztem weißem Bart, der vor dem Eingang zum Wiener Prater den Passanten in einer großen Schale ausgelöste Walnüsse anbot. Zoff beobachtete die Szene vom Gehsteig gegenüber und ein unendlich warmes, tiefes Glücksgefühl durchströmte ihn, bis das Rasseln seines Reiseweckers den neuen Morgen ankündigte.

Dienstag, 9.00 Uhr. In Zoffs behelfsmäßigem Büro im Landeskriminalamt Salzburg war die Heizung ausgefallen. Griesgrämig rieb sich Polli die Hände, schloss die Knöpfe seines dunkelbraunen Sakkos, setzte sich an den Schreibtisch und rührte in seiner Kaffeetasse. Mittlerweile stand Zoff grübelnd am Fenster und starrte auf die schnell fließenden Wasser der Salzach, als Chefinspektorin Britta Seitz mit einer Mail des BKA ins Zimmer stürmte.

»Wagners Dienstpistole ist die Tatwaffe«, stellte sie trocken fest und reichte Zoff eine schmale Mappe.

»Eindeutig?«

»Daran herrscht kein Zweifel.«

»Also hat sie uns ziemlich dreist angelogen.«

»Sieht so aus.«

»Hätte sonst noch jemand an Frau Wagners Waffe kommen können?«, wollte Polli wissen.

»Unwahrscheinlich«, knurrte Zoff, zog das Telefon an sich heran und wählte.

»Guten Morgen«, begrüßte er Wagners Vorzimmerdame freundlich. »Ich habe da eine Frage. Hatte jemand zu den Räumlichkeiten Ihrer Chefin Zutritt, während sie nicht im Büro war? Nein? Und wenn Sie selber nicht im Vorzimmer saßen? Aha. Vielen Dank. Schönen Tag noch.«

»Die Sekretärin versperrte Wagners Bürotür inklusive Vorzimmer, wenn sie ihren Dienst beendete oder zwischendurch einmal irgendwo im Haus unterwegs war. Wie hätte da jemand an Wagners Waffe kommen können?«

»War ja nur so ein Gedanke«, verteidigte sich Polli und malte mit seinem Kugelschreiber große Kreise auf ein Papierblatt. »Wir sollten ihr das ballistische Gutachten möglichst schnell unter die Nase reiben. Vermutlich gesteht sie dann.«

»Wäre besser für sie«, stimmte Zoff zu. »So, wie die Dinge liegen, sollte sie die Lügerei endlich bleiben lassen.«

Um 11.00 Uhr saßen sie Bettina Wagner gegenüber.

Die Frau schien um Jahre gealtert. Ihr Gesicht war blass, die Augen gerötet. Ihr struppiges Haar war ohne jeden Glanz, und das ballistische Gutachten traf sie wie ein Keulenschlag.

»Unmöglich«, stammelte sie und schüttelte den Kopf. »Hannes kann niemals mit meiner Pistole erschossen worden sein. Das habt ihr manipuliert. Ihr wollt mir die Morde anhängen. Um jeden Preis. Weil vom wahren Täter jede Spur fehlt, soll ich es gewesen sein. Was seid ihr doch für eine lausige Bande.«

»Sind Sie noch ganz bei Trost?«, fragte Zoff entrüstet. »Vergessen Sie jetzt einmal Ihre Spielchen. Ein Geständnis kann unter Umständen noch strafmildernd wirken. Sie haben Ihren ehemaligen Geliebten, den Salzburger Oberbürgermeister, erschossen. Das ist doch jetzt hinlänglich bewiesen. Aber wie haben Sie das mit Freiher hingekriegt?«

»Soll ich sicherheitshalber nicht gleich alle ungeklärten Mordfälle der letzten 20 Jahre gestehen?«, höhnte die Beschuldigte. »Dann seid ihr wirklich fein raus. Beförderung. Geldbelohnung. Die Medien werden sich um euch reißen. Also sagt es gleich ganz offen. Was wollt ihr hören?«

»Wie wäre es mit der Wahrheit?«, fragte Britta Seitz leise und sah Bettina Wagner lange an.

»Ihr wollt nicht die Wahrheit«, stöhnte die Beschuldigte auf. »Ihr wollt mich ruinieren, zerstören, auslöschen.«

»Reden Sie mit ihr, Herr Gottlieb«, bat Zoff den Anwalt und erhob sich. »Wir lassen Sie jetzt erst einmal mit Ihrer Mandantin allein. Machen Sie ihr den

Ernst der Lage klar. Ich will ein Protokoll aufnehmen und die Sache abschließen. Es reicht jetzt.«

Eine Viertelstunde später teilte ihnen der Rechtsanwalt mit, Bettina Wagner stehe für Befragungen nicht mehr zur Verfügung. Sie wolle Zoff und seine Mitarbeiter nicht mehr sehen.

»Tut mir leid«, versicherte Gottlieb deprimiert.

»Mir auch«, bekannte Zoff. »Aber da kann man wohl nichts machen.«

Nach dem Mittagessen in der Kantine des Landeskriminalamtes zogen sich die Grazer Kriminalisten in ihr Büro im ersten Stockwerk zurück. Das vollständige DNA-Gutachten aus Innsbruck war eingetroffen.

»An Freihers Kuvert fehlt Frau Wagners Speichel«, murmelte Britta Seitz nachdenklich und legte das Gutachten zur Seite. »Diesbezüglich hat sie also nicht gelogen.«

»Ein winziges Detail, das nicht passt«, warf Polli ein. »Dafür ist das Gesamtbild verheerend.«

»Für die Brandanschläge auf Rieders Sommerhaus und die Reitställe sowie die versuchte Brandstiftung an Brechts Haus ist diese Einzelheit auch nicht relevant«, überlegte Zoff. »Diese Tatbestände hat sie bereits zugegeben. Da könntest du schon einmal die Gerichtsanzeige schreiben, Bruno.«

»Mach ich. Dazu kommt auch noch Missbrauch der Amtsgewalt durch das Legen falscher Spuren. An ihrer Täterschaft im Mordfall Hannes Rieder ist eigentlich auch nicht zu zweifeln. Bleibt der Mord an Paul Freiher.«

»Unter Umständen sollten wir uns doch noch ein

wenig Zeit lassen«, meinte Zoff. »Irgendwie hab ich so ein blödes Gefühl.«

»In welcher Hinsicht?«

»Mir ist so, als hätte ich etwas übersehen. Eine Kleinigkeit.« Nachdenklich griff Zoff zum Telefon.

»Kollege Pimminger? Wir brauchen zwei Gerichtszeugen und einen Protokollführer für die Hausdurchsuchung bei Ihrer ehemaligen Chefin. Könnten Sie das für mich erledigen? Sehr schön. Danke.«

Eine Stunde später fuhr Pimminger mit Polli, Seitz und der Salzburger Tatortgruppe zu Wagners Wohnung.

15.30 Uhr. Zoffs Telefon klingelte. Britta hatte Wagners Mountainbike im Keller gefunden und sofort Abdrücke des Reifenprofils gesichert und Proben von den Schmierstoffen an Kette und Kurbel genommen. Um 17.00 Uhr waren die Analysen abgeschlossen. Die Fette und Öle an Wagners Fahrrad waren mit jenen auf der Ladefläche des im Mordfall Freiher verwendeten Fahrzeuges nicht identisch.

»Mir ist da etwas aufgefallen, was Frau Wagners Aussagen bestätigt«, meinte Britta, als sie alle wieder in ihrem behelfsmäßigen Büro saßen. »Die Kuverts, in denen die Drohbriefe von Brecht und Rieder steckten, waren von gleicher Art. Sie hatten A5-Format und waren gelb. Freihers Drohbrief hingegen steckte in einem ganz normalen, weißen Briefkuvert. Ein völlig anderes Format.«

»Stimmt. Und die Texte?«

»Jeder Text wurde in ›Times New Roman‹ geschrieben, Schriftgröße 14. Die Briefe an Brecht und an den Oberbürgermeister wurden mit einem

Laserdrucker ausgedruckt. Die an Freiher gerichtete Drohung mit einem Tintenstrahldrucker. Die materialkundliche Untersuchung des Papiers zeigt eindeutig, dass Gewicht, Dicke, Oberflächenbeschaffenheit, Lichtdurchlässigkeit und UV-Fluoreszenz der an Rieder und Brecht gerichteten Briefe übereinstimmen. Selbst die Wasserzeichen sind gleich. Das bei Freiher verwendete Papier hingegen ist signifikant anders.«

»Bettina Wagner behauptet, Kuverts und Briefpapier im Postamt gekauft und den Rest der Packung weggeworfen zu haben. Das heißt, dass wir ihr weder den Drohbrief noch den Mord an Freiher beweisen können. Jetzt bist du am Zug, Bruno.«

»Was gibt es?«

»Fahr nach Radstadt und ermittle im familiären Umfeld der Verdächtigen«, bat Zoff. »Wie war ihre Kindheit? Leben Vater und Mutter noch? Hatte oder hat sie Freunde? Was halten die von ihr? Wer ist diese Frau, Bruno? Mit welcher Persönlichkeit haben wir es da zu tun? Inzwischen flitze ich noch einmal ins Landesgericht und versuche, mit ihr zu reden. Sollte ich damit keinen Erfolg haben, probiere ich es morgen noch einmal. Schweigt sie dann immer noch, schreiben wir die Gerichtsanzeige zum Mord an Hannes Rieder und verziehen uns am Abend nach Hause.«

»Der Oberbürgermeister wird morgen um 14.00 Uhr begraben. Gehst du hin?«

»Selbstverständlich. Wir treffen uns nach dem Begräbnis im Hotel.«

Das Wetter hatte umgeschlagen, und der Schnee

war schon beinahe zur Gänze der Sonne zum Opfer gefallen. Allerdings wehte ein unangenehmer Westwind, und die aus der Salzach aufsteigende Nässe kroch durch Zoffs Kleider und ließ ihn frösteln. Für den Weg vom Landeskriminalamt zum Landesgerichtlichen Gefangenenhaus benötigte er circa 40 Minuten. Unglücklicherweise konnte er Bettina Wagner nicht dazu bewegen, mit ihm zu sprechen, und so nahm sich Zoff unverrichteter Dinge ein Taxi und fuhr zu Stella Rieder.

Der Butler empfing ihn an der Pforte. »Madame will Sie nicht sehen«, ließ er Zoff wissen, aber der grinste nur, stellte seinen Fuß in die Tür, zog sie auf und drängte den Bediensteten zur Seite.

»Nach wie vor untersuche ich den Mord an Hannes Rieder«, stellte er trocken fest. »Glauben Sie wirklich, ich ließe mich daran hindern, die Witwe des Mordopfers zu befragen? Also sparen Sie sich Ihr affektiertes Getue und sorgen Sie dafür, dass mich Ihre Chefin empfängt. Sofort.«

»Das ist Hausfriedensbruch.«

»Reden Sie keinen Schwachsinn. Weg da.«

»Ist schon gut, Franz.« Die Stimme kam aus dem Salon.

»Sehen Sie? Und jetzt entspannen Sie sich. Ich kenne den Weg.« Zynisch winkend ließ Zoff den Butler stehen und schlurfte in den Empfangsraum. Es war kühl im Haus und es roch nach Lilien.

»Guten Abend, Frau Rieder.« Sie trug ein schwarzes Kleid. Knietief, von schlichter Eleganz. Um den Hals eine Kette aus Weißgold mit einem Medaillon. Sonst keinen Schmuck.

»Nehmen Sie Platz, Herr Zoff. Was wollen Sie?«

»Kondolieren. Der Tod Ihres Mannes geht mir nahe.«

»So? Die Polizei hätte ihn schützen müssen. Wenn er unter Aufsicht gestanden wäre, würde er noch leben.«

»Er hatte einen Leibwächter. Das hat ihm nicht geholfen.«

»Ich hörte, diese Betty hätte ihn auf dem Gewissen. Die zweithöchste Polizeibeamtin des Bundeslandes.«

»Haben Sie eine Ahnung, warum sie ihn ermordet haben könnte?«

»Leider. Dazu kann ich Ihnen gar nichts sagen.«

»Wirklich? Überlegen Sie gut.«

»Hannes ist tot und ob Sie den Mordfall jetzt klären, oder nicht: Er wird nicht mehr lebendig.«

»Trotzdem wäre mir Ihre Einschätzung der Motivlage eine große Hilfe.«

»Bedaure. In meinem Kopf ist alles leer.«

»Wieso hasste Frau Wagner Ihren Mann so abgrundtief, dass sie ihn auf diese Art und Weise abschlachtete? Oder gab es da noch jemanden, der Grund genug hatte, ihn umzubringen?«

»Keine Ahnung. Ich fühle mich nicht wohl und will mich jetzt hinlegen. Bitte gehen Sie.«

»Selbstverständlich. Das Ministerium hat zwei ›Cobrabeamte‹ zu Ihrem Schutz abgestellt. Die werden in Kürze hier bei Ihnen auftauchen.«

»Zu spät. Die Herren werden nicht mehr gebraucht. Sagen Sie das dem Herrn Innenminister. Und sollte er die Stirn haben, beim Begräbnis meines Mannes zu erscheinen, ohrfeige ich ihn am offenen Grab.«

»Ich werde das so weitergeben«, versprach Zoff mit ernster Miene und erhob sich. »Auf Wiedersehen.« Sie antwortete mit einem kurzen Nicken, begleitete ihn aber dennoch an die Tür.

»Es tut mir leid, dass ich es nicht verhindern konnte«, murmelte er.

»Ich weiß«, erwiderte sie. »Aber Sie tragen keine Schuld. Ich wünsche Ihnen alles Gute.«

Am nächsten Morgen rief der Gynäkologe Doktor Günther Ebner an und bat um ein persönliches Gespräch in der Haftsache Wagner. Um 10.30 Uhr saß Zoff dem Arzt in dessen Praxis gegenüber.

»Frau Wagner ist meine Patientin«, leitete er ein. »Wie ich hörte, steht sie unter Mordverdacht.«

»So ist es«, erwiderte Zoff.

»Ich hab da ein Problem«, meinte Ebner vorsichtig. »Ich rede von der ärztlichen Schweigepflicht. Ich glaube etwas zu wissen, was zu einem gewissen Verständnis für Frau Wagner führen könnte. Aber ich will nicht ohne das Einverständnis der Patientin mit Ihnen reden.«

»Es geht um Mord. Trotzdem müssen Sie selbst entscheiden, ob Sie etwas zu Protokoll geben oder nicht.«

»Ich weiß. Grüßen Sie Frau Wagner von mir und schildern Sie ihr meinen Gewissenskonflikt. Ich hoffe, sie ist vernünftig genug, Ihnen zu sagen, was zu sagen ist. Alles Gute.« Der Arzt stand auf. Auch Zoff erhob sich, nickte dem Mediziner zu und ging.

Zoff eilte vom Arzt direkt ins Gefängnis, und dieses Mal ließ er sich nicht abwimmeln. Um 11.45 Uhr betrat er in Begleitung einer Wärterin Bettina Wagners Zelle.

»Sie stören, Zoff«, empfing ihn die Gefangene unfreundlich und erhob sich von ihrem Stahlrohrbett.

»Ist nicht wahr. Schöne Grüße von Ihrem Arzt«, erwiderte er, legte ihr die Hand auf die Schulter und sah ihr tief in die Augen.

»Von welchem Arzt?«

»Von Ihrem Gynäkologen.«

»Nein. Das geht nicht. Er darf nichts sagen.« Auf einmal liefen ihr Tränen über die Wangen.

»Dann erzählen Sie es doch.«

»Was denn?«

»Die ganze Geschichte.«

»Freiher. Es geht um Freiher. Ich war auf seiner Geburtstagsparty, und er hat mir etwas ins Glas getan.«

»Ach so. Verstehe.«

»Tatsächlich? Kann ich mir nicht vorstellen. Aber es gibt ja einen Film davon, falls Sie das interessiert.«

»So ein verdammtes Arschloch.«

»Das war er. Aber ich hab Freiher nicht umgebracht. Auch wenn Sie mir das jetzt noch weniger glauben als vorher.«

»Sie hätten einen Grund gehabt.«

»Den hatten andere offensichtlich auch.«

»Wer denn? Wer könnte es gewesen sein?«

»Das herauszufinden ist jetzt Ihr Job, Zoff, nicht meiner. Vielleicht hat der Herr Bundesparteisekretär ja auch noch andere Frauen betäubt und sich über sie hergemacht.«

»Ich würde diese Sache gern zu Protokoll bringen.«

»Auf gar keinen Fall. Es wäre ein Fressen für die Kollegen und die Medien. Ich lass mir nicht auch noch den letzten Rest von Würde nehmen. Gehen Sie. Ich will allein sein.«

»Wenn Sie mir Dinge verschweigen, wird alles nur noch schwerer. Wieso sehen Sie das nicht ein?«

»Weil Sie mir eine Mordwaffe untergeschoben haben. Und ein Handy, das mir nicht gehört.«

»Welchen Grund hätte ich denn, so etwas zu tun? Ich hab nichts gegen Sie. Da sind zwei Morde zu klären. Warum helfen Sie mir nicht?«

»Ich wüsste nicht, wie. Mir fehlt jedes Vertrauen zu Ihnen. Wir sehen uns bei der Gerichtsverhandlung, Zoff. Gehen Sie. Raus!«

Wütend zog Zoff wieder ab, kaufte sich an einem Verkaufsstand ein Sandwich, trank eine Dose Mineralwasser und fuhr ins Landeskriminalamt.

14.00 Uhr. Rieder bekam ein imposantes Staatsbegräbnis, und es wimmelte nur so von Schaulustigen, Polizei, Militär und Politikern. Sogar der Bundeskanzler war da und hielt eine Rede. Gegen 17.00 Uhr war alles vorbei, und Zoff ging gerade zu den Parkplätzen und suchte nach Polli, als er Major Pimminger entdeckte, der an einem schwarzen Mercedes SLK stand. Susanne Vogt saß am Steuer. Die beiden unterhielten sich durch das offene Seitenfenster, und Pimminger gestikulierte und lachte ziemlich ausgelassen.

»Pimminger mit dieser Vogt. Und beide in ganz ausgezeichneter Stimmung. Merkwürdig«, sinnierte

Zoff, sprang in ein Taxi, ließ sich ins Hotel fahren und telefonierte mit Nina.

»Hallo, Schatz. Ich komm nach Hause«, lächelte er.

»Wirklich?«, murmelte sie. »Gott sei Dank. Wir müssen miteinander reden.«

»Was hast du denn?«

»Das sag ich dir, wenn du daheim bist.«

»Ich will es aber jetzt schon wissen.«

»Geduld. Du erfährst es früh genug.«

»In Ordnung«, gab Zoff nach, legte auf und packte. Um 20.00 Uhr machten sie sich auf den Weg. Polli lenkte den Audi, und Britta Seitz machte es sich im Fonds bequem. Zoff saß am Beifahrersitz, hielt die Augen geschlossen und tat so, als ob er schliefe. In Wahrheit war er hellwach, und seine Gedanken kreisten um Nina. Da war etwas faul zu Hause, das spürte er, und je näher sie der Stadt Graz kamen, umso schwerer fiel es ihm, so einigermaßen ruhig zu bleiben.

»Wo ist Mama?«, fragte Zoff seine Tochter, nachdem sie ihn im Flur mit einem Kuss empfangen hatte.

»Im Bett«, antwortete Julia verstört, nahm ihrem Vater die Jacke ab und hängte sie an die Garderobe. »Sie muss ins Krankenhaus. Morgen.«

»Ins Krankenhaus?«, wiederholte Zoff mechanisch und wurde bleich. »Aber wieso denn?«

»Sie hält diese Kopfschmerzen nicht mehr aus. Ihre Arbeitskollegin hat sie nach Hause gebracht und den Krankenhaustermin vereinbart.«

Hastig zog Zoff die Schuhe aus und eilte ins Schlafzimmer.

»Hier bin ich, Nina«, lächelte er.

»Schön, dass du da bist.«

Vorsichtig setzte er sich an den Bettrand und streichelte ihre Wangen. »Hast du immer noch Kopfschmerzen?«, fragte er. Sie schüttelte den Kopf.

»Die Tabletten wirken ganz gut.«

»Wieso bist du nicht zum Arzt gegangen?«

»War ich doch. Das ist jetzt etwa zwei Wochen her.«

»Ohne mir ein Wort zu sagen?«

»Ich wollte niemandem auf die Nerven gehen. Julia hat demnächst eine ganz wichtige Klassenarbeit, und du bist sowieso immer im Stress. Ich hasse es, euch Unannehmlichkeiten zu machen.«

»Und was hat der Arzt gesagt?«

»Ich soll mich eine Woche lang ins Krankenhaus legen, damit sie mich durchtesten können.«

»Du hast nie etwas von Kopfschmerzen erwähnt.«

»Doch. Du hast nicht zugehört.«

»Entschuldige. Du siehst nicht gut aus, Nina«, seufzte er und strich ihr übers Haar.

»Ich weiß. Mach dir keine Sorgen. Du weißt ja: Unkraut vergeht nicht.«

»Gut, dass ich meine Salzburger Erhebungen abgeschlossen hab. Schlaf jetzt. Ich bring dich morgen in die Klinik und besuche dich jeden Tag.«

»Fein. Ich mag es, wenn du für mich sorgst.«

Am nächsten Morgen fuhr Zoff seine Frau ins Landeskrankenhaus. Gegen 10.00 Uhr traf er sich mit dem Staatsanwalt und unterrichtete ihn vom Stand der Dinge. Als er das Gerichtsgebäude verließ und zur nächsten Straßenbahnstation ging, rief sein Vater an. Er sei gerade in Graz und habe in einem Antiquariat ein äußerst interessantes Buch erworben, erzählte er.

»Ich hab Sorgen«, erwiderte Zoff knapp.

»Privater Natur?«

»Nina hat so starke Kopfschmerzen. Sie liegt im Krankenhaus.«

»Kopfschmerzen können aus den verschiedensten Ursachen resultieren. Entzündungen im Bewegungsapparat zum Beispiel.«

»Du meinst, es ist nichts Ernstes?«

»Lass die Dinge laufen. In ein bis zwei Tagen wissen die Ärzte, was los ist. Weißt du was? Ich lade dich zum Essen ein. Kennst du das kleine griechische Restaurant in der Stempfergasse?«

»Ich hab keinen Hunger.«

»Und ich hab keine Lust, allein zu essen. Also komm.«

11.45 Uhr. Nachdenklich saß Zoff mit seinem Vater in der dunkelsten Ecke des gemütlichen Lokals, stocherte in seinen Kalamare, legte die Gabel zur Seite und trank einen Schluck Weißwein.

»Du musst jetzt erst einmal abwarten, was die Ärzte sagen«, beschwor Johann Zoff seinen Sohn und schnitt das Fleisch seines Lammkoteletts in kleine Stücke. »Warten und hoffen. Was ist eigentlich aus den Mordfällen geworden, von denen du mir erzählt hast? Kommst du voran?«

»Der Mord an Brecht ist geklärt. Der wurde von seinen serbischen Geschäftspartnern abserviert. Eindeutig. Die Fälle Paul Freiher und Hannes Rieder sind eigentlich auch so gut wie erledigt.«

»So gut wie erledigt? Was heißt das denn jetzt wieder?«

»Bettina Wagner ist nicht geständig. Aber alles weist darauf hin, dass sie die beiden auf dem Gewissen hat.«

»Was eigentlich?«, wollte der pensionierte Kriminalbeamte wissen.

»Wie bitte?«

»Was weist ganz eindeutig darauf hin? Beginnen wir mit der Mordsache Freiher.«

»Die Täterin wusste, in welchem Hotel sich Paul Freiher befand und dass er täglich am Morgen verlässlich sein Lauftraining durchführt.«

»Okay. Das lässt auf eine gewisse Opfer-Täter-Beziehung schließen. War die vorhanden?«

»Unsere Frau Oberst wusste über jeden aus Rieders Umfeld bestens Bescheid. Sie war Rieders aktuelle Favoritin. Damit hatte sie zu allen Zugang.«

»Und sonst?«

»Der Drohbrief. Montaigne. Wagner hat Philosophie studiert, und sie besitzt die Essays.«

»Akzeptiert. Aber Zitate von Montaigne kann man sich auch besorgen. Denk nach: Was hätte die Frau für ein Motiv?«

»Hass. Bettina Wagner ist von Freiher vergewaltigt worden.«

»Schlimm. Aber probieren wir es doch einmal anders herum: Was spricht nicht dafür, dass Bettina Wagner diesen feinen Herrn Freiher plattgewalzt hat?«

»Der an Freiher gerichtete Drohbrief. Er unterscheidet sich von den beiden anderen. Unterschiedliche Kuverts, verschiedenartige Drucker. Zudem fanden sich an Freihers Briefumschlag keine Speichelspuren.«

»Mir ist da noch etwas aufgefallen.«

»Und das wäre?«

»Dieses Maß an Brutalität. Du hast erzählt, dass dieser Freiher fünfmal überfahren wurde. Auf eine Art und Weise, die sicherstellte, dass er mitbekam, was mit ihm geschah. Wäre deine Hauptverdächtige aus ihrer Persönlichkeit heraus überhaupt in der Lage, so etwas zu tun?«

»Schwer zu sagen. Du kannst in keinen Menschen hineinschauen.«

»Nein. Aber man kann sich ein möglichst umfassendes Bild von einem Beschuldigten machen. Und der Mord an Rieder?«

»Das Wertkartenmobiltelefon, mit dem Rieder in die Mensa bestellt wurde, lag auf dem Schreibtisch der Beschuldigten. Eigenartigerweise ohne jeden Fingerabdruck. Die Tatwaffe fand ich in ihrem Kasten. Ungereinigt.«

»So? Aber diese Frau ist doch nicht blöd.«

»Auf keinen Fall. Ganz im Gegenteil.«

»Da ist was faul. Ziemlich faul sogar.«

»Ich hatte schon die ganze Zeit hindurch kein gutes Gefühl dabei«, gab Zoff zu. »Aber wer könnte es sonst gewesen sein?«

»Jemand, der deine Frau Oberst nicht mag. Dem sie im Weg stand.«

»Und jemand, der Freiher hasste.«

»Und Rieder.«

»Da entsteht auf einmal ein Bild«, meinte Zoff gedankenverloren und sah seinen Vater lange an. »Jetzt weiß ich, was ich übersehen hab. Außerdem muss ich mir noch Brunos Bericht zum persönlichen Umfeld von Frau Wagner durchlesen. Unbedingt.«

Um 14.00 Uhr saß Zoff wieder im Büro und machte sich über Pollis Bericht her.

»Bis zum 17. Lebensjahr beim Jugendrotkreuz«, murmelte er nach der zweiten Seite. »Finanzierung des Studiums durch Arbeit in Altenheimen. Verflucht, verflucht. So eine fährt doch niemandem über Beine und Schädel. Auch keinem Vergewaltiger.« Er studierte auch noch das dritte Blatt. Zeile für Zeile. Danach rief er Nina im Krankenhaus an.

»Wie geht es dir?«, erkundigte er sich mit belegter Stimme.

»Sie haben mir Medikamente gegeben. Und einen Termin für eine Computertomografie. Die Sache steigt morgen am Nachmittag.«

»Und dann wissen sie endlich, was dir fehlt?«

»Ich denke, das wird ein paar Tage dauern. Wieso?«

»Allem Anschein nach hab ich in Salzburg Mist gebaut«, gestand Zoff. »Es besteht eine gewisse Wahrscheinlichkeit, dass Bettina Wagner den Oberbürgermeister und seinen Bundesparteisekretär doch nicht umgebracht hat.«

»Was heißt das?«

»Ich muss noch einmal los.«

»Und Julia? Wer kümmert sich um sie?«

»Mein Vater. Ich sorge dafür, dass er ein paar Tage bei uns einzieht. Das geht schon.«

»Es muss gehen.«

»Keine Sorge. Und ich beeile mich in Salzburg. Versprochen.«

»Schon gut. Pass auf dich auf!«

Zoff brauchte nicht lange, um alles zu organisieren. Als er sich mit Polli gegen 16.00 Uhr nach Salzburg aufmachte, verfinsterte sich der Himmel, und dicke, weißgraue Wolken zogen auf. In der Obersteiermark fiel heftiger Regen, der gegen Salzburg zu langsam in Schnee überging.

»Ich war ein Idiot«, ärgerte sich Zoff, während er mit Polli beim ›Kirchenwirt‹ in Itzling das Abendessen einnahm. »Der Spinnenanschlag wurde von mir ganz falsch interpretiert.«

»Wieso?«

»Das Vieh war nicht auf Stella Rieder angesetzt. Das Attentat galt dem Oberbürgermeister, nicht seiner Frau.«

»Du meinst, da hätte damals schon jemand versucht, ihn aus dem Weg zu räumen?«

Zoff nickte stumm. Nach dem Essen drückte ihn wieder einmal der Magen, und er schluckte noch eine Schmerztablette, ehe er den Gastwirt an den Tisch bat.

»Ich hab da noch ein paar Fragen zu Ihrer Spinne«, sagte er und registrierte grinsend, wie Passegger blass wurde.

»Ich dachte, das sei erledigt.«

»Fast. Soweit ich mich entsinne, behaupteten Sie damals, eine Menge Leute hätten von dem Tier gewusst.«

»Die Tatsache, dass ich eine Kammspinne besaß, war allgemein bekannt.«

»Aber es gab wohl auch Leute, die mehr Informationen hatten, als das normale Fußvolk«, führte Zoff seinen Gedanken weiter. »Wer wusste denn beispielsweise, wo das Terrarium steht?«

»Meine Frau und meine Angestellten.«

»Sonst niemand?«

»Eigentlich nicht.«

»Und der Oberbürgermeister?«

»Hannes? Ja, dem hab ich das Terrarium natürlich schon gezeigt. Das ist aber schon ein paar Monate her.«

»Das heißt, Sie gingen mit ihm ins Obergeschoss?«

»Er wollte die Spinne sehen.«

»Und seine Begleiter? Kamen die mit nach oben?«

»Nicht alle. Paul Freiher und die Kleine, die dem Oberbürgermeister immer die Tasche trug.«

»Sie meinen Susanne Vogt?«

»Susi. Genau.«

»Wie ging das damals vor sich?«

»Sie unterhielten sich am Stammtisch über die Spinne, und Hannes fragte mich, ob das Vieh wirklich so gefährlich sei. Als ich das bejahte, wollte er die Spinne sehen, und Paul und Susi begleiteten ihn. Oben las ich ihnen aus dem Biologiebuch vor, in dem die Wirkung des Giftes beschrieben ist. Der Oberbürgermeister lachte noch und riet mir, auf das Tier gut aufzupassen.«

»An dem Tag, an dem der Oberbürgermeister die Spinne von der Schulter seiner Gattin fegte, war da seine Sekretärin mit dabei?«

»An Rieders Tisch saß sie definitiv nicht. Aber ich könnte mit meinem Personal reden. Vielleicht kann sich jemand erinnern.«

»Sie würden mir ein gutes Stück weiterhelfen, wenn Sie das für mich abklären«, brummte Zoff. »Haben Sie nicht einmal behauptet, für Herzkranke und Allergiker wäre so ein Spinnenbiss ganz besonders gefährlich?«

»Das steht genau so im Buch.«

»War Rieder herzkrank? Hatte er Allergien?«

»Das weiß ich doch nicht.«

Nachdenklich bestellte Zoff noch ein Bier und zwinkerte Polli vergnügt zu. »Kümmere dich morgen um Bettina Wagner«, wies er ihn beiläufig an. »Sag ihr, dass wir eine neue Spur verfolgen. Eine vielversprechende Spur. Unterdessen setze ich mich mit den Kollegen der Spurensicherung zusammen, und mittags lade ich Frau Vogt zum Essen ein.«

Auf dem Weg zum Hotel telefonierte Zoff noch mit Julia und gleich darauf mit Nina. Fünf Minuten später rief Marlene an, aber Zoff hob nicht ab, sondern schaltete das Handy aus. Er setzte sich mit Polli an die Hotelbar, und sie tranken Whiskey, bis sie beide ziemlich dicht waren.

Samstag. Der Himmel über der Mozartstadt hatte aufgeklart. Kurz nach 8.00 Uhr ließ sich Zoff von einer Funkstreifenbesatzung in den Stadtteil Lehen fahren. In der Ignaz Haiderstraße betrat er vereinbarungsgemäß ein Kaffeehaus, bestellte eine Tasse Tee und wartete. Nach etwa 15 Minuten betrat ›Big Frankie‹ das Lokal.

»LKA Graz, Zoff. Du bist der ehemalige Kollege aus der Sicherheitsdirektion, der sich selbstständig gemacht hat, nicht wahr?«, begrüßte ihn Zoff.

»Richtig«, grunzte der massige ehemalige Kriminalbeamte. »Aber nach der Sache mit Rieder hab ich die Schnauze ganz schön voll.«

»Sie wünschen?«, fragte die junge Kellnerin.

»Einen Hauskaffee, mein schönes Kind«, grinste der Sicherheitsexperte und betrachtete ungeniert ihren strammen Po.

»Mit Sahne?«

»Mit allem, was du mir geben kannst.«

»Reden wir noch einmal über den Tag, an dem der Oberbürgermeister erschossen wurde«, schlug Zoff vor.

»Von mir aus.«

»Wir haben mit Rieders Begleitern Protokolle aufgenommen. Es geht um den Zeitraum zwischen 19.30 und 20.00 Uhr. Da führte sein Pressereferent in der Aula angeblich den Soundcheck durch. Was machte die Sekretärin in der Zwischenzeit?«

»Wie soll ich das wissen? Ich stand doch vor der Tür.«

»Frau Vogt aber doch auch, oder?«

»Sicher nicht. Das hätte ich mitgekriegt.«

»Die Frau gab an, sie hätte zwischen 19.00 und 20.00 Uhr vor der Aula mit Studenten diskutiert.«

»Keine Sau hat da diskutiert. Die Leute drängten an mir vorbei in den Saal. Völlig ungehindert.«

»Und Susanne Vogt?«

»Die ist gleich nach 19.00 Uhr aus der Aula raus und nicht mehr zurückgekommen.«

»Wärst du bereit, das auf der nächsten Polizeiinspektion zu Protokoll zu geben? Deine Aussage ist wichtig.«

»Kein Problem«, entgegnete der schwarzhaarige Personenschützer und nahm aus den Händen der Kellnerin seinen Kaffee entgegen. »Freut mich, wenn ich dir behilflich sein kann.«

»Dann trink deinen Kaffee aus und komm. Ich muss mich nämlich ganz schön beeilen.«

10.05 Uhr. Zoff heftete das Protokoll in eine Mappe, rief im Rathaus an und ließ sich mit Susanne Vogt verbinden. »Ich muss Sie sprechen«, sagte er kurz und bündig. »Heute noch. Können wir uns sehen?«

»Worum geht es?«, wollte sie wissen.

»Um den Mord an Ihrem Chef.«

»Angeblich hat das ja unsere liebe Betty auf dem Gewissen.«

»Sieht so aus. Leider fehlen mir noch ein paar Hintergrundinformationen, aber eine Sekretärin sieht viel und hört viel. Jedenfalls hätte ich gerne mit Ihnen gespeist. Zu Mittag.«

»Gut. Wenn Sie glauben? Essen wir halt miteinander.«

»Würde Ihnen der ›Eulenspiegel‹ zusagen?«

»Selbstverständlich. 13.00 Uhr?«

»13.00 Uhr passt mir. Bis später.«

Zoff reservierte telefonisch, betrat das Restaurant schon gegen 12.30 Uhr und unterhielt sich eingehend mit dem Geschäftsführer. Daraufhin bekam er einen wunderbaren Tisch in der ersten Etage, gleich neben dem Fenster.

Susanne Vogt kam kurz nach 13.00 Uhr. Mit ihrem

schwarzen Hosenanzug und ihren beiden Zöpfen sah sie sehr jung aus, aber ihr Collier aus Weißgold musste eine schöne Stange Geld gekostet haben. Sonst war kein Schmuck an ihr zu entdecken.

»Sie sind weder verlobt noch verheiratet?«, erkundigte sich Zoff.

»Wieso?«

»Sie tragen keinen Ring.«

»Ich mag keine Ringe.«

»Na dann. Schön, dass Sie sich Zeit für mich genommen haben«, schmeichelte Zoff und gab dem Oberkellner einen Wink. Der brachte daraufhin auch prompt die Karte und empfahl Weißwein, Lauchstrudel, Pfeffersteak auf Prinzessinnenkartoffel und Holunderstrauben mit Erdbeer-Pfeffersauce. Susanne Vogt nickte bloß, und auch Zoff war mit dem Menü einverstanden.

Während des Essens stellte er ein paar harmlose Fragen über das Begräbnis und die politische Nachfolge.

»Alexander Grein ist im Gespräch«, erzählte sie. »Charmanter Typ. Jung, klug und dynamisch. Der kommende Mann.«

»Und eine Frau hat da keine Chance?«

»Dafür ist die Zeit nicht reif. Noch nicht.«

Als sie das Dessert beendet hatten, kam Zoff zum Kern der Sache.

»Frau Wagner gehörte zum inneren Kreis des Oberbürgermeisters«, tastete er sich vor. »Man sagt, sie sei Rieders Freundin gewesen. Können Sie das bestätigen?«

»Er ging ins Bett mir ihr. Ab und zu. Daraus machte

er kein Geheimnis. Mein Chef war in diesen Dingen nicht sehr diskret.«

»Sie standen ihm auch nahe, nicht wahr?«

»Wie man es nimmt. Es gab eine Zeit, da hatte er Sex mit mir. So wie mit vielen anderen. Eine meiner Vorgängerinnen hat sogar ein Kind von ihm. Er zahlte Alimente.«

»Und wie geht man als Frau mit so einer Sache um? Gibt es da oft Eifersucht?«

»Kommt darauf an. Ich war nie eifersüchtig. Der Mann war ein Nimmersatt und ich wusste das. Reden wir besser erst gar nicht darüber.«

»Wäre Ihnen an Bettina Wagner so etwas wie Eifersucht aufgefallen?«

»Betty drängte sich in den Vordergrund. Sie verlangte so viel mehr Aufmerksamkeit, als er ihr geben wollte. Ich glaube, sie machte sich Hoffnungen. Ja, es könnte gut sein, dass sie ernsthaft davon ausging, früher oder später einmal von ihm geheiratet zu werden.«

»Sie wissen ja, ich suche nach dem Mordmotiv.«

»Man munkelt, Freiher hätte etwas mit ihr angefangen. An seinem Geburtstag. Rieder soll das angeblich erfahren und die Affäre mit Betty beendet haben. Mir schien sie in letzter Zeit jedenfalls ziemlich mitgenommen.«

»Das erklärt viel. Hatte sie sonst noch Affären?«

»Mir sind keine bekannt. Auszuschließen ist da aber gar nichts.«

»Wissen Sie, ich muss die beiden Mordfälle endlich abschließen. Diese Angelegenheit von Graz aus zu untersuchen, ist so wahnsinnig belastend. Wenn ich Pimminger nicht hätte, käme ich überhaupt nicht zurecht. Ein wirklich fähiger Mann. Sie kennen den Major?«

»Flüchtig. Paul Freiher hielt große Stücke auf ihn.«

»Mein Gott. Fast hätte ich die tägliche Pille vergessen. Als Allergiker hat man ja nichts wie Probleme. Sie kennen das ja. Was schluckte Rieder eigentlich?«

»Die Namen der Präparate kenne ich nicht, aber es waren Tropfen und Tabletten. Er nahm das Zeug nach dem Frühstück und war daraufhin eine Zeit lang gar nicht gut drauf.«

»Ich will Sie nicht zu sehr bedrängen, aber zu Frau Wagner wäre ich dankbar für jeden Hinweis«, seufzte Zoff, glotzte auf ihren Busen und schluckte eine Magentablette. »Sollte Ihnen diesbezüglich noch etwas einfallen, können Sie mich unter dieser Telefonnummer erreichen.« Lächelnd übergab er der jungen Dame seine Visitenkarte. Dann rief er den Oberkellner herbei und zahlte.

»Ich habe selten ein Mittagessen so genossen wie dieses«, säuselte Zoff.

»Es war auch wirklich schön mit Ihnen, Herr Oberstleutnant«, hauchte sie artig und klimperte mit den Lidern. »Melden Sie sich ruhig wieder einmal bei mir, wenn Sie wieder in Salzburg sind.«

»Das werde ich«, versprach Zoff und sein Grinsen verlor sich. »Ganz sicher.«

Galant brachte er die Dame vor die Tür. Dort stutzte er. »Jetzt habe ich meine Visitenkarten liegen lassen«, raunte er bedauernd. »Wie ungeschickt von mir.

Da muss ich Sie also allein gehen lassen. Auf Wiedersehen.«

Still nickte ihm Susanne Vogt zu und ging, während sich Zoff umdrehte und ins Lokal zurückeilte.

An der Theke wartete der Geschäftsführer schon auf ihn. »Wir haben, was Sie brauchen«, murmelte er und ging voran. Susanne Vogts Geschirr stand auf einem kleinen Beistelltisch. »Danke«, lächelte Zoff und gab dem Oberkellner ein ordentliches Trinkgeld. Er zog ein Paar Einweghandschuhe und einen Plastikbeutel aus seinem Sakko und ging ans Werk.

»Deine Sorge war unbegründet, Karl«, lachte Susanne Vogt erleichtert in ihr Mobiltelefon und wechselte die Straßenseite. »Der Typ ist uns nicht gewachsen. Ein Durchschnittsbulle. Mit leichten Anflügen von Notgeilheit. Lächerlich.«

»Notgeilheit? Wieso Notgeilheit?«, erkundigte sich Major Pimminger.

»Zoff ist das Gehirn zwischen die Beine gerutscht. Der hätte gern was mit mir. Läuft aber nicht. An meine Haut kommst nur noch du, sonst keiner.«

»Mir läuft eine Gänsehaut über den Rücken, wenn du so mit mir redest«, gestand der Major, und sein Mund wurde ganz trocken. »Sehen wir uns heute Abend?«

»Selbstverständlich. Ich bin jetzt schon heiß, wenn ich an dich denke.«

»Ich kann es auch kaum erwarten. Und weißt du was? Merck sagt, er wird mich befördern, sobald die Hexe verurteilt ist. Dann bin ich am Ziel. Endlich.«

»Siehst du? Alles läuft nach Plan.«

»Lass uns heiraten, Susanne.«

»Wenn Gras über die Sache gewachsen ist, Karl. Falls du mich dann noch haben willst.«

»Ich lege dir die Welt zu Füßen. Du bist alles für mich.«

»Ja, Schatz. Das glaub ich dir. Deshalb lieb ich dich auch so«, lächelte Susanne Vogt mit belegter Stimme und legte schnell auf. »Warum lerne ich diesen Mann erst jetzt kennen?«, seufzte sie traurig und betrat das Rathaus.

Inzwischen stürmte Zoff ins Landeskriminalamt, fuhr mit dem Aufzug in die zweite Etage und eilte bis ans Ende des langen Ganges, wo sich die Räumlichkeiten der Tatortgruppe befanden. Ein kurzes Klopfen.

»Herein!«

»Grüß dich«, schnaufte Zoff und legte dem grauhaarigen Chef der Salzburger Spurensicherung wortlos einen Plastikbeutel auf den Schreibtisch.

»Daktyloskopieren?«, fragte der seltsam zerbrechlich wirkende Chefinspektor Hofer wortkarg, erhob sich, nahm die Tüte hoch und hielt sie prüfend ins Licht.

»Das gesamte Besteck«, bestätigte Zoff. »Der Oberkellner war äußerst vorsichtig. Deshalb sind auch bloß die Fingerabdrücke einer einzigen Person am Metall. Vergleiche sie mit den Abdrücken, die du von der Tatwaffe im Mordfall Rieder abgepinselt hast.«

»Ich nehme an, es eilt.«

»Und wie. Die Sache ist streng vertraulich. Keiner darf wissen, was du da für mich anstellst. Auch niemand hier im Hause.«

»Ich bin kein Plaudertäschchen«, knurrte der Experte, kratzte sich am grauen Oberlippenbart und legte die Beweisstücke zurück auf den Schreibtisch. »Alles klar. Du hörst von mir, sobald der Auftrag erledigt ist.«

Die nächste halbe Stunde verbrachte Zoff im Vorzimmer der ehemaligen stellvertretenden Landeskriminaldirektorin und unterhielt sich mit deren Sekretärin. Gegen 14.30 Uhr rief Polli an.

»Schöne Grüße von Frau Wagner«, grinste er. »Wir hatten ein langes und sehr angenehmes Gespräch.«

»Ausgezeichnet. Komm ins Landeskriminalamt. Ich warte in der Kantine auf dich.«

16.00 Uhr. Zoff trank gerade seine zweite Tasse Tee, als Polli sich zu ihm setzte.

»Ich hab mich wieder einmal mit der Sekretärin unserer Beschuldigten unterhalten«, erzählte Zoff. »Was glaubst du, wer heute mit einem Zweitschlüssel Wagners Bürotür aufsperrte, um nach irgendwelchen Akten zu sehen?«

»Wer denn?«

»Karl Pimminger.«

»Sieh mal einer an. Was sagt uns das?«

»Unser lieber Herr Major war ein heißer Kandidat für den Job des stellvertretenden Landeskriminaldirektors, bis Bettina Wagner hier aufkreuzte. Wusstest du, dass sie ihr Schießtraining just an jenem Tag absolvierte, an dem Rieder erschossen wurde?«

»Sie erzählte es mir.«

»Pimminger war zeitgleich in der Schießhalle und absolvierte ebenfalls sein Übungsprogramm«, lächelte Zoff. »Der Schießleiter war ziemlich verdutzt, als er mitbekam, dass der Major seiner Chefin die Pistole putzte. Es war bekannt, dass die beiden einander nicht sonderlich schätzten.«

»Und dann?«

»Bettina Wagner ging einstweilen in die Kantine. Als Pimminger ihr das Ding später zurückgab, lud sie ihn zu Kaffee und Kuchen. Hier. An diesem Tisch.«

»Sie schnappt ihm den Job weg, auf den er heiß ist, und er putzt ihr die Pistole. Dieses Ausmaß an Entgegenkommen ist nicht üblich bei der Polizei. Weißt du was? Die Wahrscheinlichkeit, dass er das aus reiner Menschenliebe getan hat, schätze ich auf unter zehn Prozent. Wie ging die Sache mit der Pistole weiter?«

»Vermutlich vertauschte er die beiden Waffen und übergab Wagners ›Glock‹ der späteren Mörderin. Die telefonierte mit Rieder und brachte ihn dazu, ganz allein zu ihr in die finstere Mensa zu kommen. Nach dem Mord holte sich Pimminger das Handy und die Waffe, ging ins Büro seiner Chefin, legte ihr das Handy auf den Schreibtisch, tauschte die beiden Waffen aus, und das Ding war gelaufen.«

»Eine durchaus denkbare Variante. Fehlt nur noch die Täterin.« Da klingelte Zoffs Mobiltelefon.

»Hallo? Zoff? Glückwunsch«, nuschelte Chefinspektor Hofer. »Die Fingerabdrücke am Besteck und die Fingerabdrücke auf der Tatwaffe sind identisch.«

»Ich brauche ein schriftliches Gutachten«, erwiderte Zoff finster und erhob sich. »Pass auf die Beweisstücke gut auf. Und vielen Dank.«

»Was jetzt?«, fragte Polli.

»Wir telefonieren mit dem Staatsanwalt, besorgen uns zwei Haftbefehle und holen uns die beiden«, zischte Zoff.

Da nahm Chefinspektor Zirbs drei Tische weiter heimlich den fleischfarbenen Knopf aus seinem Ohr, stürzte seinen Kaffee hinunter und widmete sich wieder der großformatigen Zeitung, die vor ihm lag.

Kaum hatten Zoff und Polli die Kantine verlassen, faltete er die Zeitung zusammen, ging an Zoffs Tisch und holte sich ein paar Bierdeckel. »Ein Bier, Franz«, rief er dem Kantinenbetreiber zu, während er das runde Metallstück zwischen den Bierdeckeln in seine Hand fallen ließ und in die Hosentasche steckte. »Ich muss noch kurz auf die Toilette. Stell es aber ruhig schon einmal auf den Tisch.« Zwei Minuten später erhielt Ministerialrat Berg in Wien einen Anruf. »Die Sache ist aufgeflogen«, flüsterte Zirbs in sein Mobiltelefon. »Vogt und Pimminger sind geliefert.«

»Gut, dass wir damit nichts zu tun haben«, erwiderte der Ministerialrat nachdenklich. »Trotzdem: Ich hab da eine Idee.«

Wolken hatten sich vor die Sonne geschoben, und das Thermometer fiel wieder einmal ins Bodenlose. Die Fenster von Susanne Vogts schmuckem Reihenhaus am Schenkenweg waren geschlossen. Die Vorhänge zugezogen. Die hochwertige Stereoanlage brachte auch noch bei gedämpfter Lautstärke den vollen Sound aus den Lautsprechern. »Du bist das Beste, das mir je passiert ist. Es tut so gut, wie du mich liebst«, trällerte die Sängerin der Band ›Silbermond‹, und die junge Frau stellte den CD-Player um einen

Tick leiser, öffnete ihre kecken Zöpfe und ordnete mit den Fingern das offene Haar. »Geht es dir gut, Liebling?«

»Und wie«, meldete sich Pimminger aus dem angrenzenden Badezimmer, warf seine Wäsche in die Ecke und stieg nackt in die Badewanne.

»Wunderbar. Genieße es.« Lächelnd kam sie zu ihm, zündete die Dochte der Kerzen an, die sie auf den Fliesen und Ablagen des Badezimmers verstreut aufgestellt hatte, richtete sich wieder auf und streckte sich. Anschließend drehte sie sich zu ihm und zog sich langsam aus. Pimminger beobachtete sie dabei, roch den Duft nach Moschus, den das Badewasser verströmte, und seine Augen leuchteten, während sie über die Rundungen ihres nackten Körpers strichen. Susanne stieg gerade aus ihrem Slip, als das Mobiltelefon klingelte.

»Nein«, entschied sie kategorisch. »Dafür haben wir keine Zeit.«

»Aber vielleicht ist es wichtig. Also komm schon. Gibst du mir das Ding?« Genervt deutete er auf das Sakko am Boden.

»Zu Befehl. Aber dann wird abgeschaltet«, seufzte sie, brachte ihm das Handy, setzte sich auf den Beckenrand und glitt mit geschlossenen Augen ins Wasser.

»Pimminger spricht. Was ist los?«

»Zoff steht vor der Tür und will euch verhaften«, zischte der unbekannte Anrufer. »Das ist los.«

»Wie bitte? Wer sind Sie?«

»Einer, der euch helfen kann. Wenn ihr auf Zack seid.«

»Sie sind ein Witzbold, nicht wahr?«

»Nicht dass ich wüsste. Aber jeder Anfänger trägt heutzutage schon Handschuhe, wenn er jemanden abknallt. Hast du das deiner süßen kleinen Susi nicht eingetrichtert? Da steht ein schwarzer Golf vor dem Nebenhaus. Im Handschuhfach liegen zwei Flugtickets und etwas Geld. Der Schlüssel steckt. Schießt Zoff über den Haufen und haut ab. Gute Reise.« Ehe Pimminger noch weitere Fragen stellen konnte, war die Leitung tot.

»Was ist denn?«, fragte Susanne Vogt besorgt.

»Hast du Handschuhe verwendet, als du Rieder umgelegt hast?«, fragte er gefasst.

»Ich hab ihm sein Ding aus der Hose geholt. Wie hätte ich da Handschuhe tragen sollen?«

»Himmel, Arsch und Zwirn«, fluchte der Major. »Dann haben die uns ja tatsächlich am Schlafittchen.« Laut klopfte jemand an der Eingangstür. Pimminger hielt den Atem an. »Hallo?« Die Stimme eines Mannes. Plötzlich läutete es.

»Was tun wir jetzt?«, flüsterte sie.

»Nachfragen, wer vor der Tür steht«, befahl er, stieg aus der Badewanne, trocknete sich ab und zog sich an.

Wieder ein Klingeln und nochmals. »Frau Vogt? Öffnen Sie. Ich muss Sie sprechen.«

Das war Zoff.

»Soll ich antworten?«, erkundigte sich Susanne Vogt bei Pimminger.

»Ja«, flüsterte er, zog seine Dienstwaffe aus dem Holster und ging in den Flur. Jetzt stand er der Eingangstür frontal gegenüber. »Rede mit ihm.«

»Ich bin in der Badewanne«, rief die junge Frau aufgeregt, stieg ebenfalls aus dem Wasser und trocknete sich ab. »Kommen Sie später wieder.«

»Das geht nicht«, antwortete Zoff. »Ziehen Sie sich an und öffnen Sie. Ich bin dienstlich hier.«

»Dienstlich? Was heißt das?«

»Das können wir nicht zwischen Tür und Angel besprechen. Ist Major Pimminger bei Ihnen?«

»Wie kommen Sie darauf?«

»Weil er sein Auto um die Ecke geparkt hat.«

»So? Das wusste ich gar nicht. Einen Moment, bitte.«

»Da stimmt etwas nicht«, flüsterte Zoff und gab Polli einen Wink. Als sie links und rechts neben der Tür standen, läutete Zoff noch einmal, und Pimminger jagte fünf Schüsse in Brusthöhe durch das Türblatt.

»So eine Scheiße«, fluchte Polli und zog seine Pistole. »Wieso kannst du denn auch nicht auf das Einsatzkommando warten?«

»Weil ich sie lebend will«, entgegnete Zoff finster. »Geh auf die Rückseite und sieh zu, dass sie uns nicht durch eines der Fenster abhauen.« Er betätigte noch einmal die Klingel. Wieder schoss Pimminger auf die Eingangstür. »Komm herein, Zoff«, brüllte er dabei. »Komm und hol mich, wenn du Mumm hast.«

»Du spinnst wohl, Pimminger«, schrie Zoff. »In zehn Minuten kommt das Einsatzkommando. Ihr habt keine Chance!« Wieder zwei Schüsse.

»Armleuchter«, grollte der an der Hauswand neben der Tür hockende Oberstleutnant, nahm sein Handy aus dem Sakko und ließ sich mit dem Kommandanten des Einsatzkommandos verbinden. »Wo bleibt ihr denn?«, erkundigte er sich.

»Wir sind schon da«, bekam er zur Antwort, und keine zwei Minuten später bogen auch schon drei Kleinbusse um die Ecke, während hinter ihnen ein Streifenwagen mit eingeschaltetem Blaulicht die Kreuzung sperrte.

»Komm raus, Pimminger«, rief Zoff. »Du machst es nur schlimmer.« Da fiel ein einzelner Schuss.

»Pimminger?« Bleierne Stille. »Antworte schon, du Idiot!«

Lautlos umstellten die Beamten des Einsatzkommandos das Reihenhaus, derweil jemand die Anwohner mittels Lautsprecherdurchsage anwies, die Häuser nicht zu verlassen und von Fenstern und Türen wegzubleiben.

»Verzieh dich«, flüsterte der Einsatzkommandant Zoff ins Ohr. »Das ist jetzt unser Job.«

»Du spinnst doch. Frau Vogt?«

»Zoff? Sind Sie das?«

»Wer sonst? Raus mit Ihnen! Schnell!«

»Auf keinen Fall.«

»Sie haben eine Minute. Danach ist das Einsatzkommando am Zug.«

Stille. Achselzuckend setzte der uniformierte Beamte hinter Zoff seinen Helm auf, zog die Pistole und warf einen Blick auf die Armbanduhr. Da meldete sich die Stimme einer Frau.

»Hallo? Zoff?«

»Ich höre.«

»Sie haben gewonnen.« Ein paar Augenblicke noch, dann schwang die Eingangstür auf, und Susanne Vogt taumelte ins Freie. Sie trug ein schwarzes, kurzes Kleid, und ihr Haar war völlig zerzaust und klitschnass.

»Hier bin ich«, knurrte Zoff und streckte den Arm hoch.

»Wo? Ach da hinten. Sie wollen mich sicher fesseln. Das ist bei euch so üblich, nicht wahr?« Stumm überkreuzte sie ihre ausgestreckten Hände und streckte sie ihm entgegen.

»Was ist mit Pimminger?«, wollte Zoff wissen.

»Er hat den Lauf in den Mund genommen und abgedrückt«, murmelte sie. »Es ist alles voller Blut.«

»Scheiße«, seufzte Zoff. »Das hab ich nicht gewollt.« Mit hochrotem Gesicht legte er ihr die Handschellen an. »Kommen Sie«, befahl er deprimiert, führte sie zum Dienstwagen und setzte sie auf die Rückbank, während hinter ihnen das Einsatzkommando ins Haus stürmte.

»Warum?«, fragte Zoff, nachdem er hinter dem Steuer Platz genommen hatte und Polli neben die Festgenommene gerückt war.

»Was meinen Sie?«

»Wieso Sie den Oberbürgermeister erschossen haben, will ich wissen.«

»Weil er mich gedemütigt hat. Belogen und betrogen.«

»Erklären Sie mir das genauer«, befahl Zoff, startete den Wagen und fuhr los.

»Er versprach, mich in den Nationalrat zu bringen, aber das war natürlich ein Schwindel. Von Anfang an.«

»Ärgerlich. Aber deshalb bringt man niemanden um.«

»Finden Sie?«

»Das wäre krank.«

»Es war ein Grund von vielen«, gab sie zu. »Hannes war ein derartiger Schweinehund, das kann man nicht beschreiben. Ab und zu schlief er mit mir, dann wieder mit Betty oder einer anderen. Und sein Freund Paul Freiher durfte an jede ran, die seinen Herrn und Meister nicht mehr interessierte. War eine nicht willig, gab Paulchen ihr etwas in den Champagner, und schon kippte das blöde Ding aus den Pantoffeln. Danach konnte er mit ihr seine perversen Spielchen treiben, verstehen Sie?«

»Ich hörte davon. Bettina Wagner hat Ähnliches erlebt.«

»Tatsächlich? Das wusste ich nicht. Egal. Reden wir von mir. Hannes lud mich zu einer von Freihers berüchtigten Festen und blieb selbst aber weg. Ich war so enttäuscht, und Paul gab mir zu trinken. Filmriss. Am nächsten Morgen erwachte ich auf einer Parkbank am Stadtrand. Ziemlich lädiert und ohne Unterwäsche.«

»Und Sie glauben, Rieder wusste davon?«

»Eher nicht. Aber er hat gefördert, dass sich der Kerl an mich heranwagte. Deshalb hab ich ihn letztlich auch abgeknallt.«

»Zuvor haben Sie Freiher überfahren.«

»Mit Wonne. Ich hab mir sehr genau überlegt, was ich mit ihm anstelle.«

»Ihre Flucht mit dem Fahrrad war übrigens eine brillante Idee.«

»Danke für die Blumen. Wer achtet schon auf eine Radfahrerin?«

»Und diese Spinnengeschichte?«

»War ein Reinfall. Die Idee entstand, als uns der Wirt das Tier zeigte. Ihr Biss sei für Allergiker tödlich, behauptete er, und Hannes war Allergiker, das wusste ich.«

»Der Oberbürgermeister hätte natürlich gegen das Spinnengift allergisch sein müssen, nicht bloß gegen Staub und Katzenhaar.«

»Ach so. Woher wissen Sie das?«

»Ein Tierarzt erzählte es mir. Wieso zogen Sie Bettina Wagner in die Sache hinein?«

»Weil sie sich so aufspielte. Und dann noch diese Szene, als Hannes seiner Führungskamarilla diesen lächerlichen Drohbrief vorlas. Da saßen maßgebliche Herren der Liberalen Partei, und alle staunten und fragten, und ich stand dabei und wusste sofort, auf wessen Mist das alles gewachsen war. ›Betty meint, eine Gefahr sei nicht auszuschließen‹, faselte Hannes, und ich machte mir fast in die Hosen vor lauter Lachen. Da beschloss ich, die blöde Kuh als Sündenbock zu verwenden.«

»Und Pimminger?«

»Der verliebte sich in mich. Das war sein Unglück.«

»Wer entwickelte den Plan?«

»Ich sah einen Kinofilm, in dem der Mörder die Tatwaffe mit der Pistole des Kommissars vertauschte. Als ich Karl davon erzählte und die Details plante, war er total begeistert.«

»Ach so war das.«

»Genau so. Alles wäre gut gegangen, wenn Sie nicht aufgekreuzt wären. Und jetzt? Der einzige Mann, der mir je etwas bedeutet hat, ist tot, und ich werde lebendig begraben. Befriedigt Sie das, Zoff? Geilt Sie das auf?«

Die Ampel! Bremsen! Kaum hatte Zoff den Wagen mit blockierenden Rädern zum Stillstand gebracht, sprang die Gefesselte aus dem Wagen.

»Halt!« Zoff dankte Gott dafür, dass er den Sicherheitsgurt nicht angelegt hatte. Blitzartig riss er die Fahrertür auf und hetzte auch schon los.

»Scheißdreck!«, brüllte Polli, hüpfte ebenfalls ins Freie und sprintete quer über die Fahrbahn. »Es hat doch keinen Sinn mehr! Stehen bleiben!«

Eine Touristengruppe. »Weg da! Weg!« Tempo. Zoff lief sich die Seele aus dem Leib. Über den Schutzweg und mit einem Sprung auf den angrenzenden Gehsteig. Ein leichtes Taumeln. Wo war sie? Da vorne. Schon hatte er das Gleichgewicht zurückerlangt.

»Aufhalten! Haltet die Frau auf!« Einatmen. Ausatmen. Weiter. Nur weiter. Zehn Meter vor der nächsten Kreuzung hatte Zoff die Flüchtende endlich in Griffweite und riss sie von hinten zu Boden.

»Hilfe. Hilfe!«

»Still«, keuchte Zoff. »Mund halten.«

»Sie da«, schrie ein Passant. »Lassen Sie die Frau los. Was fällt Ihnen ein?«

Das war Pollis Stichwort. »Alles in Ordnung!«, japste er, wischte sich den Schweiß von der Stirn und hielt dem Mann seine Dienstmarke unter die Nase. »Polizei. Gehen Sie. Hier gibt es nichts zu sehen.« Eine ganze Weile noch rang er nach Atem. Schließlich half er Zoff dabei, die Festgenommene vom Boden hochzuziehen. »Was haben Sie sich dabei gedacht?«, fragte er, nachdem sie wieder auf die Beine gekommen war. »Wo wären Sie denn hingelaufen?«

»Scheißkerl«, zischte Susanne Vogt und trat Polli ans Schienbein. »Hätte ich Freiher und Rieder nicht ausgelöscht, würden die immer noch Menschen quälen. Ich bin das Opfer. Nicht die. Kapiert ihr das nicht?«

»Vergiss es«, knurrte der Oberstleutnant und packte Susanne Vogt am Arm. »Ich enthalte mich des Urteils.«

»Was heißt denn das jetzt wieder?«

»Montaigne«, grinste Zoff, während sein Stellvertreter sich mit schmerzverzerrtem Gesicht das Schienbein massierte. »Mit anderen Worten: Ich bin Kriminalbeamter. Kein Richter. Also Schluss jetzt. Es reicht.«

Als Zoff und Polli gegen Mitternacht das Landesgerichtliche Gefangenenhaus verließen, fiel Schnee und es war windig. Der Winter kam. Endlich waren sie auf dem Weg nach Hause.

ENDE

Weitere Krimis finden Sie auf den folgenden Seiten und im Internet:
www.gmeiner-verlag.de

Hans-Peter Vertacnik
Abfangjäger

467 Seiten, 11 x 18 cm, Paperback.
ISBN 978-3-89977-736-9. € 9,90.

Der Ankauf neuer Jagdflugzeuge für das österreichische Bundesheer ist beschlossen. Was keiner ahnt: Der Beschaffungskommission winkt viel Geld, sobald der Bundeskanzler die Kaufverträge unterzeichnet hat. Der zögert jedoch mit seiner Unterschrift und ruft damit Kreise auf den Plan, die auch nicht vor einem Mord am mächtigsten Mann des Landes zurückschrecken, um ihre Ziele zu erreichen.

Pierre Emme
Florentinerpakt

277 Seiten, 11 x 18 cm, Paperback.
ISBN 978-3-89977-770-3. € 9,90.

Es ist wirklich kein guter Tag für Hans Garber, so kurz vor Weihnachten: Erst wird der Wiener Bankdirektor der versuchten Vergewaltigung beschuldigt, dann erfährt er, dass seine Villa in Klosterneuburg in die Luft geflogen ist. In den Trümmern wurde seine tote Frau entdeckt.

Gleichzeitig wird der Kriminologe Mario Palinski von Dr. Axel Rossbach um Schutz gebeten. Vor 30 Jahren hatten er und sechs Schulfreunde einen Pakt geschlossen und sich zur »Siebener-Tontine« zusammengefunden, um ihre Freundschaft für das ganze Leben zu besiegeln. Doch mittlerweile sind fünf der sieben Freunde auf höchst fragwürdige Weise verstorben. Axel Rossbach hat Angst, der nächste zu sein.

Palinski ist sich schon bald sicher, dass es zwischen den beiden Fällen einen Zusammenhang geben muss.

Matthias Klösel
Tourneekoller

185 Seiten, 11 x 18 cm, Paperback.
ISBN 978-3-89977-783-7. € 9,90.

Als der Augsburger Kommissar Beckmann in aller Frühe zu einer Leiche gerufen wird, geht es ihm gar nicht gut. Er hat vergeblich versucht, den Trennungsschmerz nach seiner Scheidung mit Alkohol zu stillen. Doch dafür hat sein Kollege und Partner Poborsky jetzt kein Verständnis.

Vieles an dem Tod des Schweizer Geschäftsmanns deutet auf Selbstmord hin. Aber Beckmann glaubt nicht an diese Theorie. Man erschießt sich doch nicht einfach so, wenn man eine Frau und ein Kind hat.

Er stochert im Nebel – ein merkwürdiger Fall. Merkwürdig ist auch, dass er bei seinen Ermittlungen ständig auf das Plakat eines Loriot-Männchens stößt, das den Auftritt einer Tourneetheatergruppein der Nähe von Augsburg ankündigt. Macht es sich etwa über ihn lustig?

Edi Graf
Leopardenjagd

327 Seiten, 11 x 18 cm, Paperback.
ISBN 978-3-89977-778-9. € 9,90.

Er tötet seine Opfer wie ein Leopard. Die Leichen versteckt er auf Bäumen, seine todbringende Spur zieht sich vom Bodensee über den Schönbuch bis nach Afrika. Die Polizei jagt einen Mörder, der den Namen »Chui« – Leopard – trägt, und nur ein Ziel zu kennen scheint: Rache.

Auf der Liste seiner Opfer taucht auch der Name der Tübinger Journalistin Linda Roloff auf. Sie ahnt, dass nur einer sie retten kann: der kenianische Safariführer Alan Scott, der weiß, wie »Chui« denkt. Doch Scott ist seit Wochen in Afrika verschwunden …

KRIMI IM GMEINER-VERLAG

Wir machen's spannend

Friederike Schmöe
Spinnefeind

371 Seiten, 11 x 18 cm, Paperback.
ISBN 978-3-89977-782-6. € 9,90.

Jens Falk, Mathematiklehrer und Hobby-Kryptoanalytiker, steckt in der Klemme: Im letzten Halbjahr sind nicht nur wichtige Schülerakten verschwunden, sondern auch sein Schüler Hannes Niedorf – während einer Exkursion mit Falk.

Aus Angst um seinen Job sucht er Hilfe bei Privatdetektivin Katinka Palfy. Da wird Doris Wanjeck, Falks Ex-Verlobte, ermordet, und der Lehrer ist dringend tatverdächtig. Gemeinsam mit seiner Anwältin macht sich Katinka an die Aufklärung des Falls, fühlt sich aber bald von der Juristin hintergangen. Wie gerufen kommt das Angebot ihres ehemaligen Archäologieprofessors, an einer Ausgrabung in Libyen teilzunehmen. Doch es scheint, als würde jemand gezielt versuchen, die einzige Person aus dem Rennen zu werfen, die an Falks Unschuld glaubt ...

Paul Lascaux
Wursthimmel

230 Seiten, 11 x 18 cm, Paperback.
ISBN 978-3-89977-785-7. € 9,90.

Bern, im Sommer. Der Detektiv Heinrich Müller und seine Partnerin Nicole Himmel werden zu einem Grillfest des Künstlers F. K. Swiss eingeladen. Auf der Party wird ein surreales Kunstobjekt vorgestellt, das als Bratwurstgrill dient. Zur Gaudi des Publikums findet außerdem die Wahl einer Wurstkönigin statt.

Als Müller die Siegerin abholen will, findet er sie erstochen in einem Schrebergartenhäuschen. Am nächsten Morgen entdeckt die Polizei eine zweite Leiche: den Vertriebschef einer Großmetzgerei.

Es beginnen hektische Ermittlungen, an denen neben der Polizei auch die Detektei Müller & Himmel beteiligt ist. Eine heiße Spur führt die beiden Detektive in die dubiose Singleagentur »Happy Future« ...

KRIMI IM GMEINER-VERLAG

Wir machen's spannend

Das neue Krimijournal ist da!

2 x jährlich das Neueste aus der Gmeiner-Krimi-Bibliothek

KRIMI Journal
Nr. 9 www.gmeiner-verlag.de Die Zeitung für Krimifreunde 2/2008
Gefangen im Narrenreich
Ein neuer Fall für Lübecks klügste Hebamme
Manfred Bomm
Krimi-Jubiläum
Die Spur des Henkers
Von Krimipreisträgerin Sabine Klewe
Bestseller im Frühjahr 2008

In jeder Ausgabe:

- Vorstellung der Neuerscheinungen
- Hintergrundinformationen zu den Themen der Krimis
- Interviews mit den Autoren und Porträts
- Allgemeine Krimi-Infos (aktuelle Krimi-Trends, Krimi-Portale im Internet, Veranstaltungen etc.)
- Großes Gewinnspiel mit ›spannenden‹ Buchpreisen

ISBN 978-3-89977-950-9
kostenlos erhältlich in jeder Buchhandlung

Ihre Meinung ist gefragt!

Mitmachen und gewinnen

Als der Spezialist für Themen-Krimis mit Lokalkolorit möchten wir Ihnen immer beste Unterhaltung bieten. Sie können uns dabei unterstützen, indem Sie uns Ihre Meinung zu den Gmeiner-Krimis sagen!

Senden Sie eine E-Mail an gewinnspiel@gmeiner-verlag.de und teilen Sie uns mit, welchen Krimi Sie gelesen haben und wie er Ihnen gefallen hat. Alle Einsendungen nehmen automatisch am großen Jahresgewinnspiel teil. Es warten ›spannende‹ Buchpreise aus der Gmeiner-Krimi-Bibliothek auf Sie!

KRIMI IM GMEINER-VERLAG

Wir machen's spannend

Alle Gmeiner-Autoren und ihre Krimis auf einen Blick

Anthologien: Mords-Sachsen 2 (2008) • Tod am Bodensee • Mords-Sachsen (2007) • Grenzfälle (2005) • Spekulatius (2003) **Artmeier, Hildegund:** Feuerross (2006) • Katzenhöhle (2005) • Schlangentanz • Drachenfrau (2004) **Bauer, Hermann:** Fernwehträume (2008) **Baum, Beate:** Häuserkampf (2008) **Beck, Sinje:** Totenklang (2008) • Duftspur (2006) • Einzelkämpfer (2005) **Blatter, Ulrike:** Vogelfrau (2008) **Bode-Hoffmann, Grit/Hoffmann, Matthias:** Infantizid (2007) **Bomm, Manfred:** Notbremse (2008) • Schattennetz • Beweislast (2007) • Schusslinie (2006) • Mordloch • Trugschluss (2005) • Irrflug • Himmelsfelsen (2004) **Bonn, Susanne:** Der Jahrmarkt zu Jakobi (2008) **Bosch van den, Jann:** Wintertod (2005) **Buttler, Monika:** Dunkelzeit (2006) • Abendfrieden (2005) • Herzraub (2004) **Clausen, Anke:** Ostseegrab (2007) **Danz, Ella:** Nebelschleier (2008) • Steilufer (2007) • Osterfeuer (2006) **Detering, Monika:** Puppenmann • Herzfrauen (2007) **Dünschede, Sandra:** Solomord (2008) • Nordmord (2007) • Deichgrab (2006) **Emme, Pierre:** Florentinerpakt • Ballsaison (2008) • Tortenkomplott • Killerspiele (2007) • Würstelmassaker • Heurigenpassion (2006) • Schnitzelfarce • Pastetenlust (2005) **Enderle, Manfred:** Nachtwanderer (2006) **Erfmeyer, Klaus:** Geldmarie (2008) • Todeserklärung (2007) • Karrieresprung (2006) **Erwin, Birgit/Buchhorn, Ulrich:** Die Herren von Buchhorn (2008) **Franzinger, Bernd:** Kindspech (2008) • Jammerhalde (2007) • Bombenstimmung (2006) • Wolfsfalle • Dinotod (2005) • Ohnmacht • Goldrausch (2004) • Pilzsaison (2003) **Gardein, Uwe:** Die letzte Hexe – Maria Anna Schwegelin (2008) **Gardener, Eva B.:** Lebenshunger (2005) **Gibert, Matthias P.:** Kammerflimmern (2008) • Nervenflattern (2007) **Graf, Edi:** Leopardenjagd (2008) • Elefantengold (2006) • Löwenriss • Nashornfieber (2005) **Gude, Christian:** Binärcode (2008) • Mosquito (2007) **Haug, Gunter:** Gössenjagd (2004) • Hüttenzauber (2003) • Tauberschwarz • Riffhaie • Tiefenrausch (2002) • Höllenfahrt (2001) • Sturmwarnung (2000) **Heim, Uta-Maria:** Das Rattenprinzip (2008) • Totschweigen (2007) • Dreckskind (2006) **Hunold-Reime, Sigrid:** Frühstückspension (2008) **Imbsweiler, Marcus:** Schlussakt (2008) • Bergfriedhof (2007) **Karnani, Fritjof:** Notlandung (2008) • Turnaround (2007) • Takeover (2006) **Keiser, Gabriele:** Gartenschläfer (2008) • Apollofalter (2006) **Keiser, Gabriele/Polifka, Wolfgang:** Puppenjäger (2006) **Klausner, Uwe:** Die

Kiliansverschwörung (2008) • Die Pforten der Hölle (2007) **Klewe, Sabine:** Blutsonne (2008) • Wintermärchen (2007) • Kinderspiel (2005) • Schattenriss (2004) **Klingler, Eva:** Königsdrama (2006) **Klösel, Matthias:** Tourneekoller (2008) **Klugmann, Norbert:** Die Nacht des Narren (2008) • Die Tochter des Salzhändlers (2007) • Kabinettstück (2006) • Schlüsselgewalt (2004) • Rebenblut (2003) **Kohl, Erwin:** Willenlos (2008) • Flatline (2007) • Grabtanz • Zugzwang (2006) **Köhler, Manfred:** Tiefpunkt • Schreckensgletscher (2007) **Koppitz, Rainer C.:** Machtrausch (2005) **Kramer, Veronika:** Todesgeheimnis (2006) • Rachesommer (2005) **Kronenberg, Susanne:** Weinrache (2007) • Kultopfer (2006) • Flammenpferd • Pferdemörder (2005) **Kurella, Frank:** Das Pergament des Todes (2007) **Lascaux, Paul:** Wursthimmel • Salztränen (2008) **Lebek, Hans:** Karteileichen (2006) • Todesschläger (2005) **Lemkuhl, Kurt:** Raffgier (2008) **Leix, Bernd:** Waldstadt (2007) • Hackschnitzel (2006) • Zuckerblut • Bucheckern (2005) **Mader, Raimund A.:** Glasberg (2008) **Mainka, Martina:** Satanszeichen (2005) **Misko, Mona:** Winzertochter • Kindsblut (2005) **Ott, Paul:** Bodensee-Blues (2007) **Puhlfürst, Claudia:** Rachegöttin (2007) • Dunkelhaft (2006) • Eiseskälte • Leichenstarre (2005) **Pundt, Hardy:** Deichbruch (2008) **Senf, Jochen:** Knochenspiel (2008) • Nichtwisser (2007) **Seyerle, Guido:** Schweinekrieg (2007) **Schmitz, Ingrid:** Mordsdeal (2007) • Sündenfälle (2006) **Schmöe, Friederike:** Spinnefeind • Pfeilgift (2008) • Januskopf • Schockstarre (2007) • Käfersterben • Fratzenmond (2006) • Kirchweihmord • Maskenspiel (2005) **Schröder, Angelika:** Mordsgier (2006) • Mordswut (2005) • Mordsliebe (2004) **Schuker, Klaus:** Brudernacht (2007) • Wasserpilz (2006) **Schneider, Harald:** Ernteopfer (2008) **Schulze, Gina:** Sintflut (2007) **Schwab, Elke:** Angstfalle (2006) • Großeinsatz (2005) **Schwarz, Maren:** Zwiespalt (2007) • Maienfrost • Dämonenspiel (2005) • Grabeskälte (2004) **Steinhauer, Franziska:** Menschenfänger (2008) • Narrenspiel (2007) • Seelenqual • Racheakt (2006) **Thömmes, Günther:** Der Bierzauberer (2008) **Thadewaldt, Astrid/Bauer, Carsten:** Blutblume (2007) • Kreuzkönig (2006) **Valdorf, Leo:** Großstadtsumpf (2006) **Vertacnik, Hans-Peter:** Ultimo (2008) • Abfangjäger (2007) **Wark, Peter:** Epizentrum (2006) • Ballonglühen (2003) • Albtraum (2001) **Wilkenloh, Wimmer:** Feuermal (2006) • Hätschelkind (2005) **Wyss, Verena:** Todesformel (2008) **Zander, Wolfgang:** Hundeleben (2008)

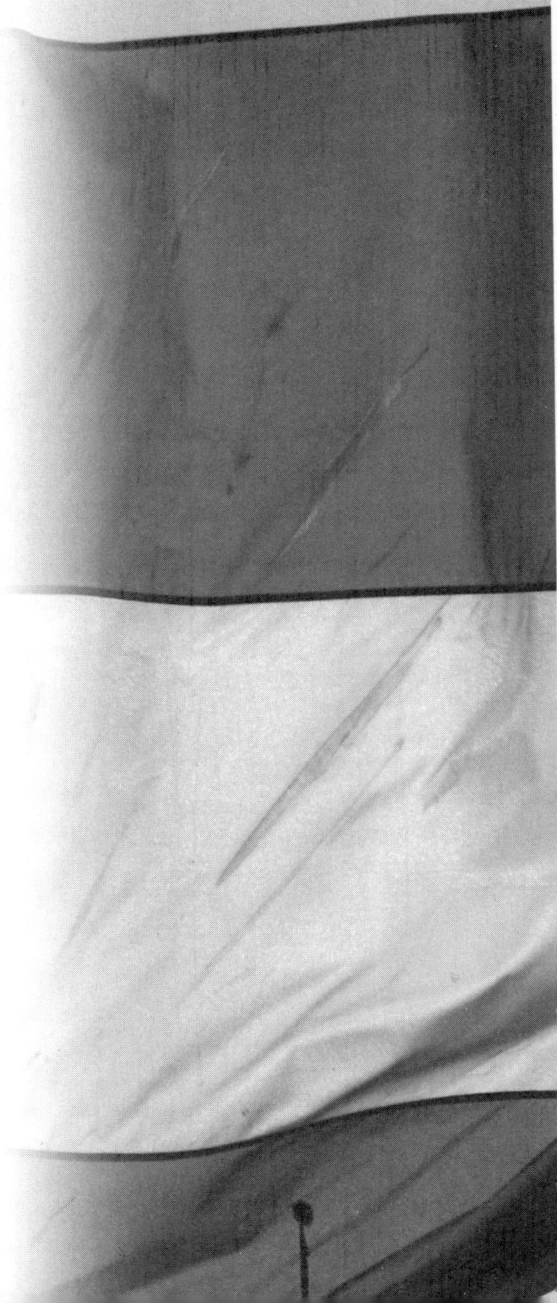